DU MÊME AUTEUR

Aux Éditions Gallimard

SANS MÉMOIRE, LE PRÉSENT SE VIDE, 2010.

MUSIQUE ABSOLUE. UNE RÉPÉTITION AVEC CARLOS KLEIBER, L'Infini, 2012 (Folio n° 5789).

JOURS DE POUVOIR, 2013 (Folio n° 5695).

À NOS ENFANTS, Hors-série Connaissance, 2014 (Folio Le Forum n° 6480).

PAUL. UNE AMITIÉ, 2019 (Folio n° 6872).

LE NOUVEL EMPIRE. L'EUROPE DU VINGT ET UNIÈME SIÈCLE, Hors-série Connaissance, 2019.

VOULOIR, Tracts, 2020.

L'ANGE ET LA BÊTE. MÉMOIRES PROVISOIRES, 2021 (Folio n° 7052).

Chez d'autres éditeurs

LE MINISTRE, Grasset, 2004.

DES HOMMES D'ÉTAT, Grasset, 2008.

NE VOUS RÉSIGNEZ PAS !, Albin Michel, 2016.

UN ÉTERNEL SOLEIL, Albin Michel, 2021.

FUGUE AMÉRICAINE

BRUNO LE MAIRE

FUGUE AMÉRICAINE

roman

GALLIMARD

© *Éditions Gallimard, 2023.*

THÈME

« Fugue américaine ou Horowitz à La Havane », tel est le titre (et son sous-titre trompeur) sous lequel arrivèrent à mon domicile privé de Manhattan, par une matinée ensoleillée quoique brumeuse de juin 2019, les pages qui suivent, rédigées dans les derniers jours de sa vie par mon oncle Oskar. Il avait alors quatre-vingt-quatorze ans : joli exploit. Dans la famille Wertheimer, on meurt tôt et par accident, ou très tard. Pas de demi-mesure.

Le manuscrit était emballé sous papier bulle, glissé dans une enveloppe UPS de couleur brune, sur laquelle une étiquette rectangulaire indiquait : « *Absender : Hotel de Rome, Behrenstrasse 37, 10117 Berlin, BRD* ». En déchirant l'enveloppe, je tombai sur des centaines de feuillets dactylographiés, sans reliure, accompagnés d'une lettre manuscrite dont la graphie tremblante trahissait l'âge de l'auteur.

« Maxime, voilà bien longtemps que nous ne nous sommes pas vus. *Time flies.* Avant de disparaître pour de bon, je me suis lancé dans une entreprise titanesque, si je puis dire : écrire le roman de notre famille. Ton père Franz y occupe une place particulière, pour des raisons que tu peux facilement comprendre. Mon ami le pianiste

Vladimir Horowitz également. Si tu es convaincu par la lecture, *I urge you* de procéder aux démarches nécessaires en vue d'une publication. Il ne devrait pas être trop difficile de trouver un éditeur *for this novel*, qui a aussi de modestes ambitions historiques, que nous pourrions formuler de la manière suivante : *through the looking glass of Western World.* Je te laisse juge. Maxime, jamais je ne me suis pardonné la mort de mon frère Franz, ton père. Mais peut-on sauver un homme de l'ennui ? *This boring life.* Toi qui as hérité de Franz un don de musicien, sais-tu que Mozart, le génial Wolfgang Amadeus Mozart, a connu l'ennui ? En somme, dès qu'il ne composait plus, sa vie sonnait aussi creux qu'un tambour : « Je ne peux vraiment pas écrire beaucoup, car je n'ai rien de neuf à dire, et je ne sais pas ce que j'écris. » Lettre du 5 décembre 1772, Mozart avait seize ans. *Was für ein schreckliches Geständnis, nicht wahr ?* Je m'égare. Lis le roman de ta famille, Maxime. *And do whatever you can to get my novel published. I'm counting on you !* Ton oncle qui t'aime tendrement, Oskar. »

Je jetai à la corbeille le papier bulle et l'enveloppe UPS. « Ton oncle qui t'aime tendrement » : il n'avait pas donné signe de vie pendant des années ; maintenant que les forces lui manquaient, il en appelait à des sentiments qu'il n'avait jamais manifestés, en aucune occasion, ni à mon endroit, ni à celui de mon frère Dimitri ou de notre mère, Muriel Wertheimer, née Lebaudy. Le tout dans une prose mitée d'idiomes anglais et allemand ; comme s'il ne pouvait pas s'exprimer dans une seule langue.

Un roman !

Shoshana me cria du fond de la cuisine : « C'est quoi cette enveloppe, Maxime ? — Un roman, Shoshana ! — Un roman ? Tu lis des romans maintenant ? » Ma femme avait décidément toujours le mot pour rire ; sans doute un travers lié à son doctorat de médecine : « L'humour comme délivrance fonctionnelle du cerveau ». Est-ce que sérieusement je pouvais divertir une seule minute de mon temps pour cela ? Mon père, Franz Wertheimer, avait accumulé des romans dans sa bibliothèque, en plus des partitions aux couvertures bleu de Prusse, pour en tirer quoi ? Rien. À sa mort, mon frère Dimitri et moi avions voulu vendre ses livres, mais on nous en avait proposé une somme tellement dérisoire que nous avions préféré les garder dans des caisses en plastique, au fond de ma cave.

Shoshana préparait une friture à l'oignon ; la douce odeur, qui m'ouvrait toujours l'appétit, flottait dans les pièces de l'appartement : « Shoshana ! Attention à ne pas trop griller les oignons ! » Ma triste perspicacité, qui a fait de moi, ma modestie dût-elle en souffrir, l'un des neurologues les plus réputés de l'État de New York, n'eut pas à s'aiguiser très longtemps pour deviner que le pseudonyme de Humbert Herzog, étrangement placé sur le deuxième feuillet de la liasse (personnellement, je l'aurais mis en page de garde), avait été choisi par mon oncle en référence à l'individu trouble dont Vladimir Nabokov a fait le héros de son scandaleux *Lolita*, Humbert Humbert, et au non moins scandaleux *Herzog*, de l'écrivain américain Saul Bellow. Ce jeu de piste farfelu ne présageait rien de bon. Oskar Wertheimer avait toujours eu des velléités d'écriture ; à la toute fin de sa vie, il s'était donc jeté dans le grand bain, sous les auspices douteux de deux auteurs parmi les moins recommandables de notre patrimoine littéraire national.

Pour son plus grand soulagement, sans doute.

Pour notre plus grand malheur familial, devrais-je immédiatement ajouter.

J'attendis les vacances dans notre maison californienne, à un jet de pierre de San Francisco, pour me plonger dans la lecture de ce qui était, de mémoire, la première création de mon oncle, que ses qualités de psychiatre ne prédisposaient pas particulièrement à devenir romancier. Il me semble que la connaissance médicale du fonctionnement des âmes ne peut que couper les ailes de l'imagination. J'aurais été moins surpris si, au lieu de remplir ces centaines de feuillets dactylographiés, mon oncle avait résumé son existence d'une remarque lapidaire, bien dans son style : « On ne me la fait pas. » Dactylographiés par qui, d'ailleurs ? Une assistante complaisante ? Un ancien stagiaire de son cabinet ?

Bref, les pages se trouvaient entre mes mains ; la loi du sang m'obligeait à les lire. Celle du talion aurait dû me conduire à me venger de mon oncle, mais on ne se venge pas d'un homme qui mâche les dernières heures de sa vie.

Je passai donc plusieurs soirées du mois de juillet, confortablement installé dans un fauteuil Adirondack, à lire la prose du frère aîné de mon père. Étrange situation. Parfois, je levai la tête pour contempler le dessin arrondi de la pelouse, dont un arrosage automatique dissimulé dans les bosquets d'agapanthes assurait jusque début août la pousse égale et drue. À vingt et une heures précises, Shoshana m'appelait pour le dîner : « Maxime ! les rognons vont brûler ! » Puis je reprenais ma lecture jusque tard dans la nuit. Bien qu'il m'en coûte de le reconnaître, tant la lecture de ces feuillets me brûlait les yeux, le roman avait d'indéniables qualités de *page-turner* : je ne pouvais pas le quitter. Les bras articulés de l'arrosage automatique avaient cessé depuis longtemps de semer leur pluie de gouttelettes, le ciel vide de la Californie scintillait d'étoiles au-dessus de l'océan Pacifique quand j'allais me coucher, la tête farcie des réflexions historiques de mon oncle sur la décadence de l'Occident. Après tout, pourquoi pas ?

Mais rien ne justifiait qu'il s'en prenne avec une telle violence à sa propre famille, la mienne, les Wertheimer.

Dans ce texte, l'entourage familial de mon oncle en prenait pour son grade. De mon frère Dimitri, à qui la chance n'a pas souri, si bien que ses études de médecine l'ont conduit vers la chirurgie bariatrique, spécialité pourtant honorable, Humbert Herzog disait qu'il était « confit dans une telle dévotion pour sa mère que son développement mental en avait souffert ». À propos de notre mère, Muriel Wertheimer, née Lebaudy, il osait écrire, le scélérat, qu'elle n'aurait été qu'une « petite-bourgeoise uniquement préoc-cupée de ses tenues vestimentaires », dont « elle changeait aussi souvent que d'amants ». Tendre allusion, j'imagine, à notre beau-père Luigi Battistoni.

Les pages les plus écœurantes étaient réservées à notre père, Franz.

Pour témoigner de la perfidie de mon oncle, je pourrais citer des passages entiers où, le psychiatre l'emportant sur l'écrivain, Oskar Wertheimer s'acharne sur les faiblesses mentales de son frère, cependant je préfère les passer sous silence. Il y est question de « névrose obsessionnelle », de « dédoublement de la personnalité », de « paranoïa patente » qui expliqueraient la fin tragique de notre père. Ces longues digressions médicales n'apportent rien au livre. J'ai pris sur moi d'expurger de la version finale un certain nombre de chapitres que je juge tout simplement abjects. Dans la version que vous lirez manquent donc la plupart des diagnostics cliniques que mon oncle livre sur son frère Franz.

Il m'a semblé moins préjudiciable de conserver les analyses psychologiques du pianiste Vladimir Horowitz qui, vérification faite auprès des personnes compétentes, correspondent à des vérités établies. Si les descendants de Vladimir Horowitz ne partagent pas ce jugement, ils pourront toujours contacter mon avocat, Simon Schuster, au 107, Madison Avenue, NY, pour faire valoir leurs droits. Maître Schuster est un homme de la plus haute rigueur morale, qui saura écouter leurs doléances, comme il a su écouter les miennes. Je lui suis reconnaissant de m'avoir encouragé, tout bien pesé, à accepter la publication de « Fugue américaine », dont il m'a lui-même aidé à expurger un à un les mots trempés, selon son expression, « dans un bol de pus ».

Car, finalement, la singularité musicale, les rapprochements parfois baroques entre des situations historiques pourtant sans comparaison, la fureur, par endroits, ont emporté mes préventions initiales. Dieu jugera. Il ne m'appartenait pas de soustraire à la connaissance de mes semblables une œuvre aussi dérangeante, dictée par l'urgence à celui qui sait ses jours comptés.

Une dernière mention figurait sur la page de garde : « Bloc contre bloc ».

Impossible de savoir si ces mots font référence au conflit entre mon père et son frère, qui crève les yeux, ou plus largement à la guerre froide et à cette obsession malsaine de l'effondrement de l'Occident qui pointe son nez à chaque page du livre ; l'auteur a rayé cette mention de deux traits rageurs au feutre bleu.

I

PUNCTUS

La Havane
Décembre 1949

1

— La Havane, alors ?

Mon frère Franz se gratta le crâne.

Il passait sa vie à se gratter le crâne ; quand il avait une équation particulièrement difficile à résoudre, il pouvait se gratter des minutes entières. Ses doigts osseux fouillaient dans ses cheveux entortillés comme du fil de fer, il en arrachait un ou deux, qui retombaient sur son épaule, ensuite il soufflait sur le bout de ses doigts, avec la concentration désabusée du joueur de tennis avant le service. Il était affalé sur le canapé, les jambes pliées sur l'accoudoir. L'appartement que nous avions loué dans un immeuble de SoHo, en réalité un ancien entrepôt de briques, était si sombre que je n'arrivais pas à trouver son regard. Il hocha la tête, les serres de ses mains au-dessus de son crâne, prêtes à fondre sur lui.

Il demanda d'une voix douce :

— La Havane ? Pourquoi La Havane ?

Sa main plongea, les doigts agrippèrent ses cheveux avec une frénésie nouvelle.

Il attendait une réponse précise. Je connaissais assez son caractère – le caractère de plomb de mon frère Franz, qui

17

pouvait envoyer par le fond la meilleure idée, où elle se noierait dans l'indifférence, parce que tout était égal, que l'existence était une immense surface étale, une tromperie – pour ne pas redouter que notre projet de La Havane ne tombe à l'eau. Quand nous dormions enfants dans la même chambre, il m'arrivait de lui lire à haute voix des passages d'un roman de Conan Doyle, *The Sherlock Holmes Mysteries*, pour lequel je m'étais pris d'une passion aussi subite que singulière, révélatrice de ce goût pour l'enquête, criminelle ou psychologique, c'est tout un, dont je devais faire mon métier plus tard. Je m'égare. Je reviens à Franz. Je lui lançais du fond de mon lit, sous ma couverture en acrylique : « Franz ! Le brouillard, la Tamise, la lumière jaune des pubs, on est à Londres ! — Non, Oskar, on est à New York. » Il se retournait en serrant la couverture sur ses épaules en forme de cintre.

« Tout est égal, tout se vaut », disait Franz, répétait sans arrêt Franz quand il était pris d'une crise de neurasthénie. « Tout est égal : rien ne résiste à cela. » En allemand, il disait aussi : « *Es ist mir ganz egal.* » Très souvent il affirmait : « Nous allons renoncer, puis nous recommencerons, voilà. » Sa voix s'éteignait sur le « voilà ». Il avait dix ans de plus que moi ; je l'écoutais comme un prophète étrange, qui avait besoin de son frère cadet pour avancer dans un sens opposé. Tout ce vers quoi je déployais mon énergie, il le contestait, il s'en moquait : « Tu seras toujours renvoyé à toi-même, Oskar. Tu reviendras au point de départ. *Wir sind eine kleine Familie aus Europa, wir sind Juden, wir bleiben Juden. Was glaubst du ?* » Dans ses moments d'abandon, il pouvait dire : « Tous, nous essayons de vivre, mais nous n'y arrivons pas. Nous connaissons trop la vie ; nous cherchons la mort, que nous ne connaissons pas. »

Alors il levait les yeux vers moi. Que voulait-il ? Que je m'oppose à lui, avec la vitalité animale dont il était dépourvu, qui me faisait exister pour exister, comme on mange, comme on respire.

Ou de la consolation.

Du plus loin que je remonte dans mon enfance, si reculée soit-elle désormais (des décennies derrière moi, des jours devant), véritablement, quand je m'enfonce dans notre enfance avec le désir que ce détour dure le plus longtemps possible, je croise le regard de mon frère Franz, perdu. Nous jouions au foot dans l'arrière-cour de notre immeuble, il n'avait pas les joues en feu comme les autres enfants, il ne criait pas, il aimait plus que tout se mettre sur le banc de touche et sombrer dans la mélancolie. Dans la voiture de nos parents, Rosa et Rudolf Wertheimer, tandis que j'ouvrais grand la fenêtre pour passer la main à l'extérieur et laisser l'air couler entre mes doigts, lui se rencognait dans la banquette en moleskine, les bras croisés, le menton enfoncé dans sa chemise dont le dernier bouton, même en pleine canicule, restait obstinément fermé. À Coney Island, il enfilait son maillot de bain, mais gardait sa chemisette à manches courtes, le dernier bouton toujours fermé. Il passait une grande partie de son temps à son piano, un vieux Schimmel droit offert par notre oncle, coincé dans un angle du salon. Il accrochait son gilet de laine à l'un des chandeliers, il jouait. Son talent me stupéfiait. Je me glissais derrière lui : « Franz, c'est parfait. » Il se retournait, l'œil sombre : « Oskar, rien n'est parfait. Il y a toujours un défaut. Il faut passer sa vie à chercher le défaut. » Il se remettait à jouer. Voilà comment était mon frère Franz : fragile et incomplet. C'est pour cela que j'avais tant d'affection pour lui. On n'aime que les êtres chaotiques et imparfaits ; les autres se débrouillent, ils se passent de nous.

Au fil du temps, mon frère Franz s'isola de plus en plus pour pratiquer son piano.

Il était promis à une belle carrière.

Franz décroisa les jambes, il déplia sa longue carcasse voûtée, fit quelques pas jusqu'à la fenêtre recouverte de poussière, y appuya son front :

— Après tout, pourquoi pas La Havane.

Une idée avait percuté son cerveau, mais laquelle ?

Deux jours plus tard, en tombant sur une coupure de journal glissée dans un recueil de Beethoven (*Sonates*, vol. I) qui flottait sur le plancher au milieu d'un océan moutonnant de poussière, je compris pourquoi mon frère Franz, malgré sa sainte horreur du climat moite des Caraïbes, avait finalement accepté le voyage à Cuba. Sur la coupure, on pouvait lire : « Le célèbre pianiste Vladimir Horowitz donnera un concert le 9 décembre 1949 au Grand Théâtre de La Havane. Il créera la *Sonate pour piano en mi bémol mineur*, op. 26 du grand compositeur Samuel Barber. Réservations ouvertes. »

Près de sept décennies plus tard (sept ! une vie, pourrait-on dire), je tiens la coupure de journal entre mon index et mon pouce : les caractères s'effacent, les bords s'effritent, le papier est devenu aussi sec et fragile qu'une aile de papillon sur le tableau d'un entomologiste. « Réservations ouvertes ». Réserver où ? Mes souvenirs sont des loques pleines de trous, on voit la peau à travers, piquée de taches brunes, soulevée par les os.

Le matin de notre départ, mon frère Franz disparut (ai-je le droit, moi, Oskar Wertheimer, de révéler aussi crûment le penchant de mon frère pour la fuite – combien fuir était devenu pour lui un mode de vie, une obsession ? Que fuyait-il ? Sa carrière de pianiste, que nos parents lui avaient imposée contre son gré, du moins sans qu'il en manifeste le désir ? Son caractère ?). Son lit était défait. Il avait pris son manteau. Je savais où le retrouver. Je sortis, pris un taxi en direction de Central Park. Franz était assis sur son banc favori, à l'entrée du zoo. Une odeur de copeaux de bois en décomposition flottait dans l'air. On devait en garnir les cages. Pauvres animaux habitués à l'espace sauvage, condamnés à perpétuité à se cogner contre des barreaux, pensai-je, à humer les humains.

— Franz, on ne va pas laisser tomber notre voyage maintenant ?

Son regard restait rivé sur un écureuil roux qui creusait la terre au pied d'un arbre.

— Pourquoi on irait à La Havane, Oskar ?

— Pour écouter Vladimir Horowitz.

— Ah ?

— Le pianiste.

— Je connais Vladimir Horowitz, Oskar.

Il se leva ; il me suivit. L'écureuil nous jeta un regard de biais. Nous trouvâmes facilement un taxi.

Voilà à quoi ressemblait notre existence commune depuis près de vingt ans : je proposais, il résistait. Quand je persistais à croire à la vie, qui m'a porté jusqu'à l'âge vénérable où j'écris péniblement ces pages, lui la refusait, comme une étrangère qui lui serait tombée dessus contre son vouloir. Comment avait-il survécu avant que naisse son frère cadet ? Qui l'avait protégé autant que je le protégeais désormais ?

De New York, nous prîmes un avion Pan Am à destination de Miami.

Quelques minutes avant l'atterrissage, une hôtesse maussade remonta lentement le couloir jusqu'à l'entrée du poste de pilotage. Elle ouvrit les rideaux de séparation, les lia avec une lanière en cuir munie de boutons-pression, pivota en soupirant sur ses talons vernis, cambrée. Notre avion, dit-elle en chuintant dans le combiné gris perle, allait se poser à Miami. Elle prononça « *Mayami* ». Puis elle se pencha vers un passager assis dans les premiers rangs en lui demandant, dans un sourire hypocrite, de bien vouloir accrocher sa ceinture de sécurité et relever sa tablette.

Après des heures d'attente dans une aérogare bondée, où des hommes en short beige, un petit chapeau de toile vissé sur le crâne, circulaient main dans la main de jeunes femmes en robe éponge rouge écarlate, orange, vert turquoise ou jaune canari, le regard voilé par des lunettes de soleil dont la monture épousait la ligne de leurs pommettes rosées, un autre avion nous transporta de Miami à La Havane, au beau milieu d'un orage tropical.

À la sortie du Super Constellation, une chaleur humide nous enveloppa, saturée de parfums de kérosène et de frangipanier. Un filet de gouttes transparentes recouvrait le fuselage en aluminium. Sur sa courbe somptueuse était peint, en gros caractères, un sigle que je serais pourtant aussi incapable de déchiffrer désormais que les plus hautes lettres du cruel tableau de l'ophtalmologue. Trois employés vinrent pousser une échelle en aluminium contre la carlingue en jurant des *hijo de puta* sonores comme des encouragements, le dos courbé par l'effort. Mon frère Franz descendit prudemment les marches glissantes. D'une main, il tenait un petit sac rectangulaire en skaï bleu, siglé d'un hippocampe blanc, de l'autre il lissait ses cheveux noirs ruisselants de pluie.

Il était immense, maigre, très pâle sous le ciel gris.

« Une allure de mannequin », avait dit notre mère en nous quittant à l'aéroport de La Guardia. « Mon fils, tu as une allure de mannequin italien, je te le dis comme je le pense. » (Elle ne le pensait absolument pas.)

Mon frère Franz ressemblait à tout sauf à un Italien. Ses joues creuses, son teint verdâtre, sa silhouette longiligne cassée par une scoliose et sa chevelure ondulée rappelaient plutôt nos origines d'Europe de l'Est, que notre mère s'employait à faire oublier par toutes sortes de ruses grossières, qui exaspéraient notre père Rudolf.

« Tu vas faire fureur à La Havane ! »

Il portait un costume en lin beige. Dans son dos, deux larges taches de sueur dessinaient un papillon.

Il avait fait faire ce costume à New York, chez Maurizio Carducci, un des meilleurs tailleurs italiens de la ville, spécialement pour l'occasion. Il avait demandé un costume léger, le plus léger possible, si bien que le tailleur lui avait recommandé une toile de lin, qui se froissait au premier mouvement. Mon frère Franz avait fait observer au tailleur que le lin se froissait, mais le tailleur lui avait assuré que tout le chic du lin était précisément dans ce froissement, qui lui donnait, selon son expression, un air négligé : « *La sprezzatura*, monsieur Wertheimer ! *La sprezzatura !* Voilà ce que vous donnera le lin. *Una gradevole apparenza di spontaneità e di naturalezza.* » La véritable élégance, toujours selon ce célèbre tailleur de New York, était négligée : « Vous pouvez me croire sur parole, monsieur Wertheimer, *credimi*, une élégance négligée est ce qui séduit le plus les femmes. Et Dieu sait que j'en ai habillé, des hommes élégants, des hommes d'affaires et des banquiers, des musiciens comme vous, monsieur Wertheimer, des avocats, des capitaines d'industrie ! Même M. Rockefeller privilégiait le négligé dans la coupe et dans les tissus de ses costumes. Ses costumes avaient toujours une allure impeccable ! Mais la vérité, monsieur Wertheimer, *l'unica e sola verità* », disait le tailleur en tournant autour de mon frère Franz, époussetant une épaule, inclinant sa tête chauve pour vérifier le tombé d'une manche et se frisant la moustache de satisfaction, « la vérité est que les costumes de M. Rockefeller, vous vous rappelez certainement ses gris anthracite à fines rayures tennis blanches, ils avaient quelque chose de négligé. » Il hocha le menton : « Je vous le garantis sur facture. »

Mon frère se regardait dans la glace à trois pans, le cou tourné pour observer la tenue de la veste en lin beige, une moue perplexe sur le visage, incapable de se décider.

— Monsieur Wertheimer, avait fini par ajouter le tailleur en se redressant, vous ne pouvez pas reculer devant une touche d'originalité ! Je vais vous faire une confidence, *un piccolo segreto* : le costume que vous essayez, un pianiste vient de m'en commander trois dans des tissus différents, un gris souris et deux noirs. Pour La Havane, le beige est tout ce qu'il y a de plus approprié et le lin aussi, le lin qui supporte si bien la chaleur. La coupe est exactement la même, insista le célèbre tailleur italien de la Sixième Avenue de New York en croisant les bras et en reculant d'un pas.

— Quel pianiste ? demanda mon frère.

— Vladimir Horowitz ! susurra le tailleur avec un mélange de fierté, de naturel un brin trop travaillé pour être honnête et de condescendance.

Les tailleurs sont des maîtres en dissimulation.

Mon frère pencha la tête, comme pour se remettre d'un

éblouissement et évacuer le sang qui avait afflué sur ses joues crayeuses.

— Vladimir Horowitz ? Vous êtes certain ?

— *Ma è certo*, protesta Maurizio Carducci en frisant sa moustache, feignant d'être blessé que nous puissions douter de la présence dans sa boutique, quelques jours auparavant, de Vladimir Horowitz, le pianiste, le plus célèbre des pianistes à l'époque.

Mon frère Franz finit par acheter ce costume qui ne lui allait absolument pas.

Je suis incapable de me rappeler ce qui nous occupa dans les semaines qui suivirent, comme si nous étions passés, mon frère et moi, directement de la boutique du tailleur italien de Manhattan à la carlingue du Super Constellation, ruisselante de pluie, à l'aéroport de Cuba.

2

Le 8 décembre 1949, un cyclone s'abattit sur le sud de l'île.

Selon les météorologues, il s'était formé dans une anse de la Jamaïque, à quelques centaines de mètres au-dessus de Montego Bay, avant de piquer à l'est vers la République dominicaine, causant des dommages considérables dans la ville de Santiago de los Caballeros, puis il s'était enroulé autour des îles Caïques plus au nord et avait fini sa course tourbillonnante tout au sud de Cuba, très loin de La Havane.

La queue du cyclone avait suffi pourtant à provoquer un déluge sur la capitale.

Sur plusieurs centaines de mètres, le long du trottoir, une file de taxis attendait le client à la sortie du terminal, dans un concert de klaxons, de jurons et d'appels stridents : « *Por aquí ! Por aquí !* » Une pluie grasse rebondissait sur les carrosseries arrondies, peintes en azur, amande, anis ou rose pêche. « Celui-là ! » criai-je en montrant du doigt un taxi à la proue allongée, d'un noir laqué de cercueil. J'ouvris la portière arrière, poussai Franz à l'intérieur, enfournai les bagages dans le coffre encombré de chiffons graisseux, de bidons d'huile, de seaux de pêche empestant les appâts, de peaux de chamois flétries par l'humidité. Le chauffeur, la nuque luisante, se retourna en tirant sur son cigarillo : « *A dónde vamos ? — Hotel Nacional. — Hotel Nacional ? Estaremos allí en treinta minutos.* »

Il démarra brutalement.

Le taxi traversa des contrées verdoyantes, mises à sac par l'ouragan. Les bois des cannes à sucre s'entrechoquaient dans un combat inutile, des rafales de vent plaquaient les plants de tabac à terre ; autour de leurs racines arrachées, des vers aussi épais que des boas se contorsionnaient sous le ciel de plomb ; dévalant la pente des montagnes, des torrents d'eau boueuse emportaient leurs feuilles réduites en bouillie. Un chat famélique traversa la route ; mon frère Franz hurla en saisissant l'épaule de notre chauffeur : « Le chat ! » Le taxi fit une embardée, manqua de s'encastrer dans un pylône électrique qui surgit devant nous comme un fantôme bien réel, plus dur que de l'acier. En un coup de volant, le chauffeur redressa la trajectoire ; il poussa un long soupir, tira avidement sur son cigarillo, une buée se forma dans le sillon de sa nuque. Dans les derniers kilomètres, il ne cessa de dodeliner de la tête en murmurant d'une voix rauque : « *El gato. El gato. No irán a ningún lugar, estúpido. El gato...* »

Alors, La Havane.

Des voitures allongées, plates, dégoulinantes de chromes, tentaient d'éviter les nids-de-poule dans des manœuvres, qui faisaient crisser la gomme de leurs pneus cerclés de blanc ; le caoutchouc des pédales de frein subissait les attaques répétées de souliers impeccablement cirés, tandis que des mains gantées de pécari moulinaient avec dextérité les volants dentelés en bakélite, aussi patinés que du vieil ivoire.

Du Malecón montaient des bouffées de poussière étouffantes.

Au loin, on entendait encore le grondement de l'orage tropical.

La nuit tomba.

Rapidement, le gris du ciel vira au mauve pâle puis au noir complet. Une lumière blanche coulait des vasques en verre soufflé des réverbères 1900. Assis sur les rochers brise-lames, immobile, un pêcheur fumait un cigare cannelle, dont la fumée s'élevait en tourbillons au-dessus de son dos voûté.

Pourquoi lui ? *Trügerische Erinnerung*, tu es une magasinière fantasque, qui arrange notre stock de souvenirs à ta convenance. *Colores ! Estampas !* Implacable mémoire ! Combien de Lazare trépassés as-tu abandonnés à leurs bandelettes de coton, combien en ressusciteras-tu encore ?

À la descente du taxi, le costume en lin beige de mon frère Franz ne ressemblait plus à grand-chose, et certainement pas à un costume coupé par le meilleur tailleur italien de Manhattan, si bien que sa première exigence, une fois franchie la porte à tambour de l'Hotel Nacional, fut qu'on lui trouve une femme de chambre capable de le défroisser. Le dos tordu par sa scoliose, il se dirigea vers le comptoir en marbre des enregistrements. « *Please hold the line* », susurrait la bouche vermillon d'une hôtesse à la voix masculine qui vociférait dans le combiné, depuis je ne sais quel coin de la planète : « *I need a room ! I need a room for next week ! Fuck you, baby ! Listen to me : fuck you !* »

Mon frère tendit son visage creusé par la fatigue du voyage en direction du concierge, un homme de haute stature, le crâne chauve luisant comme une boule de billard. Est-ce que des femmes aimantes le lustraient soir et matin avec un chiffon doux ?

— Je me moque de ma chambre ! Je vous demande une femme de chambre ! Une femme de chambre pour défroisser mon costume ! Je dois porter ce costume demain pour le concert, il est impossible que je ne le porte pas, mais comme vous pouvez le constater, dit-il en reculant de deux pas et en ouvrant grand sa veste sans doublure, je ne peux pas le porter dans cet état. Donc il me faut une femme de chambre pour le défroisser. Vous comprenez ? Vous comprenez ce que je vous dis ?

Le concierge haussa les sourcils et lui répondit dans un anglais impeccable, avec une pointe d'accent allemand :

— Je recommande à monsieur de prendre sa chambre. Nous allons lui envoyer une personne tout à fait qualifiée. Monsieur aura son costume pour demain matin sans faute.

— Sans faute ?

— Sans faute, monsieur.

— Votre nom ?

— Egmont. Pour vous servir, monsieur.

Mon frère Franz, avec un soupir, referma et boutonna sa veste machinalement. Egmont épousseta sa jaquette du revers de la main.

À peine entré dans notre chambre, Franz se précipita vers la salle de bains, retira son costume pour le suspendre à un cintre et enfila un peignoir sur lequel était brodé en lettres d'or, sur la poitrine : « Hotel Nacional de Cuba ».

Il ouvrit la fenêtre ; un souffle tiède envahit la pièce, recouvrant de sel poisseux le bois de rose des meubles.

Il pleuvait encore.

3

À cette époque, aucune des quatre cent cinquante-sept chambres du récent Hotel Nacional de Cuba, qui faisait la fierté de la capitale, ne disposait encore de la climatisation. Le jour de l'inauguration de l'hôtel, le 30 décembre 1930, le président Gerardo Machado en personne s'en était plaint. Ce n'était pas du luxe, avait-il dit, quand le mercure pouvait dépasser les quatre-vingt-six degrés Fahrenheit plusieurs semaines de suite pendant la saison chaude. C'était même une question de prophylaxie : les maladies tropicales se répandaient moins rapidement par des températures ne dépassant pas les soixante degrés, soixante-huit maximum. Le président Machado avait ressenti une certaine fierté en prononçant le mot de « prophylaxie ». À la mine interrogative de ses conseillers, des femmes qui se pressaient autour de lui pour lui effleurer la main ou pourquoi pas, qui sait ?, caresser les épaulettes de son uniforme, il sentit qu'il avait touché juste. Il fendit la foule agglutinée dans le hall en répétant sur un ton martial : « *El aire acondicionado es necesario. Para la profilaxis.* » Au directeur qui s'épongeait le front avec un mouchoir de batiste blanc brodé à Manille, il asséna : « *Para la profilaxis.* » Au groom borgne : « *Para la profilaxis.* » Au moment de monter dans sa Cadillac, il consentit même à se retourner vers la horde de journalistes, que d'ordinaire il dédaignait, pour répéter sur un ton patelin, les cheveux blancs lissés en arrière, ses lunettes rondes en écaille de tortue enfoncées dans le gras de ses sourcils : « *Estoy convencido de que es necesario. El aire acondicionado. Para la profilaxis.* »

Trois ans plus tard, malgré les recommandations du président Machado, dictées par un noble souci de la santé de ses compatriotes, au moins de ceux qu'il ne déportait pas à l'île des Pins pour conduite déviante, ou qu'il ne faisait pas déchiqueter vivants par les requins (une mère avait reconnu son fils au bracelet en laiton qu'il portait à son poignet arraché), les travaux de rénovation de l'hôtel n'avaient pas encore démarré. Au moment de la fuite de Machado aux Bahamas, en 1933, des devis avaient été soumis par une entreprise de Tampa, en Floride, mais le coût prohibitif avait refroidi la direction. La petite dizaine de successeurs du Mussolini des tropiques, à commencer par Alberto Herrera y Franchi, suivi de Carlos Manuel de Céspedes y Quesada, Ramón Grau San Martin, Carlos Hevia de los Reyes-Gavilán (il semblait que le nom des présidents de Cuba s'allongeait à mesure que la durée de leur mandat raccourcissait), avait eu mieux à faire que de s'occuper de la climatisation du plus fameux des établissements de l'île.

En 1949, aucune des chambres ne disposait donc de l'air conditionné.

Même la suite présidentielle qui, selon le concierge, avait été occupée la veille par le président Carlos Prío Socarrás, en était dépourvue.

Le président Carlos Prío Socarrás, venait de me glisser le concierge Egmont en me remettant notre lourde clé en laiton, était resté une nuit seulement, mais quelle nuit ! Il avait fallu sécuriser les entrées pour protéger le fondateur du parti révolutionnaire cubain, réserver plusieurs chambres pour ses gardes du corps personnels, sans compter la police secrète, qui voulait tout savoir. Ses agents traînaient dans le hall mauresque en gardant leur panama en paille sur la tête. Leurs vestes de costume flottaient sur leurs épaules. Le pli à sept centimètres de leurs pantalons cassait sur des souliers bicolores, caramel et blanc. Ils discutaient entre eux à mots couverts, mais des bribes de leurs échanges avaient glissé jusque sur le comptoir du concierge, colportés par le marbre du hall désert : « *Consideración todos los riesgos potenciales, reducir los riesgos, otros asesinatos, las consecuencias de un atentado terrorista.* » Il avait aussi beaucoup été question de « *máxima seguridad* ».

Pourtant, selon le concierge, il était difficile de démêler, dans cette troupe où se croisaient des policiers de la Guardia Civil cubaine, des agents de la Dirección de Inteligencia, des militaires et des collaborateurs privés, qui protégeait le président Socarrás, qui le surveillait, qui pouvait l'abattre de sang-froid. Il n'était pas impossible non plus, dans ce régime instable, que, au fil de tractations qui ne cessaient jamais, certains changent de camp. Deux policiers avaient monté la garde toute la nuit dans le couloir qui menait à la suite présidentielle. Pour rester éveillés, ils avaient fumé cigare sur cigare ; des bagues à damier noir et blanc de Cohiba, offerts par la présidence, traînaient sous leurs chaises. L'odeur froide de la fumée avait indisposé un client, qui s'en était plaint tôt le matin :

— Dans un établissement de ce niveau ! C'est intolérable ! avait-il dit en nouant la cordelette de sa robe de chambre d'un geste furieux.

— Cher monsieur, lui avait rétorqué Egmont, je vais transmettre vos doléances aux services de sécurité du président Socarrás. Mais permettez-moi de vous dire que, si vous n'aimez pas l'odeur du cigare, vous auriez dû choisir une autre destination que Cuba.

Il avait remis le client à sa place, poliment mais fermement : qui pouvait reprocher au président Socarrás, à qui il souhaitait une longue vie, de prendre les dispositions nécessaires pour sa sécurité ?

À ce moment précis, le 8 décembre 1949 en début de soirée, le concierge se souvenait avec émotion de la manière dont ce petit homme à la moustache gominée et au sourire fin, qui venait de conquérir le pouvoir à Cuba et jouissait de la plus grande considération, avait franchi le double portail en fer forgé de l'Hotel Nacional de Cuba, au milieu d'un essaim de policiers à la carrure encore plus impressionnante que la sienne. Il avait tenu un des vantaux du portail, me dit Egmont. Le président était passé devant lui à grandes enjambées ; il avait trouvé son regard ; il lui avait souri. Comment aurait-il pu deviner que moins de trois ans plus tard, le 10 mars 1952, cet homme si avisé serait renversé par le futur dictateur Fulgencio Batista, plus puissant que lui, plus sournois aussi, qui tirait les ficelles de la vie politique cubaine depuis longtemps ? Et sans doute était-il mort et enterré depuis des années, le concierge Egmont à haute stature et au crâne verni comme un dos de violoncelle, sanglé dans une jaquette bleu nuit dont le feutre rappelait les tapis de jeu, quand le 5 avril 1977, à Miami, dans une résidence de luxe, on retrouva le corps inanimé du dictateur en exil Carlos Prío Socarrás, le ventre criblé de balles.

En décembre 1949, par conséquent, les clients devaient

se contenter des ventilateurs vissés aux plafonds, dans un appareillage maladroit qui écaillait la peinture et laissait à nu les fils de moteurs électriques ronronnant doucement. Ces hélices en bois verni ne produisaient en fait aucune fraîcheur, elles brassaient un air lourd, avec une obstination dérisoire qui rendait la chaleur des chambres encore plus accablante.

4

Mon frère Franz se tenait debout à la fenêtre, vêtu de son peignoir en éponge blanc cassé, les mains dans le dos, l'ongle de son index triturant le bout de son pouce. Il ne détachait pas son regard du bloc noir de la mer.

Il me demanda d'une voix sourde :

— Tu crois que nous avons bien fait de venir à Cuba ?

— Nous verrons bien, Franz.

Après tout cette idée était la sienne, aller à La Havane pour écouter le pianiste Vladimir Horowitz.

— Arrête de toujours tout remettre en cause, ajoutai-je sèchement. Regarde, nous sommes dans une belle chambre, nous avons la vue sur la mer, tu vas pouvoir entendre ton Vladimir Horowitz pousser la chansonnette, de quoi te plains-tu ?

— Oskar, Vladimir Horowitz ne pousse pas la chansonnette ! Vladimir Horowitz joue du piano, rétorqua Franz en enfonçant ses poings dans les poches de son peignoir.

Il se retourna, le visage livide :

— Du piano, Oskar ! Du piano !

Il se tut, avant de me reprocher le choix de cet établissement, Hotel Nacional de Cuba, qu'il trouvait non

seulement vulgaire, mais inconfortable aussi, avec ces ventilateurs poussifs qui ne pouvaient pas remplacer une climatisation en bonne et due forme. Il fit l'éloge du génie
américain, mentionna Willis Carrier, accabla les Cubains
des pires défauts de paresse, d'indolence, de désordre, il
plongea sa main dans ses cheveux pour finir par une violente tirade sur notre père, Rudolf Wertheimer, selon lui
le véritable responsable de ce voyage à Cuba.

— Après tout, c'est bien lui qui a fait les plans de ce *shitty
hotel* ? Tu ne vas pas me dire le contraire, Oskar ?

— *This shitty hotel*, comme tu dis, a sauvé notre famille.
Ne l'oublie pas, Franz. Que cela te plaise ou non, nous
n'allions pas descendre dans un autre hôtel à Cuba. *You
know what I mean* ? Jamais nous n'aurions pu aller dans un
autre hôtel. Jamais.

Notre père, Rudolf Wertheimer, travaillait dans le célèbre
cabinet d'architectes McKim, Mead & White auquel la
ville de Cuba, à la fin des années vingt, avait commandé la
construction de cet hôtel de luxe. Le cabinet avait imaginé
les tours classiques, le hall mauresque, les grands piliers pal-
ladiens de la salle de bal, le parc avec ses palmiers inclinés,
les baies vitrées qui donnaient sur le front de mer.

Notre père, rappelai-je à mon frère Franz, avait été
accueilli en 1934 par McKim, Mead & White sans conditions.
À plus de quarante ans, il ne comptait pourtant aucune
grande réalisation à son actif. Son seul titre de gloire avait
été de fuir les nazis, alors que beaucoup d'autres architectes avaient essayé de transiger avec eux. Dès 1934, notre
père avait compris que l'objectif du régime nazi ne pouvait
être que de le détruire, avec ses semblables. Comme juif
et comme architecte, dans cet ordre, il avait donc décidé

de quitter Berlin sans délai. Rester un an de plus, six mois de plus, représentait un risque inutile. Contrairement à des figures du Bauhaus telles que Mies van der Rohe, il s'était rendu compte que le pouvoir en place ne se laisserait jamais convaincre par aucun sourire, aucune habileté, aucune flatterie, aucune humiliation.

« Les hyènes, me dit un jour notre père, ne se laissent pas attendrir par les gnous, elles disputent les charognes aux lions, elles ricanent. Les nazis ricanent aussi, ils ricanent en bande, ils ne connaissent pas la solitude. Les nazis exterminent les juifs et la solitude. Tu comprends, Oskar ? Ils exterminent la solitude parce que la culture européenne, que tu ne connais pas, *arme Oskar !*, la culture européenne est le fruit de la solitude. »

Il reprit son souffle, qu'un emphysème pulmonaire coupait à intervalles plus ou moins réguliers : « Les nazis sont la masse. La masse, je la déteste, je la fuis, tandis que j'aime la solitude. La masse se rassemble en plein jour, elle fait des retraites aux flambeaux la nuit. Avec elle, la culture européenne disparaît. Quand vous serez adultes, Franz et toi, la culture européenne se sera éteinte, elle sera tombée dans la nuit. La culture occidentale, pareil. Comment pourrait-elle résister au nazisme, à ce traitement de cheval ? »

Il murmura : « *En una noche oscura.* »

Le goy déchaussé faisait partie de ses auteurs de référence, il avait appris des strophes entières de sa poésie mystique. « *A oscuras y segura, / por la secreta escala, disfrazada, / oh dichosa ventura ! / a oscuras y en celada, / estando ya mi casa sosegada.* » Après avoir passé une bonne heure dans les toilettes à lutter contre sa constipation chronique, il en sortait la mine réjouie, le front ruisselant de sueur ; le dos courbé pour reboutonner son pantalon, il murmurait son kaddish de la délivrance intestinale : « *En la noche dichosa, / en secreto, que nadie me veía.* » Saint Jean de la Croix était une de ses références favorites. Rudolf Wertheimer n'avait jamais mis les pieds à Tolède. Il était juif.

Mies van der Rohe avait signé une déclaration de soutien au chancelier Hitler. Mon père, lui, avait refusé. Il avait gardé le papier dans un tiroir de son bureau. Mies van der Rohe avait adhéré à la Chambre de la culture du Reich pour sauver un peu de son activité, lui non.

Dès le début, notre père Rudolf Wertheimer, élevé dans la douce ville de Weimar, avait deviné que le chancelier Hitler, parvenu au pouvoir en frac et en chapeau haut de forme par le jeu policé de la démocratie, recelait en lui une violence pathologique. Un jour, disait-il à sa femme Rosa, notre mère née à Passau, cette violence pathologique emporterait tout, subjuguerait les esprits faibles, balaierait les obstacles sur son passage, se transformerait en une folie administrative qui ne poursuivrait plus qu'un seul but : la destruction. « *Die Vernichtung* », avait traduit notre père Rudolf, en insistant sur le *nicht* et en levant les bras au ciel dans une imploration. À qui ? À saint Jean de la Croix ? N'importe qui de sensé (mais combien d'individus sensés restait-il en Allemagne dans les années trente ?) serait tombé à la renverse en constatant la substitution dans les esprits allemands de la bonne vieille culture bourgeoise de Weimar, dont la figure principale était morte, dit-on, en réclamant plus de lumière, par une idéologie maniaque qui emportait la nation dans les ténèbres. *Licht, Nicht* : triste alphabet de l'histoire allemande.

« La destruction de tout ! » hurlait notre père Rudolf Wertheimer, d'une voix qui n'était pas habituée à hurler et qui par conséquent sonnait faux ; la disparition des juifs,

38

la disparition des artistes et des architectes, la disparition des officiers prussiens, de la bourgeoisie et des pauvres, des malades, des faibles, des dépressifs, la disparition des retardés mentaux. Pour des raisons compréhensibles, les brimades contre les juifs le préoccupaient plus que tout : « *Die Vernichtung der europäischen Juden ! Hier ist das versteckte Ziel !* »

Les idées du Bauhaus aussi passeraient à la trappe ; leurs initiateurs avec ; il fallait être aveugle pour ne pas le voir.

Quand Mies van der Rohe avait plaidé la compréhension pour le régime nazi, notre père, lui, avait refusé de comprendre le régime nazi.

Quand Mies van der Rohe avait participé au concours pour la réalisation du pavillon allemand à l'Exposition universelle de Bruxelles, en 1935, Rudolf Wertheimer avait déjà emmené sa famille loin de cette Allemagne qui, disait-il, avait perdu sa raison. Il était à New York quand le chancelier Hitler piétina de rage à Berlin la maquette de Mies van der Rohe.

Dès 1934 donc, il avait sollicité McKim, Mead & White. Le cabinet, qui avait construit la Penn Station de New York, les bâtiments de l'université de Princeton, le Brooklyn Museum, La Pierpont Morgan Library, sans oublier un de leurs chefs-d'œuvre, la Boston Public Library, avait accueilli notre père sans conditions.

— Nous leur devons bien un séjour à l'Hotel Nacional de Cuba, non ?

— Sans doute, me répondit mon frère Franz ; mais je me demande encore si nous avons bien fait de venir. Parce que Horowitz, en définitive… Est-ce que cela vaut le coup de se déplacer de New York à La Havane pour écouter Vladimir Horowitz ? demanda-t-il d'une voix lasse.

5

En 1949, mon frère Franz montrait déjà des signes de la dépression dont il ne devait jamais sortir, si ce n'est par brèves périodes durant lesquelles il prendrait avec enthousiasme des décisions calamiteuses, qui aggraveraient son cas.

Parmi ces décisions, je compte son mariage avec Muriel Lebaudy, une petite femme tonique née dans le nord de la France, dont la pétulance séduisit mon frère, autant que sa frange blonde coupée au carré dont elle balayait les mèches d'un revers de la main, avec un air de souveraine en colère. Franz l'avait rencontrée à un cours de piano. Elle tournait les pages, ce dont elle tirait une grande fierté : « Le fait est que, sans moi, le pianiste est totalement paumé », disait-elle. La plupart de ses phrases s'ouvraient sur cette locution imparable : « Le fait est que ». Le reste du temps, elle travaillait comme jeune fille au pair dans la famille d'un banquier de la Chase Manhattan, qui lui avait fait des avances un soir en lui proposant un verre sur le palier de l'escalier de secours ; elle l'avait repoussé avec fermeté, en montrant du doigt la fenêtre ouverte de la chambre des enfants, nimbée du bleu pâle de la veilleuse de nuit. « Le fait est que notre histoire n'irait pas très loin, vous savez ? »

En quittant l'escalier de secours, elle s'était coincé un talon dans la grille ; il avait cassé sec ; elle s'était juré de quitter la famille à la première occasion.

Ce fut mon frère Franz.

L'assurance à toute épreuve de ma belle-sœur Muriel avait de quoi rassurer son caractère de porcelaine. « Tu sais, Muriel, c'est mon roc », me disait souvent Franz, quand je l'interrogeais sur cette relation qui prenait de plus en plus d'ampleur, pour ne pas dire qu'elle consumait mon frère. Muriel était « son roc », « son ancre », « sa boussole », « son cap », « sa base », « son refuge » ; elle était surtout le meilleur coup qu'il ait jamais connu, cela le réconciliait avec la vie. Muriel osait désormais des tenues en imprimé léopard. Quand il la prenait par la taille, mon frère sentait fondre toute tristesse en lui : « Je suis heureux, Oskar, tu comprends ? Heureux comme je ne l'ai jamais été ! » Mes réserves écartées, il ne restait qu'un seul obstacle sur la voie du mariage : la confession catholique de Muriel. Elle refusa catégoriquement de la renier, bien qu'elle n'ait pas mis les pieds dans une église depuis des lustres : « Et pourquoi pas me couper un bras, tant qu'on y est ? »

Il me fut impossible de refuser à Franz d'être le témoin de son mariage avec Muriel Lebaudy.

Pour ne pas braquer ses beaux-parents, Muriel accepta que la cérémonie ait lieu dans la synagogue réformée de Lexington Avenue, dont le bâtiment chic, avec ses deux tours octogonales piquées de boules de marbre vert, comme du houx, ne présentait pas un caractère « trop juif ». Les parents de Muriel firent l'effort de sortir de leur petit village d'Avesnes-les-Aubert, où ils possédaient une ferme, de se rendre à Paris, de prendre l'avion pour la première fois de leur vie. Ce fut leur seul déplacement à l'étranger, ils moururent peu après le mariage, trop vieux déjà. Dans leur regard méfiant, leurs lèvres pincées, la manière qu'avait la mère de garder son sac serré contre sa poitrine comme si on allait le lui arracher au coin de la rue, je retrouvai l'envie, la médiocrité, l'appât du gain, la rage du petit profit de Muriel qui allaient tant faire souffrir mon frère Franz.

Le père avait appris une phrase en anglais. Il la répétait à qui voulait bien l'entendre sur le perron de la synagogue, en retirant sa casquette à carreaux : « *Nice to meet you !* » Il prononçait « *nice* » comme « Nice », la ville. Ses joues couperosées se coloraient de mauve aux ailes du nez. Les caractères hébraïques sur les vantaux du portail l'avaient fait tiquer ; mais il était fier, quand même : « New York ! »

Le jour de son mariage, Muriel avait peint ses lèvres en carmin vif, sa robe blanc meringue avait suffisamment de stretch pour mouler les deux globes de ses fesses, son carré blond étincelait de laque. « Elle est pas belle, ma femme ? » jubilait Franz.

La réception eut lieu à l'hôtel Peninsula, à proximité de Central Park, dans une salle si basse de plafond que mon frère dut s'incliner pour danser, suivant un angle deux fois plus prononcé que celui imposé par sa scoliose. Après la première danse, il laissa Muriel saluer les invités ; elle s'acquittait de son devoir de jeune mariée à la perfection, en minaudant ; elle dessinait avec ses lèvres carmin des mouvements de succion.

Assis dans un coin, ses parents étaient au spectacle.

Franz descendit d'un coup cinq coupes de champagne qui lui laissèrent une saveur amère dans la gorge. Il dansa encore, obligea sa belle-mère à se lever pour faire trois tours de valse ; elle accepta en gardant les yeux rivés sur son sac à main, qu'elle avait accroché au dossier de sa chaise.

Franz embrassa sur les deux joues chacun des invités, laissant sur leur peau la désagréable sensation d'une sueur glacée. Il descendit encore six ou sept coupes de champagne. D'où leur venait ce goût de fer ? La tête lui tournait. Il chercha Muriel. Elle continuait ses salamalecs sous-marins dans cette salle trop basse de plafond. Au milieu de son visage ruisselant de fard, sa bouche accomplissait des mouvements de dilatation et de contraction comme une anémone de mer effleurée par les courants. Quel plancton verbal pouvait-elle avaler avec autant d'avidité ? Il aurait voulu fermer cette bouche, en la collant contre ses lèvres. Il but une dernière coupe. Il se sentait (me dirait-il le lendemain, alors qu'il était encore pris de nausées) d'une tristesse insondable.

Ses beaux-parents, qui trouvaient que la soirée s'éternisait, avaient filé à l'anglaise, en profitant du mouvement de marée de quelques invités sur le départ. Et puis ils ne trouvaient pas l'attitude de leur gendre très convenable : « Je me demande si Muriel a fait une bonne affaire, à épouser ce juif », avait décrété la mère en vérifiant que rien ne manquait dans son sac.

Franz s'effondra.

6

En 1929, à neuf ans, Franz avait connu la Grande Dépression et la pauvreté de nos parents.

Toute la famille Wertheimer avait fait des sacrifices considérables pour lui permettre de poursuivre ses études de piano. Notre père Rudolf, en accord avec notre mère Rosa, avait renoncé pour un temps à son activité d'architecte qui ne rapportait plus rien. Qui allait construire des maisons dans un pays qui crevait de faim ? Il était passé de petit métier en petit métier, transportant des traverses de chemin de fer en camion, abattant des arbres dans les forêts voisines de Berlin, vendant les journaux sur Unter den Linden aux industriels à haut-de-forme et bottines vernies, qui lui tendaient une pièce sans lui jeter un regard. Il avait même découpé des carcasses de bœuf dans un abattoir de Leipzig, avec pour compagnons de travail des brutes épaisses immigrées de Pologne, qui sciaient les cornes en sifflotant. « Le bruit de la scie qui entame la corne, disait notre père en évoquant ses quatre mois à Leipzig, ça me vrille toujours le cerveau vingt ans après. Et encore, les bœufs, on les tue au pistolet d'abattage. Une décharge dans le crâne, pan ! *Fertig !* Le bovin s'écroule.

On passe au suivant. *Weg damit !* Sur le rack en acier, qui avance. »

Mais les cochons...

Les milliers de cochons, se souvenait notre père Rudolf Wertheimer aux doigts délicats d'architecte, défilaient en file indienne sur le tapis roulant, l'œil de travers à cause de la peur ; ils sentaient que quelque chose de grave arrivait.

« Parce que c'est intelligent un cochon, en tout cas pas plus bête qu'un homme. Il faut pas croire. *Dreckiges Schwein, kluges Schwein.* »

Donc, ils grattaient le caoutchouc du tapis avec leurs ongles, ils grognaient, se bousculaient, les soies des uns collées contre le flanc des autres ; ça sentait l'urine acide ; ça puait la mort.

« Après, poursuivait notre père, on les serrait dans la mâchoire de cages en acier, pour les immobiliser avant de leur sectionner l'artère fémorale. Ils gigotaient de tout leur gras. Il fallait enfoncer le couteau bien profond, pour sectionner l'artère d'un coup. Le sang giclait sur la toile cirée de nos tabliers ; les cochons grognaient ; même achevés, ils poussaient encore des couinements aigus ; c'est résistant, le cochon. »

Ensuite les mâchoires de la cage s'ouvraient. Par une machinerie ingénieuse, un crochet se fichait dans une des deux pattes arrière, soulevant brutalement la carcasse dans les airs ; elle défilait à côté de carcasses semblables, qui bougeaient un peu, à cause du mouvement de la chaîne, par réflexe des nerfs aussi.

« Alors nous les éventrions de tout leur long, avec un couteau différent, plus long, plus effilé, un peu comme un sabre japonais ; les ventres fendus en deux vomissaient des tripes mauves, qui tombaient dans des bassines en fer-blanc. »

Il faisait une pause dans son récit, qui ne variait pas d'une ligne.

« Les cochons, disait notre père, étaient mon cauchemar. Leur odeur, leur odeur de tripes chaudes et de cuir bouilli, elle reste imprégnée dans la peau, dans les cheveux, sous les ongles ; elle ne part jamais. »

Les abattoirs de Leipzig étaient un des souvenirs que notre père faisait travailler dans la roue de sa mémoire, indéfiniment.

Il était surprenant de le voir penché sur le plan incliné de sa table de travail, à tirer des traits à la mine de plomb sur des feuilles de papier larges comme des draps, en imaginant que dans les albums de son esprit (au hasard des milliards de connexions neuronales qui opéraient avec la célérité de la lumière) se bousculaient les plus belles réalisations architecturales du monde et des images d'abattoir.

Au bout du compte, il sauva le piano Schimmel de Franz.

Un oncle nous avait aidés. Tous les dimanches, à treize heures précises, il venait nous rendre visite dans notre appartement de la Weissenfelser Strasse et sortait de la poche de son imperméable mastic des liasses de marks.

De la famille Wertheimer, du genre sec, notre oncle Karl était le seul à arborer une bedaine imposante. Il la serrait dans des gilets boutonnés violets, qui lui donnaient des airs de cardinal. Même dans la rue en plein hiver, il avait une mine rubiconde, il transpirait, il n'en pouvait plus de « cette chaleur », qui lui donnait des migraines épouvantables. Un jour que nous nous promenions le long du mur d'enceinte du zoo de Berlin, il consulta le thermomètre incrusté dans le mur entre un léopard et un alligator en carreaux de céramique ; il affichait moins deux degrés Cel sius ; Karl haussa un sourcil, où perlait une goutte de sueur sur le point de cristalliser en stalactite : « *Ganz schön heiss heute, was ?* »

À la maison, il riait en s'éventant avec les billets : « Un petit bout du Schimmel ! Voilà, voilà ! Merci ! Merci pour la musique ! »

Il les soupesait, il les alignait sur le linteau de la cheminée. Il faisait mine de les reprendre et baissait la tête, piquant son petit menton en triangle dans le gras de son cou : « Pour la musique seulement, hein ? Pour le petit ! Pour son piano ! Pas pour aller faire la fête ou courir le jupon, Rudolf, hein ? On se comprend, tous les deux ! »

Il sermonnait : « Quand on a un virtuose dans sa famille, on le laisse pas filer, hein ? On se tient les coudes ! On se serre la ceinture ! »

Il tapotait les joues de mon frère Franz avec les liasses qui sentaient le moisi, la voix haut perchée : « Tu as intérêt à bien jouer du piano, mon petit Franz ! Franz ! Comme Franz Liszt ! Tous ces sacrifices, tu comprends, on les fait pas pour le roi de Prusse, on les fait pour toi. Alors du piano, il faut en jouer divinement ! Oui, divinement ! Divinement comme le divin Mozart ! »

Plus tard, ma mère Rosa prétendit que cet argent venait directement du gouvernement nazi, qui rémunérait notre oncle pour son activité de renseignement sur la communauté juive de Berlin.

Au début de la guerre, avant que nous quittions l'Allemagne, la bedaine de mon oncle gonfla comme une baudruche ; une épingle aurait suffi à la faire éclater sous son gilet violet ; il se plaignait toujours plus de la chaleur, qui compliquait ses déplacements : « *Aber für mich ist es unerträglich !* » On aurait dit que la quantité de couleuvres, de mensonges, de trahisons, de mochetés qu'il avait dû avaler depuis l'arrivée au pouvoir des nazis avait déréglé son organisme ; son corps lui échappait.

Comme seul soulagement, il lui restait les billets pour le Schimmel de son neveu. Ils arrivèrent par fournées entières. Nos parents auraient pu acheter un piano de concert, plutôt que le petit piano droit muni de chandeliers en laiton, qu'un soir de juillet deux déménageurs en débardeurs installèrent dans un coin du salon, sous un portrait de Ludwig van Beethoven (que nous préférions de loin au « divin Mozart »).

Ma mère finit par refuser l'argent. Elle s'emporta contre mon oncle : « *Ich weiss, wer du bist, du Drecksau ! Raus ! Ruf mich noch einmal und ich schmeisse dich raus !* »

Mon oncle sortit en se tournant de profil pour faire passer son ventre dans l'encadrement de la porte. Il pleurait, je crois.

Peut-être que ce soir du 8 décembre 1949, veille du concert de Vladimir Horowitz qui nous avait amenés à La Havane, les injonctions de notre oncle résonnaient encore dans les oreilles de mon frère Franz ; ou le récit des souvenirs d'abattoir de notre père ; ou le froissement des liasses de marks sales sur sa joue de neuf ans. *Wer weiss ?*

7

On frappa à la porte de notre chambre.

Le ventilateur avait tourné toute la nuit, mais la chaleur restait aussi dense, plus moite encore que la veille.

Je me levai.

Mon frère Franz était allongé sur le canapé, dans son peignoir en éponge blanc cassé, le regard fixe souligné par des cernes mauves. Il passait les doigts de sa main écartés en peigne dans ses cheveux, regardait le bout de ses doigts, soufflait dessus. Il avait un teint de cendre et ses jambes pâles semblaient immenses. Je lui dis bonjour en me dirigeant vers la porte, mais il ne répondit rien, son regard se diluait dans la pluie fine qui coulait le long des carreaux.

Derrière la porte se tenait Egmont, qui s'était fait un devoir de rapporter lui-même le costume en lin beige, sous une housse en coton du plus bel effet.

« Le costume de votre frère, me dit le concierge en me tendant le cintre à bout de bras. Défroissé ! Impeccable ! Comme neuf ! »

Je pris le costume, il plongea sa main dans la poche intérieure de sa jaquette : « Voici vos billets pour le concert de ce soir. Ne les perdez sous aucun prétexte, M. Horowitz joue à guichets fermés, vous ne retrouverez pas de places ! »

Il tourna les talons et disparut.

Je refermai la porte et suspendis le costume sous sa housse dans le dressing. Je regardai mon frère Franz, toujours allongé, plongé dans je ne sais quelle méditation, tandis que la pluie devenait de plus en plus forte et fouettait les vitres. Une vraie pluie tropicale, pensai-je. À quel bourbier peut bien ressembler La Havane après une tempête pareille ? Je rangeai les deux billets dans un tiroir de la table de nuit et éteignis le ventilateur. L'interrupteur gardait l'empreinte patinée des pouces de tous les clients qui s'étaient succédé dans cette chambre en pestant contre l'absence de climatisation, intolérable dans un établissement de ce standing. Les pales en bois ralentirent ; le tourbillon tiède cessa ; les pales retrouvèrent leur forme hélicoïdale, la cordelette pendait piteusement au plafond.

— Pourquoi tu as coupé le ventilateur ? me demanda mon frère Franz.

— Il ne sert à rien, ce ventilateur, il fait du bruit mais il ne sert à rien. Tu as moins chaud, toi, avec le ventilateur ?

— Non.

— Alors on le coupe.

Franz hocha la tête et replongea dans sa méditation.

J'entrai dans la douche, tournai les têtes de robinet en laiton. Je restai longtemps sous le jet glacé, qui rebondissait sur les carreaux en mosaïque mauresque.

— Tu sais, il fait toujours aussi chaud dans la chambre, dis-je à mon frère Franz en sortant de la douche, pieds nus, une serviette nouée autour de la taille.

Il ne répondit rien, il décroisa ses longues jambes, se

passa machinalement la main dans les cheveux, souffla sur ses doigts et poussa un long soupir :

— Tu crois que nous devons vraiment y aller, à ce concert ? Parce que Vladimir Horowitz, en définitive, il vaut quoi ?

8

Juste après le déjeuner, la pluie cessa.

Une éclosion de petits nuages roses monta dans le ciel lavé, sur un fond de cumulus boursouflés, d'un blanc vibrant.

À La Havane, qu'ils nous semblaient loin les ciels de plomb de la Prusse, prêts à nous harceler d'une pluie fine au printemps, en hiver d'une neige glacée piquante comme des aiguilles ! Les Caraïbes ! Nulle part aucune forme cartésienne ; aucun gris malade dans le ciel, mais la liberté de nuages qui grossissaient, gonflaient comme des outres, étincelaient brutalement au gré des caprices de la mer, dont la houle brassait des reflets aveuglants ; parfois ils s'accumulaient en une masse noire (noire, pas grise), comme une tumeur cancéreuse qui bouchait l'horizon et pesait sur le vert acide des champs ; ils crevaient, une pluie torrentielle s'abattait sur les routes, martelait les toits de tôles des maisons, qui sonnaient plus fort que des tambours ; ils passaient ; le ciel se dégageait à nouveau ; plusieurs fois par jour, c'était l'aube.

Dans les Caraïbes et nulle part ailleurs j'ai cru vivre vraiment (mon frère Franz aussi, malgré tout).

Un soleil brûlant apparut.

Il accablait de lumière le petit carré de pelouse pelée en contrebas, coincé entre le trottoir et le Malecón. Par la fenêtre ouverte montait une odeur de gasoil et de poisson. Dans le parc, les branches des palmiers, épuisées par la tempête, ondulaient doucement ; certaines cassées en deux balayaient le trottoir. Les taxis avaient repris leur activité. Ils circulaient à vitesse réduite, le caoutchouc de leurs pneus brillait dans la lumière crue.

Mon frère Franz avait enfilé son costume de lin beige. Il se tenait debout dans le dressing, tirant sur les manches trop courtes, courbant le dos pour assouplir les épaules.

— Je me demande, dit-il, si mon costume me va encore, je me sens étriqué.

Effectivement, le costume en lin beige réalisé sur mesure chez le meilleur tailleur de Manhattan avait rétréci d'une taille au moins. Les fibres de lin avaient cédé face aux solvants et aux coups de fer à repasser des femmes de chambre, elles étaient devenues rêches, la veste avait perdu toute souplesse.

— Pour le négligé, c'est fichu.

Il retira le costume, le remit sous sa housse en coton, le suspendit dans le dressing et fit glisser des étagères en bois verni sa valise, qu'il n'avait pas encore défaite.

— Allez, dit-il sur un ton fataliste, on va trouver autre chose à se mettre. Quelque chose de plus détendu, de plus adapté aux circonstances, non ? Après tout, nous sommes à La Havane, pas à New York, nous allons à un concert, pas à une réception. Et les Cubains ? Comment ils s'habillent les Cubains ? Tu sais, toi, comment ils s'habillent, les Cubains ?

Je lui répondis que non, je ne savais pas, que certainement les Cubains étaient élégants, mais que rien dans la circonstance ne justifiait une tenue trop recherchée.

Toujours j'avais vu mon frère Franz apporter une grande attention à sa tenue vestimentaire ; depuis quelques semaines, cela avait pris un tour maniaque. Il pouvait acheter une cravate à pois chez Hilditch & Key, sur Madison Avenue, la porter à une occasion, parfois simplement la nouer, la dénouer après s'être regardé dans le miroir et retourner chez Hilditch & Key pour réclamer au vendeur une cravate identique, avec des pois plus fins, ou plus gros. Après les pois, il passa aux rayures, dont la variété de largeurs offrait une gamme infinie de nuances qui le tourmentaient : laquelle était la bonne ? Un centimètre ? Deux centimètres ? « Je ne sais pas, Oskar ! Je ne sais pas quelle est la bonne largeur pour les rayures, disait-il, les cheveux en bataille. Deux centimètres, c'est un peu gros quand même, mais un centimètre, cela fait radin, un peu juif. Tu en penses quoi ? — Rien, Franz. »

Il achetait ; il se ruinait ; il dépensait des sommes folles dans ses habits, des sommes qui excédaient de loin ses gains et qui risquaient de le conduire droit à la faillite personnelle.

Il était toujours à la recherche de la dernière coupe, des matières les plus nobles. Jamais il n'était satisfait. Il mettait une veste, il se lassait, il la déposait chez son voisin, avec un petit mot à destination d'Albert, le fils aîné de la famille, qui avait la même morphologie tout en longueur que lui, oubliant qu'Albert rêvait de devenir basketteur professionnel et ne saurait pas quoi faire de ces vestes sur mesure.

Après réflexion, Albert les donna en cadeau à son entraîneur.

Un jour où il assistait à un match de l'équipe de John

Jr., mon frère Franz reconnut une de ses vestes sur les épaules de l'entraîneur, qui avait fière allure : « Ma veste en velours ! Là ! Sur le dos de l'entraîneur ! » De retour chez lui, il réunit ses chemises à peine élimées aux cols et aux poignets, il en fit des paquets qu'il emballa dans du papier de soie et il les déposa à une organisation caritative : « Au moins celles-là, elles serviront à des gens qui en ont besoin ! »

Les vestes, il les conserva dans un placard, alignées sur des cintres comme à la parade.

Ses chemises étaient en coton d'Égypte : « Le seul qui convienne à ma peau, disait-il, tous les autres cotons me donnent des irritations. » Les boutons devaient être en nacre, certainement pas en plastique, parce que le plastique était terne tandis que la nacre produisait un éclat extraordinaire, quoique discret, sur le plastron de la chemise. Quand je lui faisais observer que la nacre était fragile et qu'au premier lavage la moitié au moins de ses boutons, parfois la totalité, ressortaient fendillés ou même cassés en deux, il rétorquait que je ne connaissais rien à l'élégance, que la véritable élégance devait accepter le défaut : « Un habit qui n'a pas de défaut n'est pas un habit élégant, assénait-il. Ce sont les habits industriels qui n'ont aucun défaut. Les habits élégants sont réalisés avec des matières vivantes et, comme la vie a des défauts, les habits élégants aussi ont des défauts, ce n'est pas difficile à comprendre, non ? »

Torse nu devant sa valise, le dos voûté, les vertèbres de sa colonne saillant sous sa peau comme un jeu d'osselets, il en sortait des chemises immaculées, des caleçons longs vichy ou rayés, des chaussettes en fil d'Écosse, des pantalons sombres au pli impeccablement marqué ; il les déposait un à un sur le velours ras du canapé inondé de soleil, comme des offrandes. Dans le buisson de poils noirs de sa poitrine perlaient des gouttes de sueur. La touffeur de notre chambre devenait insupportable.

Il regarda longuement les petits tas de tissus et finit par enfiler un pantalon pétrole et une chemise blanche à large col :

— Voilà, dit-il en ajustant le col dans la glace, on va y aller comme ça.

Il se tourna vers moi :

— Prépare-toi, il est presque quinze heures, il faut que nous partions. Le concert est à seize heures précises.

9

Le 9 décembre 1949, Vladimir Horowitz devait donc jouer pour la première fois la *Sonate en mi bémol mineur* de Samuel Barber, compositeur dont la postérité (injuste mémoire des hommes) n'aura retenu qu'un modeste adagio, diffusé en boucle dans le Walmart du 301, Madison Avenue, où la famille Wertheimer avait ses habitudes.

Samuel Barber avait spécialement composé cette sonate à l'intention de Vladimir Horowitz, le plus grand pianiste de sa génération, pour lequel les Américains cultivés, dont mon frère Franz, nourrissaient une véritable dévotion. Mon frère Franz était pianiste, moi non ; lui avait une raison de se claquemurer deux heures durant au Grand Théâtre de La Havane ; ma motivation était moins profonde, pour ne pas dire qu'elle faiblissait à mesure que nous approchions de l'heure du concert.

Évidemment, je connaissais Vladimir Horowitz, le titan du piano, l'ouragan des steppes (quelles steppes ? Quel ouragan ?), le Méphisto du clavier.

Que d'outrances pour un musicien qui s'asseyait sur un tabouret pour tapoter sur des touches blanches et noires !

Dès mes cinq ans, j'avais étudié la musique sur le Schimmel sauvé de la vente en 1929 par les sacrifices de notre père et de la famille Wertheimer. Très vite cependant, j'avais abandonné toute pratique musicale, contrairement à mon frère Franz qui était destiné à une carrière de prodige après avoir été récompensé en 1946, à vingt-six ans, au concours de piano Reine Élisabeth de Belgique. Il n'avait pas emporté le premier prix, mais il avait tout de même eu un accessit. Il n'avait pas triomphé comme un Emil Guilels en 1938, mais il avait été distingué, il pouvait encore prétendre à une carrière de pianiste de premier plan, contrairement à moi, qui avais renoncé à toute ambition dans ce domaine et qui m'étais tourné vers des études de médecine à l'université de Princeton, dans les bâtiments dessinés par le célèbre cabinet d'architectes McKim, Mead & White.

Ce soir de décembre 1949, plutôt que d'aller écouter Vladimir Horowitz, il me vint l'idée de retrouver mon amie de Princeton, Julia, qui fort opportunément se trouvait à La Havane au même moment que nous. Tout au long de la soirée, l'idée grandit, durcit, elle prit la taille d'une plante grimpante, s'enroulant autour de la moindre de mes réflexions jusqu'à l'étouffer, pour ne plus laisser qu'une seule obsession prendre en tenaille les deux lobes de mon cerveau : le sexe.

En vérité, c'était mon amie Julia qui m'avait attiré à La Havane. Mon frère était venu pour entendre Vladimir Horowitz et moi pour la rejoindre.

Julia avait de la famille, à qui elle rendait visite régulièrement, dans un petit village proche de la capitale.

Une après-midi de novembre étrangement chaude où nous traînions allongés sur la pelouse de Princeton, ma verge tendue contre la couture de mon jean, je lui appris que nous partions, avec mon frère Franz, de New York à Miami, puis de Miami à La Havane pour assister à un concert de piano au cours duquel Vladimir Horowitz jouerait pour la première fois la *Sonate en mi bémol mineur* de Samuel Barber. Elle éclata de rire : « Pour un concert de piano ? Mais on ne va pas à La Havane pour écouter du piano ! On va écouter Benny Moré, on va écouter Celia Cruz ou Eduardo Davidson, pas Vladimir Horowitz ! Et Barber ! C'est qui, ton Samuel Barber ? »

Elle me parla de la rumba, elle me proposa de venir la retrouver dans le village de sa famille. Là-bas il y avait une jolie plage, la *playa blanca*, où nous pourrions nous baigner. Je lui dis oui ; elle sourit.

Julia avait un sourire de Mona Lisa, tout en gardant les lèvres le plus souvent à peine écartées, comme une fente de chair ; elles dévoilaient des petites dents parfaitement alignées, sur lesquelles elle passait sa langue, déposant un peu de salive qui faisait briller l'ivoire ; alors elle me fixait avec un regard trouble, elle me disait « Je t'aime » sur un ton neutre, ou bien « Tu es l'amour de ma vie », ou bien encore son regard se troublait encore plus et elle demandait sur un ton innocent : « Quand est-ce que tu m'encules ? »

Je suis incapable de me souvenir des explications que je bredouillai à mon frère pour justifier mon absence au concert, en revanche je revois son visage, où se lisait une déception intense, un peu de colère aussi.

Il passa la main dans ses cheveux frisés, souffla sur ses doigts et lâcha :

— Bon, je vais aller seul au concert.

Il ajouta :

— Tu vas rater Horowitz.

Et il claqua la porte de notre chambre derrière lui.

Le feu me dévorait les entrailles, les mots de Julia tournaient dans ma tête avec la même régularité de ritournelle que l'*Adagio pour cordes* de Samuel Barber (composition de 1936) : « Tu es l'amour de ma vie. »

10

— Ce n'est pas loin, me dit le concierge à qui je demandai combien de temps il fallait pour aller à la *playa blanca*. Il faut aller au village de Baracoa et ensuite vous tombez dessus ; mais il y a de la circulation à cette heure ; avec la tempête, les routes sont en très mauvais état. Comptez bien deux heures !

Il baissa sa tête chauve et, de sa haute stature, sur un ton sec, il laissa tomber :

— J'espère que votre frère a été satisfait de son costume ? Nous nous sommes donné beaucoup de mal pour lui rendre un aspect présentable. Il y avait du travail ! Quelle idée aussi de venir avec un costume en lin ? Tout le monde sait bien que le lin se froisse, surtout sous nos latitudes. Le climat humide des tropiques est fatal au lin. Un bon coton, ajouta-t-il en hochant la tête, il n'y a rien de mieux qu'un bon coton.

Je laissai Egmont à ses réflexions, franchis la porte à tambour dont les battants de verre avaient été repliés pour laisser entrer un peu d'air ; le trottoir grouillait d'animation ; on nageait dans une fournaise ; le bitume fondait, dégageant une odeur puissante de soufre.

Un voile nuageux avait rapidement recouvert le ciel

de La Havane ; il laissait filtrer une lumière aveuglante, à laquelle on se demandait, en l'absence d'ombre, comment échapper. Je mis mes lunettes de soleil, levai le bras pour appeler un taxi, sentis une rigole de sueur couler de mon aisselle jusqu'au gras de ma taille.

Une lourde Buick glissa le long du trottoir.

Je montai, me calai dans le skaï de la banquette arrière, la chemise trempée de sueur : « *A la playa blanca por favor* », dis-je au chauffeur. Sa nuque humide était hérissée de poils noirs, elle marquait trois plis arrondis, épais comme du cuir de buffle. Il démarra, tourna le bouton de la radio. La Buick dodelina doucement de droite à gauche, en me donnant un haut-le-cœur.

Les haut-parleurs installés dans les portières crachotaient une chanson de Benny Moré, dont la voix chaude se mêlait au vent poisseux :

> *Cómo fue*
> *No sé decirte cómo fue*
> *No sé explicarme qué pasó*
> *Pero de ti me enamoré*

Bercé par les mouvements de caisse, je m'assoupis.

Mon frère Franz tambourinait aux portes du Grand Théâtre de La Havane, il était arrivé en retard et il avait trouvé porte close, il errait dans le hall tout en stucs dorés, tendant l'oreille pour attraper les bribes étouffées des accords que Vladimir Horowitz, avec une agilité démoniaque, plaquait sur son piano. Mon frère Franz avait beau frapper, personne ne lui ouvrait, le hall était désert, seules les femmes drapées dans du marbre blanc cassé lui jetaient des regards désolés.

La voix chaude de Benny Moré se confondait avec les accords de Vladimir Horowitz, parfois elle les dominait, parfois le piano couvrait la voix.

Cómo fue
No sé decirte cómo fue

Il ne reste plus à mon frère Franz qu'à s'asseoir sur les marches du grand escalier en fer à cheval ; il se prend la tête entre les mains, il fouille dans ses cheveux frisés noirs, il pleure à chaudes larmes (des larmes de rêve, lourdes comme des outres) ; les larmes dessinent une tache sombre sur le marbre ; bien entendu le Grand Théâtre de La Havane est dépourvu de climatisation, comme les chambres de l'Hotel Nacional de Cuba, il fait une chaleur écrasante, une sueur abondante coule le long de mon dos écrasé contre le skaï de la Buick, elle perle au front de mon frère Franz, au creux de sa poitrine (cette odeur acide de plastique rongé par le soleil) où son cœur expulse et pompe le sang de la famille Wertheimer.

Brusquement mon frère Franz relève la tête, il pousse un hurlement qui se perd sous la voûte de trente mètres de haut.

— Monsieur, monsieur !

Le chauffeur s'était retourné et me fixait de son visage huileux, grêlé comme un ananas.

— Monsieur ! Vous êtes arrivés à la *playa blanca.*

Je réglai la course et m'engageai sur un petit sentier de terre, qui sinuait à l'ombre, sous les parasols largement déployés des flamboyants. Il me fallut quelques minutes pour rejoindre la *playa blanca*, bordée de palmiers dont les troncs courbes dressaient leurs cous velus vers le ciel.

La plage méritait bien son nom.

Elle tirait un trait blanc entre la lisière des arbres et le vert émeraude de la première partie de la mer, séparée du grand large par une barrière de corail. Au loin, des lambeaux de nuages s'étiraient paresseusement ; certains formaient de petites balles de coton suspendues dans l'air tiède.

Une petite dizaine de personnes se baignait dans l'eau du lagon. Un enfant poussa un cri aigu : « *Ven aquí, José ! Ven aquí !* »

Je retirai mes chaussures. Le sable farineux me brûla la plante des pieds.

Plissant les yeux, je scrutai la plage, sur laquelle tous les corps se ressemblaient plus ou moins. Où était Julia ? Elle avait dû aller se baigner.

Dressé au-dessus de l'eau, je reconnus alors son dos couleur de miel, ses épaules arrondies, ses reins creusés comme des vasques, ses fesses dont les globes parfaits portaient la trace crénelée de l'élastique de son maillot. « Julia ! » Ma voix était recouverte par le bruit du ressac. « Julia ! » criai-je plus fort. Elle se retourna, mit une main en visière pour se protéger de la lumière ; elle me reconnut.

Elle sortit en courant et se jeta dans mes bras.

Ses cheveux bruns ruisselants d'eau fraîche se collèrent contre mes joues, ils sentaient la mer.

— Julia.

— Oskar, répondit-elle.

Elle se détacha de moi, prit mon visage entre ses mains mouillées et me scruta longuement d'un air étonné :

— Oskar ! Oskar Wertheimer, à Cuba, sur mon île, je n'en reviens pas.

Elle m'entraîna jusqu'au petit sentier ombragé, protégé des regards par des buissons épineux et par la garde prétorienne des palmiers.

11

Je connaissais Julia depuis cinq mois à peine. Notre première rencontre remontait au 11 août de cette année 1949.

Depuis le début de l'été, mon père me conjurait d'assister aux conférences organisées par l'université de Princeton sur la culture européenne : architecture, littérature, philosophie ou politique, ce que je voulais, pourvu que je m'imprègne de cette culture dont j'étais issu et que seules des circonstances historiques exceptionnelles avaient abîmée à ce point.

« Ou trahie, si tu préfères », corrigea mon père un soir où, assis tous les deux sur des tabourets hauts à sa table de dessin, nous avions engagé une de ces insupportables discussions sur mon avenir professionnel, qui le préoccupait autant que celui de mon frère Franz. « *Quatsch ! Ich sorge mich um dich. Ich sorge mich soviel.* »

« La trahison de la culture européenne par les Européens n'est pas une raison suffisante pour l'ignorer, ajouta mon père en se passant la langue sur les gerçures de sa lèvre inférieure. Ton frère Franz joue du piano, il joue du Bach et du Mozart, mais toi, tu étudies la médecine, tu ne connais rien à la culture européenne. Ce n'est pas en disséquant des cadavres que tu vas apprendre quelque chose sur tes origines. »

Nous aurions pu en discuter ; car après tout, la médecine relevait aussi de la culture européenne, ses balbutiements en faisaient certainement une discipline débutante, mais prometteuse. Qui pouvait sérieusement prétendre que la chirurgie plastique n'était pas aussi nécessaire au moral des humains que Mozart ou Bach ? Mais je redoutais de m'engager dans une discussion interminable avec mon père, qui ne supportait pas de ne pas avoir le dernier mot.

Par ailleurs il s'était replongé dans ses plans, il marmonnait des chiffres en pinçant ses lèvres gercées, il avait l'esprit perdu dans ses calculs de résistance des matériaux. Je descendis du tabouret. Ma mère rentrait des courses, elle tirait son cabas chargé de légumes dans le couloir en soupirant : « Oskar, viens m'aider ! Tu n'en fiches jamais une, toi ! *Du bist wirklich schrecklich faul !* »

Pour rassurer Rudolf Wertheimer, je m'inscrivis au séminaire d'été d'un philosophe hongrois pompeusement intitulé : « Conflit et responsabilité dans l'Europe contemporaine. Étude comparée de 1914 et de 1940. »

Malgré la chaleur, le philosophe portait un costume de laine gris-bleu, passablement élimé aux coudes, dont le bout des manches portait des traces de brûlures de cigarette. Il était à moitié affalé sur le bureau, les lunettes inclinées pour faire loupe ; la tête plongée en avant dans ses notes comme un rongeur dans son terrier, il lisait son cours d'une voix rauque, un peu lancinante, tout en tirant sur une cigarette jaune maïs. Il semblait d'une indifférence totale à l'endroit de la petite vingtaine d'étudiants dispersés sur les bancs de l'amphithéâtre, qui avaient renoncé à s'affaler sur les pelouses doucement inclinées de Central

Park, où les écureuils gris au ventre rayé bondissaient d'un pied d'arbre à l'autre, pour écouter un cours d'histoire comparée.

« Il est toujours difficile d'établir les responsabilités d'un conflit. On peut attribuer le déclenchement de la Seconde Guerre mondiale à l'inextinguible soif de revanche des Allemands au lendemain de la Première. *Itaque* (il ponctuait ses longs raisonnements de mots ou de citations latines, dont les étudiants les plus assidus allaient rechercher la traduction dans les travées lumineuses de la bibliothèque de Princeton, où circulaient en minijupes des filles parmi les plus jolies de l'université), *itaque* le traité de Versailles serait la cause principielle, *principium erga omnes*, du déclenchement du conflit en 1939. »

Il s'arrêta un instant pour épousseter le revers de sa manche.

« Mais ! s'exclama-t-il en tirant une longue bouffée de sa cigarette dont la cendre s'écrasa sur ses notes, mais on peut tout aussi bien considérer que le traité de Versailles n'aura été que le prétexte commode utilisé par le chancelier Hitler, *etiamsi fortasse causam praetexentes*, pour attaquer la Pologne. Dans ce cas, poursuivit-il en jetant la cigarette sur le plancher, nous sommes bien obligés de reconnaître que le conflit le plus meurtrier de l'histoire contemporaine remonte à plus loin. »

Il releva la tête de ses notes.

« Toute guerre a son idéologie. Hier le *Lebensraum*, demain autre chose. »

Il sortit un paquet de cigarettes mou de la poche intérieure de sa veste, tapota dessus pour en sortir une tige ébouriffée et jaune, qu'il alluma avec un zippo en acier. Il tira sur la tige incandescente avec avidité.

« Si bien que nous ne pouvons absolument pas exclure, *cum hoc ergo propter hoc*, qu'un nouveau conflit frappe dans les décennies qui viennent l'Occident, qui comme toujours n'aura rien vu venir ; car c'est bien le propre de l'Occident de ne rien voir venir, obsédé qu'il est par son propre destin. Il est tellement revenu des idéologies qu'il ne voit plus le travail de sape des idéologies. Un jour les idéologies se vengeront ! Elles se vengeront ! » conclut le philosophe hongrois d'une voix qui avait totalement déraillé, son index jauni par la cigarette pointé vers le plafond maculé de taches d'encre.

J'en étais encore à me demander comment ces taches d'encre avaient pu défier les lois de la gravité lorsqu'une voix féminine s'éleva dans l'amphithéâtre.

— Vous dites que le conflit remonte à très loin, mais cela veut dire quoi pour vous, très loin ? Il n'y a pas de responsable, c'est ça ?

Le philosophe releva la tête, il ajusta ses lunettes sur son nez pour mieux voir cette jeune fille, debout, dont le col roulé blanc faisait ressortir les cheveux sombres et le jean moulant des fesses affolantes, tandis que je contemplais la scène en surplomb, du haut de la dernière rangée de l'amphithéâtre où je m'étais niché, en digne descendant de ces mauvaises chouettes juives (*böse jüdische Eulen ! Weg !*) que le régime allemand avait voulu exterminer.

— Mais pourquoi vous dites cela, mademoiselle ? Pourquoi donc ?

— Parce que vous laissez entendre qu'il n'y a pas de responsable. Que les phénomènes historiques et sociaux, les idéologies, pour reprendre votre terme, auraient dépassé les individus et les auraient entraînés mécaniquement dans la guerre.

Elle croisa les bras dans un geste de défi qui me parut à ce moment, autant que ses cheveux noirs noués en queue-de-cheval par un élastique rouge et ses fesses moulées dans son jean, tout simplement sublime.

— Donc il n'y a pas de responsable.

— Je ne dis pas cela, mademoiselle, objecta le philosophe en tapotant nerveusement sur son paquet mou pour en extraire une nouvelle cigarette. Je ne dis pas cela du tout ! Simplement les choses sont plus compliquées que vous ne le pensez.

— C'est amusant comme tout est toujours compliqué quand il faut chercher des responsables, conclut la jeune fille en refermant son cahier.

Avant de se rasseoir, elle tendit les deux bras en arrière pour retirer son élastique rouge, le prit dans sa bouche, noua ses cheveux un peu plus serré, remit l'élastique et poussa un long soupir d'exaspération (Julia pouvait facilement s'exaspérer).

Le cours était fini.

Elle glissa le long de son banc et remonta les travées, son cahier collé contre sa poitrine.

Alors il se produisit deux miracles.

Le premier fut qu'elle trébucha sur une marche, si bien qu'elle lâcha son cahier, dont les pages ouvertes laissèrent s'éparpiller un nuage de petites notes manuscrites, de tickets de bus, de factures de Leicester Grocery et de bons en carton bouilli pour le restaurant universitaire.

Le second fut qu'elle trébucha très exactement à la hauteur de la travée où la mauvaise chouette juive avait trouvé refuge.

— Vous ne pourriez pas m'aider au lieu de me regarder ?

Elle était accroupie à ramasser son fouillis de papiers, sa queue-de-cheval battant l'arrondi de ses épaules.

Je m'exécutai sur-le-champ, dans une répétition prémonitoire de ce que seraient nos relations futures, où je me laisserais emporter par la vitalité débordante de Julia, son absence totale de scrupules, son franc-parler, son autorité de matrone et surtout, surtout ! sa totale liberté sexuelle, qui venait battre en brèche la digue patiemment érigée depuis des années par Rudolf et Rosa Wertheimer contre les affreuses pulsions de leur fils Oskar.

Julia avait un avis sur tout.

Elle était passionnée de politique. Elle voulait en faire plus tard, à Cuba ou aux États-Unis. Cuba serait sans doute difficile, mais est-ce que sa famille ne venait pas de là ? Lorsque j'émettais des réserves sur l'engagement politique, elle sortait ses griffes : « Lâche ! Tu es juste un lâche ; et un petit étudiant égoïste qui ne s'occupe que de lui. Tu peux toujours faire des études de psychiatrie, vouloir sonder l'âme humaine, tu ferais mieux de te regarder dans la glace ; tu sais ce que tu verras ? Un bourgeois. »

La vérité est que je méprisais l'engagement politique.

Quand mes parents parlaient de politique, j'étouffais un bâillement, je partais me réfugier dans ma chambre lire des comics : *Superman* et *The Phantom* me divertissaient des discours de Roosevelt et de Chamberlain, dont Rudolf et Rosa nous rebattaient les oreilles, à mon frère Franz et à moi ; plus la politique sombrait dans l'horreur, plus je me calfeutrais ; un lâche, voilà ce que j'étais, voilà ce que j'aurai toujours été jusqu'à mon dernier souffle ; Oskar Wertheimer aura été un lâche incapable de « prendre ses responsabilités », comme ma famille me le demandait, au point que jamais je ne me serai insurgé ni contre les délires de ce fou d'Adolf Hitler, ni contre les délires de mon frère Franz, ni contre aucun des délires humains que l'inépuisable imagination de l'Histoire ne manquera pas de produire, en mon absence.

Dès l'adolescence, une bonne fois pour toutes, je me suis installé sur le banc des spectateurs ; la médecine m'a fourni le prétexte idéal pour ne pas en bouger, plongé que j'étais dans les méandres de la conscience, la mienne comme celle de mes patients ; ce n'est pas à plus de quatre-vingt-dix ans que je vais me refaire, n'est-ce pas ?

Julia me fit patienter plusieurs semaines avant d'accepter de faire l'amour avec moi ; elle se dérobait, elle trouvait des prétextes, elle m'embrassait longuement, avec une infinie douceur, puis elle partait : « À demain, Oskar ! »

Cela arriva un matin.

Elle était venue me chercher à la maison pour aller prendre un café dehors. Il faisait beau. Dans le bureau vide, un soleil rasant venait illuminer la planche à dessin. Sur les feuilles blanches comme de la neige, un moineau entré par la fenêtre ouverte picorait les miettes du sandwich de mon père. Rudolf Wertheimer avalait trois ou quatre sandwichs dans la nuit, avant de commencer sa journée de travail. La maison était vide, mon frère Franz était en répétition avec un orchestre et ma mère était allée chercher des oignons pour faire revenir les rognons qui attendaient en grappes sanguinolentes sur l'évier de la cuisine : « Des rognons sans oignon ! Impossible, Oskar ! Impossible ! *Ganz unmöglich ! Niemand kann das akzeptieren !* Je sors acheter des oignons au marché, Oskar ! *Zwiebeln, schöne Zwiebeln.* »

Le robinet gouttait. Un peu de sang rose perlait sur le ventre élastique des rognons.

Julia sonna à la porte.

Elle portait une écharpe en laine épaisse enroulée autour du cou, avec des raies couleur guimauve :

— Tu es seul ?

— Oui.

— Tes parents t'ont abandonné ?

— En quelque sorte. On va prendre un café ?

— Pourquoi un café ?

Elle me prit par la main sans rien dire. Ses doigts étaient tendres, ils se fermèrent sur les miens. Elle m'emmena dans ma chambre dont le lit était encore défait. L'instant d'après, elle était nue, allongée sur le lit, son petit visage impassible fixait quelque chose au plafond : « Tu viens ? » Je me déshabillai en toute hâte, de peur qu'elle ne change d'avis, je m'allongeai, elle frotta son pubis contre ma cuisse, mon sexe durcit immédiatement, je sentis quelque chose déchirer le bas de mon ventre ; tout partit d'un coup.

Julia me sourit, j'avais honte, cela collait contre nos ventres ; dans la chambre encore tapissée des posters des super-héros de mon enfance le monde entier était à moi.

Une heure après, Julia repartait. Elle devait avoir senti que ma mère allait rentrer, les bras chargés de provisions : « Oskar ! J'ai trouvé les oignons ! Des oignons blancs ! *Weisse Zwiebeln !* »

Ma mère entra dans ma chambre : « Eh bien Oskar, qu'est-ce que tu fais encore dans ton lit à cette heure-là ? »

Julia avait toujours pris les choses avec légèreté. L'amour était un exercice pour elle, pas une idée. Il fallait le pratiquer régulièrement pour ne pas perdre la main. D'une voix ingénue elle m'expliquait que jamais elle n'était aussi excitée qu'après avoir eu ses règles : « Je ne sais pas à quoi ça tient ; après mes règles, pendant deux ou trois jours, je suis excitée comme jamais ; je mouille. » Il lui arrivait de soulever son t-shirt gris pâle pour exhiber ses seins : « Tu as vu comme ils sont gros aujourd'hui ? Tu as vu, Oskar ? » Elle le retirait totalement, dévoilant dans le creux de ses aisselles des petits points rouges comme des piqûres de moustique. Elle me tournait le dos ; elle se jetait sur le lit ; elle me montrait le renflement brun de son anus : « Tu viens, Oskar ? Je suis dilatée comme jamais. » En disant ces mots elle avait un visage d'ange ; si elle était folle d'amour, moi j'étais en extase.

Car pour le jeune étudiant dont la pratique sexuelle s'était jusque-là limitée à de sobres figures, rapidement exécutées dans le noir, Julia était une révélation ; elle était la lumière ; elle était la vie.

« Je viens, Julia, je viens. »

Et je la prenais en hurlant des mots que la décence la plus élémentaire m'interdit de consigner dans cette chronique d'un désastre annoncé.

La mort : pourquoi est-ce que je pensais si souvent à la mort ? Pourquoi cette obsession pour le travail intellectuel, qui selon Julia ne servait à rien ? Il fallait vivre, surtout ne pas s'embarrasser de théories. La mort viendrait et, quoi que nous fassions, elle serait une surprise. Un jour elle serait pour nous. Nous aurions beau nous défendre, expliquer que non, elle avait dû se tromper d'adresse, à ce moment ce serait bien sur nous que la mort pencherait son ombre, et alors il serait bien temps de voir comment réagir.

Soixante-dix ans plus tard, je mesure combien Julia avait raison : il fallait vivre sans trop penser et, au lieu de se pencher sur le visage inconnu de la mort, se pencher sur le visage des autres, qui était le seul qui comptait. Le sien restait impassible jusque dans l'amour, où elle contemplait le mien, avide et douloureux.

La consolation était une illusion : « La consolation ? Mais il n'y a pas de consolation, Oskar ! »

Il fallait en passer par là.

12

Nous poursuivîmes notre marche main dans la main sur le sentier de terre. Des vaches broutaient l'herbe sèche ; elles avaient les flancs creusés, de la boue séchée sur les pattes. Elles nous regardèrent passer avec indifférence, en creusant le sol de leurs cornes. Julia semblait rayonner sous le soleil, aspirant la lumière et le vent. Ses pieds semblaient plus tendres que la chair des goyaves. Elle se pencha pour ramasser la carapace d'un crabe nain : « Regarde, Oskar ! » Elle posa la carapace dans sa paume, avec ses pattes desséchées, ses pinces inertes, ses antennes fines comme du fil : « Regarde ! On dirait une étoile morte. »

Elle la laissa retomber.

Elle lâcha ma main et se mit à marcher seule devant moi, son dos se creusait comme un arc. Julia ! Petite Cubaine qui vivait sans souci tandis que je sentais monter en moi un peu de fièvre.

Pourquoi fallait-il que j'échafaude des théories ? Pourquoi ?

Elle fit claquer l'élastique de son maillot sur ses fesses, se retourna : « Alors, tu viens ? »

Je la rejoignis, j'effleurai ses hanches, elle se détourna, me reprit la main.

Une baraque vendait du jus de coco. Derrière le comptoir en bois se tenait un jeune homme aux cheveux blonds très fins, les yeux d'un bleu délavé. D'où venait cet homme aux traits nordiques ? Par quel hasard avait-il échoué ici ? Des chiens galeux dormaient sous l'auvent. Ils soulevaient une patte pour se gratter sous l'oreille avec frénésie puis se rendormaient. Exposé au soleil des Caraïbes, un filet de pêche dégageait une odeur âcre de poisson. Le serveur nous apporta deux jus de coco ; je sortis un billet froissé de ma poche, en me rendant la monnaie il me glissa : « *Esta muchacha es hermosa !* » Sa voix gardait les traces de l'adolescence, elle était rugueuse. Il me fit penser à Mac Whirr, le capitaine du vapeur *Nan-Shan.* Conrad avait débarqué dans ma tête, incapable que j'étais de prendre les choses comme elles venaient. J'avais peut-être négligé la culture européenne, Rudolf Wertheimer, mais je connaissais Conrad.

— Alors, Oskar, tu viens ?

Julia sirotait son jus de coco en marchant. Elle trébucha sur une racine, renversa un peu de liquide opalescent sur sa jambe. Je tirai de mon pantalon un bout de ma chemise trempée de sueur, me penchai pour essuyer sa cuisse aussi douce au toucher que de l'acajou.

— Laisse, Oskar ! Laisse ! On avance.

Au bout du sentier, elle s'appuya à l'un des troncs qui s'inclinaient vers le rivage. Ses reins épousaient la courbe végétale. Je voulus caresser sa joue du bout des doigts. Elle eut un mouvement de recul.

Elle me regarda longuement.

Combien de temps sommes-nous restés à nous regarder, sachant ce qui allait arriver, le retardant, écoutant le bruit du ressac et les chiens qui s'étaient mis à aboyer, pourquoi ? Se battaient-ils pour un os ? Le capitaine Mac Whirr les avait-il chassés à coups de pied ?

Nous nous embrassâmes.

Sa langue et ses lèvres avaient un goût de sel. Elle enroula une jambe autour de ma taille, serra son autre jambe contre ma cheville et bascula sa tête en arrière pour que je puisse prendre ses seins dans ma bouche ; elle gémit ; je fis glisser son maillot et la pénétrai doucement ; elle gémit encore, je la pénétrai plus profondément, je sentis monter le long de mon épine dorsale un frémissement infini.

Une heure plus tard, nous étions allongés tous les deux sur le dos dans une herbe rêche, à contempler le ciel dégagé.

Des nuages filaient dans le vide bleu.

À côté de nous, des dizaines de fourmis se hâtaient de transporter des brindilles en guise de barrage contre l'océan, tirant une ligne pointillée du sable à la mer.

13

Je rentrai seul à l'Hotel Nacional de Cuba.

Julia avait préféré rester auprès de sa famille, car tout se savait très vite à La Havane, et plus encore au village de Baracoa, où vivaient des pêcheurs et quelques ouvrières de la fabrique de tabac voisine, qui ne résisteraient pas à colporter des commérages.

— Alors que je n'ai rien à me reprocher, non ? demanda-t-elle en caressant du plat de sa main la toison fournie de ma cuisse.

— Rien, Julia, rien, au contraire.

Quand je traversai le hall, le concierge leva un regard suspicieux vers moi et m'interpella :

— Monsieur Wertheimer !

Je me dirigeai vers le comptoir en marbre, qui coupait en deux sa haute silhouette, à la perpendiculaire du bouton doré gravé d'une ancre marine lui permettant de fermer, dans les grandes occasions, les deux pans de sa jaquette.

— Monsieur Wertheimer, il me manque un renseignement important sur votre fiche de séjour.

— Quel renseignement ?

— Votre profession.

Il pointa de son ongle manucuré, arrondi comme un coquillage, le mot *profesión* sur la fiche cartonnée : la ligne était vierge.

— Que dois-je inscrire sous cette rubrique, monsieur Wertheimer ? demanda Egmont avec un visage soucieux.

Je réfléchis un instant en m'appuyant sur le comptoir. Une lampe bouillotte répandait une lumière cuivrée sur le marbre rouge chair :

— Vous n'avez qu'à mettre « *estudiante* ».

— Je vois que monsieur parle parfaitement espagnol. *Muy bien, señor Wertheimer, muy bien !* Qui aurait cru que vous parliez aussi bien notre langue ? *La vida está llena de sorpresas.*

Il plissa le front ; il avait décidément une stature imposante.

— Néanmoins, monsieur Wertheimer, cela ne règle pas notre petite difficulté. Je sais bien la part importante que votre père a prise dans la construction de notre établissement. Mais nous sommes contraints par les autorités gouvernementales de faire remplir par nos clients, tous nos clients, quels que soient leurs grades et qualités, l'intégralité des rubriques de la fiche de séjour. *Estudiante, no es preciso.* Imaginez-vous que même le président Carlos Prío Socarrás hier matin, même lui, la plus haute autorité de Cuba, a rempli de sa propre main sa fiche de séjour et indiqué sa profession dans la rubrique correspondante.

Il se plia en deux pour chercher sous le comptoir un épais classeur, relié en toile enduite. Il l'ouvrit comme les tables de la Loi, mouilla le bout de son doigt avec sa langue, tourna les pages aussi fines que du papier bible, enfin s'arrêta à une page où ne figurait étrangement qu'un seul nom, écrit à la plume en caractères baroques.

Le concierge avait le visage transfiguré par son triomphe :

— Regardez par vous-même !

La fiche portait le nom de Carlos Prío Socarrás. À la rubrique *profesión* était inscrit : « *Presidente de Cuba* », comme un avertissement.

— Vous voyez ! jubila le concierge. Vous voyez ! Même le président Carlos Prío Socarrás a rempli sa fiche de séjour !

Il referma le classeur d'un claquement sec et le fit glisser sous le comptoir.

— Alors mettez « étudiant en médecine », lui dis-je. « Étudiant en médecine à l'université Princeton de New York », si vous voulez être précis.

Le concierge eut un large sourire :

— Voilà qui est bien. Net et précis. Une profession porteuse, soit dit en passant. Prestigieuse ! Le prestige de la blouse ! La science ! Le savoir ! *Saber y patria !*

Emporté par l'enthousiasme, son crâne accomplissait des mouvements de haut en bas comme un pendule, quand une étincelle torve alluma son regard :

— Puis-je encore vous demander votre spécialisation ?

— Je commence juste mes études, je n'ai pas encore de spécialisation. Mais j'envisage la psychiatrie. On manque de psychiatres aux États-Unis.

Egmont tapota le marbre des cinq doigts de sa main droite, si blancs sur le marbre rouge qu'un boucher n'aurait pas résisté à les trancher d'un coup sec :

— Psychiatre ? Comme c'est étrange. Psychiatre. Alors allons-y pour psychiatre.

Le bruit de la porte réveilla mon frère Franz.

Il n'avait pas défait le lit, il était étendu sur le canapé de velours ras, entre les piles de chemises en coton, les colonnes de caleçons, les petits tas de mouchoirs de batiste brodés « FW » et les pantalons méticuleusement pliés en deux.

Il écarquilla les yeux, secoua ses cheveux de ses longs doigts, dont les phalanges semblaient articulées par des mouvements terriblement complexes, inaccessibles au commun des mortels :

— C'est toi, Oskar ?

— Oui, c'est moi, qui veux-tu que ce soit ?

Le ventilateur avait été rallumé, par mon frère ou par le service de chambre, ses pales tournaient à plein régime, fouettant mollement un air toujours aussi moite. Emportée par le tourbillon, la cordelette s'était enroulée sur elle-même. Les effluves de notre eau de Cologne familiale (*Echt Kölnisch Wasser*) flottaient dans la pièce.

Je fis quelques pas dans la pièce obscure, ouvris grand la fenêtre, dont le double vitrage ne compensait pas l'absence de climatisation mais étouffait les bruits de la circulation.

Une vague sonore déferla dans la pièce.

Venue du plus loin de la mer, une pluie torrentielle levait des odeurs de poussière, de tabac humide, de vomi et de mangue dans toutes les rues de La Havane, emmaillotées dans le réseau liquide de la colère céleste, auquel aucun passant ne pouvait échapper.

La pluie hachait la lumière des réverbères du Malecón, tambourinait contre le rebord en béton de la fenêtre, harcelait les larges feuilles des palmiers qui courbaient l'échine comme des bêtes.

La violence de la tempête avait creusé des fondrières sur le boulevard principal, où quelques rares taxis circulaient à vitesse réduite.

Je tendis la main par la fenêtre.

La pluie était chaude, elle glissait comme du miel entre mes doigts.

— Tu ne veux pas refermer la fenêtre, Oskar ? me demanda mon frère.

Il déplia sa carcasse et se leva.

Il était debout à côté de moi, en chemise blanche et pantalon marine. Après deux heures au moins dans la touffeur du Grand Théâtre de La Havane, il ne s'était pas déshabillé, il n'avait pas pris de douche, il s'était juste allongé dans le canapé de velours ras et il avait croisé les bras derrière sa nuque, en attendant le sommeil.

De profil, Franz, avec son visage anguleux, avait de faux airs de Frédéric Chopin.

Il le savait et il cultivait cette ressemblance, à cette différence près que Frédéric Chopin avait des cheveux longs, souples, ondulés, qui tombaient en cascade sur ses épaules, tandis que ceux de mon frère Franz, rêches comme de la paille de fer, gonflaient avec l'humidité et finissaient par former un buisson touffu au-dessus de sa tête. Il ne parvenait pas à les discipliner. Il se battait à grand renfort de gel contre ces cheveux qui ruinaient sa ressemblance avec Chopin. Il les maudissait. Une fois, il avait essayé de les couper très court, mais alors ses joues, sous ses pommettes saillantes, et ses globes vitreux, enfoncés dans leurs orbites, se creusaient encore davantage ; en apparaissant devant le public, mon frère Franz lui avait fait peur ; il avait donc laissé repousser ses cheveux, fouillant sans cesse de ses mains ce regrettable héritage de notre père.

Je lui demandai comment s'était passé le concert de Vladimir Horowitz.

Il ne répondit rien et alla chercher un cigare dans une boîte laquée posée sur la table basse de la chambre. Il arracha le bout avec ses incisives, le recracha par la fenêtre ouverte.

— Je peux ?

Il alluma le cigare, tira une longue bouffée.

En 1949, on pouvait encore fumer dans la chambre de son hôtel. Où que ce soit, dans l'enceinte de l'Hotel Nacional de Cuba, au bout des couloirs dont la moquette portait les stigmates charbonneux des brûlures, dans le bar, dans son bain, sous la verrière Art déco de la salle à manger, on pouvait fumer le cigare ; tout le monde à Cuba fumait le cigare.

En 2019, à l'Hotel de Rome de Berlin, ancienne banque dont les chambres fortes ont été transformées par une chaîne hôtelière de luxe en chambres à coucher, je ne peux même pas allumer une cigarette. Si j'allume une cigarette pour m'aider à rassembler mes souvenirs, je déclenche l'alarme incendie, dont le voyant rouge clignote dans la pénombre. Sans doute que je serais chassé de l'Hotel de Rome ; au mieux je m'en tirerais en payant une amende pour ne pas avoir respecté les consignes de l'établissement, qui sont désormais les consignes de tous les établissements, dans toutes les villes du monde.

Mon frère Franz tira une nouvelle bouffée et souffla une fumée bleutée. Il cligna des yeux.

— Ce concert, lâcha-t-il, a été une monstrueuse supercherie.

Il se tut.

La pluie avait cessé.

— Une monstrueuse supercherie, continua t-il. Je ne

parle pas de la musique de Samuel Barber, je ne comprends rien à la musique de Samuel Barber, et Samuel Barber a écrit une sonate qui vaut bien une autre sonate. Mais Vladimir Horowitz ! s'exclama-t-il d'une voix qui montait dans les aigus. Vladimir Horowitz ! Comment peut-on encore prétendre après ce concert que Vladimir Horowitz est un des plus grands pianistes de sa génération, *le* plus grand pianiste de sa génération, disent certains ! Il ne joue pas du piano, Vladimir Horowitz, il massacre le piano ; il fait une démonstration de virtuosité ; il joue trop vite, il laisse traîner les notes quand il devrait accélérer et il accélère quand il devrait ralentir. Il cherche le clinquant pour se faire applaudir, et il se fait applaudir à tout rompre parce que le public aime le clinquant.

Il observa le bout de son cigare, souffla dessus.

— Vladimir Horowitz n'est pas un musicien, dit-il sur un ton définitif. Vladimir Horowitz est un virtuose. Il ne sera jamais un musicien, il est de moins en moins musicien et de plus en plus virtuose. Plus il est virtuose, conclut mon frère Franz, moins il est musicien.

Il tapota son cigare de son index arachnéen, déposant sur le rebord de la fenêtre un anneau de cendre argentée, qui fondit comme du sucre sur le béton mouillé.

— Un usurpateur. Voilà ce qu'est Vladimir Horowitz : un usurpateur.

— Et le Grand Théâtre de La Havane ? lui demandai-je.

— Le Grand Théâtre de La Havane ? Un monument pompier, répondit mon frère Franz. Ce qui compte dans une salle de concert, la seule chose qui devrait compter, est aussi la seule chose à laquelle les architectes ne font pas attention : l'acoustique. On devrait construire une salle de concert uniquement pour son acoustique et on la construit pour son apparat. Au lieu de construire des salles de concert, les architectes construisent des monuments à leur seule gloire. La musique ? Ils se moquent de la musique. Les prétendus temples de la musique sont en réalité des temples bourgeois. Le Grand Théâtre de La Havane est un temple bourgeois. Le Teatro Colón de Buenos Aires est un temple bourgeois. Et les architectes sont les grands responsables, conclut mon frère Franz en baissant la voix.

Il jeta son cigare à moitié consumé par la fenêtre.

— Les architectes ne pensent qu'à se mettre en avant, eux, leur corps de métier, leur soi-disant sens des proportions, en revanche la musique… Oubliée ! Oubliée, la musique ! Les mêmes qui construisent des bâtiments inhabitables pour les gens, ils font des salles de concert inhabitables pour la musique. Les mêmes !

Sa lèvre inférieure se mit à trembler.

— Je ne connais aucune salle de concert correcte. Aucune ! Mieux vaudrait jouer dans la forêt ; au fond de la forêt, il n'y a pas un bruit, personne qui soit pris d'une quinte de toux, pas un soupir, aucun spectateur pour applaudir au mauvais moment ; les animaux n'applaudissent pas.

Il plongea une main dans ses cheveux, les prit à pleines poignées, les malaxa, tira dessus. Il aurait pu les arracher par touffes entières, comme de la mauvaise herbe, ces cheveux frisés noirs hérités de notre père, il les aurait arrachés.

— Le Teatro Colón de Buenos Aires aussi ? insistai-je.

— Aussi ! asséna mon frère Franz en se mordant la lèvre, qui se mit à saigner.

Il sortit un mouchoir de sa poche, épongea sa lèvre, jamais je ne l'avais vu dans un état pareil.

14

À en croire mon frère Franz, le 9 décembre 1949, le pianiste Vladimir Horowitz avait donné un concert de second ordre ; une monstrueuse supercherie, avait-il décrété.

De Vladimir Horowitz, que restera-t-il ?

Qui résistera à l'inexorable décomposition de la mémoire humaine ?

Écrivant ces mots dans ma chambre d'hôtel à Berlin, sous des photos en noir et blanc de corps adolescents, en pleine possession de leurs muscles, de leur tête, de leur avenir radieux (« Par quel étrange raccourci mental en sommes-nous venus à considérer l'avenir comme binaire, sombre ou radieux ? » me demandait mon frère Franz, comme si je pouvais avoir la réponse à cette question), je me dis que l'oubli est la plus grande injustice.

L'oubli est la plus grande injustice et la plus grande cruauté.

Que le pianiste Vladimir Horowitz, qui aura croulé sous des avalanches de louanges pendant des décennies, tout en attirant à lui des critiques féroces qui auraient pu le tuer, ait déjà sombré dans un oubli relatif, c'est la plus grande injustice et la plus grande cruauté.

Que Fidel Castro n'évoque plus rien aux enfants de mon frère Franz, qui certes ne brillent pas par leur culture ni par leur soif de connaissance, est injuste. L'enthousiasme est retombé ; la nostalgie le remplace dans les cœurs des dépositaires (une poignée de fous) de la sainte relique du communisme cubain.

Pourtant je persiste : il est cruel que Fidel Castro ait disparu de nos mémoires.

Ici, vaillant petit soldat de la littérature (ton dernier rôle, Oskar Wertheimer, et pas le plus désagréable en définitive), je dresse des digues contre cet oubli.

Je refuse que tout ce que mon existence a vu de beau, entendu de juste, soit oublié, broyé en miettes, déchiqueté à pleines dents par la mâchoire féroce des générations nouvelles. Les générations nouvelles oublient par paresse mais aussi par cruauté, elles veulent oublier ce dont elles sont issues pour ne rien devoir à personne, quand elles doivent tout à ce qui les a précédées.

Les générations nouvelles sont toujours injustes et cruelles.

Elles doivent être injustes et cruelles pour se faire une place.

Le plus ignorant des pianistes de concert doit quelque chose à Vladimir Horowitz, au Vladimir Horowitz de 1949 à La Havane ou au Vladimir Horowitz de 1986 à Moscou. La musicalité des pièces, ou le rejet absolu du legato, peu importe, il lui doit toujours quelque chose. Notre chemin, nous le traçons autant en fuyant la puanteur écœurante de la charogne (les mouches ont pondu leurs œufs blancs dans les orbites creuses, les chairs ont fondu, les côtes font un drôle d'instrument de musique où joue le vent) qu'en visant le soleil. Qui comprendra que l'un et l'autre sont liés par les liens indissolubles du mariage ? Un pianiste de concert peut détester le legato de Vladimir Horowitz, il ne peut pas nier que son legato tenait à la technique de ses doigts à plat et à sa maîtrise de la pédale, qui ont révolutionné la pratique du piano.

Toutes les générations ont la cruauté du temps qui passe, elles sont injustes, elles oublient.

Tous, nous commettons le même crime et nous oublions.

Tous, pour continuer à vivre, nous oublions, nous nous accommodons avec notre passé et avec ce qui a disparu.

À quoi bon le pianiste Vladimir Horowitz, à quoi bon Fidel Castro si je ne suis pas capable de me souvenir de mon frère Franz, si je le laisse dans cet oubli absolu ?

Sa femme, la petite Lebaudy, a mis un soin maniaque à oublier mon frère Franz. Ses deux fils Maxime et Dimitri, les ingrats, ont coupé les ponts très tôt, ils se sont réfugiés dans le giron de leur mère et de son second mari, qui avait les moyens de les entretenir ; il leur passait tous leurs caprices, il les achetait ; les deux fils de mon frère Franz sont devenus des personnages odieux à force de caprices ; ils ne feront rien pour tirer leur père de cet oubli où il a sombré définitivement ; ils disent que leur père était fou, que personne ne pouvait rien pour lui.

Ces deux fils capricieux ont oublié que leur père, mon frère Franz, avant de tomber dans la dépression pour ne jamais en sortir, était aussi un grand pianiste, pas un pianiste de génie comme Vladimir Horowitz, mais un pianiste tout à fait honnête.

Il ne reste donc que moi pour surmonter la cruauté des fils de mon frère Franz, qui ont passé par pertes et profits leur géniteur.

Il ne reste que moi pour rappeler à son devoir d'épouse la Lebaudy, ce monstre d'égoïsme que j'avais démasqué dès le premier jour sous les couches de son rimmel.

Qui, sinon, réparera l'injustice ?

15

Dès cette soirée de décembre 1949, les remarques
absurdes de mon frère Franz sur le Teatro Colón de Buenos
Aires auraient dû m'alerter sur son état de santé mentale.
Il était retourné se coucher de tout son long sur le
canapé de velours ras, au milieu de ses chemises et de
ses pantalons, pestant contre la monstrueuse supercherie
du concert, mais aussi contre le Teatro Colón, qui avait
refusé de le produire, lui, Franz Wertheimer. La vraie raison des critiques venimeuses de mon frère Franz contre
l'acoustique du Teatro Colón tenait à ce refus, de même
que les critiques contre la piètre prestation du pianiste
Vladimir Horowitz tenaient à une jalousie maladive de la
virtuosité de Vladimir Horowitz. En réalité, l'acoustique
du Teatro Colón était excellente, comme la prestation de
Vladimir Horowitz, à en juger par les journaux du lendemain, qui dans les colonnes de la rubrique musicale
s'enflammaient : « *El concierto excepcional del Sr. Vladimir
Horowitz !* »
À cette époque déjà, mon frère Franz commençait à
être miné par les échecs à répétition de son début de carrière. À vingt-neuf ans, il n'avait pas connu les débuts ful-

gurants de Vladimir Horowitz. On ne parlait pas de lui comme de Satan au piano. Il ne déplaçait pas les foules pour ses concerts, il ne les électrisait pas comme Vladimir Horowitz, depuis son plus jeune âge, avait électrisé son auditoire. Il jouait avec talent, pas avec génie, et il le savait. Il en avait pris brutalement conscience au Grand Théâtre de La Havane, le 9 décembre 1949, tandis que dehors la queue d'un cyclone qui s'était formé dans une anse de la Jamaïque, non loin de Montego Bay, finissait de fouetter la peau lépreuse de Cuba.

On frappa à la porte.

Trois petits coups brefs.

Un silence, à peine troublé par un souffle court que le bois ne parvenait pas à filtrer.

Deux coups plus fermes, insistants, martelés par le heurtoir à tête de lion, dont la crinière de bronze échevelée faisait claquer ses lanières de feu sur le bois verni de la porte, sous le numéro 169.

Quatre coups, proches du désespoir.

« *La noche oscura* », me dis-je, tandis que machinalement je me levai, tirant au passage le cordon du ventilateur, dont les pales reprirent leur forme feuillue en ralentissant, avant de s'immobiliser net.

Egmont apparut, raide comme la justice, les deux pans de sa jaquette fermés par le bouton doré, qui luisait dans la pénombre du couloir.

— Monsieur Wertheimer ! Ah ! Monsieur Wertheimer ! Je suis confus de vous déranger aussi tard. Pourriez-vous me suivre ? Monsieur Horowitz ne se sent pas bien. Il réclame un médecin. Vous faites des études de médecine, non ? Alors suivez-moi, je vous en prie.

La mine décomposée du concierge, dont le crâne laissait perler des gouttes de sueur aussi fines que la rosée du matin, ne laissait pas de doute sur la gravité de la situation. Il fallait faire vite.

Je prévins Franz que je devais m'absenter pour quelques instants :

— J'en ai pour moins d'une heure, Franz, je te promets.

— Tu m'abandonnes encore, Oskar ?

— Je ne t'abandonne pas, je vais voir un client de l'hôtel qui ne se sent pas bien, je ne serai pas long, je te le promets (promesse jamais tenue, Oskar Wertheimer, comme toutes les promesses que tu as faites à ton frère Franz durant sa si courte vie, *vita brevis*!).

Je caressai sa joue mal rasée.

Sur son visage se lisait une immense lassitude.

— Quel client ?

Il vit mon hésitation. Il haussa les sourcils.

— Quel client, Oskar ?

— Comment veux-tu que je sache, Franz ?

Je me levai, refermai sans un bruit la porte de notre chambre et suivis Egmont à grandes enjambées dans le couloir.

Des appliques jetaient une lumière crue sur des portraits en noir et blanc de chanteurs en vogue, dédicacés en larges arabesques mauresques. La moquette épaisse parsemée de brûlures de cigare étouffait le bruit de nos pas.

Le concierge se retourna :

— Vous me suivez bien ? On peut se perdre dans ces couloirs, vous savez.

Nous arrivâmes au grand escalier.

— Si cela ne vous dérange pas, dit le concierge la mine soucieuse, essuyant de la paume de la main la rosée du matin sur son crâne, je préfère que nous empruntions l'escalier. Avec cet orage, on ne sait jamais, une panne de courant est vite arrivée. C'est au cinquième.

Il attaqua les marches quatre à quatre.

Le dos courbé comme pour gagner en vitesse, la main gauche accrochée à la rampe en fer forgé, le concierge monta les étages à une vitesse ahurissante pour son âge, son bras libre faisant balancier ; les pans de sa jaquette fouettaient ses cuisses ; le tissu tendu de son pantalon dévoilait les cuisses musclées d'un athlète du tourisme.

Je suivais loin derrière.

Arrivé au dernier étage, Egmont se retourna de toute sa haute stature, la poitrine bombée, le souffle rapide. Il dominait le vide, les deux mains accrochées à la rambarde, comme un colonel haranguant ses troupes avant l'attaque finale.

Sa voix sonore résonna dans les escaliers :

— Encore un effort, monsieur Wertheimer !

Il disparut dans le couloir, en direction des chambres 501 à 531.

Au numéro 511, il posa son index sur sa bouche, comme si nous devions faire attention à ne pas réveiller son client, qui pourtant devait nous attendre avec impatience.

Il gratta à la porte de la suite présidentielle, que Carlos Prío Socarrás avait cédée la veille au pianiste Vladimir Horowitz.

Il appuya son oreille contre le bois, pour entendre ce qui se passait à l'intérieur : pas un bruit.

Il plia son index, attendit, frappa trois coups avec la pointe de sa phalange.

Rien.

Il se retourna, le visage perplexe mais décidé, attendit encore un peu, puis il haussa les épaules et souleva le heurtoir à tête de lion.

16

Dans la chambre 511, je vis les mains du pianiste Vladimir Horowitz.

Certainement, je ne vis pas que ses mains, une fois la porte ouverte, mais il me semble plus honnête pour la clarté de mon récit (vieillard sincère, quoique perdu dans le corps annelé de ta mémoire, tu suivras le jaillissement des mots, *sonst wäre es Betrug an deinen Lesern*) d'immédiatement vous présenter ce qui me frappa, ce soir de décembre 1949, dans la chambre 511 de l'Hotel Nacional de Cuba : les mains du grand pianiste.

Car on ne voit pas les choses, non ! Jamais ! Nous voyons ce que nous attendons des choses, nous voyons ce que voient notre espoir et notre imagination, mais la réalité, jamais, *niemals* !

Les mains de Vladimir Horowitz sortaient des manches de sa chemise de nuit en soie ; elles reposaient à plat, sur le rebord de sa couverture de laine verte.

Pourquoi diable cette couverture de laine ?

Deux ventilateurs tournaient à plein régime, sans parvenir à faire baisser la température tropicale de la chambre.

Leurs flux tourbillonnants formaient une dépression

faible au milieu de cette pièce funèbre, où se trouvaient un lit double, un guéridon en bois verni sur lequel les traces de verres formaient une constellation poisseuse de cercles entrecroisés, un piano de concert, jonché de partitions dont les couvertures gondolaient sous l'humidité des tropiques.

Dehors une pluie diluvienne s'était remise à tomber ; elle entrait par bouffées moites dans la chambre, dont les fenêtres aux battants grands ouverts donnaient sur le front de mer.

Malgré la chaleur, Vladimir Horowitz avait donc exigé une couverture de laine.

Contre le piano était adossé un jeune homme de mon âge environ, dix-neuf ou vingt ans, vingt-cinq ans tout au plus si on tient compte de la juvénilité naturelle des habitants de Cuba, qui paraissent trente ans quand ils en ont quarante – et ainsi de suite jusqu'à l'extrême bout de la vieillesse, qui réduit la peau de leur visage à une feuille de tabac séché, suspendue à la fine ossature de leur crâne, sans altérer leur beauté : eux ne se décomposent pas comme les Occidentaux blancs, dont la peau, l'âge venant, se couvre de marbrures roses ou mauves, se fripe, tourne comme du lait caillé ! Eux ont de la terre amère dans le sang, nous un pâle liquide fade.

Il avait une main posée à plat sur la couverture bleu de Prusse des partitions.

Que faisait-il dans la chambre de Vladimir Horowitz, le célèbre pianiste, le plus célèbre des pianistes en 1949, qu'il était notoirement difficile d'approcher ?

« Je me comprends », aurait dit Rosa Wertheimer, qui toujours – *immer* – prenait un air entendu pour décrire des situations dont sa méfiance instinctive lui faisait saisir la vérité, tandis que son cerveau moral, strictement encadré par les herses de son éducation juive, la refoulait avec la dernière vigueur. « *Es ist doch klar* », aurait-elle ajouté en remettant en place un napperon sur le dossier du fauteuil de Rudolf Wertheimer, encore penché sur sa table de dessin. « Tout cela n'est pas joli, joli. *Diese Sünde! Diese widerliche Sünde!* »

Il était râblé, ses biceps rebondis, à l'ovale parfait, ressortaient des manches de sa chemise à carreaux. Il aurait aussi bien pu être garçon de café à La Havane que pêcheur sur une de ces barques qui sortent le soir affronter les courants du Gulf Stream, ou docker, ou chanteur de rue. Sa mèche noire encore trempée de pluie gouttait sur le tapis de la chambre 511. Il gardait son autre main à hauteur de son sexe, moulé dans un pantalon de toile écru.

Il ne sourit pas, il dit simplement :

— Pablo.

Il répéta :

— *Yo soy Pablo.* Vous êtes le docteur ? Approchez-vous. *Acérquese ahora.* Le *maestro* vous attend.

À tous ceux qui voudraient me juger, je pose la question : avais-je un autre choix ? Pouvais-je décliner ? Est-ce que cela aurait pu se passer autrement ? Je retourne ces questions dans ma tête depuis 1949 et chaque fois je parviens à la même conclusion : puisqu'il n'y avait pas d'autre docteur disponible à La Havane ce soir-là, le devoir que m'imposait le serment d'Hippocrate était de me rendre auprès du malade. En m'approchant du lit, j'égrenai un chapelet de mots qui me trottaient dans la tête : « Les poisons seuls remèdes. La guérison là où on l'attend le moins. Ruse de la nature. »

Ses mains sont couvertes de taches brunes, elles ne sont pas spécialement longues ; on pourrait presque dire que ce sont des mains trapues ; dessus des veines épaisses, gonflées, gris de mer du Nord, se contorsionnent comme des anguilles.

Ses ongles ont le poli de la nacre.

Il articule quelques mots :

— Vous parlez français ? *I can speak French if you want. Everybody speaks English. But I can also speak Russian.*

Il sourit mollement :

— Alors, vous venez ? *I cannot move. I'm unable to stand up. Do you understand ?*

Sa voix rauque monte dans les aigus et très vite redescend dans les graves. Elle sort de ses sinus avec une sonorité nasillarde, accentuée par le roulement des « r », qui sonnent comme des « l ».

— *Come closer ! Come ! Don't be afraid !*

Il insiste :

— *Come closer !*

Egmont se glisse derrière moi, il colle ses lèvres contre mon oreille, son haleine sent la vase. Il chuchote :

— Je crois que le *maestro* vous appelle.

Il répète sur un ton pressant :

— Le *maestro* vous appelle !

Et il me pousse fermement du plat de la main vers le lit de Vladimir Horowitz.

La bouche de Vladimir Horowitz se rétracte, le bout de sa langue pointe en un éclair, frétille, rentre soudainement.

Sa pupille noire se tourne vers moi.

Il me fixe comme un animal sauvage imprévisible, dans son regard se succèdent la cruauté, la malice, puis une indifférence totale à ma présence, aussi soudaine que la tombée de la nuit sous les tropiques.

— *Are you the doctor ?*

Il reformule sa question, en détachant chaque mot, les « r » roulant comme du gravier dans la trémie de sa gorge :

— *Are you really the doctor ?*

— Pas encore docteur, *maestro*, étudiant en médecine.

Je dis *maestro*, comme le concierge a dit *maestro*, comme Pablo a dit *maestro*, ce qui doit être une habitude pour Vladimir Horowitz, puisque son visage ne marque aucun étonnement. *Maestro.* Un titre qu'on donnerait à un directeur de cirque à la moustache calamistrée, à un dompteur exubérant, à un magicien qui déroule sa litanie de mouchoirs colorés de son chapeau claque, pas à un pianiste, et certainement pas à un des plus grands pianistes du siècle, comme on le pensait en 1949.

— *Well ! Medical student. Where are you from exactly ?*

— Étudiant en médecine à l'université de Princeton, *maestro.*

La pointe de sa langue gicle très vite, rentre, il se pince les lèvres, son sourcil droit part en équerre :

— *Princeton ? Not far away from my house, Princeton. You know, doctor, I have been living in New York for many years. But I'm not native. I'm from Russia.*

Il éclate de rire.

— *I'm not kasher !*

Oh ! Ce rire de Vladimir Horowitz ! Il devenait si humain, le titan des steppes, le Méphistophélès du clavier. Il ne riait pas, tout son visage tombait de rire.

Aussi vite son visage se redresse. Il devient sombre, sa pupille vire au noir de charbon.

— *Can you believe that ? Twenty years in America and I'm not*

American. I will never be American. Nie. Wie soll ich das verste-hen ? Je suis plus kasher que beaucoup d'Américains qui se croient kasher, je ne suis pas kasher par naissance, je suis kasher par ma vie. *Mein Leben ! Mein ganzes Leben ist kasher !*

Il écarquille les pupilles, ses lèvres se distendent, sa langue pointe, rentre, il hausse les deux sourcils, ouvre la bouche et éternue.

Puis il inspire profondément.

Ses narines creusent deux cavernes immenses au milieu de son visage blafard.

Elles ouvrent grand sur un vide profond, elles ne font pas que respirer, elles hument la chaleur de la pièce, la pluie des Caraïbes qui entre par la fenêtre, elles frémissent et elles donnent à Vladimir Horowitz quelque chose de racé et de méprisant.

Les mains de Vladimir Horowitz sur la couverture de son lit restent immobiles et ses narines sont vivantes.

Il renifle.

Le concierge se glisse à nouveau derrière moi :

— Je crois que je vais vous laisser avec le *maestro.*

Alors le concierge recule à pas feutrés, il ouvre la porte sans nous tourner le dos, sa main droite cherchant la poi-gnée derrière les pans de sa jaquette, sa main gauche esquis-sant un salut qui peut vouloir dire aussi bien « Bonsoir la compagnie ! », « Surtout, amusez-vous bien ! », « Tenez-moi au courant ! » que « Bande de fous ! ».

Et il disparaît, me laissant seul avec le pianiste Vladimir Horowitz et Pablo.

17

Vladimir Horowitz renifle à nouveau.

Il décroise ses mains et tâtonne sur la couverture pour chercher un bout de tissu. Il ne trouve rien. Il se tourne vers Pablo, qui se détache du piano et se rapproche du lit d'une démarche nonchalante :

— Pablo ! *I need handkerchief.*

Combien de fois aurai-je entendu Vladimir Horowitz oublier les articles dans son anglais approximatif ?

Pablo, dont les bras pourraient soulever des ballots de paille et transporter des caisses de poissons, va dans la salle de bains et revient avec un mouchoir de batiste blanc. Il le déplie lentement et tend le mouchoir à Vladimir Horowitz, puis il retourne vers la salle de bains de la même démarche souple, en grommelant quelques mots en espagnol que je ne comprends pas.

Vladimir Horowitz se mouche bruyamment et repose ses deux mains à plat sur la couverture de laine :

— Vous ne voulez pas couper ces ventilateurs ? Les ventilateurs me donnent le rhume. *Es ist kalt in diesem Zimmer. Es ist so kalt. Gott verdammt ! I got a flu.*

À peine ai-je coupé les deux ventilateurs que Vladimir Horowitz reprend, en reniflant encore :

— Approchez-vous ! Approchez-vous docteur ! *Come closer. Don't be afraid.*

Il me regarde.

Il a un regard triste et étonné. Deux plis parallèles barrent son front. La peau de ses paupières tombe sur les deux petites billes noires et liquides qui me scrutent. Tout en lui est hors de proportion : les paupières, le front bombé où quelques cheveux sombres et raides accrochent encore leurs racines, le lobe charnu de ses oreilles éléphantesques, la ligne sans fin du nez, tendue par les cintres de ses sourcils.

— *I look like Vladimir Horowitz, but I'm not Vladimir Horowitz.*

Sa bouche se fend largement, la pointe de sa langue mouille ses lèvres sèches. Il a sur sa tempe droite un grain de beauté ovale, de la taille d'une amande. Naevus mélanocytaire, me dis-je en me rapprochant de Vladimir Horowitz. Naevus mélanocytaire, qui pourrait mal évoluer avec le temps et lui causer des soucis, bien qu'il ne soit pas placé à un endroit critique. « Les poisons seuls remèdes. Ruse de la nature. »

Il grince :

— *Don't stare at me, Quatsch ! I don't have headaches ! Hier ist der Punkt, an dem ich leide,* dit-il en repoussant la couverture en laine verte.

Il pointe du doigt son estomac :

— *Hier.*

Surmontant mes réticences (mais pourquoi donc ces réticences vis-à-vis d'un simple pianiste ? Rudolf et Rosa Wertheimer, la bile amère de vos angoisses a rongé mon

103

cerveau comme le plus mauvais des cancers !), je me rapproche encore du lit.

Je relève la veste de sa chemise de nuit pour ausculter le ventre de Vladimir Horowitz, livide, un peu flasque, avec des poils drus qui sortent de son nombril.

Une cicatrice barre son côté droit.

— Vous avez été opéré de l'appendicite, *maestro* ?

Il tourne la tête de droite à gauche comme pour nier cette évidence, avec une moue de dégoût.

Pourtant il me répond :

— Oui, très mal opéré ! Il y a longtemps, vous savez ? 1936. Paris. *Thirteen years ago.*

— Est-ce que je peux vous demander ce qui s'est passé ?

Tout son visage se plisse, puis il sourit, il éclaterait presque de rire et il reprend de sa voix nasillarde :

— *Nichts* ! *Nothing* ! *Nada*, comme on dit ici, à Cuba. *Nada* ! Mon appendice allait très bien. Mais on ne sait jamais. On croit que l'appendice va bien et puis l'appendice vous joue des tours. C'est un organe vicieux, l'appendice, un petit organe très vicieux ! Il ne sert à rien et il vous tue. Ce petit organe très vicieux qui ne sert à rien a tout de même tué ma mère, vous savez ? *My mother was killed by appendicitis, she was fifty-seven years old. Fifty-seven !*

Il prend son mouchoir de batiste sur la couverture et il se mouche. Il renifle ensuite, ses deux narines se dilatent comme des naseaux. Il tient le mouchoir de batiste serré dans le poing de sa main droite.

Un bruit de verre cassé résonne dans la salle de bains, un peu étouffé par le martèlement de la pluie.

— Pablo ! *What are you doing, Pablo ?*

— Rien, lui répond une voix juvénile, c'est juste le verre à dents, il est tombé, je m'en occupe.

On entend Pablo ramasser les débris de verre et les jeter dans une corbeille en métal, ensuite le jet de la douche contre le carrelage.

— *Pablo is my assistant,* dit Vladimir Horowitz. *My wife is in New York.*

Il se tient très droit, le dos calé dans des oreillers. Il regarde devant lui, la chemise de nuit relevée jusqu'à la poitrine, les bras allongés le long de son corps, il regarde devant lui et il ne voit rien, il se remémore je ne sais quoi, son visage reste impassible.

— *I told you,* ma mère est morte à cinquante-sept ans de son appendicite. Péritonite. *In a few days, her appendix got infected and she died. Generalized sepsis.*

Son visage s'éclaire, comme pris d'une inspiration subite :

— *Give me that book over there !*

Un livre en cuir relié est posé sur le plateau de la table de nuit.

Il en sort deux photographies en noir et blanc. Sur la première, un petit garçon soigneusement peigné, la tête enfoncée dans un costume marin, fixe l'objectif avec un regard suffisant.

— *Me !* dit Vladimir Horowitz, couché sous une couverture de laine, en chemise de nuit, dans son lit de l'Hotel Nacional de Cuba. *Me, Vladimir Horowitz, thirteen years old,* la photo a été prise à Kiev. *I was born in Kiev, you know ?* Tout le monde sait que je suis né à Kiev. Tout le monde sait que je suis russe et ukrainien, ukrainien et russe, les deux. *Ich bin Vladimir Samoïlovitch Horowitz. And now, I'm American. Echt Amerikaner !* La guerre m'a donné la nationalité américaine, j'ai joué pour les troupes, partout, on m'a donné la nationalité américaine. Je suis russe, ukrainien de naissance, américain de nationalité, personne ne sait qui je suis vraiment, personne !

Il écarquille grand ses deux billes noires :

— *Not me ! For sure, not me !*

Et il éclate de rire, un rire franc, bref, qui finit en quinte de toux.

Il soupire :

— *And here is my mother Sofia.*

Il me tend la deuxième photographie, sur laquelle est écrite à l'encre bistre une date : 1915. Une jeune femme se tient penchée de profil, le visage appuyé contre une glace en pied ; le profil gauche est un peu joufflu, surmonté d'une étrange coiffure avec un chignon en chapeau chinois, le droit plus acéré, pris dans la glace ; son regard flou se perd dans le vide. Derrière un fauteuil rococo décoré comme un traîneau cosaque, une splendide plante verte installée dans un pot de terre cuite rappelle que nous sommes au début du XXe siècle, période de faste bourgeois, avant l'effondrement.

— *My mother Sofia.*

Il tient la photographie entre son pouce et son index.

— *When she died, I became ill.*

Il poursuit avec la même voix nasillarde.

— *I got stomach aches. Believe me, I got very strong stomach aches. What could I do but to have surgery ?*

La question remonte tout au fond de ses sinus, où sa voix prend une tonalité insistante, péremptoire, acérée et aiguë comme une flèche, en riposte à un éventuel reproche.

On dirait un marchand de tapis outré qu'on doute de la qualité de sa marchandise.

— *What could I do, doctor ?*

Il renifle, ses paupières se ferment un instant.

— *Everybody told me*, ma femme Wanda, mes amis, *you should not have surgery if you don't have appendicitis*, mais je me suis quand même fait opérer. Je suis allé à Paris. Je me suis fait opérer dans un bon hôpital. Mon appendice n'avait rien. *Nothing at all.* Mais j'ai eu une phlébite et j'ai dû rester trois mois à l'hôpital. Ensuite je suis allé me reposer en Suisse, à Bartenstein, avec Wanda. Je ne pouvais pas marcher, je ne pouvais même pas me lever pour jouer du piano. Un an ! *For one year I did not play piano ! Can you believe that ?*

Il lève les deux bras dans l'air moite de la suite présidentielle de l'Hotel Nacional de Cuba :

— *I was not Vladimir Horowitz anymore.*

Il laisse un long silence, dans lequel on imagine les ailes de la renommée s'éloigner de l'épaule de Vladimir Horowitz, le grand pianiste, la légende du piano, habitué à conclure ses concerts sous des salves d'applaudissements que même la tombée du rideau ne suffit pas à stopper.

— *I was nobody.*

Il reprend :

— *Thirteen years after, I still have stomach aches.* Je souffre tout le temps de l'estomac, ce sont des brûlures atroces, vous pouvez me croire, des brûlures atroces.

Je rabaisse sa chemise de nuit et je tire la couverture sur sa poitrine. Le bruit de la douche a cessé, seule la pluie continue de tomber. Il repose ses deux mains à plat, le buste calé dans ses oreillers. Il regarde devant lui, ses deux billes noires immobiles dans leurs orbites, les narines dilatées, le nez très droit, un sourire évasif aux lèvres.

Puis il ouvre la bouche, tout son visage se plie dans une moue suppliante et il demande de sa voix caverneuse :

— *Do you intend to do something for the poor Vladimir ?*

En sortant de la suite présidentielle, je jette un regard dans la salle de bains et je vois Pablo. Il est de dos. Son torse brun se reflète dans la glace. La tête inclinée, il se frictionne les cheveux avec un drap de bain en éponge. Il est nu. Des poils noirs et mouillés ondulent au bas de ses reins et disparaissent dans le creux de ses fesses.

18

Par la suite, je revins à plusieurs reprises dans cette chambre où, après Vladimir Horowitz et le président Carlos Prío Socarrás séjourneraient nombre de têtes couronnées, stars de cinéma, milliardaires américains et chefs de la mafia venus en avion privé de Miami.

Egmont me téléphonait : « Docteur ! *Maestro* Horowitz a besoin de vos services. »

Ou bien il me laissait une enveloppe dans l'alvéole numéro 169 du tableau de la réception, où les clés des chambres pendaient au bout de leur tresse rouge à glands de velours. Accoudé au marbre, je décachetais l'enveloppe ; plié en quatre à l'intérieur, le mot manuscrit était à un ou deux mots près toujours le même, lapidaire : « *Maestro* V. H. vous demande. »

Une fois, le concierge signa. Je retins son nom complet : Egmont C. Schonberg.

Vladimir Horowitz se levait tard, jamais avant neuf heures trente, parfois dix heures. Il était impossible de lui rendre visite plus tôt. Il déambulait entre son salon et sa chambre à coucher dans une robe de chambre en soie bleu nuit à revers de satin noir, des pantoufles aux pieds. Il faisait les cent pas. Il regardait par la fenêtre les files de voitures sur le Malecón, les passants, la barre de béton de la digue et les bateaux de pêche qui partaient en mer. Il prenait place dans une chauffeuse à oreillettes, qui le protégeait du tourbillon tiède des ventilateurs, il lisait un livre, il fumait des cigarettes fines.

Des partitions traînaient un peu partout, sur le tablier verni du piano, sur le guéridon, sur la couverture verte de son lit ; quand les fenêtres étaient ouvertes, la brise de mer fouettait doucement les pages noircies de signes cabalistiques.

Aucun journal.

— *I never read newspapers*, disait Vladimir Horowitz. *Niemals.* Les nouvelles passent et elles ne vous apprennent rien. Je ne lis que les critiques musicales. Les critiques musicales sont essentielles. Elles peuvent détruire une carrière, vous savez ? Elles peuvent vous détruire. *Critics are never merciful.*

Un matin, Vladimir Horowitz me montra un article du *New York Times*, plié à l'intérieur d'une partition de Scriabine.

— *Have a look, doctor !*

Il m'appelait docteur, jamais autrement, il ne connaissait pas mon prénom, ou il ne voulait pas encombrer sa mémoire. Il répéta le nez pincé :

— *Have a look !*

Installé dans la chauffeuse, je parcourus l'article : « Vladimir Horowitz, disait le critique, dispose de facultés pianistiques étonnantes. Hélas pour l'auditeur, il les met au service d'une démonstration de force dépourvue de toute musicalité. Il force le trait, il exagère les nuances et la mélodie se perd dans un fatras dépourvu de toute cohérence.

Vladimir Horowitz, concluait le critique du *New York Times*, nous apporte la triste preuve qu'on peut être un grand pianiste et un piètre musicien. » Je relus la chute : « un grand pianiste et un piètre musicien ».

Vladimir Horowitz m'arracha l'article des mains et le glissa dans la partition de Scriabine.

Son visage se décomposa :

— Vous avez bien lu : « un grand pianiste et un piètre musicien ». Qu'est-ce qu'ils en savent, les critiques ? Ils ne jouent pas de piano, ils ne connaissent pas le piano mais ils attaquent. Ils attaquent, ils aboient. *Never mind. A dog that barks is better than one that bites.*

Soudain un sourire illumina son visage.

Deux baies de cassis brillaient sous les feuilles nervurées de ses paupières (Oskar Wertheimer, attention ! Tu cèdes à ton péché mignon ! *Du bist kein Dichter ! Ein Arzt bist du. Ein Arzt, nicht mehr.*)

— Et moi, je ne les connais peut-être pas, les partitions ?

Il sortit un mouchoir de sa poche et se moucha, il fit trois quatre allers-retours avec son mouchoir en triturant ses narines grandes ouvertes. Il replia son mouchoir dans sa poche et brandit la partition de Scriabine haut au-dessus de sa tête, comme un agneau sanguinolent pour un sacrifice :

— La partition, ce n'est pas la Bible !

Les pages claquaient sous la zone de dépression des deux ventilateurs ; l'article tomba comme une feuille morte sur le tapis. La voix de Vladimir Horowitz monta dans les aigus, les mots cognaient contre son palais, durs, métalliques, puis refluaient en désordre dans sa cavité nasale :

— Devant la partition, *I dare ! I'm never scared.* Les autres pianistes n'osent rien, ils suivent scrupuleusement la partition. *But me, I dare !*

Il reposa la partition sur le couvercle du piano. Le fauteuil à oreillettes lui tendait ses bras piqués de marguerites. Il tomba dedans, les bras le long des accoudoirs, comme deux balanciers entraînés par le poids de ses mains. Il se tut. Il fixa le plafond, ferma ses paupières et reprit en serrant les poings :

— *I tell you, doctor.*

Sa voix était retombée, les mots se précipitaient dans sa bouche, ses lèvres crispées, fines et pâles comme de la cellophane, tremblaient un peu :

— *I tell you the truth, I play beyond the partition* ; les autres pianistes jouent la partition ; *but me, I play beyond the partition.*

Il se mordit la lèvre inférieure.

— *Are you listening to me, doctor ? I look beyond the partition. I look beyond the notes, to find the intention.*

Ses paupières étaient toujours fermées, hermétiques et mobiles comme des valves de caoutchouc.

— Je suis le seul à faire davantage attention au compositeur qu'aux notes. Les notes ne sont rien, le compositeur est tout.

Ses paupières se rouvrirent pour laisser filtrer un regard sombre :

— Le compositeur. Il faut trouver le compositeur derrière les notes.

Il sortit à nouveau son mouchoir et il souffla dedans avec un bruit de forge, expectorant sa haine des critiques et de tous ceux qui attaquaient son jeu sans jamais avoir touché un piano. Il conclut, sur un ton sentencieux que contredisait son sourire en coin – et bien malin celui qui aurait pu savoir lequel des deux Horowitz était le véritable Horowitz, celui qui souriait ou celui qui décrétait gravement :

— Les notes sont mortes et le compositeur est vivant.

112

Il brouillait sans cesse les pistes ; il esquivait ; il vous échappait dès que vous pensiez l'avoir fixé sur la planche de dissection où les médecins comme moi clouent les psychoses de leurs patients comme des coléoptères : schizophrène, narcissique, dépressif, maniaco-dépressif, j'aurais pu épingler Vladimir Horowitz avec tous les qualificatifs de ma science sans m'approcher de lui : je m'en serais éloigné ; jamais il ne se laissait observer immobile ; au piano seulement (*am Klavier*) il s'arrêtait, car le piano calmait ses névroses mieux que le fait de nommer ses névroses.

Si bien que tout mon travail avec lui aura été vain, *soll ich zugeben.*

Il ne m'aura lancé qu'un seul avertissement.

Un soir où j'avançais de nouvelles explications à son anxiété, lui suggérant de prendre ses distances avec un clavier qui occupait à ce point son esprit qu'il finissait par troubler son sommeil (« or, *maestro*, qui peut trouver la paix sans le sommeil ? »), il finit par m'interrompre avec une politesse de majordome britannique, qui n'en peut plus de voir servir le thé avec une telle maladresse : « *But you see, my dear, I get so nervous that I must be able to play even if the house should catch fire. I must be able to play in my sleep. I must play it over and over so many times that it becomes automatic.* »

19

Sous sa robe de chambre, Vladimir Horowitz portait le plus souvent une chemise blanche et une collection de nœuds papillon tous plus excentriques les uns que les autres : « Est-ce qu'il vous plaît, celui-là ? interrogeait-il en faisant gonfler la soie d'un nœud à pois du bout de ses doigts. *Awful, isn't it ?* » Il ne quittait pas sa suite présidentielle de la journée. Pablo restait à ses côtés, en pantalon de toile et polo. Il introduisait les visiteurs qui venaient discuter avec lui, demandaient un autographe, lui racontaient les dernières nouvelles de La Havane et repartaient.

Parmi eux, de jeunes musiciens, une comtesse italienne amie de sa femme Wanda, un négociant en rhum ruisselant sous son costume crème, dont l'épouse Dolorès était la plus grande admiratrice du *maestro* dans toute l'île de Cuba.

— Le négociant en rhum, me dit un soir le concierge Egmont C. Schonberg sous le sceau du secret, l'index sur la bouche, un personnage à ne pas négliger, je vous assure.

Malgré ses soixante-dix ans, le négociant en rhum portait encore beau ; il avait des rondeurs attendrissantes, selon Dolorès ; hélas, sa constitution européenne supportait mal la chaleur tropicale, qui le faisait transpirer abondamment.

Il était proche du milliardaire américain d'origine française Irénée du Pont de Nemours, qui pendant les mois d'été, où il était absent de Cuba, lui laissait la jouissance de sa villa en surplomb de la plage de Varadero, sur la falaise San Bernardino.

Alors, le négociant en rhum pouvait profiter pleinement des couchers de soleil qui embrasaient l'horizon de pourpre et de mauve, du gazon ras tondu chaque jour par une armée de jardiniers dont la blouse en toile écrue était frappée du blason de la famille du Pont de Nemours, des langoustes congelées dans les frigidaires de la cave, entre les batteries de Dom Pérignon, de Petrus, de rhum vieux, que lui-même faisait livrer avant son séjour pour amadouer le milliardaire, dont le caractère était réputé difficile. Proche ne voulait pas dire intime. Il fallait savoir marquer sa déférence. Quand Irénée se moquait de la parcimonie du négociant, lui répondait : « *Nacido en una familia de condiciones modestas, señor du Pont !* » Le négociant ne mégotait donc pas sur la qualité des alcools qu'il offrait en obole au puissant Irénée du Pont de Nemours, dont les frasques étaient connues de toute l'île.

Intime, le négociant en rhum l'était en revanche du directeur de la maison de disques RCA, avec laquelle Vladimir Horowitz était sous contrat depuis des années. Egmont C. Schonberg avait par conséquent toutes les raisons du monde de le considérer comme un « personnage à ne pas négliger », pour ses propres intérêts de concierge, comme pour ceux du grand pianiste qui avait pris ses quartiers à l'Hotel Nacional de Cuba (mais où d'autre aurait-il pu les prendre ?). En début d'année, Vladimir Horowitz rouvrait avec la maison RCA chacun des termes de ce contrat, qui lui étaient pourtant favorables, afin d'obtenir des avances sur recettes plus généreuses. Le directeur demandait l'avis du négociant en rhum ; le négociant lui recommandait de céder aux exigences du pianiste.

Vladimir Horowitz avait quitté l'Ukraine avec des billets de banque cachés dans ses chaussures, me susurra le concierge.

— L'Ukraine, pas la Russie, notez bien ! Vladimir Horowitz veut toujours faire croire qu'il vient de Russie, mais il vient d'Ukraine. Il vous a certainement dit qu'il était né à Kiev, du reste il l'a écrit sur sa fiche de séjour, mais Vladimir Horowitz n'est pas né à Kiev, monsieur Wertheimer ! Nos services de renseignement ne sont pas aveugles ni sourds, ils connaissent les gens, insista Egmont en se redressant.

Le concierge me toisait de toute sa stature ; j'aurais juré entendre un ton de menace dans sa voix.

— Vladimir Horowitz est né dans la petite ville de Berditchev, une toute petite ville d'Ukraine, et non à Kiev, la capitale de l'Ukraine. Vladimir Horowitz veut se faire passer pour ce qu'il n'est pas, soyons honnêtes.

Il se racla la gorge :

— M. Horowitz n'est absolument pas de Kiev.

— Vous êtes certain ?

— Aussi certain que deux et deux font quatre, dit-il en opinant du chef.

Dans les années vingt, expliqua-t-il encore, Vladimir Horowitz avait sillonné l'Europe avec son impresario Alexander Merovitch et le violoniste Nathan Milstein, sans un sou.

— Ils ont écumé les hôtels miteux, certainement pas des

établissements du standing de l'Hotel Nacional de Cuba, croyez-moi ! Ils ont voyagé en troisième classe dans des trains bondés, vivant de sandwichs, dormant sur des bancs.

Egmont, qui ne pouvait imaginer qu'un pianiste tel que Vladimir Horowitz ait pu dormir ne serait-ce qu'une nuit sur un banc et non dans la suite présidentielle de l'Hotel Nacional de Cuba, s'emporta :

— Dormi sur des bancs ! Vous imaginez ? Vladimir Horowitz entortillé dans son manteau de voyage sur un banc, dans un parc de Zurich par exemple ?

Le parc de Zurich, ville où je ne me souvenais pourtant pas que Vladimir Horowitz se soit produit une seule fois lors de sa première tournée européenne, avait visiblement fait forte impression au concierge, qui se l'imaginait comme un enfer au creux des montagnes, le pire de tous les enfers pour un Cubain, un enfer gelé :

— Le parc de Zurich, docteur ! Le parc de Zurich !

Dans le fond liquide de sa pupille passaient des images de tempête, de froid polaire, de vents tombés des cimes tourbillonnant à la surface gelée du lac en soulevant une brume neigeuse, qui venait retomber en vapeur glacée sur le manteau du pauvre Vladimir Horowitz, étendu sur son banc, dans le parc.

— Alors forcément, ajouta-t-il sur un ton de compréhension, maintenant M. Horowitz a des prétentions financières. M. Horowitz veut vivre bien ! Qui lui en voudrait, docteur ? Qui ?

Des croûtes de psoriasis étaient apparues sur le sommet du crâne du concierge ; plus il s'échauffait, plus le cratère des croûtes se creusait, d'un blanc de fromage sec ; des squames papillonnaient comme des phalènes sous la lumière jaune du comptoir de marbre.

— Et pour défendre ses prétentions financières auprès de RCA, quel meilleur agent qu'un négociant en rhum de Cuba, ami du directeur de RCA, je vous le demande ? Vladimir Horowitz veut gagner de l'argent, poursuivit le concierge, décidément en verve ; maintenant qu'il est un des plus grands pianistes du monde, il veut gagner de l'argent ; il en a gagné beaucoup, mais il veut en gagner encore plus, il veut gagner autant d'argent qu'il peut en dépenser et croyez-moi, monsieur Wertheimer, Vladimir Horowitz dépense beaucoup d'argent.

Il se gratta le sommet du crâne avec l'ongle de son index et un nouveau nuage de squames tomba doucement sur ses épaules. Il les épousseta et tourna la tête pour vérifier qu'elles étaient bien parties ; les squames ne correspondaient pas au standing de l'hôtel ; quelques-unes restaient malgré tout obstinément accrochées au feutre de son uniforme.

Il poursuivit :

— On raconte qu'à la fin des années vingt, en pleine crise économique, monsieur Wertheimer, en pleine crise économique Vladimir Horowitz aurait acheté une Rolls-Royce avec ses cachets. Pour quoi faire ? Vladimir Horowitz ne sait pas conduire. « *I buy a Rolls-Royce but I will not drive it. Driving is far too difficult for me. Playing Tchaikovsky is much easier* », aurait dit Vladimir Horowitz au représentant de la maison Rolls-Royce, selon le concierge.

Il savoura un instant son anecdote tout en appuyant la paume de sa main sur son psoriasis, qui trahissait un tempérament plus inquiet que sa stature d'Hercule des tropiques ne l'aurait laissé deviner.

— Il dépense beaucoup ! Beaucoup ! Pour ses habits, soupira le concierge en levant les yeux au ciel, il dépense de l'argent ; pour ses chemises, ses nœuds papillon, ses souliers, ses costumes sur mesure, énormément d'argent ; des sommes astronomiques ! Pour ses amis aussi, car Vladimir Horowitz fait toujours des cadeaux somptueux à ses amis. Imaginez-vous, monsieur Wertheimer, dit le concierge en se penchant au-dessus de son comptoir comme pour papoter avec une voisine, imaginez-vous que Vladimir Horowitz m'a fait chercher dans toute La Havane une tabatière en argent pour son ami Pablo, qui ne fume même pas. « Il faut lui apprendre les bonnes choses, m'a dit Vladimir Horowitz, fumer est une bonne chose et une tabatière en argent lui apprendra à fumer. » Vous avez vu Pablo, monsieur Wertheimer ? Qu'est-ce que Pablo va faire d'une tabatière en argent, je vous le demande ?

Il haussa les épaules, une pincée de squames tomba délicatement sur le marbre.

20

Le plus souvent, Vladimir Horowitz se contentait d'échanger quelques mots avec ses visiteurs, qui repartaient aussitôt.

Il me faisait signe de rester.

— *Stay here, doctor !* disait-il sur un ton qui ne souffrait pas la contestation.

Il me demandait une consultation.

Il s'allongeait sur son lit, il écartait les pans de sa robe de chambre, soulevait sa chemise pour que je puisse tâter du bout des doigts son estomac, souvent gonflé et dur.

— Vous voyez, docteur, quelque chose ne va pas, *der arme Volodya ist krank*, personne ne veut le croire mais je sais quand même de quoi je souffre, non ? Qui peut savoir de quoi souffre Vladimir Horowitz, demandait-il sur un ton plaintif, sinon Vladimir Horowitz ? *Something is wrong with my stomach. Something you must find out, doctor !*

— Je vais chercher, *maestro*, je vais chercher.

— Ne cherchez pas ! Trouvez !

Il rabaissait sa chemise, croisait les deux pans de sa robe de chambre sur sa poitrine et se relevait. Il devait mesurer un bon mètre quatre-vingts mais il était impossible de le dire avec certitude, il était à la fois massif et un peu voûté, solide et dégingandé, il avait un menton pointu mais un front large et bombé, qui se plissait quand il souriait. Sa bouche avait quelque chose de sensuel et de désespéré ; ouverte, elle laissait apparaître une mâchoire puissante ; mais le plus souvent il la gardait fermée, à peine ses lèvres se distendaient-elles pour laisser passer la pointe de sa langue.

— *You must find out, doctor !* disait Vladimir Horowitz à la fin de chaque consultation, alors que je lui répétais qu'il n'y avait rien à trouver, que ces maux d'estomac étaient sans doute psychologiques.

— Ce qui arrive souvent, *maestro*, ajoutais-je. Souvent, les maux d'estomac sont purement psychologiques, *rein psychologisch*.

Il appréciait les expressions allemandes, qui lui rappelaient ses débuts en Allemagne, sa gloire naissante, les marathons de concerts qui, pour la plupart, finissaient en triomphe : pourquoi l'aurais-je privé de ce modeste plaisir que Rudolf et Rosa Wertheimer avaient tourné en souffrance ?

Un soir où je lui parlais de troubles somatiques, il me tapota l'épaule du plat de sa main :

— *Enough with your psychology, doctor ! Enough !* Tout le monde me dit que je ne suis pas malade, tout le monde veut que je ne sois pas malade parce que, en réalité, personne ne sait trouver de quoi je suis malade. Je ne crois pas à la psychologie, docteur ! Surtout, ne faites pas des études de psychologie, cela ne sert à rien, strictement à rien. La psychologie est aussi inutile que la prostate ou que les études de Czerny. Oui, les études de Czerny ! Tous les pianistes jouent les études de Czerny, moi je ne les ai jamais jouées car elles ne servent à rien, vous ne trouverez pas de musicalité dans Czerny. *Specialists of Czerny are good technicians but bad pianists. Never play Czerny, doctor ! Just read it.* Je lis Czerny parce que Czerny a travaillé avec Beethoven, mais je ne le joue pas. *Niemals !*

Il enfila ses mules et il alla vers le salon, sous les pales immobiles des ventilateurs. Il leva le bras et joua comme un chat avec la bille en bois précieux suspendue au bout de la cordelette, les doigts écartés.

— *Maestro*, arrêtez ! Vous allez vous abîmer les doigts !

— M'abîmer les doigts ! Avec une cordelette ? Vous n'avez jamais touché un piano, vous ! Elles sont dures, les touches. Avec les touches, on s'abîme les doigts. C'est de l'ivoire et du bois avec du fer au bout. Je peux m'abîmer les doigts au clavier, pas avec une cordelette, docteur. *Find out, doctor ! Just find the reason why I suffer so much from my stomach.*

Il ne dînait jamais avant vingt-deux heures.

Le service de chambre apportait ses repas sur une table roulante, on entendait les plateaux brinquebaler au-dessus des roulettes en acier dans le couloir. Un garçon en livrée blanche toquait à la porte. Pablo allait ouvrir.

Le garçon entrait et disposait deux cloches en argent, dont le sommet était orné d'ananas feuillus, sur le guéridon du salon ; il prenait les pointes entre ses doigts gantés, soulevait cérémonieusement les cloches dans un large mouvement circulaire ; sur la surface bombée défilaient dans un reflet déformé la chauffeuse à oreillettes, la queue laquée du piano, les pales des ventilateurs, les fenêtres ouvertes sur le Malecón, le visage impassible de Vladimir Horowitz.

Apparaissaient alors, disposés sur deux assiettes en porcelaine de Limoges blanche, *ne varietur,* une sole ou du blanc de poulet, des pommes de terre écrasées, des fruits.

Un verre de gin était posé entre les deux assiettes.

Ensuite venait la nuit.

On dressait une table pour la partie de cartes. Vladimir Horowitz adorait la canasta. « La canasta, disait-il, est le plus amusant des jeux de cartes. Je pourrais jouer des heures à la canasta. » Effectivement, il jouait des heures, concentré sur les cartes, que ses doigts tenaient en éventail, ses fameux doigts de pianiste – en 1949 le plus grand pianiste du monde, le plus célèbre.

Un soir où la partie se prolongeait, il me demanda :

— *Someone told me that you have a girlfriend, doctor ? Next time, come with her.*

Comment avait-il eu connaissance de la présence à Cuba de Julia, que j'avais cachée même à mon frère Franz ?

Vers deux heures du matin, il se levait sans rien dire, il avalait d'un trait son verre de gin, saluait la compagnie d'un petit geste de la main et refermait derrière lui les portes de sa chambre à coucher.

Il disparaissait.

Parfois il allumait la télévision.

On entendait l'écho étouffé des matchs de boxe, qu'il pouvait suivre jusque tard dans la nuit. Il adorait la boxe. Il avait pour le champion Mohamed Ali, qu'il se refusa toujours à appeler autrement que Cassius Clay, une admiration réelle, qui confinait à la passion. Les muscles du boxeur lui donnaient des frissons dans la plante des pieds. Son jeu de jambes le fascinait. Il appréciait ses provocations verbales, qu'il considérait comme des axiomes pleins de sagesse. Il voyait des vérités absolues dans les préceptes religieux de cet homme noir qui porterait toujours au fond de lui, quel que soit son éclat de champion, une auréole de tristesse, comme lui sa solitude : « *Cassius and I, we are pretty much the same, you know ?* »

Il touchait rarement à son piano.

Il passait le plus clair de son temps dans la chauffeuse à oreillettes, laissant de côté le piano immobile, debout sur ses quatre pieds, le couvercle refermé encombré de partitions. Sous la lumière douce de la suite présidentielle, où parfois un peu de brise salée entrait par les fenêtres ouvertes, la laque noire prenait des teintes profondes et chaudes, comme un pelage de panthère.

Une seule fois, au cours des quelques jours que je passai auprès de lui, il se mit au piano.

21

Juste avant le dîner, alors qu'il venait d'avaler son troisième verre de gin, il se dégagea de la chauffeuse à oreillettes, il se dirigea vers l'instrument sans lui accorder un regard et tira le tabouret coincé contre le pédalier. Il s'assit, il ouvrit le couvercle du clavier. Pablo l'aida à retirer sa robe de chambre. Le négociant en rhum, qui avait troqué son costume crème contre une veste de safari d'un blanc immaculé, s'était mis debout et poussait de petits cris étouffés en s'épongeant le front : « Ah ! Si ma femme était là ! Si ma femme était là ! »

Dolorès était absente, elle avait accepté de représenter son mari à un gala de charité organisé dans un des nouveaux quartiers de La Havane par les hommes forts de Cuba, les membres de la *mandagera* (*mangiare ! mangiare ! sempre mangiare !*), qui empochaient des millions de pesos en pillant les ressources locales avec la complicité de sénateurs véreux, qui léchaient leurs doigts après les avoir plongés dans les bocaux remplis de *serruchos* macérés dans l'huile et le vinaigre : « *Se siente tan bien, no te detengas !* »

Oui, c'était tellement bon de se servir de son pouvoir avec Dolorès, la femme du plus grand négociant en rhum

125

de Cuba, sagement assise sur sa chaise de velours canari ;
c'était tellement bon de manger.

L'instrument était un vieux Bösendorfer aux touches
d'ébène et d'ivoire. Le piano de concert CD 503, qui lui
avait été offert en 1934 pour son mariage par la société
Steinway, était resté à New York, dans son hôtel particulier
de la 94ᵉ Rue. En 1949, à La Havane, Vladimir Horowitz
était certes un pianiste célèbre, mais ce n'est que plus tard,
après ses retraites successives, en particulier après la grande
retraite de 1953 à 1965, qu'il deviendrait une légende
– alors il ne se déplacerait plus sans son propre piano.
Aucun pianiste, aucun responsable politique, aucun écrivain, aucun personnage public ne construit sa légende sans
accident. Il faut des chutes ; il faut un abandon au destin
(« *das Schicksal hat ihn so schwer gestraft* »). Les hommes n'ad-
mirent que ce dont ils ont peur. Ils veulent mesurer la taille
de ce qu'ils n'ont pas accompli pour dissiper leurs regrets :
« Par quoi il est passé, quand même ! »
À un moment de sa carrière, Vladimir Horowitz ressentit une lassitude immense devant cet enchaînement de
concerts, de déplacements, de chambres d'hôtel souvent
moins confortables que sa suite de l'Hotel Nacional de
Cuba et il s'effondra ; il s'effondra et il se retira. En 1936
il se retira pour deux ans, en 1953 il se retira pour douze
ans, et en 1983 encore, après sa tournée catastrophique
au Japon, pour trois ans. Il eut cette liberté de se retirer
comme il eut la force de revenir. Alors que personne ne
pensait que Vladimir Horowitz reviendrait, il revint, il
trouva la force en lui de revenir pour construire sa légende.
À son retour, il ne jouait pas forcément mieux, mais il
jouait avec une gravité supplémentaire, un son nouveau.

Le public se dit que Vladimir Horowitz, qui s'était effondré et s'était redressé, avait conclu un pacte avec son démon, qui le dévorait et le régurgitait à intervalles plus ou moins réguliers. Ce démon fascinait le public. Il faisait planer autour de Vladimir Horowitz une odeur de soufre. Son sourire à pleines dents, ses éclats de rire, ses plaisanteries, son cabotinage de concert, plus personne ne les prenait pour argent comptant. Chacun devinait ce que cette mise en scène ravalait de désespoir. Pendant des mois, parfois des années, le démon de Vladimir Horowitz le plongeait dans une ombre épaisse puis, à un moment précis, il le poussait à nouveau brutalement sur la scène, en pleine lumière.

Cette alternance d'apparitions et de disparitions provoquait ses maux d'estomac et ses colites à répétition, qui le cassaient en deux de douleur. Des sommités médicales prétendirent que ses souffrances étaient imaginaires. Je suis arrivé à la conclusion qu'elles étaient réelles. Imaginaires ou réelles, c'était tout un : Vladimir Horowitz souffrait.

En somme, Vladimir Horowitz n'a cessé de souffrir.

En 1949, à La Havane, j'aurais été incapable d'établir ce diagnostic.

À la fin de mes études de médecine, quand Vladimir Horowitz put m'appeler « docteur » sans abuser de ce titre, je compris que le mal qui le dévorait de l'intérieur n'avait rien à voir avec un démon. Ses colites à répétition n'étaient que le symptôme d'un trouble plus profond. Ses maux d'estomac également. Vladimir Horowitz souffrait de dépression, et la dépression le travailla toute sa vie.

On dit « démon » par pudeur et pour construire la légende, comme on dit « folie » devant un talent exceptionnel.

On devrait dire : « maladie », « trouble chronique ».

Nous nous mentons pour nous rassurer. Nous roulons des mots dans nos bouches comme des berlingots multicolores, pour oublier que toute notre vie nous conservons entre les molaires des capsules de cyanure, que nous croquerons un jour, *nolens volens*. Toujours les mots trahissent la réalité, ils n'arrivent jamais à la cheville de la musique.

La musique, elle, ne trahit pas. Parce que la musique ne nous dit rien. Elle se répète indéfiniment.

— *Kein Wort ! Kein Wort ! Nur Musik ! Don't speak ! Don't say a word !* Je joue de la musique pour chasser les mots, disait Vladimir Horowitz enfin devenu une légende. *I play music against the language.*

Il riait.

Devenu une légende, il pouvait faire transporter son Steinway de concert CD 503 d'un bout à l'autre de la planète, quel que soit le coût. Il pouvait exiger de ne jouer que sur ce piano et sur aucun autre, dans toutes les plus grandes salles de concert du monde. Il pouvait exiger que son accordeur personnel l'accompagne aux frais du directeur de la salle, sans que personne ne s'en offusque. Il exigeait que son piano soit protégé dans une caisse en bois et il l'obtenait. Il exigeait que son accordeur pique le feutre des marteaux pour obtenir un clavier plus léger et on cédait à son exigence. Avant de partir pour Moscou, en décembre 1985, il exigea que son piano soit placé sous la garde de marines américains à l'ambassade des États-Unis d'Amérique, car il craignait un sabotage des autorités russes, ce que le Président des États-Unis lui-même, Ronald Reagan, lui accorda.

En 1949 à La Havane, son Steinway de concert CD 503 fabriqué à Hambourg, la ville de son premier grand succès, ne l'avait pas suivi. Il jouait sur un Bösendorfer fabriqué à Vienne, avec des touches d'ébène et d'ivoire.

Vladimir Horowitz était assis très bas sur son tabouret, les coudes plus bas que le clavier.

Je me demandais s'il n'allait pas demander à Pablo un coussin pour son tabouret, ou au moins se redresser, mais non, il resta ainsi, le dos un peu courbé, les coudes résolument plus bas que le clavier, comme un alpiniste qui cherche une prise sur la partie supérieure de la roche glissante, les doigts à plat, le cinquième relevé. Pablo s'était glissé contre les rideaux de la fenêtre, debout, ses bras musclés croisés sur sa poitrine, les cheveux noirs en bataille. Le négociant en rhum était appuyé contre le dossier de la chauffeuse, qu'il embrassait de ses deux bras. Au moment où Vladimir Horowitz s'apprêtait à jouer, on toqua à la porte.

— Pablo ! Va voir qui nous dérange ! cria-t-il.

Pablo alla ouvrir. La silhouette du concierge se découpa dans l'encadrement de la porte.

— Ah ! Pablo ! Je suis confus de vous déranger ! On vient de me livrer un paquet urgent pour le *maestro*, je me suis dit que cela ne pouvait pas attendre.

Pablo prit le paquet et le remit à Vladimir Horowitz, qui fit signe au concierge d'entrer. Egmont se glissa à pas feutrés jusqu'au piano, le menton relevé, souple malgré sa haute stature, avant de se pencher jusqu'à l'oreille charnue du *maestro*, comme pour la mordre. Il resta un instant dans cette posture, plié en deux, les deux pans de sa jaquette en queue d'hirondelle pointant le tapis de la suite présidentielle, la bouche collée à l'oreille de Vladimir Horowitz.

Malgré sa main en cornet, je l'entendis murmurer :

— C'est la tabatière en argent, *maestro*.

Vladimir Horowitz tourna son buste vers le concierge en plissant les lèvres, le regard interrogatif.

— Vous savez, *maestro*, insista le concierge qui tenait ses mains à plat sur ses cuisses pour maintenir son équilibre précaire, la tabatière en argent pour Pablo ! J'ai couru toute La Havane pour vous en trouver une magnifique, je pense que Pablo sera enchanté. Même si Pablo ne fume pas, ajouta le concierge avec une satisfaction à peine dissimulée, je crois que cela lui fera un grand plaisir.

Vladimir Horowitz hocha la tête, il tourna à nouveau le buste pour se retrouver face au clavier, il enfonça son menton dans le col de sa chemise et dit simplement :

— *Molto bene ! Good job.* Vous pouvez rester écouter Vladimir Horowitz.

Il prit une longue inspiration qui fit frémir ses narines ; un long moment il fixa quelque chose au plafond avec un regard de bête à l'affût.

Quelque chose défilait dans sa tête.

Quoi ?

Puis il plaqua un accord éclatant sur le clavier.

C'était moins un accord qu'un coup de tonnerre aigu qui aurait déchiré le ciel ; trois autres accords suivirent ; puis un déluge de notes, qui dévalaient en rafales inépuisables, comme des bourrasques successives de pluie venues du fond de la nuit des Caraïbes. Ses mains sillonnaient le clavier et à chaque passage elles envoyaient un nouveau déluge de notes. Pablo restait impassible, debout contre les rideaux, une mèche noire lui barrant le front. Le concierge résistait aux assauts de la musique en inclinant légèrement le torse en avant, les épaules arrondies sous sa jaquette, le visage fermé, comme un passant avance sur une jetée balayée par le vent. Vladimir Horowitz continuait de labourer le clavier, et nos entrailles avec, à pleines mains, et pourtant ses doigts effleuraient à peine les touches. Ils les survolaient comme par magie, et en même temps martelaient les cordes en acier avec une violence barbare. Les narines du pianiste se dilataient. À un moment, je crus entendre grincer sa mâchoire. Il haussa les sourcils et repartit chercher dans les aigus du clavier une nouvelle rafale de notes qui alla mourir en gargouillant dans les graves. Le négociant en rhum s'épongeait nerveusement le front, agrippé au dossier de la chauffeuse.

Il balbutiait : « Si Dolorès entendait ça ! *Dios mío ! Dios mío !* Si Dolorès entendait ça ! » Dolorès laissait un sénateur caresser sa main, en se demandant quand tout cela finirait. Elle aurait préféré passer la nuit dans une des chambres de la villa d'Irénée, seule.

Vladimir Horowitz recula un peu sur son tabouret, plongea la tête la première dans le clavier et plaqua deux derniers accords, qui résonnèrent longtemps dans le silence de la suite présidentielle de l'Hotel Nacional de Cuba.

Il sourit, fit une moue ironique :

— *Chopin ! Revolutionary Étude ! Live from Havana !*

Le négociant en rhum implorait le ciel, les bras levés :

— *Maestro ! Maestro !* Ce n'est plus de la musique, c'est autre chose, je ne sais pas quoi, mais ce n'est plus de la musique, *maestro !*

Il laissa retomber ses bras, en proie au plus profond désespoir :

— Je ne sais pas ce que c'est, vraiment je ne sais pas.

Un peu de salive mouillait ses lèvres. Son visage rond comme une poterie avait pris une teinte huileuse. Vladimir Horowitz se releva, prit le paquet du concierge et alla le donner à Pablo, qui ne bougea pas des plis du rideau. Puis il se servit un verre de gin, le souleva en touchant presque les pales des ventilateurs, qui avaient repris du service :

— À la santé de Chopin ! *Prosit !*

Et il avala son verre d'un trait.

22

Peu après, je pris une décision.

Eine wichtige Entscheidung, qui eut une faible incidence sur le cours de mon existence, mais qui en revanche fit bifurquer de manière irrémédiable le cours de la carrière de mon frère Franz.

Puisque toute décision sépare une partie de vie qui se développera d'une autre qui périra, un peu comme le bistouri du chirurgien qui retire une tumeur pour préserver un organe sain, je suis obligé de reconnaître, dût cet aveu me torturer les méninges, que la mienne, prise dans cet enthousiasme collectif qui suivit la performance au piano de Vladimir Horowitz, fit périr les ambitions de mon frère. Elle avait pour intention de les stimuler, elle les ravala au rang de prétentions puériles.

Quand la sentence de Rudolf Wertheimer tombait : « *Du bist zum Scheitern verurteilt, Oskar* », elle était d'autant plus cruelle qu'il n'élevait pas la voix ; il la prononçait avec le détachement du juge qui n'éprouve pour sa victime qu'une désolation sourde et s'interdit de la manifester. Il la répétait deux ou trois fois, en réalité jusqu'à ce que Rosa Wertheimer, affairée dans la cuisine à vider une carpe avec les ongles, entende elle aussi les mots fatidiques : « *Du bist zum Scheitern verurteilt.* » Alors elle pouvait murmurer à son tour, en jetant les viscères dans l'évier : « *Mein Sohn ist zum Scheitern verurteilt. Was für ein Fluch !* »

Mon ambition n'était pourtant pas de condamner mon frère Franz à l'échec, mais de le propulser vers le succès, et de nous rapprocher l'un de l'autre.

Mon frère Franz et moi étions proches, mais pas aussi proches que deux frères, selon moi, pouvaient l'être. Nous étions proches mais pas intimes, et de qui aurais-je pu être intime, sinon de mon frère ? Au fond de mon frère Franz je sentais comme une résistance ; je butais contre elle : il avait vingt-neuf ans, moi dix-neuf, lui était déjà un pianiste accompli, qui se préparait à une carrière nationale et pourquoi pas internationale, moi je démarrais mes études de médecine et je ne savais pas encore quelle spécialité je choisirais, même si je penchais, comme je l'avais indiqué au concierge de l'Hotel Nacional de Cuba, pour la psychiatrie. Lui avait déjà ce goût de la solitude. Il pouvait rester seul des journées entières et il trouvait dans cette solitude, disait-il, la compréhension des œuvres qu'il devait interpréter.

— Seule la solitude, disait-il, permet de trouver son chemin, et même si ce chemin ne mène nulle part, au moins ce sera mon chemin.

Peu à peu, mon frère Franz abandonna cette solitude et avec elle son chemin. Il écouta les autres. Il se mit à croire qu'il était possible de dialoguer avec eux, comme je le pensais aussi, adolescent, à La Havane, alors que nous ne pouvons dialoguer avec personne.

Dialoguer avec nous-mêmes est déjà difficile, dialoguer avec les autres est impossible.

Nous croyons connaître une personne et nous ne la connaissons pas, nous ne connaissons que son enveloppe et rien de plus. Elle non plus ne connaît rien sur elle-même, ou si peu. Très tard dans sa vie, jusque dans les derniers moments de son existence, cette personne se laissera surprendre par son propre être, *dasein,* et elle sera prise d'effroi.

Nous sommes une surprise pour les autres et nous sommes une surprise pour nous, toujours.

Un jour de décembre 1950 ou 1951 (toute notre maison était envahie d'une odeur de cannelle dont Rosa Wertheimer saupoudrait ses sablés de Noël, avant de les décorer d'une étoile d'anis), j'entendis mon frère Franz dire qu'il s'était enfermé dans la musique, que sa solitude lui pesait et lui était néfaste, que désormais il passerait davantage de temps avec les autres et qu'il dialoguerait avec eux.

Alors il se mit à sortir.

On le vit dans les bars, dans les soirées mondaines de Manhattan, sur le pont des transatlantiques amarrés dans le port de New York et au sommet du Chrysler Building, le visage découpé en longues tranches pâles et parallèles dans le reflet des lames d'acier.

Il quitta sa solitude.

Il rencontra sa femme Muriel, qui finirait de le détruire en le poussant plus loin encore hors de toute solitude. Sa femme Muriel aimait les mondanités plus que toute autre chose. Elle s'épanouissait dans les mondanités, et elle se flétrissait en l'absence de mondanités. Dans leur petit appartement de Brooklyn, qu'elle haïssait, prétendument parce qu'il était bruyant, en réalité parce qu'il manquait d'espace pour recevoir, tous les soirs elle courait après mon frère Franz en hurlant, ses bigoudis vert amande, lilas ou jaune citron enroulés autour de ses mèches blond platine :

— Franz, on sort !

Elle le pourchassait, elle lui demandait de s'habiller différemment, elle triait les cartons d'invitation par ordre d'importance et se plaignait de ne pas pouvoir donner de réceptions.

Les réceptions étaient, seraient, auront toujours été la grande affaire de sa vie, ce à quoi se résumait pour elle l'accomplissement de soi. Si on ne donnait pas de réceptions, il fallait sortir ; sortir tous les soirs, n'importe où – tout, plutôt que rester chez soi :

— Franz, on sort ! On sort immédiatement !

Peu à peu, mon frère Franz abandonna le piano.

Il perdit la joie que lui avait donnée le piano.

Quoi qu'en dise mon frère Franz, le piano lui avait donné une joie profonde ; quand il étudiait sur son Schimmel, il exultait de bonheur. Il appartenait à cette race de musiciens dont le visage se métamorphose miraculeusement quand ils se mettent à leur instrument, comme des enfants distraits par leur jouet.

— Le piano, disait-il après avoir abandonné toute pratique, ne m'a apporté que du malheur. J'ai perdu vingt ans de ma vie à étudier le piano, alors que j'aurais pu avoir une carrière brillante dans les assurances. Maintenant, je manque de bagage technique pour vraiment réussir dans les assurances, les assurances demandent de solides connaissances techniques et je ne les ai pas, je n'ai que des connaissances musicales qui ne servent à rien, c'est trop tard.

— Mais tu travailles dans l'immobilier, Franz !

— L'immobilier ou les assurances, c'est la même chose.

Il faut un bagage technique. Qu'est-ce que tu veux que je fasse de ma formation de pianiste ? Tu crois vraiment qu'on calcule des comptes de résultat en faisant des gammes ?

Nous étions tous les deux face à face, sur une de ces terrasses précaires que procurent les escaliers de secours des immeubles de New York.

Assis sur une marche en métal rouillé, Franz se lamentait en fouillant dans ses cheveux.

Une aurore américaine rougissait les briques rousses de Brooklyn.

Poésie quand tu nous tiens : je pourrais écrire que les briques avaient pris une teinte sanguinolente, mais Oskar Wertheimer a décidé de ne plus céder à son penchant pour l'outrance. Oskar Wertheimer sera dans ce livre d'une scrupuleuse honnêteté.

Je suivais avec fascination l'embrasement vespéral d'un réservoir d'eau en aluminium, déposé au sommet d'un immeuble de cinquante étages sur un faisceau de pilotis.

Je croisai les bras sur ma poitrine, jetai un regard par la fenêtre guillotine ouverte.

Muriel arpentait le salon de long en large. Ses mules claquaient nonchalamment sur les lames de pin du parquet.

Elle était en déshabillé de soie mauve.

Bientôt ses mèches enroulées dans les bigoudis retomberaient en cascades nerveuses sur ses épaules, avant de se liquéfier de fatigue.

Elle avait abandonné le carré.

— Le carré, Oskar, me dit-elle en passant la tête par la fenêtre à guillotine, cela me durcit le visage. Qu'est-ce que tu en penses ? Tu ne trouves pas que le carré me durcit le visage ? J'essaie d'en parler à ton frère, mais ton frère se moque comme d'une guigne de ma coupe de cheveux. Il se moque de tout. Le fait est qu'il ne s'intéresse quand même pas à grand-chose depuis quelque temps.

Franz ne prêta aucune attention aux remarques de Muriel.

Il pensait à sa carrière ratée dans l'immobilier, qui avait succédé à une carrière avortée de pianiste professionnel. Il avait trop de soucis pour écouter les doutes capillaires de sa femme, épousée dans la liesse, désormais en proie aux affres de la séduction maritale.

Muriel rentra dans la pièce, leva ses deux bras pour retirer un à un les bigoudis, qui gardaient entre leurs dents de plastique les fils blond platine de sa chevelure ; ses aisselles impeccablement épilées étaient recouvertes d'une poudre de talc ; son bras de femme du Nord, élevée dans un corps de ferme dont les ailes étaient protégées de la pluie glacée par du blanc de chaux, avait pris à New York un arrondi de pâtisserie orientale.

Elle passa une deuxième fois la tête par la fenêtre à guillotine, secoua ses mèches :

— Tu en penses quoi, Oskar ?

Elle fit une moue à la façon de ces pin-up dont elle admirait le cambré en S dans des revues de mode.

— Pas trop bouclé ? Un peu bouclé, c'est bien. Le fait est que trop bouclé, on peut vite faire caniche. Comme je manque un peu de taille, on me traitera de caniche nain.

Franz sursauta : pourquoi parlait-on de caniche nain ? Il haussa les épaules, plongea à nouveau ses deux mains dans ses cheveux ; il ne voulait plus rien entendre ; il laissait passer le temps, assis sur sa marche de l'escalier de secours.

Muriel avait fini de se préparer.

— Allez les garçons, on sort !

Pour la troisième fois, elle passa la tête par la fenêtre. Son visage luisait de cold cream ; impitoyable, le soleil rasant sculptait de fines ridules à la commissure de ses lèvres, peintes en carmin.

— Allez ! On se secoue les puces ! On ne va pas rester toute la soirée à se morfondre dans ce trou à rats. *Stand up ! Hurry up ! Let's go !*

Toutes les locutions de Muriel récemment acquises éclatèrent sur sa langue dans un pétillant feu d'artifice verbal :

— *Move on ! Don't be shy ! Move your ass ! Let's go !*

Franz releva la tête.

Son visage était atrocement défiguré par l'angoisse.

Il me regarda :

— Oskar, qui a voulu que je fasse du piano ? Qui ? Qui a eu cette idée stupide de me faire étudier la musique ? La musique ne sert à rien. Vingt ans ! Vingt ans de ma vie perdus à faire des gammes, pour finir agent immobilier. Et Muriel qui veut toujours plus d'argent, toujours plus sortir, toujours plus d'habits, je lui dis quoi ? Vous avez fait mon malheur, tous ! Nos parents ont fait mon malheur avec leur satanée musique, mais toi aussi, Oskar ! Tu aurais dû me dire de ne pas insister avec le piano. Tu aurais dû arrêter ce massacre mais tu n'as pas bougé un orteil ! La musique était une fuite et rien d'autre. L'art est une fuite et rien d'autre. *Eine Flucht.* Tous ces musiciens qui se croient des génies, en fin de compte ne sont que des imposteurs ; je suis tombé dans leur panneau. Et toi, Oskar ? Qu'as-tu fait pour me protéger ?

Je ne voulus pas lui répondre.

Pourtant, jamais je n'avais vu mon frère Franz aussi heureux que lorsqu'il travaillait son piano et qu'il étudiait la musique. Il rayonnait.

La musique était son chemin et il l'avait quitté.

— Franz ! Quand tu auras fini avec tes jérémiades, n'oublie pas de te changer ! *Speed up a little bit, honey.* Je vais quand même pas me trimballer dans New York avec un mari débraillé.

23

En 1949, à La Havane, un Oskar Wertheimer adolescent suggéra donc à son frère Franz de prendre une leçon de piano avec Vladimir Horowitz. Il avait dix-neuf ans.

Il était absolument certain de prendre la meilleure décision, en réalité la seule décision possible.

Le soir où Vladimir Horowitz avait joué à ses invités l'*Étude révolutionnaire*, op. 10 n° 12 de Chopin, alors qu'il venait de s'asseoir sur le bord de son lit et que je palpai une nouvelle fois son ventre, après une partie de canasta qui avait duré jusqu'au milieu de la nuit, il me demanda ce que je voulais en remerciement de mes soins.

— *You are the only doctor to take my stomach aches seriously. The only one ! So, I would like to see you in New York. When we will be back, we will keep in touch. But I need to pay for that.* Il faut que je vous paie votre temps. Comment est-ce que je peux payer ? *I will not give you any money, you would refuse. So ? How can I pay for that ?*

Il serra mes mains dans les siennes, qui décidément étaient moins grandes que je ne l'aurais imaginé pour un pianiste de cette importance, mais puissantes, elles écrasaient mes phalanges.

— *So* ? insista-t-il en resserrant encore davantage l'étau de ses doigts.

Son regard était sombre et fatigué. Je ne savais absolument pas quoi lui demander, il venait de jouer devant moi l'*Étude révolutionnaire*, op. 10 n° 12 de Chopin et ce privilège à lui seul valait rémunération, selon moi. Vladimir Horowitz ne disait rien, mais il ne relâchait pas la pression de ses mains et il attendait une réponse.

Je fixai encore son regard.

Une idée me vint, qui me parut sur le moment une idée réellement lumineuse, une idée qui allait de soi :

— Vous pourriez, dis-je à Vladimir Horowitz, donner une ou deux leçons à mon frère Franz.

— *He plays piano* ?

— Oui. Il est pianiste professionnel. Enfin, il veut devenir pianiste professionnel.

— Excellent ! *Echt gut !*

Vladimir Horowitz paraissait sincèrement ravi.

Trois ou quatre jours avaient passé, depuis le concert au Grand Théâtre de La Havane, sans que Franz ne mette les pieds dehors.

Il restait allongé sur le canapé de velours ras, à contempler les ombres des pales du ventilateur sur le plafond, à vider le bar ou à commander des daiquiris au service de chambre. Quand il se levait, il vérifiait le bon alignement de sa pile de chemises, ajustait le pli d'un pantalon dans le dressing, regardait par la fenêtre les carrosseries rutilantes des voitures, la conque du Malecón, le petit carré de pelouse vert acide, le balancement des palmiers dans la brise sèche du soir, la mer. Il réclamait du cirage à la réception. On le lui apportait sur un plateau en métal argenté.

Alors il sortait une paire de chaussures de ses pochons en feutre, il retirait les embauchoirs, plongeait sa main dans une des chaussures et l'enduisait de cirage avec un chiffon en coton blanc. Il pouvait passer une matinée entière à cirer ses chaussures. Il avait quitté le canapé, je le retrouvais assis sur une des deux chaises en bois sculpté, le dos rond, les manches relevées, le bras en arc de cercle. Il cirait une paire, puis une autre, il crachait sur le cuir, il le frottait frénétiquement avec une peau de chamois jusqu'à ce que le cuir clair prenne l'aspect vernissé d'une écorce de bambou. Au lieu de descendre dans le grand hall de l'Hotel Nacional de Cuba, où se trouvait un piano sur lequel il aurait pu s'exercer, il cirait une à une les cinq paires de chaussures qu'il avait emportées à La Havane et qu'il n'avait pas encore mises. Il ne jouait plus de piano mais il cirait ses chaussures et il ajustait le pli de ses pantalons sur leurs cintres.

— Une leçon avec Vladimir Horowitz ? s'écria-t-il quand je lui fis part de ma décision. Mais comment as-tu pu avoir une idée pareille ? C'est une idée désastreuse, une idée tout simplement désastreuse. Il est hors de question que je prenne une seule leçon avec Vladimir Horowitz, tu entends ? Pas une seule !

Il s'était levé de sa chaise et il me toisait. Il faisait une bonne dizaine de centimètres de plus que moi. Sa cage thoracique tout en longueur, ses bras ballants, son cou à la peau rêche où montait et descendait à chacune de ses déglutitions un morceau de cartilage pointu, ses cheveux ébouriffés le faisaient paraître plus grand encore.

— Tu te rends compte, Oskar ? Tu te rends compte de ce que tu me demandes ?

— Je ne te le demande pas, Franz, je te le propose.

— Mais je ne peux pas refuser, tu comprends ? Je ne veux pas prendre de leçon avec Vladimir Horowitz mais je ne peux pas refuser. Tu me forces à prendre une leçon avec Vladimir Horowitz, Oskar, voilà la vérité, tu me forces et je ne peux pas refuser. Si je refuse, partout dans le petit monde musical, qui est si petit et si cruel, tu ne peux pas imaginer combien il est petit et cruel, partout on dira que le pianiste Franz Wertheimer a refusé une leçon de Vladimir Horowitz.

Il tirait comme un forcené sur ses cheveux, il entortillait des mèches dans ses doigts et il marchait à grandes enjambées dans la chambre étroite.

Il ne savait pas quoi faire.

Il se résigna.

La première leçon eut lieu le lendemain.

Je passai la matinée à la plage avec Julia.

Nous allâmes ensuite déjeuner au Florida, en bordure du Malecón. Les hommes portaient des costumes clairs, les femmes s'éventaient avec le menu, en faisant défiler les perles de leurs colliers entre leurs ongles vernis, comme les grains d'un chapelet précieux. Les serviettes empesées nous permirent de couvrir nos jambes nues (mais pas ta main veloutée, oh ! ma Julia !, qui remontait sur ma cuisse jusqu'au tissu encore mouillé de mon short).

À mon retour, je tombai sur Franz, qui patientait au comptoir du hall dans son costume de lin beige.

Il avait quitté notre chambre et discutait avec le concierge. Il se renseignait sur un music-hall dont lui avait parlé Vladimir Horowitz et dans lequel il comptait nous emmener ce soir, pour écouter la chanteuse Celia Cruz. Mon frère Franz voulait nous emmener tous, il aurait rameuté tous les autres clients de l'hôtel s'il avait pu, il me voulait moi, il voulait Vladimir Horowitz, il voulait Pablo, dont il venait de faire la connaissance dans la suite présidentielle, il voulait Julia et pourquoi pas vous ? demanda mon frère Franz à Egmont.

Franz était à moitié couché sur le marbre du comptoir, en proie à une exaltation nerveuse :

— Oui, pourquoi vous ne viendriez pas avec nous, Egmont ? Nous vous devons bien cette petite sortie entre amis, non ?

— Je ne crois pas que ce soit ma place, monsieur Wertheimer, répondit froidement le concierge en rentrant la tête dans les épaules.

— Mais si ! Mais si ! insista mon frère Franz en tirant sur le bouton de la sonnette dorée.

— Si vous voulez entendre Celia Cruz, poursuivit le concierge, il faut que vous alliez au Buena Vista Palace. Celia Cruz se produit tous les soirs au Buena Vista Palace, je peux vous réserver une table si vous le souhaitez, dit-il en se saisissant du combiné en bakélite du téléphone, dont les écouteurs noirs étaient piqués de minuscules squames blanches, témoignage de l'irascible psoriasis d'Egmont C. Schonberg.

— Alors réservez-nous une table, et n'oubliez pas de vous changer pour venir avec nous. Nous partirons vers vingt-deux heures, quand le *maestro* aura dîné.

Franz se dégagea du comptoir et me prit par le bras.

Nous traversâmes le hall, lui dans son costume de lin beige, Oskar Wertheimer en short et en sandales. Il s'arrêta sur la première marche de l'escalier, se retourna vers moi, ouvrit la bouche mais ne dit rien, il se retourna et monta lentement les marches.

Dans notre chambre, il se déshabilla, prit une douche

rapide, tira la cordelette du ventilateur. Les pales se mirent en marche lourdement, leur forme se brouilla, elles disparurent dans le ralenti de leur ronronnement rotatif. Un air poisseux circulait dans la pièce, chargé d'un parfum de synthèse à la vanille dont les femmes de chambre avaient dû asperger le canapé et les rideaux. Mon frère Franz avait retrouvé de sa superbe. Il se tenait droit, encore ruisselant de l'eau de la douche, avec les aréoles brunes de sa poitrine qui se détachaient comme deux pièces de monnaie, les cheveux plaqués en arrière.

Il alluma un cigare, tira dessus.

— Vladimir Horowitz, me dit-il, a raison.

Il rit. Il rit aux éclats.

Son visage se rembrunit.

— Vladimir Horowitz a raison, les professeurs ne servent à rien. Les professeurs vous détruisent. Pas tous les professeurs, ajouta-t-il en tirant une nouvelle bouffée bleutée de son cigare, mais la plupart des professeurs. Vladimir Horowitz a eu un professeur, Puchalsky, Vladimir Puchalsky. Puchalsky était le directeur du conservatoire de Kiev et il a été son premier professeur, quand il avait à peine neuf ans. Comme directeur, il pensait tout savoir de ses élèves, et peut-être savait-il tout de ses élèves, mais il ne savait rien de Vladimir Horowitz. Vladimir Horowitz me l'a dit lui-même : il était différent des autres et le directeur Puchalsky n'aimait pas cela ; en réalité, il ne supportait pas cela, ajouta encore mon frère Franz en se levant, une serviette nouée autour de sa taille.

— Et pourquoi, Franz ?

— Pourquoi ? Parce que le directeur Puchalsky était un homme ordinaire et comme tous les hommes ordinaires, qui sont légion, qui sont l'humanité tout entière, Oskar, il ne supportait pas cette différence ! Le directeur Puchalsky disait à sa mère, qu'il avait eue comme élève vingt ans auparavant, que son fils Vladimir Horowitz n'avait aucune discipline ; contrairement à elle, il jouait trop fort, trop vite, sans aucun contrôle. « Votre fils n'a aucun contrôle de lui-même, disait le directeur Puchalsky à la mère de Vladimir Horowitz. Il ne donnera rien parce qu'il est différent et qu'il n'a aucune discipline. »

Mon frère Franz s'était accoudé à la fenêtre. Il poursuivit :

— Imagine, Oskar, imagine un instant que Vladimir Horowitz ait écouté les conseils du directeur du conservatoire de Kiev, Vladimir Puchalsky, qui a finalement été renvoyé par Sergueï Rachmaninov, le compositeur. Que serait-il aujourd'hui ? Rien, tu entends ? Il ne serait rien. Il a fallu que le directeur Vladimir Puchalsky soit renvoyé par le compositeur Sergueï Rachmaninov pour que Vladimir Horowitz devienne le pianiste qu'il est aujourd'hui, peut-être le plus grand des pianistes. Les professeurs sont inutiles, la plupart vous détruisent. Ils sont rares, les professeurs qui vous font avancer sur votre chemin, car la plupart des professeurs refusent la liberté de leurs élèves. Seuls les grands professeurs acceptent la liberté de leurs élèves. Eux seuls les aident à trouver leur chemin.

Il jeta son cigare par la fenêtre. Le mégot rebondit sur un balcon de pierre en contrebas, en faisant jaillir de minuscules étincelles.

Toute la fin de la matinée, mon frère Franz poursuivit sa péroraison contre les professeurs, à moitié nu, sa serviette blanche autour de la taille. Ses cheveux avaient séché et retrouvé leur aspect de paille de fer, il plongeait la main dedans comme dans un seau de charbons ardents, la retirait avec une grimace de douleur et soufflait dessus en écartant les doigts. Les professeurs étaient inutiles, voilà ce que la répétition avec Vladimir Horowitz (*die Probe mit Vladimir Horowitz*) lui avait appris.

Il reconnaissait que Vladimir Horowitz avait eu d'autres professeurs que le directeur du conservatoire de Kiev Vladimir Puchalsky ; par exemple, il avait eu Felix Blumenfeld, mais Felix Blumenfeld était arrivé trop tard pour lui apprendre quoi que ce soit. Certainement que Felix Blumenfeld lui avait enseigné une ou deux astuces héritées de son oncle Heinrich Neuhaus, mais selon mon frère Franz, qui admettait pourtant l'influence décisive que Heinrich Neuhaus avait eue sur des générations de pianistes, ce n'étaient que des astuces, pas davantage.

— Par conséquent, conclut-il, je ne veux aucun professeur, même pas Vladimir Horowitz.

Il s'affala sur le canapé de velours ras, les jambes écartées, les bras ballant sur les cuisses.

— Je ne veux aucune leçon, même pas de Vladimir Horowitz.

Il enfouit sa tête entre ses mains et murmura :

— Aucune leçon, plus jamais.

Il aurait pu dire : « Aucun piano, plus jamais », mais il était encore trop tôt pour que mon frère Franz reconnaisse le chemin dans lequel il venait de s'engager, après sa répétition avec Vladimir Horowitz (*nach seiner Probe mit Vladimir Horowitz*).

En décembre 1949, à La Havane, sans le savoir et d'une certaine façon par ma faute, mon frère Franz prit la décision d'arrêter le piano, après avoir répété une sonate avec Vladimir Horowitz. Il ne la prit pas sur le coup : elle mûrit des mois en lui, gagnant peu à peu en consistance, jusqu'à devenir un fait établi. Le peu de public qui s'intéressait à lui, il ne s'en souciait pas. L'abandon de sa carrière de pianiste n'était rien de plus qu'un pansement à arracher. Cela ferait mal sur le coup ; puis il oublierait. Au pire, il en garderait une cicatrice.

24

Un an plus tard, dans les derniers jours de décembre 1950, Franz me fit part de sa décision au cours d'un dîner à New York.

Au Grand Central Oyster Bar and Restaurant, il me dit quelques mots, aussitôt avalés par le brouhaha des conversations américaines, dont les éclats se réverbéraient sur les voûtes en mosaïque bleu et or :

— Oskar…

Je me penchai vers lui :

— Tu peux répéter, Franz ?

— Oskar…

Un serveur arriva. Il ouvrit une bouteille de chardonnay, remplit nos verres et la reposa dans le seau rempli de glace, en faisant tinter le verre épais contre le métal :

— Je le laisse dans la glace ?

Mon frère Franz le regarda avec un visage hagard et ne répondit rien.

D'une habile rotation de son poignet où pendait une gourmette en argent gravée « Frankie », le serveur fit pivoter la bouteille dans sa banquise de poche.

— À votre service.

Il tourna les talons.

Le brouhaha montait encore.

Mon frère Franz répéta :

— Oskar…

Je tâchai de lire sur ses lèvres, en vain. Mon frère Franz parlait trop doucement. Il ne parlait pas, il poussait hors de sa bouche des mots trop lourds pour lui.

Je collai mon oreille à sa bouche.

Dans un souffle il reprit :

— Oskar, le piano, c'est fini.

— Fini quoi, Franz ?

— Fini. J'arrête le piano, définitivement. Je ne jouerai plus, c'est fini.

Il arracha la bouteille à son bain de glace pilée, laissa l'eau couler sur les petits carreaux de faïence, remplit son verre à ras bord, but une longue gorgée :

— Vladimir Horowitz, tu comprends ?

Quel monstre a été Vladimir Horowitz avec mon frère Franz ? Comment cette idée lui est-elle venue d'abandonner définitivement le piano ? A-t-elle germé au cours de la leçon ?

I know nothing about that.

Toute sa vie, Vladimir Horowitz a donné des leçons de piano. Au début de sa carrière, il a donné des leçons à Byron Janis et Byron Janis est devenu un pianiste renommé. À la fin de sa carrière, en 1988, au moment où il approchait de la fin de sa vie, il a donné des leçons à Eduardus Halim, qui est devenu un pianiste moins renommé que Byron Janis, mais réputé néanmoins. Vladimir Horowitz n'a jamais eu de nombreux élèves, mais ses élèves sont dans leur grande majorité devenus professionnels. Ils ont poursuivi leur carrière. Ils ont fait leur chemin, certains ont acquis même une célébrité. Aucun ne s'est plaint des leçons de Vladimir Horowitz. Aucun n'a arrêté sa carrière de pianiste, à l'exception de mon frère Franz, des mois après, une fois que sa décision eut fini de mûrir sournoisement dans son esprit et put se traduire en mots, des mots faibles, perdus dans le vacarme du hall souterrain de Grand Central, à New York.

Tous en revanche, Byron Janis le premier, ont reconnu que le plus difficile avec les leçons de Vladimir Horowitz, même des années après, était d'échapper à Vladimir Horowitz. Si on refusait de devenir un autre Vladimir Horowitz, il fallait échapper à Vladimir Horowitz.

Sa manière de jouer était si fascinante que ses élèves se mettaient à l'imiter inconsciemment, pour retrouver sa sonorité. Sa sonorité collait à leurs doigts comme une résine de pin. Pendant les leçons, il ne disait rien. Assis un peu en retrait dans un fauteuil, il écoutait, par exemple une pièce de Mozart, il laissait jouer puis il faisait un ou deux commentaires : « *Some more music ! Some more color ! Mozart is colorful.* »

Il ne commentait pas davantage.

Il se mouchait un bon coup dans le morceau de tissu qu'il tirait de la poche de son pantalon, sa tête faisait un drôle de mouvement de côté, comme un pic-vert qui vient de sucer des larves dans une écorce.

Alors il se levait de son fauteuil, demandait à son élève de se pousser du tabouret, en balayant l'air devant lui de ses deux mains.

Et il se mettait au piano.

Il jouait à son tour, par exemple la pièce de Mozart, qui illuminait la pièce et désespérait l'élève de jouer un jour comme lui, Vladimir Horowitz.

Il commentait en laissant ses doigts parcourir les touches :
« *A beautiful tone ! What does it mean ? Nothing. Meaning comes from the way one, two, three, four, five tones are connected with one another. And this melodic line is what the pianist must achieve on a piano.* »

Son sourire en jouant avait quelque chose de diabolique :
« *Not easy ! Not easy at all.* »

En décembre 1949, à La Havane, il n'avait fallu à mon frère Franz qu'une seule leçon avec Vladimir Horowitz pour comprendre que lui n'échapperait jamais à Vladimir Horowitz, car jamais il ne trouverait le chemin pour lui échapper. Ou, s'il le trouvait, il serait toujours moins élevé que celui de Vladimir Horowitz. À quoi bon creuser un chemin à flanc de colline quand d'autres dansent sur la crête ?

Une seule leçon lui avait suffi pour comprendre que ses espoirs de devenir un pianiste célèbre, un pianiste aussi célèbre que Vladimir Horowitz, ne se réaliseraient jamais, que toute son existence il courrait après une illusion, qui était autant celle de Rudolf et Rosa Wertheimer, qui avaient consenti tant de sacrifices pour son piano, que la sienne.

Au mieux, il serait un vulgaire imitateur.

Alors il arrêta le piano.

— Vladimir Horowitz, tu comprends ? Vladimir Horowitz a détruit mon envie de devenir pianiste.

Il avala son verre de chardonnay, réfléchit :

— En fait non, il n'a pas détruit mon envie. Il m'a montré que je n'avais pas assez envie ; *genau* ; j'ai compris en l'écoutant que je n'avais pas assez d'envie en moi pour devenir un grand pianiste. Donc j'ai décidé d'arrêter. Je ne jouerai plus ; c'est fini.

25

Vladimir Horowitz ne descendit dans le hall qu'à vingt-trois heures passées. Mon frère Franz trépignait. Depuis près d'une heure, il harcelait le concierge pour qu'il compose le numéro de la suite présidentielle et signale à Pablo qu'il était temps de descendre. Le concierge restait les bras croisés sur sa chemise à plastron ; comme investi d'une mission supérieure, il répétait : « Je ne peux quand même pas déranger le *maestro* pour une sortie dans un music-hall ! »

Julia patientait au bar, assise sur un tabouret dont les pieds en acier s'enfonçaient dans une moquette épaisse.

Elle portait une robe à bustier qui comprimait sa poitrine. Au bout de ses longs bras, elle avait enfilé des bracelets en bois creux, qui tintinnabulaient contre son verre de mojito. Le rideau de ses cheveux mats tombait sur son verre. Régulièrement, elle écartait le rideau capillaire du revers de la main, découvrant son visage incliné et le tube d'une longue paille en plastique, enfoncé dans ses lèvres.

Des négociants en alcool traînaient dans le bar. Ils lui jetaient des regards appuyés et commandaient tonic sur tonic. Le barman, qui flottait dans le blanc lumineux de sa veste croisée, jetait une poignée de cubes de glace dans des verres taillés en pointes de diamant, versait le tonic, ajoutait une rondelle de citron vert et poussait les verres sur le cuivre gondolé du bar. Ensuite il passait son chiffon avec de larges mouvements circulaires avant de jeter le chiffon en arrière sur la tresse dorée de son épaulette.

— Vous êtes seule, mademoiselle ?

Un des négociants était descendu de son tabouret pour se rapprocher de Julia. Il était penché sur elle, la veste de son costume à carreaux grande ouverte, son tonic à la main. Sa chemise entrouverte découvrait une poitrine rousse et velue, où scintillait une croix dorée.

Depuis le comptoir du concierge, je le regardais déployer ses charmes grossiers de mâle en rut, prêt à fondre sur sa proie. Mon frère Franz se rongeait les ongles, le dos tordu par sa scoliose, indifférent à l'atroce parade amoureuse qui se jouait à quelques centimètres de lui.

Le négociant répéta, le souffle court :

— Vous êtes seule, mademoiselle ?

Elle ne leva pas les yeux.

— Dégage, *son of a bitch* ! Je déteste qu'on s'approche de moi.

Elle se leva, ses petits pieds pris dans les lanières de ses sandales en cuir firent trois pas dans ma direction. Elle découvrit ses dents étincelantes, qui si souvent me mordillaient le cou avec la voracité d'un animal affamé :

— Oskar, tu viens ?

Alors apparut Vladimir Horowitz.

Il se tenait sur une mezzanine en surplomb du hall, en costume de flanelle gris croisé et nœud papillon à pois, une pochette pliée dans sa poche de poitrine, une main posée sur la rampe en fer forgé. Pablo le couvait du regard. Il était moulé dans une chemise bleu roi et un pantalon de coton blanc, des espadrilles aux pieds. Un murmure parcourut le hall. Les négociants levèrent la tête.

Pour la première fois depuis son concert au Grand Théâtre de La Havane, Vladimir Horowitz sortait de sa suite présidentielle.

Il me vit, il me reconnut, il se dirigea vers moi.

Ouvrant grand ses bras il me serra contre lui, le visage illuminé par un large sourire, le regard malicieux, la voix perchée dans le fond de ses cavités nasales :

— Docteur ! Docteur ! Je suis dans une forme éblouissante grâce à vous. *I was born again.*

Il se pencha et je sentis ses lèvres effleurer le cartilage de mon oreille.

Il se redressa, vit Julia. Il sourit, dans sa bouche la protubérance humide et râpeuse sur laquelle venaient s'écraser les mots aussi bien que les aliments fades (soles, blancs de poulet, pommes de terre bouillies, asperges) se gonfla brusquement, comme un muscle :

— *Encantado, señora !*

Il lui baisa le bout des doigts, sa voix prit une sonorité gutturale.

— Je suis désolé, je vous ennuie, vous et le docteur, avec mes problèmes de santé mais nous allons sortir tout de suite. *Subito ! Subito presto !*

Il claqua des deux mains au-dessus de ses cheveux peignés en arrière, son nœud papillon tressaillit de joie, un son aigu sortit de sa gorge :

— Pablo ! Pablo ! Au Buena Vista Palace, Pablo !

Pablo sortit du hall chercher un taxi, poursuivi par Egmont qui ne cessait de répéter que nous pouvions y aller à pied :

— Une promenade ! Voilà ce dont le *maestro* a besoin. Une bonne petite promenade, pour s'aérer l'esprit. Comment peut-on rester enfermé toute la journée dans sa chambre ? Ce n'est pas sain. Vous êtes à cinq minutes à pied du Buena Vista Palace, qui entre nous soit dit n'est pas vraiment un endroit pour le *maestro*. Mais enfin, si vous y tenez vraiment, je ne vais pas vous retenir de force, n'est-ce pas ?

Une Cadillac fit un crochet pour venir se garer sous la verrière de l'hôtel, dont les ailes de paon rigides saluaient un ciel mauve, pas loin de la nuit. La voiture stoppa net dans un grincement de suspensions, le moteur allumé, les cônes arrière brûlant de tous leurs feux. Le chauffeur sortit son bras par la portière, une cigarette allumée au bout des doigts :

— *A dónde vamos ?*

26

Mon frère Franz battait la mesure du pied en écoutant
Celia Cruz, enveloppée dans une robe scintillante en lamé
argent. Vladimir Horowitz avait commandé une bouteille
de champagne, que nous descendions en silence, assis en
rond à notre table du Buena Vista Palace. Pablo regardait
Julia. Julia ne quittait pas Celia Cruz du regard. Celia Cruz
se tenait très droite, aussi droite que le concierge qui était
resté derrière son comptoir en marbre de l'Hotel Nacional de Cuba, sanglé dans sa jaquette, à attendre les clients
pour leur donner des informations sur la vie nocturne de
La Havane. Celia Cruz tenait son micro de la main droite,
de l'autre elle écartait lentement des ombres imaginaires
sur la scène. Elle basculait la tête en arrière pour attraper
de sa voix de contralto les notes les plus aiguës, elle souriait, elle chantait la bouche collée au micro : « *La vida
es un carnaval* ». Un ventilateur installé dans les coulisses
rafraîchissait son visage ruisselant et soulevait les plumes
d'autruche arrangées dans le col de sa robe. La chair élastique de ses bras rebondissait entre les anneaux de ses bracelets en métal.

Elle fit un pas en avant sur la scène.

Elle se baissa, tendit la main vers notre table avec sa petite lampe au pied dorique, dont la lumière tamisée par un abat-jour rouge gaufré colorait nos visages de rose. Elle tendit la main vers mon frère Franz, qui battait la mesure du pied, un des bracelets métalliques tomba, la main effleura Pablo, puis Julia. Rassemblés en cercle autour de la petite lampe, nous buvions la chanson mélancolique et amère d'Úrsula Hilaria Celia Caridad de la Santísima Trinidad Cruz Alfonso, plus connue sous le nom de Celia Cruz :

Ay, no hay que llorar
Que la vida es un carnaval
Y es más bello vivir cantando

Elle s'agenouilla devant nous, les deux mains empoignant le micro, les pommettes de ses joues découpées dans la lumière blanche du projecteur. Sa robe en lamé argent n'était plus qu'un éblouissement. Ses paupières bordées de mascara noir se fermaient. Les plumes d'autruche vacillaient autour de sa coiffure.

Elle pleurait presque ; elle murmurait d'une voix rauque :

Oh oh oh ay, no hay que llorar
Que la vida es un carnaval
Y las penas se van cantando

Elle rouvrit les paupières, se redressa lentement, elle tendit la main vers notre table, plus précisément vers Vladimir Horowitz, qui lui adressa un large sourire et se leva à son tour de sa chaise en fermant le revers de sa veste. Vladimir Horowitz tendit le bras vers la scène un peu plus haut que lui pour prendre la main moelleuse de Celia Cruz dans la sienne.

Alors tous les deux, Celia Cruz et Vladimir Horowitz, la petite fille du quartier pauvre de Santos Suarez et le pianiste de Kiev, ou de Berditchev selon le concierge à la haute stature, furent saisis dans la poussière lumineuse du projecteur. La robe en lamé argent de la chanteuse frôla le costume gris croisé du pianiste, le nœud papillon et les plumes d'autruche se confondirent dans l'ouragan triste du ventilateur ; le visage osseux et triangulaire du pianiste ne cessait de sourire au visage enfantin de la chanteuse, la main humide et tendre de Celia Cruz enveloppait les doigts de fer de Vladimir Horowitz.

Vladimir Horowitz se rassit et souffla un baiser dans sa paume ouverte en direction de la scène.

Elle disparut dans les coulisses.

— Vous avez vu ? demanda Vladimir Horowitz en commandant une nouvelle bouteille de champagne. Vous avez vu cette chanteuse ?

Il inspira une longue bouffée de l'air humide de la salle de concert du Buena Vista Palace, les narines frémissantes :

— Voilà la vraie musique, la musique que les gens écoutent. La musique que je joue, les gens ne l'écoutent plus. *Niemand ! Schluss damit !* Encore quelques années et plus personne ne m'écoutera, ni moi, ni aucun autre pianiste.

Il se tourna vers mon frère Franz, qui avait arrêté de battre la mesure du pied et se servait verre de champagne sur verre de champagne en fouillant nerveusement dans ses cheveux :

— Vous m'entendez, monsieur le pianiste ? *Schluss*

damit ! Dépêchez-vous de faire carrière, parce que dans dix ans plus personne ne vous écoutera, plus personne ne viendra au concert. Notre musique est finie, je vous le dis, monsieur le pianiste, la grande musique est finie ! Notre culture est morte. Plus personne ne la pratique et elle est morte. Elle est jetée comme une peau de bête sur un lit, la gueule grande ouverte, mais elle ne vit plus ! Elle ne se reproduit plus ! Tout ce qui reste, ce sont les habitués. Les habitués écoutent encore la grande musique et ils ne la comprennent pas, mais plus personne ne veut être surpris. Quand une musique ne surprend plus personne, monsieur le pianiste, elle est morte, elle est condamnée. Quand une musique est faite pour les habitués, elle est morte, elle est condamnée. Il faut du plaisir, vous entendez ? Du plaisir ! Comme ici, du plaisir ! On ne peut pas écouter la musique sans surprise, monsieur le pianiste, on ne peut pas, impossible !

Il se moucha, prit une longue inspiration dans le trou noir de ses narines.

— Les spectateurs : quelle farce ! Ils ne viennent plus pour m'écouter, ils viennent pour me voir. Ils paient des fortunes pour être assis sur la gauche de la salle, histoire de voir mes doigts courir sur le clavier, le plus vite possible, le plus longtemps possible, comme des marathoniens. Ils vont au cirque. Prouesse technique ! La musique ? Rien à faire. Un jour je vais arrêter. Tout cela est terriblement ennuyeux. Les spectateurs voient sans entendre. Les Occidentaux ne savent plus que voir, entendre leur est impossible. *They always listen to how fast I can play octaves but they don't listen to music anymore. It is boring. So boring. I play for two hours but they only remember the last three minutes of the concert. Foolish people !*

Il éclata de rire, leva sa coupe de champagne :

— Je lève mon verre à Celia Cruz ! À la vraie musique !

Mon frère Franz tremblait, sa silhouette désarticulée par la progression fulgurante de sa scoliose. Pablo ne bougea pas, il continuait de regarder Julia et Julia avait dégagé une mèche de cheveux derrière son oreille, elle le regardait aussi, de biais. Je tirai ma chaise en arrière, pris la main de Julia :

— On y va ?

Elle leva son regard brun foncé sur moi :

— On y va où, Oskar ?

— Je ne sais pas, on y va.

Elle retira sa main :

— Mais pourquoi est-ce que tu veux y aller ? On est bien ici, non ? Allez Oskar, rassieds-toi.

Elle tapota du plat de la main sur le velours écarlate de la chaise :

— Assieds-toi, je te dis. On reste encore un moment. Celia Cruz va reprendre.

Je me rassis.

Elle eut un geste en direction de Pablo, un geste imperceptible, un regard furtif, je ne sais plus, quelque chose en tout cas. Elle ramena à nouveau une mèche de cheveux derrière son oreille et trempa les lèvres dans sa coupe de champagne.

Vladimir Horowitz continuait de parler à Franz, qui avait calé son menton dans ses mains croisées et ne les décroisait que pour avaler du champagne. Bach allait disparaître, disait Vladimir Horowitz, et Mozart, et Scarlatti et Beethoven.

— Bientôt, poursuivit Vladimir Horowitz, il n'y aura plus personne pour écouter Mozart, Scarlatti ou Beethoven, le bruit aura gagné. Contre la musique, le bruit va

162

gagner, insista Vladimir Horowitz, le combat est trop iné-
gal. C'est une affaire de temps, mais le bruit un jour ou
l'autre gagnera et alors il ne sera plus question de Mozart,
de Scarlatti ou de Beethoven.

Il leva les sourcils, comme surpris par le cheminement
de sa pensée. Sa bouche dessinait un accent circonflexe. Il
retroussa sa lèvre supérieure, eut un instant de réflexion.

— Ce que je fais, personne ne le comprend. Certainement pas les spectateurs, qui ne connaissent pas la musique.
Ils ne la lisent pas. Moi je lis la musique, chaque note je la
lis. *I study the whole composer. I play everything he wrote. Can you
hear me ? Everything ! I play it myself – I don't listen to recordings.
Records are not the truth. They are like postcards of a beautiful
landscape. You bring the postcards home so when you look at them,
you remember how beautiful the truth is. I play.*

Il avala d'un trait sa coupe de champagne.

— *I play.* Je n'ai pas le choix, poursuivit Vladimir
Horowitz toutes dents dehors, en haussant encore plus haut
les sourcils, ses petites billes noires plantées dans le regard
hébété de mon frère Franz. *I play because I like music. And
because I must amuse the audience.* Si je ne fais pas le spectacle, ils ne viennent plus, vous comprenez ?

Il posa deux mains tavelées sur le coton immaculé de la
nappe.

— Le spectacle, monsieur le futur pianiste ! Il faut faire
le spectacle ! Oubliez les sentiments, faites du spectacle !

Sous le coup des attaques de Vladimir Horowitz, mon
frère Franz ressemblait à un boxeur groggy, assommé par
une avalanche de crochets au visage de plus en plus précis.
Il ne cherchait même pas à se protéger. Il écoutait béatement. Il allait au-devant de la violence des mots, il se livrait
à elle, sans défense.

Vladimir Horowitz enchaîna :

— Ne vous faites aucune illusion. *You look so young. The day you will play, you will be alone. No more audience. No more music. Noise. Noise everywhere !*

Les joues creusées de fatigue, Franz mordit sa lèvre inférieure, qui se mit à saigner doucement. Il prit une serviette pour se tamponner la bouche, observa la petite tache de sang sur le coton et la reposa sur ses genoux.

Vladimir Horowitz allait reprendre, quand Celia Cruz revint sur scène. Elle avait retiré sa couronne de plumes d'autruche et troqué sa robe longue en lamé argent pour une tunique en paillettes noir charbon, qui scintillait. Elle avait accroché derrière ses oreilles deux fleurs en papier. Sa voix s'éleva, profonde et rauque :

> *La negra tiene tumba'o*
> *Y no camina de la'o*

Ses yeux plissés avaient pris la forme de deux amandes, coupées par le trait bleu horizontal de son mascara. Sa voix montait. Elle reprit son souffle :

> *La negra tiene tumba'o*
> *Nunca camina de la'o*

À nouveau elle tendit la main en direction de Vladimir Horowitz, qui leva son visage vers la scène. Avec son front osseux, son nez busqué et les lourds cernes qui creusaient deux poches au-dessus de ses pommettes, il avait un profil d'oiseau de proie.

Pablo s'était rapproché de Julia, les dossiers de leurs chaises se touchaient et Pablo, au prétexte de montrer un détail sur la tunique en paillettes de Celia Cruz, prit la main de Julia dans la sienne. Mon frère Franz dodelinait de la tête. Une odeur de cuir rance planait dans la salle obscure du Buena Vista Palace. Fascinés par Celia Cruz, les spectateurs suivaient son déhanchement lent en se laissant caresser par sa voix.

Elle plissa un peu plus ses yeux en amande, elle renversa encore sa tête et poussa comme un cri.

Puis elle arracha une des fleurs en papier de ses oreilles et la lança au hasard dans le public. Assis à une des tables rondes, un spectateur l'attrapa à la volée.

Celia Cruz plongea son buste en avant.

Alors la salle se leva dans une ovation spontanée, orgiaque, luisante et alcoolisée, qui ne cessa que lorsque Celia Cruz se fut retirée dans les coulisses et que le noir fut tombé sur scène.

— *What an amazing performance !* soupira Vladimir Horowitz en se mouchant dans la pochette de son costume gris.

La scène se ralluma d'un coup.

L'orchestre de Celia Cruz, qui était resté dans le fond, se mit à jouer une rumba, à un rythme lent. Des clients s'étaient levés et se mettaient à danser dans l'odeur de cuir rance. Une vieille femme à la chevelure crantée se trémoussa pour se dégager de la nappe qui lui recouvrait les cuisses. Elle se mit à circuler autour de sa table en plantant dans le crâne des hommes ses doigts bagués, déformés par une arthrite sévère. Elle se déhanchait, faisant glisser ses bracelets en fil de bronze le long de ses bras, dont la peau flétrie avait la couleur jaunâtre et sèche des feuilles de bananier sur les trottoirs de La Havane.

Elle s'approcha de notre table.

Elle tapota le crâne de Pablo. Julia jeta un regard cour-roucé à la vieille femme, qui lui répondit par un sourire. Deux moignons de dent apparurent entre ses lèvres écarla-tes. Elle sourit plus largement. Les moignons étaient plan-tés à bonne distance dans ses gencives abîmées par le tabac, comme deux plants pourris de canne à sucre.

— Alors ma belle, dit-elle en gardant sa main posée sur les cheveux de Pablo, tu ne veux pas que je touche à ton mignon ? Qu'il est mignon, le petit !

Julia continuait de la regarder sans rien dire.

L'orchestre jouait plus fort, sur un rythme de plus en plus rapide. Assommé, mon frère Franz dormait la tête entre ses bras croisés, sur la nappe de coton blanc maculée de taches de champagne. Suivant les percussions ou le chaos de ses rêves intérieurs, il était parfois pris de spasmes nerveux ; sa chevelure se soulevait alors pour rebondir sur la nappe, comme un buisson baladé par le vent dans le désert.

La vieille femme s'approcha de moi et me souffla au visage une haleine acide :

— Elle est à toi, la petite ?

Elle toussa.

— À ta place je me méfierais, mon grand.

Ses lèvres fendillées, dont le rouge à lèvres débordait sur les commissures, se refermèrent mollement en exhalant un dernier souffle acide. Elle s'éloigna. Julia se leva brutale-ment, arracha Pablo de son siège :

— On va danser, Pablo, on va danser tout de suite !

— *Great idea !* enchaîna Vladimir Horowitz.

Il suivit Pablo et Julia dans le fond de la salle du Buena Vista Palace, où des clients chaloupaient sur le parquet verni.

Je me retrouvai seul avec mon frère Franz.

La chemise bleu roi de Pablo était collée à la robe rouge de Julia, qui avait enfoui son petit visage de sainte Thérèse extatique dans l'épaule musclée de Pablo.

Ses cheveux mats couvraient le haut de la chemise bleu roi.

Pas un seul instant elle ne les releva pour me chercher du regard.

Cela remonte à soixante-dix ans, mais soixante-dix ans plus tard, dans la chambre de mon hôtel à Berlin, il suffit que je regarde la photo en noir et blanc du torse masculin au-dessus de moi pour deviner celui de Pablo dessiné dans sa chemise bleu roi, sous laquelle Julia a glissé sa main.

Elle remonte sa main à plat doucement, elle caresse le ventre plus musclé que le mien, elle suit de son pouce le dessin ferme de sa poitrine, Julia enfonce son pouce dans le creux humide des aisselles de Pablo et elle sent sa sueur amère. Elle serre ses cuisses contre ses cuisses, lui doit sentir contre son sexe dur le sexe amolli et doux de Julia, qui s'ouvre.

Elle se cabre sous sa robe rouge.

Elle enfonce un peu plus son visage dans son épaule. Elle doit murmurer encore : « Pablo ! Pablo ! Pas maintenant, Pablo ! »

L'orchestre joue toujours plus fort, les maracas cognent contre mon crâne.

Mon frère Franz dort dans le rond de lumière sur la nappe de coton blanc.

Vladimir Horowitz ne fait pas attention, il danse sur le parquet verni.

Un homme est assis au bar ; sa chemise à carreaux de bûcheron, sur son dos trapu, tranche sur les tenues de soirée des clients du Buena Vista Palace ; une fumée de cigare danse au-dessus de sa chevelure neigeuse ; il se gratte la barbe ; il se retourne ; Vladimir Horowitz lui fait un signe de la main depuis la piste de danse ; ils se tombent dans les bras, le grand pianiste et le grand écrivain.

Soixante-dix ans plus tard, je vois avec précision le visage de madone de Julia abîmé dans un plaisir que je ne partage plus, ce soir de décembre 1949, à La Havane, à une trentaine de kilomètres seulement du village de pêcheurs de sa famille.

Je retrouve cette vision hallucinante et, tout aussi hallucinante, la vision de Vladimir Horowitz, le célèbre pianiste, le plus célèbre des pianistes en 1949, qui danse, son costume croisé ouvert sur sa chemise monogrammée, le nœud papillon voltigeant dans une odeur de cuir rance, Ernest Hemingway assis à un mètre à peine de lui.

27

Par la suite, Vladimir Horowitz exigea (*verlangte*) que je le suive partout, comme son médecin personnel et, disait-il, son ami.

Il exigea (*verlangte*) que je l'accompagne à chacun de ses déplacements à l'étranger – ce que je fus obligé de refuser pour des raisons professionnelles –, il exigea que je sois présent dans les coulisses de ses concerts à New York, il exigea que je sois joignable à toute heure du jour et de la nuit, pour soigner l'acidité de son estomac ou pour soulager ses angoisses. Il exigea de moi la disponibilité totale qu'il avait exigée aussi de son premier accordeur attitré de la maison Steinway & Sons, Bill Hupfer, comme de son successeur, Franz Mohr.

Il exigeait et il criait (*verlangte und schrie*).

« Quand le piano n'était pas préparé exactement comme il l'avait demandé, il criait, témoigne Franz Mohr. Il demandait une légèreté dans la frappe des marteaux qui était particulièrement difficile à obtenir, mais il se souciait aussi de la hauteur de son tabouret, à un ou deux centimètres près. Si le tabouret était mal réglé ou si les marteaux lui semblaient trop lourds sous les doigts, il pouvait partir dans des accès de fureur que rien ne pouvait apaiser, sauf sa femme Wanda. »

Il exigeait son piano et de sortir pour oublier le piano.

Vladimir Horowitz sortait, dansait dans des boîtes de nuit, fréquentait des clubs où il pouvait faire des rencontres auxquelles il ne donnait pas suite, il aimait les palaces et les bars de luxe, où il traînait à moitié ivre, quoique toujours digne. Jamais il ne quitta sa femme Wanda et il tenta de soigner, contre mon avis, son homosexualité.

Vladimir Horowitz, le plus célèbre des pianistes, pouvait ne pas toucher à un piano pendant des jours. Il pouvait rechercher la solitude et réclamer des amis auprès de lui en les harcelant au téléphone. Pendant ses années de réclusion, il prétendait avoir beaucoup lu, mais en réalité il ne lisait jamais, ou très peu, il n'était absolument pas un lecteur, contrairement au pianiste russe Sviatoslav Richter, qui lisait sans cesse. Sviatoslav Richter pouvait réciter par cœur des pages de Proust, Vladimir Horowitz aurait été bien en peine de citer un titre de Proust.

Vladimir Horowitz avait des origines juives mais il pouvait se livrer à des plaisanteries antisémites sur ses collègues musiciens, il distinguait les musiciens de naissance et les juifs de naissance, comme lui.

Vladimir Horowitz se livrait avec rage à la dépréciation de soi, avec comme seul vaccin son orgueil, qu'il s'inoculait en doses régulières, pour soigner la plaie de son succès. Plus la plaie s'infectait, plus son orgueil grandissait.

Il prétendait avoir pour ancêtre Samuel Schmeller Horowitz, né en 1726 en Ukraine et mort en 1778 à Nikolsberg, à l'est de l'Empire austro-hongrois.

L'administration impériale avait reconnu Samuel

Schmeller Horowitz comme un des fondateurs du renouveau juif en Europe orientale. En remerciement de ses services, elle lui avait donné le droit de porter le nom de Samuel Schmeller Horowitz *von* Nikolsberg. Vladimir Horowitz se disait à la fois Schmeller et von Nikolsberg, von Nikolsberg et Schmeller. Il était né en Ukraine, dans une famille juive, ses ancêtres avaient dû cultiver le blé dans les plaines ukrainiennes avant que leurs descendants ne deviennent commerçants et ne gagnent en aisance, pourtant il se réclamait de cet Empire austro-hongrois, *kaiserlich und königlich, königlich und kaiserlich, KUK*, qui était aussi double que lui, Schmeller et von Nikolsberg, juif et aristocrate, cosmopolite et national.

Il revendiquait ces deux origines.

Elles se tournaient le dos en lui comme les deux aigles noirs sur le rouge des insignes impériaux.

Comme cet empire auquel le rattachait un improbable ancêtre juif, il avait une rigueur irréprochable dans la tenue mais une fragilité intérieure. « Je suis unique et je ne suis personne », disait Vladimir Horowitz, comme Vienne et Budapest, villes uniques de deux nations, donc d'aucune.

« Je suis unique et je ne suis personne ; j'aurais pu être quelqu'un d'autre mais je voulais être pianiste et je suis devenu ce que je voulais être », disait-il encore, non sans fierté.

Nous, individus, pouvons gouverner notre destin et combler nos failles, comme Vladimir Horowitz. Les nations et les empires, non. Passé un siècle ou deux, les nations et les empires échappent à leurs empereurs, leurs rois et leurs chefs, ils reprennent le cours de leur destin, qui en dernière instance appartient à leurs peuples.

Vladimir Horowitz, malgré les forces contraires qui l'écartelaient, sut gouverner son existence.

Il aimait les hommes et il vécut sa vie durant avec une femme, il avait en horreur son piano et il ne pouvait se priver de son piano, il cherchait la solitude en passant son temps en mauvaise compagnie, il semblait bouffi de vanité mais il était rongé par le doute.

Son passeport le disait américain mais il était resté russe, authentiquement russe : « *All educated Russians have certain things in their blood that never vanish.* »

Vladimir Horowitz avait quelque chose en lui de vicié mais il ne savait pas quoi.

Les maux d'estomac, les colites, les dépressions successives manifestaient un déséquilibre intérieur que ses excentricités vestimentaires, ses éclats de rire, ses fureurs, ses caprices alimentaires ne parvenaient pas à masquer. Partout dans le monde, il lui fallait pour son dîner une sole. Pas seulement une sole, mais une sole fraîche, quitte à l'acheminer par avion.

Au cours de sa tournée au Japon, en 1983, l'un des échecs les plus spectaculaires de sa carrière, qui le conduisit au bord de la rupture nerveuse, il exigea comme toujours une sole fraîche. On lui prépara une sole, espèce méconnue sur les rives de l'Empire du Soleil levant. Où donc avait-elle été pêchée ?

Aux deux concerts des 11 et 16 juin, il multiplia les fausses notes.

Cette tournée avait été pour lui, qui ne pratiquait pas le sens de la mesure, son « Pearl Harbor ». Il ne rejouerait jamais plus : « *I will never play again. Don't ask why. Please, don't ask ! This is my very last word. My career is finished forever.* »

Deux ans plus tard, il rejouait.

Il triompha.

Ses failles intérieures profondes étaient un dissolvant aussi puissant pour sa personnalité que les différences linguistiques ou religieuses pour le territoire austro-hongrois. Cet empire névrotique finit par se dissoudre en une poussière de nations.

Vladimir Horowitz, lui, échappa à cet effondrement définitif.

Il se releva à force de musique et de piano.

La musique et le piano provoquèrent en lui des effondrements mais ils le relevèrent aussi. Il était condamné à la musique et au piano, il accepta cette condamnation.

Il changea.

Pendant ses périodes de dépression, il étudia de nouveaux compositeurs, par exemple Scarlatti et Clementi, dont sa femme Wanda avait déniché des partitions en Italie, sa patrie de naissance : « Voilà pour toi, Volodia ! De la musique italienne ! C'est facile, c'est léger, tu vas te remettre à ton clavier. On arrête avec la musique allemande. Bach, Beethoven, Schumann, fini. Trop de profondeur. Trop de noir. *Too much darkness.* »

Il refoula ses angoisses. Scarlatti et Clementi, plus légers que Beethoven ou Schumann, furent comme une échelle intérieure dont il gravit chaque barreau, de 1953 à 1965, pour se sortir du désert de la dépression. Il accepta que jamais sa manière de jouer ne serait parfaite et, abandonnant ce souci de perfection au profit du chant, il se redressa : « Il ne faut pas que ce soit parfait, disait-il, parce que le monde dans lequel nous vivons n'est pas parfait. Cela doit être musical et cela doit avoir du sens. C'est tout. Le chant vaut mieux que la technique. »

Selon Vladimir Horowitz, sa passion pour le chant lui venait aussi de cet ancêtre Samuel Schmeller Horowitz von Nikolsberg, qui communiait régulièrement avec Dieu et répétait : « Le chant est le seul chemin vers Dieu », comme pour le pianiste le chant fut le seul et unique chemin vers la musique.

Personne ne put jamais établir cette généalogie imaginaire et lointaine.

Selon les faits établis, le grand-père de Vladimir Horowitz appartenait à la bourgeoisie juive ukrainienne, comme son père Samuel, qui tenait à Kiev une boutique de produits électriques américains. Samuel Horowitz portait sur son visage un air immuable de nostalgie, il avait le même regard profondément enfoncé dans les orbites que son fils Vladimir, le front tout aussi dégagé mais des traits plus réguliers et une moustache fournie, qui lui donnait de la douceur et de la distinction. À son fils Vladimir, son père Samuel avait donné sa force, sa mère Sofia ses nerfs fragiles. Il suivait sa carrière de près, interrogeait les professeurs sur sa technique, lui faisait rencontrer les compositeurs de passage à Kiev, le poussait à lire les classiques russes. « Tu dois lire Tolstoï et Tchekhov, tu dois les lire pour comprendre la Russie, répétait Samuel à Vladimir. Tu es né en Ukraine mais tu vis en Russie et la Russie est dans Tolstoï et dans Tchekhov. Tu ne lis pas assez, tu joues de la musique mais tu ne lis pas et on ne peut pas jouer sans lire. On ne peut pas peindre sans lire. Même le commerce, insistait Samuel, dans le fond de sa boutique de produits électriques américains à Kiev, on ne peut pas le faire bien sans lire. »

En 1924 ou 1925, il accompagna Vladimir qui devait

jouer les concertos de Chopin et de Tchaïkovski à Leningrad.

À la sortie du concert, il se précipita sur son fils de vingt-
deux ans, tout essoufflé, la moustache frémissante : « Plus
jamais le Chopin ! Uniquement le Tchaïkovski ! » Il le prit
par les épaules : « Tchaïkovski, Volodia ! Tchaïkovski est
pour toi. »

Il fallait de la musique qui brille, de la musique qui
sonne, il fallait éviter à Vladimir le romantisme qui jouerait avec ses nerfs.

Quand Vladimir partit en tournée en Europe, Samuel
prit son agent Alexander Merovitch à part sur le quai de la
gare de Moscou. Alexander Merovitch avait une tête carrée,
un nez épais, une large bouche et des cernes granuleux
qui lui mangeaient les joues. Il ressemblait à un gangster
de Chicago. Il écouta Samuel Horowitz lui dire que son
fils Vladimir était fragile, instable, il était difficile à manier,
par conséquent il avait besoin de discipline : « Vous comprenez, monsieur Merovitch ? De la discipline ! Évitez-lui
les compositeurs romantiques ! » Alexander Merovitch
prit note, enfonça son feutre sur sa tête carrée et referma
son imperméable mastic en serrant la ceinture au dernier
cran. Il serra la main de Samuel Horowitz au milieu de la
vapeur des locomotives. Un coup de sifflet résonna sous la
verrière : « Ne vous inquiétez pas, monsieur Horowitz ! Ne
vous inquiétez pas ! Je connais votre fils ! » Puis il remonta
à grandes enjambées le quai pour gagner le train qui devait
les conduire, lui et son protégé, à Berlin.

Au premier concert que donna Vladimir Horowitz sur le
sol allemand, Alexander Merovitch lui fit jouer un prélude
de Chopin.

En 1930, l'administration soviétique accorda une autorisation exceptionnelle à Samuel Horowitz pour rejoindre son fils à Paris.

Quatre ans auparavant, Vladimir Horowitz avait joué à Paris, il était devenu un habitué des plus grandes salles parisiennes, qui lui réservaient un accueil « aux petits oignons », selon les termes du directeur de l'une de ces salles, soucieux de s'attirer les bonnes grâces du pianiste. Le 14 décembre 1926, la police avait dû évacuer l'Opéra après l'interprétation par un jeune pianiste russe des variations sur un thème de *Carmen*, de Bizet : Vladimir Horowitz avait été exfiltré comme une star de rock, ou comme un boxeur, pour éviter la horde des fans, qui aurait pu l'étouffer.

L'événement avait marqué les esprits.

Depuis, on se l'arrachait, à coups de cachets à cinq ou six zéros.

Quand il entra au Bar des Théâtres ce soir de 1930, avenue Montaigne, les clients furent donc surpris de voir le grand Vladimir Horowitz, celui pour lequel tous les critiques de France avaient désormais les yeux de Chimène, engoncé dans un manteau de ragondin, s'asseoir à la table où un homme seul, le visage terne, le cou serré par une cravate à pois sur une chemise lie-de-vin, avalait une soupe de tomates.

Vladimir Horowitz tendit son manteau à un serveur. Son père ne leva pas les yeux de sa soupe.

— Tu ne veux rien manger, Volodia ? Tu es sûr ?

— Oui, certain.

Samuel le complimenta sur son jeu :

— Tu es un virtuose, Vladimir, un véritable virtuose. Tu seras un pianiste célèbre et tu feras la fierté de ta famille.

Il aspira sa soupe à la tomate, qui fit une raie brune sur sa moustache.

Il poursuivit :

— À Kiev, tu sais, la vie est difficile. Le gouvernement a fermé ma boutique. Interdiction de vendre des produits américains. Ce sont de bons produits électriques, mais ce sont des produits américains. Interdiction absolue de les vendre ! Je suis fonctionnaire maintenant, fonctionnaire du gouvernement soviétique.

Il poussa un long soupir, reposa la cuillère sur le bord de son assiette.

— Fonctionnaire ! Que veux-tu que je fasse, comme fonctionnaire ?

Il commanda un dessert.

À la fin du dîner, il sortit une photographie de la poche intérieure de sa veste et la tendit à son fils. Une très jeune femme souriait, debout devant un miroir. Elle respirait la bonne santé, sa poitrine était comprimée dans un corset en dentelles, ses fesses rebondissaient sous une robe à longue traîne, ses mains vigoureuses étaient croisées sur son ventre, un éventail fermé entre les doigts.

— Ta nouvelle mère, Vladimir, glissa fièrement Samuel.

Vladimir ne répondit rien. Il ressentit une douleur profonde dans le ventre, au souvenir de sa mère Sofia qui venait de mourir d'une péritonite et que son père Samuel Horowitz, attablé devant lui dans un restaurant au chic parisien, la moustache pas nette, le front barré de rides, avait si vite remplacée par cette traînée blonde.

À son retour en Russie, Samuel fut aussitôt arrêté, jugé par un tribunal spécial, puis déporté en Sibérie pour un motif inconnu. Sans doute le pouvoir soviétique n'avait-il pu tolérer le succès foudroyant que son fils Vladimir avait obtenu dans les salles de concert de l'Ouest. L'autorisation exceptionnelle qui avait été accordée à Samuel Horowitz n'était qu'un piège grossier, que sa méfiance instinctive de commerçant n'avait pas su déjouer.

C'était aussi un avertissement : jamais les autorités soviétiques ne toléreraient que l'Occident marche sur leurs plates-bandes. Certainement pas en matière militaire, mais pas non plus dans le domaine de la culture, que la Russie éternelle, sans cesse réinventée au service des pires ambitions politiques, considérait comme sa chasse gardée.

Samuel Horowitz mourut au goulag après trois années de détention.

Une première fois déjà, en 1920, il avait été victime de la terreur communiste. Les bolcheviks étaient entrés dans Kiev, ils avaient pillé sa maison, brûlé ses livres, volé les objets de valeur et jeté le piano de Vladimir par la fenêtre.

La seconde fois lui fut fatale.

Comme la première, plus directement encore, elle avait un rapport avec la vie de son fils Vladimir, dont le talent, le génie disaient certains, remplissait outrageusement les salles de concert occidentales. Il était impossible désormais aux autorités soviétiques de jeter le piano de Vladimir par la fenêtre, mais il leur était possible de jeter son père Samuel en prison, à des milliers de kilomètres de Kiev, et de le laisser mourir de faim et de froid.

« Je ne suis pas mon visage, parce que mon visage est insupportable », disait Vladimir Horowitz. Il aurait pu ajouter, en remontant le cours de cette généalogie de malheur qui était la sienne : « Je ne suis pas mon histoire, parce que mon histoire est insupportable. »

Toute sa vie, Vladimir Horowitz voulut échapper aux drames de son siècle, et toute sa vie les drames de son siècle rattrapèrent Vladimir Horowitz. Vladimir Horowitz avait voulu échapper au régime soviétique en partant pour l'Europe, mais le régime soviétique le rattrapa par le biais de son père Samuel, qu'il fit périr au goulag. Il avait voulu trouver refuge en Europe, mais comment le pianiste juif descendant de Samuel Schmeller Horowitz aurait-il pu trouver refuge dans une Europe dominée par Hitler et le régime nazi ? Le régime nazi rattrapa Vladimir Horowitz dans sa fuite et le contraignit à quitter le continent européen en 1939, muni d'un passeport Nansen.

Au moins voyait-il juste, plus juste que beaucoup de ses contemporains, évidemment plus juste que des responsables politiques de haut rang comme Neville Chamberlain : alors qu'il venait de jouer une pièce de Schumann dans une salle de Scheveningen, il sortit de la salle de concert, apprit la nouvelle de la signature du pacte germano-soviétique et dit à sa femme Wanda : « Cela veut dire la guerre, nous partons. »

Il haïssait la politique.

Il avait appris à déjouer ses pièges et ses subterfuges.

Près de cinq décennies plus tard, il fut rattrapé par la glasnost et par la détente entre les blocs : au printemps 1986, il quitta New York pour aller jouer à Moscou. Les bureaux du Kremlin, où avait été signé l'ordre de déportation de son père Samuel Horowitz trente-six ans plus tôt, lui envoyèrent une invitation, qu'il accepta.

Les 18 et 20 avril 1986, le célèbre pianiste dont les bolcheviks avaient jeté le piano par la fenêtre quand il avait dix-sept ans, le fils dont le père avait été déporté au goulag par le Kremlin, revint jouer dans la capitale soviétique. Une foule immense fit le déplacement pour voir Vladimir Horowitz en chair et en os. Dans la salle surchauffée du conservatoire de Moscou, on pleurait en entendant cet enfant prodige de plus de quatre-vingts ans enchaîner les mazurkas de Chopin et les préludes de Rachmaninov. Vladimir Horowitz joua et il triompha ; il triompha une dernière fois de ses années de retraite et de dépression, il triompha de son isolement, il triompha de son exil et, en somme, il triompha des atrocités de son siècle.

Mon frère Franz avait été abattu par les exigences de notre père et par le talent de Vladimir Horowitz, ce même talent qui avait permis à Vladimir Horowitz de dominer sa dépression, ses sautes d'humeur, sa lucidité et son désespoir.

Et moi, le médecin, au lieu de mettre mon savoir au service de mon frère Franz, je l'avais mis au service de Vladimir Horowitz qui sans doute, en décembre 1949 à La Havane, semblait le plus faible des deux, mais qui en réalité était le plus fort. Parce que mon frère Franz faisait encore bonne figure à cette époque, avec ses habits sur mesure, ses chemises en coton ou en lin et ses pantalons impeccablement repassés, je l'avais cru fort et je m'étais intéressé à Vladimir Horowitz, qui, lui, portait des tenues trop excentriques pour ne pas tenir du déguisement. Ce faisant, je m'étais détourné de mon frère Franz, qui ne serait jamais un pianiste célèbre, au mieux un honnête pianiste.

« *Aber ich sage euch die Wahrheit* », disait Rosa Wertheimer quand elle voulait avouer quelque chose à ses frères et sœurs, la plupart du temps des broutilles, en se tordant les doigts de désespoir.

« *Aber ich sage euch die Wahrheit, meine Leser* » : en vérité j'ai fui le parfum d'échec qui flottait autour de mon frère Franz. Ce parfum le suivait comme une tenace odeur de transpiration, je l'ai fui. Je l'ai fui en accourant dans la chambre du prodige Vladimir Horowitz, voilà la triste vérité.

Vladimir Horowitz était en représentation à toute heure du jour et de la nuit, quand mon frère Franz était incapable de jouer la comédie. Vladimir Horowitz était sans cesse ailleurs, détaché de tout ce qui pouvait le distraire, il papillonnait, il éclatait de rire, il se mouchait, il cabotinait, alors que mon frère Franz restait désespérément collé à la vitre poisseuse du présent, comme une mouche.

Pris entre sa rage de reconnaissance et son incapacité à trouver le succès pour apaiser cette rage, mon frère Franz sombra.

Cela commença en décembre 1949 à La Havane, après avoir entendu Vladimir Horowitz jouer la première sonate pour piano de Samuel Barber. Ce concert, qu'il avait qualifié de « monstrueuse supercherie », lui avait révélé que jamais il ne franchirait la montagne de talent qui le séparait de ce pianiste qui, disait-il dans notre chambre de l'Hotel Nacional de Cuba, « massacrait le piano sous nos yeux ». Mon frère Franz aurait pu répéter des mois entiers, des années, il aurait pu se tuer à la tâche, cela n'aurait pas suffi à lui donner l'once de génie qui fait pousser de nouveaux mondes.

Après la leçon, Franz sombra.

28

Un soir d'avril 1965, quelques semaines avant le concert de Carnegie Hall qui marquerait son retour sur scène après douze ans d'absence, Vladimir Horowitz me demanda de passer le voir à New York, dans son hôtel particulier de la 94ᵉ Rue.

Il était calé dans un canapé bleu et or, un nœud papillon gris-rose débordait de son costume anthracite. Il tapota du plat de la main sur les coussins :

— *Vieni qui, dottore, vieni qui !*

Il se racla la gorge, redressa son buste :

— *Do you think I could play again, doctor ? I mean, play concerts.*

Dans son regard écarquillé passa une lueur de doute, très brève.

— Certainement, *maestro*, les concerts vous feront le plus grand bien. Il est temps que vous repreniez.

Il haussa les sourcils :

— *Do you really think so ? Nobody cares about me.*

Sur la vitre ouverte se reflétaient les lettres de « Steinway & Sons » gravées dans la laque noire du piano. Dehors, un air printanier agitait une branche de cerisier en fleur. Dans un ronronnement paisible, les flancs d'un camion à ordures ruminaient les restes des dîners de la veille.

— *You really think so ?*

Il laissa passer un moment et il tourna ses narines grandes ouvertes vers moi :

— *So.*

Il dit seulement :

— *So.*

Le camion gémit, les vérins hydrauliques grincèrent, la benne devait se soulever, on entendit une avalanche sonore de bouteilles vides qui dégringolaient le long des parois en acier, avant de se briser en mille morceaux dans un fond de cuve.

— *Maestro,* je peux vous poser une question ?

Il me regarda, haussa à nouveau les sourcils :

— *Ma certo, dottore.*

— *Maestro,* vous vous souvenez de mon frère Franz ?

Il hésita. Un tic nerveux déforma le coin de ses lèvres. Le bout de sa langue pointa, avec la fulgurance du lézard.

— *Of course, I remember your brother. Of course, I do ! He had a true talent. He played well. Why did he give up ?*

Il plissa le front. Un immense panneau japonais peint en jaune pâle le dominait de toute sa hauteur :

— *If I remember well, It was in Cuba. Havana. I played so bad. The Barber concert was a nightmare.*

Il fit une mine de dégoût, écarta le vide devant lui de la main.

— *It was too hot.*

Il hocha la tête pour se convaincre que la chaleur des Caraïbes pouvait expliquer la maladresse de son jeu, à supposer que Vladimir Horowitz, une seule fois dans sa carrière, ait pu jouer de manière maladroite.

— Yes, I remember how hot it was. With such a weather you cannot play well. Your piano does not sound fine.

Son regard se mit à rire, des larmes lui coulaient le long des joues :

— Whatever. I don't care about Cuba. I don't care about Barber. Barber is of no importance to me. So is Cuba, and Havana.

Son visage se referma, un sourire dubitatif flottait encore sur ses lèvres, il changea de langue :

— Vous croyez vraiment que je dois reprendre les concerts ? À Carnegie Hall ?

— Oui, *maestro.*

— So.

Il se tut, le visage désormais totalement fermé, le buste droit, les paupières écarquillées, comme une chouette sur son perchoir.

Je lui pris le bras et insistai :

— Mon frère Franz, vous lui avez donné une leçon de piano le lendemain du concert ?

— Oui, je crois, je ne me souviens plus bien. Vous savez, j'ai donné beaucoup de leçons de piano. Je n'ai pas d'élèves, mais je donne des leçons. Je me souviens surtout que j'ai très mal joué la sonate de Barber. Le pauvre Barber, il avait écrit la sonate pour moi et je massacre sa sonate.

— Vous avez joué quelque chose pendant la leçon avec mon frère Franz, *maestro* ? Vous avez joué quelque chose, ou est-ce que mon frère Franz a été le seul à jouer ?

— Votre frère Franz a joué, bien sûr, pourquoi est-ce qu'il n'aurait pas joué ? Oui, je me souviens, il a joué, pas mal du tout. Je vous dis, il avait un don.

— Et vous ?

— Moi ? Est-ce que j'ai joué ?

— Oui, vous, est-ce que vous avez joué devant mon frère Franz ?

Je lui serrai le bras plus fort. Les manches trop longues de sa chemise étaient fermées par des boutons de manchette en forme de coquillage.

Il plongea ses deux petites billes noires dans mes yeux, changea à nouveau de langue :

— *Why do you so much want to know that ?*

— Parce que, *maestro*. Parce que je veux savoir.

Il renifla.

La voix encombrée, il me dit qu'il ne se souvenait plus. Il allait chercher. Ce serait difficile. Cela remontait à longtemps. Mais il allait chercher, certainement.

— *But I remember what I told him. Recommendations.*

— Vous lui avez dit quoi, *maestro* ?

Il renifla plus longuement, le reniflement chez Vladimir Horowitz était une forme élaborée de pensée.

— *I told him that he had to practice color. Each color you must be able to get on each finger. When you are able to do that, when you have the real color in your playing, the interpretation cannot be artificial. You don't have to force your interpretation anymore by slowing down or trying different tricks. And the little finger ! The little finger is everything. It must be the strongest one !*

Arrivé à ce moment de son raisonnement, qui avait dû profondément perturber mon frère Franz, dont le goût pour les couleurs était moins prononcé que le mien, il se moucha.

Une étincelle alluma sa pupille.

— La sonate Waldstein. Je lui ai joué le mouvement lent de la sonate Waldstein de Beethoven. Rien de plus. Le mouvement lent et c'est tout.

Pendant ses douze années de dépression, Vladimir Horowitz se retira de scène.

Il ne fit rien ou presque de ses journées.

De 1952 à 1965, le plus grand pianiste que la terre ait jamais porté (Oskar Wertheimer, voici à nouveau que tu te consumes d'enthousiasme ! Reprends tes esprits, tiens-t'en à la discipline de fer de la vérité !) se leva tard, traîna dans son appartement de Manhattan, enchaîna les parties de canasta, passa des heures à regarder les matchs de boxe à la télévision.

Vladimir Horowitz aurait pu mettre à profit ses années de retraite pour lire ou travailler son piano, mais il restait chez lui à attendre.

Quand il en avait assez de se morfondre, alors il sortait dans des boîtes de nuit de Manhattan, qui lui rappelaient le Buena Vista Palace de Cuba et toutes les autres boîtes de nuit du monde, qui n'avaient jamais jusque-là conservé la trace de son passage. Jusque dans les années soixante ou soixante-dix, un personnage célèbre, peintre, star de rock ou de cinéma, écrivain ou responsable politique, pouvait sortir dans des lieux publics sans craindre la moindre publicité.

Puis les paparazzis apparurent, qui saisirent à la volée les personnages célèbres dans le flash de leurs appareils photo, comme des papillons, pour les épingler dans les revues de mode et les journaux.

Après eux, les photographes de presse.

La photographie qui fut prise de Vladimir Horowitz à la sortie de la clinique où je le soignais des années cinquante à la fin des années soixante-dix, au moment où il devenait une légende, aurait fait un mal terrible à Vladimir Horowitz si elle avait été diffusée sur les réseaux sociaux.

Sans doute aurait-elle tué Vladimir Horowitz.

Informé par le gardien de la clinique, je contactai le photographe. Je le payai pour qu'il ne diffuse pas la photographie et je la récupérai un soir dans une enveloppe de papier kraft pour la donner à Vladimir Horowitz.

Il la sortit de l'enveloppe, la regarda.

— *I don't look good on that picture.*

De ses deux mains puissantes, il la déchira.

Vladimir Horowitz sortait, il dansait, il retrouvait des amis, il frôlait des corps qui ressemblaient à ceux de ses élèves mais que rien ne liait à lui, le célèbre pianiste, et certainement pas des leçons de piano.

Une photo de l'*Evening News* le montre en 1978 en train de fêter son anniversaire au Studio 54, en présence de Bianca Jagger et de Truman Capote. Il porte un costume croisé gris souris, un ton au-dessous de celui de La Havane, une chemise blanche et un nœud papillon à pois et il se déhanche, la veste ouverte, le pantalon remonté très haut au-dessus de la ceinture. Sous la photo, la légende dit :

« *Vladimir Horowitz performed with his feet instead of his fingers, early today when he boogied with New York's disco night crawlers at Studio 54 to celebrate his birthday. Bianca Jagger, a regular at the most flash night spot in town, went behind the bar to serve a birthday drink to the man she calls her favorite pianist.* »

On voit sa femme Wanda sur cette photo du 3 octobre 1978. Elle se tient un peu en retrait derrière lui, mais elle est présente pour son anniversaire, tandis que, lors du voyage à La Havane, elle était restée à New York, dans l'appartement qu'elle louait à proximité de l'hôtel particulier de la 94e Rue.

À cette époque, Vladimir Horowitz et sa femme Wanda vivaient séparément.

29

Pendant les années où je soignai Vladimir Horowitz, je me liai d'amitié avec sa femme Wanda, née Toscanini.

Elle n'était pas attirante, mais je me souviens d'elle comme si je l'avais croisée hier, dans sa tunique en soie mauve, un collier de perles autour du cou, une moue réprobatrice au coin de la bouche, sur le point de sermonner un proche qui ne l'aurait pas saluée convenablement ou de vitupérer contre un critique musical qui aurait eu l'audace de crucifier son mari, que pourtant elle ne ménageait guère.

« Non vraiment cela ne valait rien, Volodia ! Rien ! » lui avais-je entendu dire un soir de concert à New York dans la loge de Vladimir Horowitz, alors que le public se pressait à l'entrée dans l'espoir d'obtenir un autographe, entrebâillant la porte qu'un vigile refermait à grand-peine, de tout le poids de son dos.

Vous croisez régulièrement certaines personnes, elles appartiennent parfois à votre cercle le plus intime et pourtant, sitôt que vous les avez perdues de vue, vous les oubliez. Elles flottent comme des fantômes indécis dans votre mémoire, qui cherche en vain à se rappeler leur visage, leur regard, le son de leur voix, leur taille et évidemment leur nom, mais ne trouve rien. Votre mémoire fouille avec obstination mais elle rame dans le vide, ces personnes se sont évanouies de votre vie présente et donc passée. Si le nom vous revient, vous ne pouvez plus lui rattacher aucun trait, le nom vous dit quelque chose mais il est juste un nom, une suite de lettres dépourvues de sens. Le nom reste dans votre mémoire, mais inerte ; tout ce en quoi il se rattache à vous a disparu, comme une anticipation de ce qui nous arrivera à tous : disparaître, *verschwinden, denn Mensch du musst verschwinden und nicht für eine Weile, für die Ewigkeit.*

Wanda Horowitz en revanche, pourtant absente en décembre 1949 à La Havane, son nom suffit pour que se déclenche dans ma mémoire le son de sa voix rauque, presque masculine, derrière le canapé bleu et or de l'hôtel particulier de la 94e Rue, où Vladimir Horowitz, le célèbre pianiste, passait ses journées à ne rien faire :

— Volodia ! Il faut que tu te remettes au travail ! Cela suffit les caprices, Volodia ! Dix ans ! Dix ans que tu n'as pas joué en public ! Tu vas rester toute ta vie sans jouer devant le public ?

Elle tripote son collier de perles autour du cou, elle marche avec ses souliers noirs vernis sur le tapis persan, un de ses cinq caniches nains se faufile entre les deux solides poteaux de ses jambes en jappant. Alors elle se penche pour le hisser contre sa poitrine, elle plonge sa main dans les poils frisés en murmurant dans son oreille imberbe : « Mon bichon, on cherche maman ? Maman est là, mon bichon. »

Tandis que le caniche passe sa langue rose sur la joue poudrée de Wanda, elle crie :

— Tu ne peux pas continuer à passer ta vie ici, Volodia !
Tu ne peux pas !

— Pourquoi tu dis cela, Wanda ?

— Pour ton bien, Volodia ! Pour ton bien de pianiste
qui se tourne les pouces à ne rien faire.

Le caniche regardait le mari de sa maîtresse avec un œil
réprobateur.

Vladimir Horowitz riait sous cape.

Elle repartait de plus belle :

— Ah Volodia ! Quand je t'ai épousé, tu avais encore de
l'ambition. Tu étais un grand pianiste. Regarde-toi, Volodia ! Tu ne joues plus rien, tu tapotes sur ton clavier. Je
suis Wanda Toscanini Horowitz, je ne vais pas passer ma
vie avec un amateur qui tapote sur son clavier. Hein, mon
bichon ? finissait-elle en embrassant la truffe humide de
son caniche, qui jappait de plus belle.

Il glissait en allemand :

— *Sie ist schrecklich !*

Mais il savait qu'elle avait raison. Il laissait passer l'avalanche, il lui demandait de se taire, sa chambre lui servait
de refuge.

Wanda abandonnait la partie, elle sortait dans Central
Park avec ses caniches attachés à une seule laisse, qui se
divisait en cinq lanières de cuir.

Plus tard, elle reprenait :

— Toujours à ne rien faire, Volodia ?

La tribu de caniches nains escaladait par petits bonds vifs
l'escalier qui menait au premier étage, où Wanda avait l'habitude de se tenir en retrait pour écouter jouer son mari.

— *I'm working, Wanda. I'm thinking and working.*

— *Stop thinking, play !*

Durant plus de douze ans, de 1953 à 1965, je l'entendis récriminer contre Vladimir Horowitz.

Parfois elle tournait vers moi son regard dur :

— N'est-ce pas, docteur, qu'il ne peut pas continuer à passer sa vie ici ?

Vladimir Horowitz me suppliait avec une moue de la bouche de ne pas lui répondre.

— Sans doute, Wanda, sans doute.

— Ah tu vois, Volodia ? Même le docteur dit que tu ne peux pas continuer à passer ta vie ici. Tu entends, Volodia ? Tu entends ou tu fais encore un caprice ?

Vladimir Horowitz me fusillait du regard.

Elle tournait les talons, butait contre un des caniches, qui courait se réfugier sous le piano fermé : « Alors mon bichon, tu n'es pas monté, toi ? »

Je l'entendais crier de sa chambre, tandis que son mari Vladimir Horowitz, assis sur le canapé bleu et or, faisait mine de se boucher les oreilles des deux mains :

— Tu es un démon, Volodia ! Tu es un vrai démon !

— Je suis un ange, Wanda !

La sentence tombait à nouveau comme un couperet :

— Un démon.

Une heure plus tard, elle revenait interrompre notre partie de cartes.

Elle avait le visage revêche, les sourcils broussailleux sous son casque de cheveux lissés au fer chaud et à la laque. Elle prenait un autre caniche dans ses bras, remettait des photos en place sur le guéridon :

— Il faut que tu te remettes au piano, Volodia. Ta vie, c'est le piano, pas les cartes. Tu devrais jouer moins aux cartes et davantage au piano.

— Wanda, comment jouer au piano ?

— Comment ? Mais c'est ton métier, Volodia !

— Ce n'est pas un métier. Peut-être que je pourrais changer ? Devenir écrivain ? Peintre ? Peintre en bâtiment ?

— Arrête de faire le malin, Volodia.

— Peintre en bâtiment, c'est bien. En Ukraine, les peintres en bâtiment sont très recherchés. Plus que les pianistes.

— Assez, Volodia !

— Peintre en bâtiment.

Elle enrageait. Il en rajoutait. Plus elle enrageait, plus il en rajoutait.

Un jour où elle était sortie avec son escorte moutonnante après une dispute particulièrement violente avec Volodia, je regardai une des photos posées sur la table du piano, sous un cadre en métal argenté : on distinguait Wanda debout sur le pont d'un transatlantique, appuyée à une rambarde métallique, les bras posés sur les épaules de Vladimir Horowitz.

Elle se trouve sur le SS *Rex* qui emmène le jeune couple en lune de miel de Milan à New York.

Vladimir Horowitz lui tient les mains.

Elle regarde au loin.

On dirait une réfugiée, dans sa robe noire et sa cape grise. Ses cheveux sont nettement séparés par une barrette en deux vagues noires, qui finissent juste au-dessus des oreilles en frisottis. Malgré la robe mal ajustée et les cheveux rétifs, tout dans son attitude dégage de la fierté. Wanda est fière de tenir dans ses bras Vladimir Horowitz et que les mains de Vladimir Horowitz serrent les siennes, comme si elle devinait qu'après avoir été la fille d'un célèbre chef d'orchestre, peut-être le plus célèbre des chefs d'orchestre, Arturo Toscanini, elle allait devenir la femme d'un pianiste célèbre, peut-être le plus célèbre des pianistes, un virtuose et une légende.

Plus tard, Wanda domestiqua ces cheveux rétifs qui la faisaient ressembler, disait-elle, à une paysanne italienne ; on lui fit des permanentes dans les salons de coiffure de New York les plus huppés, où ses caniches nains avaient en permanence à leur disposition un couffin en toile écossaise, avec des os en caoutchouc ; elle gagna en chic, à mesure que Vladimir Horowitz gagnait en célébrité.

Sa bouche en revanche, toujours recouverte de rouge à lèvres carmin, demeura obstinément pincée. Quand elle parlait, des craquelures de vernis apparaissaient sur sa lèvre supérieure, un peu sèche.

La bouche de Wanda Horowitz semblait toujours sur le point de cracher son venin.

Elle en avait contre tout le monde, à tout moment, pour toutes sortes de raisons.

Elle en avait contre la maison de disques RCA, qui avait versé un cachet de misère à son mari, contre un interprète qui saccageait Bach, contre un élève qui avait voulu séduire Volodia, elle en avait contre tout ce petit monde qui gravitait autour du célèbre pianiste et elle en avait aussi contre le célèbre pianiste Vladimir Horowitz, son mari, qu'il lui arrivait de prendre par la main dans les halls des salles de concert pour le faire échapper aux journalistes et le conduire à sa loge : « Assez ! Assez avec les journalistes ! Au piano maintenant ! Suffit les manières ! »

À plusieurs reprises elle le dit fini, elle affirma que sa carrière était derrière lui et que jamais il ne remonterait sur scène, il fallait voir les choses en face, la dépression avait eu le dessus : « Vous le savez aussi bien que moi, docteur, non ? »

Mais elle avait la dent encore plus dure contre ceux qui le critiquaient.

Elle traitait Vladimir Horowitz de démon mais elle insultait ceux qui ne reconnaissaient pas son génie.

Pendant près de dix ans elle refusa d'adresser la parole à un critique qui avait fustigé son manque de sens musical dans Schubert : « Et qu'est-ce qu'il connaît, lui, à Schubert ? Qu'est-ce qu'il connaît ? Il ne joue pas Schubert et il critique Volodia ! Il ne connaît rien à Schubert mais il écrit sa critique et il démolit Volodia ? »

Toute son enfance, elle avait été l'esclave de son père Arturo Toscanini, le grand chef d'orchestre, puis elle était devenue l'esclave d'un autre génie de la musique, le célèbre pianiste Vladimir Horowitz. Elle avait quitté un despote pour un autre despote. Arturo Toscanini exigeait de sa fille Wanda et de ses quatre enfants la plus stricte obéissance. Il était habitué à ce que les musiciens de son orchestre marchent au doigt et à l'œil et il menait sa famille exactement de la même manière, à la baguette, en particulier la petite dernière, Wanda, qui était si vilaine en comparaison de sa sœur Wally. Wally avait la préférence de son père Arturo, qui trouvait Wanda ingrate et ne se privait pas de le répéter à qui voulait l'entendre.

Arturo Toscanini détestait les solistes. Il dirigeait avec une grande économie de mouvement et il détestait les solistes, en particulier les pianistes, qui en faisaient toujours trop.

En 1933 cependant, il donna un cycle Beethoven à New York et il dut engager un soliste pour le *Concerto Empereur*, que le régisseur de Carnegie Hall, un petit homme tout en rondeurs, qui toujours semblait sur le point de rouler dans les escaliers en marbre gris de la salle de concert, avait exigé de mettre au programme : « Monsieur Toscanini ! Monsieur Toscanini ! Vous ne pouvez pas faire un cycle Beethoven sans *L'Empereur* ! C'est le couronnement du cycle, *L'Empereur* ! Le couronnement ! » Il poursuivait la silhouette ascétique d'Arturo Toscanini dans les coulisses de Carnegie Hall, un chapeau melon à la main, le visage rubicond : « *L'Empereur* ! *L'Empereur* ! »

Arturo Toscanini céda.

On lui avait recommandé un jeune pianiste d'origine russe, qu'il embaucha sur cette seule recommandation. Le jeune pianiste travailla son *Empereur* d'arrache-pied et le 23 avril 1933, après une seule répétition, il joua le concerto sur un mauvais piano avec le plus célèbre des chefs d'orchestre de l'époque, Arturo Toscanini ; du haut de son pupitre, le chef imposa à son soliste un peu d'austérité dans son jeu.

La critique jugea l'interprétation du soliste Vladimir Horowitz « aristocratique ».

Huit mois plus tard, le 21 décembre 1933, Wanda Toscanini épousait le soliste.

Le jour de la cérémonie, elle portait une robe noire et des escarpins trop petits. Elle les échangea contre les souliers à boucle de sa sœur aînée, que la maison Gucci avait offerts à la jolie Wally.

Ma dernière rencontre avec Wanda eut lieu à New York, en septembre 1997, près de huit ans après la mort de son mari, dont elle avait accompagné la dépouille à Milan.

Le jour de l'enterrement de Vladimir Horowitz, en novembre 1989, elle fit montre d'une force de caractère peu commune.

Elle ne versa pas une larme jusqu'au caveau de la famille Toscanini, elle donna des instructions très strictes aux employés des pompes funèbres, dont elle remarqua les mains de déménageurs, elle glissa au curé un mot de son invention sur la confession catholique de son mari, elle sermonna les photographes de presse, pour qu'ils ne diffusent que des images dignes : « Je compte sur votre professionnalisme, messieurs. »

Quand les employés des pompes funèbres, munis de leurs cordes, firent glisser le cercueil dans le caveau étroit de la famille Toscanini, raclant les poignées de métal contre les parois de pierre moussue, seulement à ces derniers bruits de Vladimir Horowitz dans le monde, elle s'effondra.

Sur le parvis du cimetière, sous la grille en fer forgé surmontée d'une couronne ducale, elle s'approcha d'un des photographes : « Vous avez fait du bon travail, j'espère ? Pour la postérité, vous comprenez. »

En septembre 1997, elle avait à peu près le même âge que moi aujourd'hui. Mais alors que sous le coup des années mon ventre a gonflé comme une outre et que mes pectoraux ont fondu en épaisses mamelles de brebis tapissées de poils gris, sur Wanda Horowitz la douleur et la solitude avaient opéré comme des Jivaros, réduisant la lourde matrone péremptoire à une petite vieille menue, les cheveux coupés ras.

Ce jour d'automne ensoleillé, elle trottine vers moi dans une rue de New York perpendiculaire à la Cinquième Avenue, à la hauteur de la Frick Collection, la lumière rasante dans le dos. Sa robe à motifs fleuris flotte autour de sa taille, ses épaules sont recouvertes d'un tricot en laine violet. Elle lève sa canne au-dessus de sa petite tête déplumée en m'apercevant : « Docteur ! Docteur ! » Sa voix a perdu sa tonalité rauque, elle est devenue perçante : « Docteur ! Docteur ! » Elle s'approche et pose sa main sur mon bras, aussi légère qu'une patte d'oiseau. Elle me sourit de ses petites dents ivoire.

Nous marchons.

Elle s'essouffle, nous faisons une pause au coin de la rue et elle tire un peu son tricot sur les épaules.

Nous reprenons notre marche, nous entrons dans Central Park par une allée bordée de platanes et nous bifurquons à la hauteur de la statue en bronze d'un chien secouriste, la gueule dressée vers les arbres, satisfait de humer l'air maritime de New York. Une file ininterrompue de joggeurs court en direction du réservoir. Wanda regarde ces corps ruisselant de sueur qui soufflent, elle suit le mouvement régulier de leurs jambes, elle attrape au vol un visage extatique, une épaule piquée de taches de rousseur ou un dos hérissé de poils comme la peau d'un orang-outan, elle entend le couinement des semelles sur le bitume, le halètement des respirations, les avertissements quand un vélo longe dans un sifflement la file des coureurs.

Elle appuie ses deux mains sur sa canne et elle me demande :

— Vous croyez qu'ils seront là quand j'aurai disparu, docteur ?

— Qui, Wanda ?

— Les coureurs. Vous croyez que les coureurs seront toujours là ?

Une brise soulève un peu de poussière chargée du pollen des platanes et elle éternue. Un petit éternuement, si dérisoire au milieu du bruit de la course et du grondement lointain de la circulation que même les écureuils continuent de fureter au pied des poubelles. Une voiture de police lance un cri aigu. Un autre cri lui répond, un jappement aussitôt ravalé, un silence, puis le long hurlement aigu d'une sirène monte le long des immenses surfaces de verre éblouissantes, comme une prière vaine et sauvage. Elle éternue une seconde fois. Elle tire un mouchoir mauve de sa robe à motifs fleuris et avec le même geste que son mari Vladimir Horowitz, elle s'essuie le nez :

— Vous imaginez, docteur, que les coureurs seront toujours là à courir en rond autour de ce parc quand je ne serai plus là.

Elle me jette un regard du coin de l'œil :

— Vous aussi, docteur, quand vous ne serez plus là, il y aura encore autant de gens à courir en rond autour de Central Park. Peut-être même qu'il y en aura encore plus. Ils seront toujours là, toujours aussi stupides, à courir en rond, sauf que nous ne serons plus là pour les voir. Vous voyez, ce qui m'effraie le plus dans la mort, c'est tout ce qui va continuer sans moi. Cette gigantesque indifférence des choses et des gens, voilà ce qui me fait le plus peur.

— Oui.

— Plus le reste.

— Le reste, quoi ?

— Les images. Toutes ces images que nous ne verrons plus. Vous pouvez vous imaginer une vie sans images, docteur ?

— Sans musique aussi, Wanda.

Elle rit en découvrant ses petites dents, ses lèvres fines se craquellent :

— La musique, j'en ai assez entendu, docteur ! Mais les images ! Les images !

Alors elle lève sa canne et comme Moïse franchissant

la mer Rouge, elle se fraie un passage au milieu de la file de joggeurs, filant à pas menus vers un banc en bois posé au milieu de rochers factices, en surplomb de la grande pelouse.

Wanda a fermé son tricot.

Elle ne dit plus rien.

Elle observe les New-Yorkais dispersés sur la pelouse. Parfois elle lève les yeux vers les frondaisons jaunies et, à travers les frondaisons, les pointes étincelantes des gratte-ciel. Ensuite elle se tasse sur le banc dans l'ombre, elle fouille le tapis de feuilles sèches du bout en caoutchouc de sa canne. Un groupe de jeunes joue au football. Le ballon vrille au-dessus de la prairie, amorce une parabole parfaite puis entame sa descente en piqué vers un adolescent qui sourit de toutes ses fossettes, le bras tendu vers le missile de cuir ovale.

Elle reprend de sa voix aiguë :

— Vous ne savez pas, docteur, à quel point je m'ennuie. Je ne me suis jamais autant ennuyée de ma vie. Depuis le départ de Volodia, ma vie n'est que de l'ennui, un long ennui, docteur.

Elle souffle :

— Évidemment, tout le monde m'a oubliée. Je n'étais que la femme de la légende du piano, et quand la légende du piano est morte, sa femme est morte avec lui. Je suis déjà morte, docteur, vous comprenez ?

Elle tape sa canne contre le rocher :

— Déjà morte !

L'adolescent plonge, le ballon rebondit dans l'herbe inondée de lumière, file à la perpendiculaire vers un bouquet d'arbres sous lequel une jeune fille allongée sur le ventre tient un livre ouvert, les fesses tournées vers le ciel vide.

Wanda serre son tricot contre sa poitrine :

— Et à qui je peux dire mes méchancetés, maintenant ?
À qui ?

Assurément, « méchancetés » est le dernier mot que
j'ai entendu de la bouche de Wanda Toscanini Horowitz,
au moins le dernier dont je me souvienne, imprimé dans
ma mémoire avec autant de netteté que les fesses de la
jeune fille sous le bouquet d'arbres (Oskar Wertheimer,
ton honnêteté te perdra, as-tu réellement besoin quand
tu évoques ta dernière rencontre avec Wanda Toscanini
Horowitz de mentionner cette jeune fille disparue ? Quels
tours ta mémoire va-t-elle encore te jouer ? Arrête de te
cogner contre le monde, il est trop tard, il est temps de
disparaître en silence à ton tour).

Sans que ma mémoire ait à faire le moindre ajustement
optique, je vois avec autant de netteté, vingt ans plus tôt,
les joues couvertes de poudre de riz de Wanda Toscanini
Horowitz, la moue pincée de sa bouche, ses sourcils de
porc-épic et sa permanente fixée par un nuage de laque ;
je la vois jouer avec les émeraudes de son collier et tirer
avidement sur sa cigarette baguée d'or, dont les mégots
gardaient la trace de son rouge à lèvres ; je remarque les
bourrelets de son cou qui se plissent en accordéon dans
l'encolure de sa robe avant que sa gorge tendue ne lâche
une vacherie à destination de son mari Vladimir Horowitz,
le célèbre pianiste, le plus célèbre des pianistes : « En tant
que personne, je ne pense pas grand bien de vous, Volodia,
mais comme pianiste, je dois dire que vous n'êtes pas trop
mauvais. »

Quand elle avait une remarque déplaisante à lui faire,
elle passait du tutoiement au vouvoiement.

Elle avait cette liberté.

Pour ne pas se faire détruire, comme nombre de ses élèves, dont mon frère Franz, par son mari Vladimir Horowitz, elle n'avait pas d'autre choix que de se battre contre la légende du piano avec laquelle elle vivait.

À la fois elle devait construire la légende de Vladimir Horowitz et se protéger contre cette légende.

Wanda Toscanini Horowitz, par conséquent, mettait autant d'ardeur à attaquer le mari qu'à défendre le pianiste. Elle critiquait les manies de son mari, elle se plaignait de son caractère, elle refusait de lui répondre et transformait leur vie commune en enfer avec autant de férocité qu'elle vantait le toucher de piano, la musicalité, la technique hors pair de la légende. Elle défendait et elle attaquait ; elle pouvait protéger et détruire. Au bout de cinquante ans de vie commune, elle avait atteint une liberté absolue et elle ne se privait pas d'en faire usage, avec son mari Vladimir Horowitz comme avec n'importe qui d'autre.

Lors de la tournée en Russie de 1986, à l'occasion de la réception chez l'ambassadeur des États-Unis, elle fut invitée à dire quelques mots en présence d'officiels soviétiques. Elle se leva de table, fit tinter son verre avec son couteau pour demander le silence, ajusta son sautoir doré :

— Je veux que tout le monde sache, dit-elle sous le regard inquiet de l'ambassadeur, que les gens en Union soviétique, les pauvres gens, sous le tsar, ils n'avaient rien.

Elle marqua un silence.

— Et maintenant, conclut-elle en laissant retomber son sautoir sur sa poitrine, ils ont encore moins.

C'est pourquoi, au-dessus de toutes les qualités de Wanda Horowitz, je place sa liberté absolue.

Je salue la détermination sans faille dont elle aura fait preuve face à son autocrate de père, le génial chef d'orchestre Arturo Toscanini, comme la poigne de fer avec laquelle elle aura redressé la vie tordue de son mari, le grand pianiste Vladimir Horowitz.

Wanda affronta tout.

Elle était de ces femmes dont la résistance à la douleur tient du miracle, qui transforment l'abnégation en volonté et ne renoncent jamais, surtout lorsque les faits leur donnent tort, car les faits comptent peu : « Qu'est-ce que tu veux que cela me fasse, ta douleur au ventre, Volodia ? Tu crois que je suis médecin ? Tu vas te remettre au travail, cela te fera le plus grand bien. »

Jamais Wanda Toscanini Horowitz ne se serait soumise à son mari comme Rosa Wertheimer, ma mère, s'était définitivement soumise à Rudolf Wertheimer, mon père. « *Es ist ein weites Feld* », répétait Rosa Wertheimer quand les choses la dépassaient ; « *Es ist ein weites Feld* », quand Franz n'arrivait pas à déchiffrer une partition et s'arrachait furieusement les cheveux, le front posé sur le clavier ; « *Es ist ein weites Feld* », quand les nerfs des rognons résistaient à la pointe de son instrument de cuisine, avec lequel elle triturait les chairs lisses, rosées, odorantes des abats. Elle le disait sur un ton lourd de fatalisme : « *Es ist ein weites Feld* », comme si les Dix Plaies d'Égypte s'étaient abattues sur notre maison, que la sécheresse avait dévasté New York, que les criquets rongeaient ses articulations, qui la faisaient terriblement souffrir.

À aucun moment une remarque semblable ne serait tombée de la bouche de Wanda Toscanini Horowitz. Elle aurait plutôt dit, dans son allemand chantant : « *So ist das Leben !* »

Wanda affronta tout avec une indifférence totale à

la douleur morale que lui infligeait sans cesse Vladimir Horowitz, son mari.

Son père l'avait avertie, peu avant son mariage : « *You will have a difficult life. You will be marrying an artist. Marrying an artist is very difficult.* » Ce à quoi elle avait rétorqué : « *Marrying a nobody is even more difficult, dad.* »

Il était difficile d'être la femme de Vladimir Horowitz, l'un des plus grands pianistes de son époque, mais pour Wanda Toscanini Horowitz, il aurait été encore plus difficile, voire impossible, d'être la femme de n'importe qui.

Elle partait dans de grands éclats de rire gutturaux en fourrageant dans la laine de ses caniches nains, qui se tordaient de délice. L'autoritarisme maladif de son père, elle l'avait affronté. La préférence pour sa sœur Wally, les regards méprisants de sa mère, elle les avait affrontés.

Elle affronta aussi les dépressions de Vladimir Horowitz, ses écarts avec de jeunes hommes dont les jeans étaient serrés à la taille par des ceinturons à grosse boucle, qu'elle trouvait vulgaires ; un d'entre eux, qui avait posé ses boots en cuir sur la soie du canapé, fut chassé manu militari : « Dehors ! On n'est pas dans un ranch ici ! »

Elle n'ignorait rien des inclinations sexuelles de son mari mais elle ne voulait rien en savoir non plus, peu lui importait du moment qu'il se mettait au piano et jouait juste et ne perdait pas son temps et que debout derrière le canapé bleu et or, un de ses caniches nains serré contre sa poitrine, elle pouvait glisser : « La main gauche dans le rubato, Volodia ! Le rubato ! »

Certains des proches du couple la disaient infernale, comme la femme de mon frère Franz, Muriel Lebaudy, avait été infernale avec lui, au point de le détruire totalement. Mais Wanda Toscanini Horowitz avait épousé un pianiste de légende, tandis que Muriel Lebaudy avait épousé un pianiste tout juste honnête, qui très vite avait renoncé à sa carrière de pianiste pour devenir agent immobilier, enfouissant au plus profond de lui ses rêves de célébrité.

Année après année, mon frère Franz devint le souffre-douleur de sa femme Muriel Lebaudy, tandis que jamais Vladimir Horowitz ne fut le souffre-douleur de sa femme Wanda, il savait lui faire face ou l'ignorer. Vladimir Horowitz était bien conscient que les critiques de sa femme Wanda ne faisaient que manifester sa volonté farouche de le défendre contre sa névrose de pianiste, de l'aider à en sortir. « Allez, allez, elle n'est pas si méchante, docteur ! » me dit-il un jour où elle avait été odieuse avec lui, lui reprochant son jeu maniéré, sa faiblesse de caractère, son incapacité à remonter sur scène.

Elle sifflait entre ses petites dents :

— Volodia, tu perds ton temps ! Ton jeu ne ressemble plus à rien, Volodia, à rien ! Il est passé où, le grand pianiste ? Où ? Disparu ! Tu joues comme un débutant, Volodia, tu joues comme un débutant avec des effets de débutant et tu vas perdre ton public !

Elle reprenait, comme une vipère enragée :

— Il ne restera rien de toi, Volodia ! Rien ! Pas une note !

Les caniches nains jappaient de fureur entre ses jambes. Ils sautaient sur place, leur petite tête neigeuse tournée vers Wanda, les grains noirs de leurs yeux recouverts de poils blancs taillés au ciseau.

Ils entamaient une danse en rond autour des chevilles épaisses.

— Rien ! Tu seras oublié.

Horowitz me regardait en soupirant :

204

— *You know what, doctor ? Wanda is a strong woman. Definitely she's strong.*

Pendant les douze ans de retraite de Vladimir Horowitz, elle redouta qu'un autre pianiste ne prenne la première place dans l'esprit du public et ne détrône son mari. Plus la retraite durait, plus l'angoisse de le voir perdre cette première place prenait corps. Elle arpentait en long et en large le salon de l'hôtel particulier de la 94ᵉ Rue en vitupérant contre son incapable de mari, ce grand pianiste qui gâchait son talent en passant ses journées à dormir, à discuter avec des amis, à enfiler des costumes sur mesure et à faire des parties de canasta.

— Tu veux savoir ce qui va se passer, Volodia ? Rubinstein va prendre ta place ! Cet incapable de Rubinstein, qui ne joue du piano que pour avoir des femmes et des bons vins, va prendre ta place ! Il n'y a pas de place pour deux, Volodia.

Elle se rengorgeait.

— Tu es le premier ou tu n'es rien.

Elle détestait sans réserve aucune Arthur Rubinstein.

Elle détestait son épouse Aniela, une jeune femme blonde, au teint aussi pâle que celui de Wanda semblait tanné par le soleil de la Méditerranée.

Elle se raclait la gorge, prenait une cigarette dans une boîte en bois précieux.

Quand elle en avait le loisir, elle plantait la tige blanche dans un fume-cigarette en corne, tirait dessus et, au milieu des volutes de fumée, le fume-cigarette dressé comme une baguette de chef d'orchestre au bout de son bras, elle menaçait : « Tu veux vraiment laisser ta place à Rubinstein ? Il ne joue pas du piano, Rubinstein, il lit la partition et il déroule sa musique, *pam pam pam pam,* je déroule mon morceau, je fais le joli cœur, un petit sourire, le visage bien concentré surtout, *pam pam pam pam,* le public est ravi, et Horowitz ? Il est devenu quoi, Horowitz ? Rien ! Il a disparu ! »

Elle avait passé des années à construire la légende de Vladimir Horowitz, le célèbre pianiste, le plus célèbre des pianistes, elle ne recula devant rien pour le remettre au piano, et même tout simplement le remettre debout.

Comment aurait-elle pu laisser un imposteur comme Arthur Rubinstein s'imposer face à Vladimir Horowitz ?

Dans ce combat en frac mais à mort que se livrèrent les deux pianistes sur scène, qui pouvait rivaliser dans sa haine et son intensité avec les combats de Mohamed Ali et Joe Frazier sur le ring, elle joua sans états d'âme son rôle de coach.

« Vole comme un papillon, pique comme une abeille », aurait pu dire Wanda Toscanini Horowitz en poussant Volodia sur scène, car son jeu était aussi peu académique que le jeu de jambes et les crochets de Cassius Marcellus Clay. Avec ses rosseries, Wanda était passée maître dans l'art de l'intimidation de l'adversaire, comme Mohamed Ali savait insulter par presse interposée tous ceux qui osaient se mesurer à lui, et les mettre K-O dans les journaux.

« *What's my name ?* » répéta cent fois Mohamed Ali à un de ses adversaires, en le bourrant de coups. Un uppercut : « *What's my name ?* » Un crochet du droit : « *What's my name ?* » Un direct au ventre : « *What's my name ?* » L'adversaire avait refusé de l'appeler Mohamed Ali, il allait comprendre. Wanda Toscanini Horowitz était tout à fait capable de harceler un adversaire avec la même furie.

Wanda était précieuse à Vladimir, plus que précieuse,

206

elle lui était indispensable, elle aura été la plus essentielle des personnes autour de Vladimir Horowitz, quoi qu'on en dise.

Quoi qu'on en dise aussi, Vladimir Horowitz aura aimé sa femme, son adversaire et sa confidente Wanda Toscanini Horowitz.

Il la fuyait sans cesse et sans cesse il la cherchait, il l'appelait, il demandait où elle se trouvait, il l'accablait de reproches et il réclamait son avis, parce que, disait-il, Wanda était la seule à comprendre son art du piano.

Naturellement, il ne pouvait pas vivre avec elle, mais il ne pouvait pas davantage vivre sans elle.

Elle lui était dévouée, corps et âme.

30

Vladimir Horowitz se fraya un passage entre les clients du Buena Vista Palace.

Je secouai mon frère Franz, qui dormait profondément, la tête enfoncée dans ses bras.

Il leva son visage vers moi, les plis de sa chemise avaient imprimé des sillons froissés sur ses joues, comme un motif indien :

— Franz, il faut y aller, Vladimir Horowitz est sorti. Il veut rentrer à pied à l'hôtel.

Je le secouai une nouvelle fois.

Dans son regard on pouvait lire de la peur, il était encore prisonnier de je ne sais quel cauchemar lointain, dont son cerveau aurait voulu retrouver le déroulement chaotique, sans parvenir à déceler la moindre trace de début et de fin. Tout se superposait dans son cauchemar. Le fil du temps avait été coupé, la chronologie réduite en miettes :

— Franz ! On y va, je te dis !

Il se leva, vacilla un peu, plongea sa main dans ses cheveux embroussaillés comme pour retrouver son équilibre et me demanda d'une voix pâteuse :

— Maintenant ? On va à l'hôtel maintenant ?

— Oui, maintenant, Vladimir Horowitz est sorti.

— Et Julia ? Elle est où, ton amie Julia ?

Je jetai un regard circulaire dans la salle, scrutai une à une les tables rondes.

Sur la piste de danse déserte, un homme grand et très maigre, les cheveux blonds clairsemés, emportait dans un mouvement chaloupé une petite femme dodue agrippée à sa taille comme à une bouée.

Julia avait disparu, et Pablo avec.

Je tirai Franz par le bras, qui pendait lamentablement le long de son corps avachi.

Vladimir Horowitz patientait à la sortie du Buena Vista Palace.

Il était seul.

Il fumait une cigarette blonde.

Une Lincoln Continental était garée devant lui. Une des roues cerclées de blanc baignait à demi dans l'eau d'un nid-de-poule, couleur café au lait.

Sur le Malecón, les lampadaires n'éclairaient rien. Ils diffusaient une lumière faible quelques centimètres autour de leur globe de verre taillé, pas plus loin : ils s'arrêtaient là, comme épuisés par leur effort. Des nuées de moustiques tournaient autour du halo jaunâtre.

On entendait le cri des mouettes ouvrir des plaies dans le ciel, en cascades descendantes. Certaines marchaient sur le bitume. L'une d'entre elles s'acharnait avec son bec jaune vif sur la dépouille d'un rat.

De l'autre côté de la jetée en béton, des bateaux revenaient de la pêche. Un coup de sirène signalait leur entrée au port.

— *Shall we walk back to the hotel ? It will be faster. And more pleasant.*

Je répondis à Vladimir Horowitz que mon frère Franz n'était pas en état de rentrer à pied, il avait trop bu, il tenait à peine debout, il fallait rentrer en voiture.

Vladimir Horowitz insista, il tenait absolument à rentrer à pied le long du Malecón.

— *Maestro*, mon frère Franz est incapable de rentrer à pied. Nous allons appeler un taxi.

Mais Vladimir Horowitz ne céda pas. Il avait décidé de rentrer à pied, nous rentrerions à pied :

— *I will walk, doctor ! It's not far away. And I'm fed up with those damned taxis.*

— Bien, alors à pied, *maestro*. Laissez-moi juste le temps de trouver un taxi pour Franz.

Je me penchai par la vitre ouverte de la Lincoln Continental pour réveiller le chauffeur :

— Vous pouvez emmener mon frère à l'Hotel Nacional ?

— L'Hotel Nacional ?

Il réfléchit en se grattant mollement la nuque :

— L'Hotel Nacional, c'est juste à côté. Je ne vais pas faire une course pour quelques centaines de mètres.

Je sortis un billet de mon portefeuille et le lui tendis :

— La course est payée à l'avance.

Il prit le billet entre ses deux doigts.

— Alors, si la course est payée.

Il se pencha en avant, il ajusta sa casquette en cuir et tourna la clé de contact. Le moteur se mit à ronfler, la carrosserie noire trembla.

— Tu vas y arriver, Franz ? Tu vas retrouver notre chambre ?

Franz ne répondit rien, il me regardait sans comprendre ce qui se passait ; son frère le jetait dans un taxi, dans une ville des Caraïbes qu'il ne connaissait pas, où il n'avait jamais mis les pieds (où il n'aurait jamais dû mettre les pieds, me dit-il plus tard).

La roue avant patina dans le nid-de-poule, puis la Lincoln Continental fit un brusque écart, dégagea sa lourde carrosserie et fila sur le Malecón.

À travers la lunette arrière, je discernai le visage de mon frère Franz.

Il s'était retourné pour chercher un peu mon regard au milieu de toute cette nuit.

Il ne vit rien ; alors ce fut tout.

Vladimir Horowitz avait décidé de rentrer à pied du Buena Vista Palace.

Personne ne l'aurait fait changer d'avis.

Cet entêtement était le produit d'un long examen de soi, qui lui avait appris à maîtriser son tempérament instable à force de règles sur lesquelles il ne transigeait jamais. Sa santé, physique comme mentale, en dépendait. On lui reprochait ses caprices. Ils étaient la transcription de ses névroses et leur seule issue. Ses caprices faisaient fonction de béquilles mentales ; sans eux, il serait tombé.

Quand il donnait un concert, il exigeait qu'un canapé soit installé dans sa loge, car en s'allongeant avant le début du concert, disait Vladimir Horowitz, la pression de son sang diminuait et il se sentait moins nerveux. Le canapé dans la loge lui permettait de donner le meilleur sur scène. Il le soulageait aussi de ses angoisses. Lorsque ces angoisses se manifestaient avec trop de violence, entraînant d'insupportables crampes d'estomac, des ballonnements digestifs, une aigreur qui lui faisaient cracher une bile au goût de vinaigre, il pouvait annuler à la dernière minute un concert programmé depuis des mois.

Alors il convoquait son impresario, ou Wanda, il les prenait par la main avec un rictus de douleur sur le visage : « *I will not play tonight. Please cancel.* »

Le plus souvent il ne convoquait personne, il restait couché dans son lit, ou assis dans le fauteuil de son salon, les rideaux tirés, dans le noir. Il caressait du dos de la main un petit chat en peluche mauve.

Son état de prostration pouvait durer plusieurs jours.

À l'étage de leur appartement, Wanda poussait un long soupir dont elle voulait être certaine que son mari l'ait bien entendu, elle repoussait du pied sa tripotée de caniches nains et prenait le combiné du téléphone d'une main martiale. Au directeur de la salle de concert, elle expliquait froidement que non, Vladimir Horowitz, le célèbre pianiste, le plus célèbre des pianistes, ne pourrait pas honorer son contrat et non, il ne serait pas dans la salle à seize heures, et non, vraiment, c'était impossible, on comprenait très bien l'embarras que cela pouvait causer, mais non, c'était impossible.

Elle ne cherchait pas d'excuses.

Elle trouvait naturel qu'une personnalité aussi exceptionnelle que son mari soit aussi une personnalité capricieuse :

— Voyez-vous, monsieur le directeur, concluait Wanda Toscanini Horowitz de sa voix grave et qui ne souffrait aucune contestation, mon mari est dans la plus totale incapacité de jouer aujourd'hui, vous comprenez ? La plus totale !

À quelques mètres des coulisses, le directeur de la salle

entendait le public qui déjà trépignait, manifestant par des quintes de toux, des bavardages de plus en plus sonores, des applaudissements épars, son impatience.

— Mais vous ne pouvez pas annuler au dernier moment ! C'est impossible ! La salle est déjà pleine !

— Ce qui est impossible, monsieur le directeur, c'est de laisser mon mari jouer dans l'état où il se trouve actuellement.

— Et je dis quoi au public ?

— Vous dites au public que Vladimir Horowitz est souffrant.

— Au dernier moment ? Impossible !

Alors Wanda décochait son ultime argument :

— De toute façon, avec Vladimir Horowitz, vous pouviez vous y attendre, non ? Il annule tellement souvent !

Elle raccrochait brutalement le combiné :

— Ces directeurs de salle, tous des épiciers.

Vladimir Horowitz traversa le boulevard.

Je le vis avancer sur la jetée, sa veste en flanelle à son bras.

Un vent poisseux gonflait les manches de sa chemise, soulevait sa mèche sur le sommet de son crâne dégarni.

Une pluie torrentielle avait dû s'abattre pendant notre soirée au Buena Vista Palace, des fondrières creusaient le bitume lézardé, une eau abondante ruisselait des branches des palmiers. Des nuages gris clair dominaient la mer.

Je traversai à mon tour le boulevard pour rejoindre Vladimir Horowitz. Il caressait du bout des doigts le béton granuleux de la jetée.

Le vent de face, je criai en pure perte : « *Maestro ! Maestro !* »

Accrochée à des barreaux rouillés, une corde maigrelette retenait une barque en bois, qui venait cogner mollement les pavés spongieux du mur. Partout le long de la digue, les cloques vert bouteille des algues dégazaient leur odeur de soufre.

Au bout de la jetée, je vis Vladimir Horowitz poser sa veste sur la rambarde en béton.

Je criai à nouveau : « *Maestro ! Maestro !* »

Ma voix se perdit dans le vent.

Je me rapprochai.

À quelques mètres de Vladimir Horowitz, trois jeunes Cubains discutaient au pied d'un sémaphore ; la lanterne jetait un éclat phosphorescent sur leurs visages.

De la friture de poisson grésillait sur un réchaud à alcool, dont la flamme bleue léchait les bosses d'une vieille poêle.

Aucun ne prêta attention à cet homme qui avait maintenant atteint le bout de la jetée et se tenait droit devant eux, sa veste de costume posée sur son avant-bras, son nœud papillon à pois avachi.

— *Maestro,* dis-je plus doucement.

Vladimir Horowitz se retourna, il avait un regard halluciné.

Il posa l'index sur sa bouche pour me dire de me taire et il se tourna vers le trio. Il se mit à leur parler dans un espagnol guttural, dont un mot sur deux ne voulait rien dire, mais cela n'avait aucune importance, les jeunes avaient compris.

L'un d'eux se leva, étirant ses bras au-dessus de lui avec la souplesse d'un chat.

Il regarda Vladimir Horowitz. La lanterne du sémaphore éclaira brusquement son visage barré par une cicatrice. Elle faisait bifurquer son sourcil gauche en deux branches, une broussailleuse, une autre glabre.

— *Guapo !* dit-il à Vladimir Horowitz en tournant autour de lui. *Guapo !*

Vladimir Horowitz eut un sourire étrange et il se déhancha, comme il se déhancherait plus tard au Studio 54, en présence cette fois de sa femme Wanda, et non de son médecin traitant qui, en 1949 à La Havane, était encore un adolescent.

Un navire de pêche rentrait au port, avec sur son pont arrière un rac rempli ras la gueule de glace pilée et de merlus argentés. Un pélican prit en chasse le bateau, alourdi par le goitre de chair plissée qui pendait sous son bec.

Le jeune Cubain se rapprocha encore de Vladimir Horowitz.

Il était si maigre que sa poitrine semblait enfoncée dans ses côtes. La forme courbe de son sexe se dessinait sous son short en nylon.

— *Guapo ! Guapo !* répéta-t-il en tournant autour de Vladimir Horowitz.

Vladimir Horowitz recula.

Il me vit, tourna le dos au jeune en short et vint coller sa bouche contre mon oreille, tandis que le pélican, les ailes cassées, piquait sur la plateforme arrière du bateau, enfournant dans son sac de peau une pleine pelletée de merlus.

— *Go away, doctor. This is not a place for you. I will walk back to the hotel. Zu Fuss !*

La silhouette ventrue du pélican planait au ras de la mer des Caraïbes, dont les scintillements viraient au vert émeraude à mesure que les nuages gagnaient du terrain dans le ciel.

Je saisis Vladimir Horowitz par le poignet :

— Vous êtes sûr, *maestro* ? Je ne vais pas vous laisser seul ici, ce n'est pas raisonnable.

— Mais je ne suis pas quelqu'un de raisonnable, docteur. Je n'ai aucune envie d'être quelqu'un de raisonnable. Vous pensez sérieusement qu'on peut jouer du piano toute sa vie et être raisonnable ?

Il dégagea son poignet.

Il écarta ses deux bras, se lissa les cheveux du plat de la main et esquissa un drôle de pas de danse sous le ciel chargé, tandis que le jeune Cubain tournait autour de lui.

— *Go away, doctor ! Please, go away !*

Un nouveau grondement de tonnerre roula sur la mer, la chaleur devenait insupportable. Une rafale de vent éteignit la flamme du réchaud à alcool. Penché au-dessus, un briquet torche à la main, un des trois Cubains la ralluma. La friture se remit à grésiller.

Vladimir Horowitz inclina encore la tête et vint se coller contre le jeune Cubain, qui ne bougea pas. Un sillon creusait sa nuque taillée en brosse. Vladimir Horowitz passa un doigt dans le creux du sillon. Le dos du pianiste russe transparaissait sous sa chemise humide.

Il roucoulait : « *Guapísimo ! Guapísimo !* »

Sa longue oreille frôla la joue du Cubain, son pantalon de flanelle grise se mêla à ses jambes nues et je vis sa main puissante de pianiste, couverte de taches brunes, descendre le long des vertèbres pointues. Elle se posa sur les hanches. Elle dégagea la fronce élastique du short. Le Cubain se laissait faire, indifférent.

Un éclair déchira le ciel.

Une lumière blafarde recouvrit la surface de la mer, allumant dans ses profondeurs un éclat laiteux.

31

Après avoir longé le Malecón, je m'enfonçai dans les rues de La Havane, me laissant guider par les façades rongées par le sel, dont les balcons laissaient tomber des écailles de plâtre sur le pavé. Des effluves de poisson séché, de lessive, de tabac, montaient de l'ombre des arrière-cours jusqu'aux fenêtres grillagées, où du linge flottait.

Les éclairs se succédaient.

À chaque éclair, la nuit semblait découvrir d'un coup la cruauté blanche du ciel.

« *En una noche oscura / con ansias en amores inflamada* » : Oskar Wertheimer, jamais ton cerveau n'effacera la trace des récitations triviales de ton père, Rudolf Wertheimer, quand il sortait des toilettes pour reprendre le chemin de sa table de dessin. Les mots sont imprimés dans ta mémoire aussi profondément que les images, les couleurs, les odeurs de La Havane, qui ne s'évanouiront pas avec toi, mais qui te survivront. C'est le lot des hommes de disparaître, c'est le lot de la terre, même abîmée par les hommes, de nous survivre. Toutes les religions ne sont qu'une vengeance puérile contre cet état de fait. « *Y al cabo de un gran rato se ha encumbrado / sobre un árbol, do abrió sus brazos bellos /*

y muerto se ha quedado asido dellos / el pecho del amor muy lastimado. »

Les feuilles cartonnées des palmiers cliquetaient les unes contre les autres, avec un bruit de crécelles. Des lambeaux de papier de couleurs pastel tombaient des panneaux publicitaires défraîchis. Sur leurs oriflammes échevelées, on pouvait encore lire des bribes de messages en faveur de programmes immobiliers que le pouvoir en place, avec l'appui de la mafia, avait autorisés en prélevant des commissions faramineuses au passage. À La Havane, on ouvrait autant de casinos et de bordels en une nuit qu'il naissait d'enfants dans toute l'île, disait-on.

Au détour d'une rue étroite, une femme sans âge, la main appuyée au montant d'une porte, me fit signe de la suivre.

Elle portait une chemise d'homme et une jupe en coton rouge, qu'elle remonta machinalement sur mon passage. Des gouttes de pluie commencèrent à tomber. Tièdes et grasses, elles aspergeaient le visage comme une huile bienfaisante, lavant le mélange de fatigue, de sueur aigre, de sel poisseux et de relents de poisson incrustés dans les pores de la peau par la chaleur étouffante des Caraïbes.

Une goutte coula le long de ma tempe.

Je regardai la femme.

Je pensais à Julia et je la regardais, elle, la femme sans âge, qui remontait plus haut sa jupe, avec dans son attitude un mélange de lassitude et de défi. Des poils noirs frisés jaillirent du coton rouge. Elle murmura en tendant son bras pour me retenir :

— *Espera ! Ven aquí ! Ven aquí !*

Elle répéta d'une voix rauque :

— *Ven aquí ! Espera ! Espera !*

Puis la pluie tomba.

Je me précipitai sous le porche d'un long bâtiment aux volets clos, un hôpital ou un couvent.

Un rideau opaque brouilla les couleurs des murs, le fer des balcons, les numéros au-dessus des portes.

La pluie rebondissait sur les pavés, des ruisseaux tumultueux charriaient des mégots de cigare et la poussière de la journée, des pages de journaux, des épluchures de fruits. Chacun était rentré chez soi et on n'entendait plus que le crépitement assourdissant des gouttes qui claquaient comme des balles sur la tôle des toits.

Je pénétrai dans le bâtiment pour me mettre à l'abri.

Une lanterne, au plafond, diffusait une lumière cireuse. Je remontai un couloir en tomettes et tombai sur une double porte, entrouverte, en panneaux de chêne sombre. Je la poussai. Une pièce voûtée tout en longueur, qui baignait dans une clarté vitreuse, accueillait à son extrémité des stalles sculptées, dont les volutes baroques rappelaient le moutonnement de la mer. Dans le narthex, un crucifix en bois était accroché au mur blanchi à la chaux. Trois ou quatre rangées de bancs coupaient la chapelle en deux. Sous le crucifix, un bouquet de fleurs moisissait dans un vase en verre dépoli, dégageant une odeur fade de pourriture.

La pièce était vide, totalement vide et étonnamment silencieuse.

Le martèlement de la pluie avait cessé. *Silencio.*

Je me glissai sur un banc qui sentait l'encaustique, croisai les mains, m'agenouillai ; je me mis à prier.

Oui, Oskar Wertheimer, tu priais !

À qui étaient destinées ces prières ? À mon frère Franz ? À Vladimir Horowitz ?

Ou à Julia, pour qu'elle cesse immédiatement de couler son corps léger entre les reins de Pablo, pour qu'elle suspende les caresses de son rideau de cheveux sur sa peau ?

Prières immatures, dont Julia n'a jamais eu écho.

Du fin fond de ma chapelle cubaine, je peux m'époumoner, « *O Herr, verlass mich nicht !* », Julia n'en relève pas moins ses cheveux, elle se penche un peu plus sur le ventre de Pablo comme une bête assoiffée pour laper un plan d'eau, elle entrouvre sa bouche, fait sortir sa langue rose, elle aspire entre ses lèvres son sexe arqué dont elle tient le gland mauve entre ses deux doigts.

Prières ! Prières ! À quoi bon répéter vos refrains s'ils sont impuissants à soulager la douleur du monde ? Pour Oskar Wertheimer à La Havane, la douleur et le délice avaient le visage de Julia.

À La Havane cependant, Oskar Wertheimer croyait encore en Dieu, le Fils et le Saint-Esprit, ou quelque chose d'approchant. Il ne désespérait pas de survivre à sa propre mort. Son immortalité ne lui semblait pas une option à négliger. Oskar Wertheimer ne partageait pas la soumission instinctive de Rudolf et de Rosa Wertheimer à la fable de l'ordre divin, mais il ne se serait pas non plus aventuré à la provoquer. Il lui semblait inutile de s'attirer les foudres de la vengeance éternelle, quand on pouvait conclure une paix raisonnable avec sa conscience. La confession des péchés lui semblait d'une hypocrisie toute catholique, une sorte d'éjaculation verbale qui apportait un soulagement immédiat et temporaire, mais l'éternel ressassement de ses fautes, dans la religion juive, ne lui paraissait pas pour autant préférable, il finissait par miner les esprits les plus solides. Oskar Wertheimer se contentait donc de répéter, jusque dans son bain : « *Herr, befreie mich von meinen Sünden !* »

Bientôt une révolution spirituelle sournoise, infiniment plus décisive pour le monde occidental que la révolution cubaine de janvier 1959, ramènerait Oskar Wertheimer et tout le petit monde occidental, catholique, juif ou protestant, peu importe, sur terre. Il ne resterait plus à Oskar Wertheimer et à ses congénères, désormais cloués au sol, à jamais séparés du grand vide du ciel, de l'immensité silencieuse du firmament, qu'à regarder dans leur chambre d'hôtel de Berlin des documentaires animaliers sur la vie des léopards en Tanzanie, ou par la fenêtre, à titre de distraction, la croix sur le dôme de plomb de la cathédrale Sainte-Hedwige.

Finies, les prières ; évanouie, l'éternité.

La révolution spirituelle occidentale avait quelque chose d'encore plus efficace que la révolution communiste : elle ne promettait rien. En deux générations à peine, dans une remarquable indifférence, les églises s'étaient vidées, les séminaires n'accueillaient plus personne ou presque, on recrutait en Afrique les prêtres européens, les soutanes donnaient des airs de corbeau ou de carnaval à ceux qui les portaient, on ne respectait plus les rituels, on avait oublié les sacrements. Seulement au moment de mourir, par réflexe de survie, certains s'accordaient encore une petite prière, sans trop y croire. Alzheimer avait fait réciter à Rudolf Wertheimer des litanies à longueur de journée, mais qui parlait ? Rudolf Wertheimer ? Ou sa maladie ?

En janvier 1959 à La Havane, le commandant Fidel Castro renversait le dictateur Fulgencio Batista, qui avait lui-même renversé Carlos Prío Socarrás, trois ans après que Carlos Prío Socarrás avait occupé à l'Hotel Nacional de Cuba la même suite que Vladimir Horowitz, le célèbre pianiste, le plus célèbre des pianistes en 1949.

La révolution cubaine installait aux portes du monde libre un régime communiste.

Elle livrait Cuba, ses chemins de fer, ses routes, ses hôtels et ses casinos, ses exploitations de canne à sucre et de tabac, ses distilleries, à de jeunes barbus qui tiraient sur leur Cohiba une main sur la hanche, le pouce coincé dans la gâchette du revolver en acier suspendu à leur ceinturon. Les panneaux publicitaires pour les programmes immobiliers avaient laissé place à des affiches proclamant « *La revolución siempre !* ». Des camions bâchés bourrés d'armes de guerre escaladaient les montagnes de l'île. Ils laissaient sur leur passage des traces de pneus boueuses, lustrées par le gasoil qui s'échappait de leurs réservoirs. Il était étrange de penser que ce liquide arraché aux sols désertiques de l'Arabie avait été transporté par des cargos soviétiques jusqu'à Cuba, stocké dans des citernes, sous la surveillance constante des révolutionnaires qui le considéraient, avec les fusils et les mitrailleuses, comme la plus précieuse des cargaisons. Par quel miracle physique ce liquide donnait-il la force aux jeeps de s'attaquer aux flancs les plus abrupts, ou de dévaler les pentes vertigineuses de la forêt tropicale ?

En 1959 donc, l'Occident tremblait de voir la richesse de cette île fertile en forme de croissant tomber dans les mains des communistes. Il allait leur livrer une guerre sans merci, qui mettrait le monde au bord de l'anéantissement.

En bon militaire, Eisenhower n'avait jamais cru que les Soviétiques déclencheraient le feu nucléaire. Son raisonnement avait l'intelligence bornée des choses vraies : « *They have too much to lose.* »

En 1962, l'équation avait pris un tour tout différent : profitant de l'inexpérience du jeune président John Kennedy, dont il avait jaugé la personnalité à Vienne l'année précédente, en juin 1961, lors d'une entrevue qui s'était tenue à quelques centaines de kilomètres de la ville où je dévide le fil de mon récit si honnête, si juste – moi, Oskar Wertheimer, fils de Rudolf et Rosa Wertheimer, frère de Franz Wertheimer –, Nikita Khrouchtchev prit la décision de faire de l'île ensoleillée de Cuba la base arrière du si glacial pouvoir soviétique. Il chargea des cargos de missiles à tête nucléaire. Les cargos s'approchèrent de Cuba. Sans coup férir, l'Union soviétique allait installer une base nucléaire à deux cents kilomètres des côtes de la Floride.

Un câble secret de la CIA avait retranscrit les propos de Nikita Khrouchtchev au sujet du nouveau président américain : « *He's as young as my son. And he's so weak.* » Câble que la CIA s'était précipitée de transmettre en secret aux adversaires intérieurs de la famille Kennedy, qui sauraient en faire bon usage. De son côté, John Fitzgerald Kennedy, après être piteusement rentré à la Maison-Blanche, avait confié à son frère Bobby au sujet de Nikita Khrouchtchev : « *He's worse than dad.* » Les pères ! Toujours les pères nourrissent nos ambitions intimes.

À la surprise générale, John Fitzgerald Kennedy surmonta ses traumatismes familiaux et la vantardise du dirigeant soviétique, en témoignant d'une maturité, d'un sang-froid, d'un esprit de décision dans la gestion de la crise qui obligèrent les autorités soviétiques à faire machine arrière. Ce faisant, il s'assura l'admiration sans réserve de sa femme Jackie, une place dans l'histoire et un bon pour son assassinat, l'année suivante à Dallas. Décidément, ce jeune président à qui tout réussissait devenait trop encombrant.

Oskar Wertheimer reviendra sur cet autre traumatisme de notre histoire occidentale : qui ne comprend pas que les traumas collectifs nous travaillent autant que nos traumas personnels ?

Mais le monde occidental ne l'emporterait définitivement que quarante ans plus tard, au moment où il s'y attendait le moins : tout à son combat contre le communisme, il ne mesurerait que tardivement les progrès de la révolution spirituelle qui le priverait définitivement de son Dieu, rétrécissant la Terre à sa seule gravitation perpétuelle dans un vide infini, sans horloger ni créateur. Seul Hegel, le grand Hegel, aurait pu expliquer cette ironie historique d'une civilisation qui aura combattu avec acharnement le matérialisme pour mieux y succomber.

À défaut de croire, il ne resterait donc plus qu'à percer les secrets de ce vide infini, identifier les trous noirs, donner corps au contraire de la matière, sans recours possible au pari de la foi, qui à la fin des fins, quand les limites de l'intelligence sont épuisées, donne aux origines de l'univers le visage irrationnel et apaisant d'une intervention divine, au septième jour.

« Et Dieu vit que c'était bon. »

Le Dieu qu'Oskar Wertheimer invoquait avec ferveur à La Havane sur son banc de bois, il s'effacerait comme un vieil amour et il n'en resterait que le regret de ces prières désormais privées de sens, destinées à personne et qui ne s'élèvent plus.

« Je crois en un seul Dieu, le Père tout-puissant, créateur du ciel et de la terre, et en Jésus-Christ son fils unique. »

En 1949 à La Havane, Oskar Wertheimer pouvait réciter la prière de Bach, le cantor indépassable, le maître des maîtres de cette science musicale que l'Occident avait apportée aux humains et dont nulle autre civilisation ne dominerait à ce point l'art : « *Erbarme dich, Mein Gott, um meiner Zähren willen ! Schaue hier, Herz und Auge weint vor dir bitterlich !* »

Il pouvait dire : « Je crois. »

Ces deux mots, il pouvait les répéter avec la même ferveur dans la chapelle de La Havane et dans les rues de New York, dans sa chambre de l'Hotel Nacional de Cuba et dans les allées sinueuses de Central Park qui débouchent sur la dalle miroitante du réservoir, au milieu des gratte-ciel éclaboussés de soleil, il n'avait même pas besoin de les répéter, ils coulaient dans ses veines comme une substance bienfaisante et il les sentait battre contre ses tempes.

« *Ich glaube.* »

Il était si bon de croire, il y trouvait une délivrance, le soulagement de ne pas être seul mais d'appartenir à une communauté qui veillait sur lui non seulement au présent mais de toute éternité.

« *I believe in God.* »

Mais Dieu était parti, la sainte Église catholique se débattait dans les scandales de pédophilie ou d'argent détourné, les prières retombaient et elles restaient lettre morte.

Le monde occidental ne verrait pas venir cette révolution spirituelle, il n'en mesurerait pas les conséquences, tout entier abandonné à une nouvelle religion, celle de la planète et de sa vie sauvage, qui lui interdirait de comprendre les autres religions qui persistaient ailleurs et qui parfois même s'enracinaient chez lui, dans une hostilité sourde. La question était tranchée : on ne s'occuperait plus que du climat. Au XIXᵉ siècle, le grand Hegel avait bien noté que le journal avait remplacé la prière du matin.

Désormais, ce serait la météo.

En 1949, dans une chapelle de La Havane avec ses murs blanchis à la chaux, un adolescent nommé Oskar Wertheimer priait, il priait avec sincérité et il est devenu ce vieillard toujours nommé Oskar Wertheimer qui ne prie plus, parce que pour lui le ciel est immense et vide et rien de plus.

Par la fenêtre, Oskar Wertheimer regarde de ses yeux fatigués le dôme de la cathédrale Sainte-Hedwige. Il finit de traverser ce siècle en témoin de deux ou trois générations occidentales qui auront vécu l'effondrement successif des idéologies, de leur culture et de leur foi et qui se demandent si elles peuvent encore croire.

Croire en qui ? Croire en quoi ?

Lorsque la pluie cessa définitivement, je sortis de la chapelle et marchai dans les rues boueuses, sous les arcades. Le ciel se déchirait en lambeaux gris. À un croisement, la canne en buis d'un cul-de-jatte m'accrocha sous un porche : « *Por favor, señor ! Por favor !* »

Je me dégageai brutalement. Et pourquoi pas la pitié maintenant ?

Des gouttes tombaient des grilles rongées par la rouille.

Il était minuit passé quand je pénétrai dans le hall de l'Hotel Nacional de Cuba.

32

Au milieu de la nuit, le téléphone sonna.

Franz dormait profondément, roulé en boule à côté de moi. Passant mon bras par-dessus son épaule, je pris le combiné :

— Oui ?

— Docteur, le *maestro* a besoin de vous, il vous attend dans sa chambre.

Egmont avait une voix pressante, il devait se tenir debout derrière son comptoir, fidèle au poste, sa main d'imperator posée à plat sur le marbre, sous la lumière de la lampe.

— Maintenant ?

— Oui, maintenant, le *maestro* a demandé que vous le retrouviez dans sa chambre le plus vite possible.

Il se tut, on entendit un grésillement, qui se transforma en crachotement de radio, comme si des forces obscures écoutaient notre conversation.

— Une urgence médicale.

Sous le grésillement, on entendait des voix masculines, des rires étouffés, un homme jura des mots en espagnol que je fus incapable de comprendre.

Le concierge poussa un long soupir et il raccrocha.

Vladimir Horowitz se trouvait seul dans sa suite, les cheveux mouillés soigneusement peignés en arrière. Il me demanda de refermer la porte derrière moi et il se cala dans le canapé face au piano, dont on avait refermé le couvercle. Il croisa les jambes et il fit balancer sa pantoufle au bout de son pied :

— Installez-vous, docteur, installez-vous !

Il avait enfilé sa robe de chambre en soie bleu nuit et la veste détrempée de son costume de flanelle grise séchait dans un coin de la pièce, suspendue à un cintre.

— *It's so hot, doctor.*

Un peu de sueur perlait sur son front.

Il s'épongea avec la serviette en nid-d'abeilles qu'il tenait dans sa main. Il se leva pour ouvrir la fenêtre à deux battants et un air moite entra dans la pièce. On entendait rouler au loin l'orage, comme un dernier ajustement du ciel avant que les alizés ne balaient la baie de La Havane et que les nuages chargés de millions de volts ne se replient au fond du golfe du Mexique.

— Il ne pleut plus, observa Vladimir Horowitz. Il ne pleut plus mais il fait toujours aussi chaud.

Il alla se rasseoir dans le canapé et épongea à nouveau son front. Sa bouche se crispa.

— Docteur, ce que vous avez vu, personne ne l'a vu, vous le savez ?

Il me fixa de ses petits yeux noirs et il leva le menton, tandis que des gouttes de pluie finissaient de tomber de l'encadrement en bois de la fenêtre sur le tapis :

— Personne, vous comprenez ?

Il se pencha en avant et froissa de ses deux mains de pianiste la serviette blanche. Il la serra si fort que les jointures de ses doigts se couvrirent de petites plaques roses.

228

Les mêmes plaques naissaient au bas du cou de Julia, précisément entre le bas de son cou et le haut de sa poitrine, quand elle me tirait de ma lecture pour solliciter mon attention, souvent l'été, à l'heure de la sieste. Elle avait de l'eczéma qu'elle soignait avec des crèmes à la cortisone. La cortisone, disait Julia, est souveraine contre l'eczéma, elle est souveraine tout court. Elle retirait son t-shirt en levant les bras, une odeur poivrée se dégageait de ses aisselles, elle se penchait, elle défaisait les boutons de son jean, elle l'enlevait en se contorsionnant et faisait glisser sa culotte sur le plancher, puis elle se jetait sur le lit, arrachait le livre de mes mains et l'envoyait rejoindre sur le plancher la culotte avec son petit nœud bleu lavande.

Les plaques viraient au rouge vif.

Le dos incurvé comme un bois souple, les fesses rebondies, elle ramenait ses cheveux derrière ses oreilles pour découvrir son visage affolé et doux et elle déposait un baiser sur mes lèvres.

— *Nobody knows. Nobody will ever know.*

Sous le tapis, le plancher en épicéa avait été frotté avec une cire aux agrumes, dégageant une odeur d'orange amère, qui se mêlait aux bouffées d'air marin.

— Vous savez, dit-il en mettant sa main à plat sur sa poitrine, cela m'oppresse. Ce soir, quand je vous ai fait appeler, je n'arrivais plus à respirer, j'avais l'impression qu'un poids terrible m'écrasait et m'empêchait de respirer.

Il bascula la tête en arrière, la nuque calée dans un coussin. Il regardait le plafond, où les pales du ventilateur restaient immobiles comme les hélices d'un avion.

Il reprit sa position, le dos voûté, il se moucha et poursuivit de sa voix qui roulait dans les graves :

— En même temps, je me sentais vide, si vide. *Do you understand what I mean, doctor ? Do you understand how I feel ?* Il me fixa avec dans son regard une malice qui cachait du désespoir, quelque chose de trouble, comme une tache de gasoil, dont les contours huileux s'étalent en vert turquoise, jaune safran, mauve ou violet à la surface de la mer, dissimulant le bleu glacé des profondeurs. Son regard plongeait dans le mien, il cherchait une réponse qu'il n'arrivait pas à trouver ailleurs et que j'aurais été bien en peine de lui donner :

— Je me sentais vide et étouffé par un poids, les deux en même temps, je ne pouvais plus respirer, docteur, vous comprenez ? Je ne pouvais plus respirer !

Il se leva, ouvrit la tabatière que Pablo avait oubliée sur le guéridon de la suite, prit une cigarette et l'alluma avec un briquet en argent guilloché. Il tira une longue bouffée et se mit à la fenêtre.

— *I need to talk to you, doctor. I will talk to you and you will keep that secret. I trust you. You're the only one I can trust, because I've known you for such a brief time.*

Il se retourna ; à la pâleur de ses joues, au noir de ses prunelles encore imbibées des ombres de La Havane, au tremblement de son menton et à ses lèvres pincées, je vis un homme sur le point de s'effondrer, qui avait senti cet effondrement venir en lui et qui en était bouleversé.

Selon toute vraisemblance, Vladimir Horowitz était en proie à une de ces crises d'angoisse qui faisaient son quotidien depuis des années et finiraient par le plonger, quatre ans plus tard, dans un épisode dépressif d'une telle violence que personne, surtout pas les plus éminents spécialistes, ne comprendrait comment il s'en était sorti.

Il déjouerait les pronostics. Bravant les avis médicaux, il remonterait sur scène après douze ans de maladie. La scène, sur laquelle l'immense majorité des observateurs pensait que jamais Vladimir Horowitz ne pourrait remonter, serait au contraire pour ce grand pianiste, sans doute le plus grand des pianistes en 1949, sa résurrection et sa vie.

À son retour en 1965, son « come-back », oseraient dire vulgairement certains, moins sourcilleux qu'Oskar Wertheimer sur la précision de leur vocabulaire, les critiques musicaux anglo-saxons écriraient : « *Horowitz is back* » (*The New York Times*), « *Battle for a Titan* » (*The Washington Post*), « *Fabulous comeback for Horowitz* » (*Evening Standard*). Dans la presse européenne, le titre le plus fantasmagorique serait retenu par un journal allemand, *Die Welt*, pourtant peu suspect de fantaisie dans sa ligne éditoriale : « *Die Auferstehung von Vladimir Horowitz* ». En France, plus sobre, *Le Monde* annoncerait : « Le retour sur scène du pianiste Vladimir Horowitz ».

Pourtant Vladimir Horowitz ne cessa de consulter d'éminents spécialistes.

Il les fit venir dans son hôtel particulier de Manhattan, il les emmena dans ses déplacements, il les appela la nuit, il les consulta dans leurs cabinets, il leur adressa des rapports circonstanciés sur son état clinique. Il avait lancé une bataille contre ses accès de dépression, et il était résolu à gagner cette bataille. Pour cela, il avait besoin d'alliés. Les pontes en médecine, mais aussi les charlatans, les débutants qui avaient flairé la bonne affaire, tous les noms qui lui étaient recommandés par sa femme Wanda, par ses amis, par les célébrités du monde occidental qui se pressaient autour de lui dans cette seconde moitié du XXe siècle seraient ses alliés.

Il lui fallait aussi un ennemi : pourquoi pas son homosexualité ?

Pourtant il ne la désigna pas réellement comme une ennemie, il en fit davantage une comparse étrange, avec laquelle il avait fini par se résoudre à cohabiter, qui dictait certaines de ses habitudes, de ses impulsions. Il aurait voulu en faire le siège de son tempérament dépressif mais, sous son masque parfois ahuri, Vladimir Horowitz avait trop de lucidité pour ramener sa maladie chronique, avec ses déploiements de violence, à une affaire de sexualité, dont il finit par s'accommoder. Autrement plus douloureux était l'exil ; autrement plus cruelle avait été la mort de sa mère, l'exécution de son père ; autrement plus brutale avait été la découverte de son génie, qu'il résumait d'une pirouette : « *After all, I am Horowitz.* »

Du reste, au cours de toutes mes années de consultations avec Vladimir Horowitz, pas une fois il ne prononça le mot « homosexualité » ; certainement qu'il m'aurait regardé avec de grands yeux étonnés avant de partir d'un éclat de rire franc, enfantin et démoniaque, s'il m'avait entendu lui dire à la fin d'une consultation : « *Maestro,* vous devez assumer votre homosexualité. » Il aurait éclaté de rire, il se serait mouché et il m'aurait dit quelque chose comme : « *Please, doctor, nonsense is not the answer.* »

Une chose peut être vraie et son exact contraire aussi, un homme peut être un sauveur et un bourreau, à quelques années près, qui font toute la différence. Imagine-t-on Hitler en estafette, petite silhouette fragile transportant des messages sur son vélo ?

En optique comme en histoire, la mise au point fait tout. Vladimir Horowitz niait le moindre penchant homosexuel tout en assumant son goût pour la masculinité. Il échappait à tout classement. Il ne se laissait enfermer dans aucune catégorie, ni musicale, ni sexuelle. Il était Vladimir Horowitz, le pianiste : « *After all, I am Horowitz* » ; il avait une attirance pour les jeunes hommes, il cédait à cette attirance et il la combattait, avec une duplicité mentale qu'on ne peut comparer qu'à celle de la musique, dans son ambiguïté. Par ses lignes mélodiques doubles ou triples, dans la superposition des accords, avec ses silences, la musique était ce qui se rapprochait le plus de la complexion de Vladimir Horowitz.

Dans la musique, seulement dans la musique, celle qui se pratique et qui se fait avec du bois, des cordes, des touches et des marteaux, le fantôme de Vladimir Horowitz prenait corps. Il électrisait les foules tout en les tenant à bonne distance.

Sa sonorité était reconnaissable entre mille mais les mots étaient impuissants à la saisir.

« Les mots, me dit un jour Vladimir Horowitz, sont des boîtes à classer. »

Il était assis dans le canapé bleu et or du salon de son hôtel particulier et il avait ajouté, en tirant sur le tissu de son pantalon pour éviter qu'il ne poche : « Méfiez-vous des mots, docteur, ils sont dangereux. Ce sont de grands manipulateurs et souvent ils ne disent rien. Ils vous enferment. Ils vous enferment comme des souris dans un carton à chaussures et alors, pour en sortir, docteur, il faut ronger le carton à pleines dents. *Mit Zähnen !* »

Il avait avancé ses deux mains de pianiste comme des griffes à hauteur de poitrine pour mimer la souris qui ronge le carton.

« La liberté, docteur, ne passe pas par les mots mais par la musique. *Music is freedom, doctor. Music is the only reason for me to live and to be free. With my piano, I'm a god. Without my piano, I'm only a man.* »

La musique était ce qui se rapprochait le plus de ce que Vladimir Horowitz, depuis son enfance, éprouvait pour les hommes comme attirance et comme rejet.

Parmi tous les éminents spécialistes qu'il consulta, le docteur Lawrence S. Kubie est sans aucun doute celui qui aura passé le plus de temps avec Vladimir Horowitz, sans que je puisse dire si son influence fut nocive ou salutaire. Au moins dois-je lui accorder ce point de ne pas avoir cherché à corriger Vladimir Horowitz, comme d'autres le tentèrent, plus tard, au risque de le détruire.

Les traitements bénins que Lawrence S. Kubie suggéra au pianiste ne souffrent aucune comparaison avec les électrochocs qu'il eut à subir dans les années cinquante et soixante, à sa demande, contre mon avis.

— Il paraît que les électrochocs sont la seule thérapie capable de soigner la dépression, docteur. Vous en pensez quoi, vous, des électrochocs ?

— Rien de bon.

— On dit que cela marche. Vous avez quelque chose de mieux à proposer ?

Avec la persistance de la maladie, son ton avait pris une dureté nouvelle. Il ne riait plus. À la fin des années cinquante, il était épuisé par ses accès de dépression. Tous les moyens étaient bons pour se sortir de ces crises qui le mettaient plus bas que terre et ce ne serait certainement pas les conseils d'un jeune thérapeute, armé d'un diplôme de psychiatre sur lequel l'encre n'avait pas encore fini de sécher, qui l'empêcheraient de se livrer aux mains des plus éminents spécialistes.

Eux, du haut de leur expérience, lui recommandaient les électrochocs en lui expliquant que ce traitement serait très efficace.

Surtout, disaient-ils pour emporter sa conviction, dans l'état où il se trouvait, il n'avait plus rien à perdre.

— Vous avez quelque chose de mieux à proposer que les électrochocs, docteur ? Non ? Alors je vais faire des électrochocs.

Une nouvelle fois dans sa longue existence, Oskar Wertheimer s'avoua battu.

Il faut donc imaginer Vladimir Horowitz allongé torse nu sur un lit médicalisé, les bras attachés aux barreaux du lit par deux sangles de cuir, avec deux électrodes fichées sur ses tempes, dont l'une recouvre son naevus mélanocytaire.

Vladimir Horowitz a été placé sous anesthésie générale.

Du curare lui a été administré pour prévenir les contractions musculaires et, à titre de précaution, une infirmière a placé un tampon en caoutchouc dans sa bouche pour éviter qu'il ne se morde la langue.

Le médecin tourne une molette sur son générateur. Il envoie une première impulsion électrique d'une puissance de soixante-dix joules, qui provoque des convulsions sur son patient. Pendant quatre secondes, Vladimir Horowitz est pris de violents tremblements, son corps se soulève avant de retomber comme le squelette d'un pantin.

Le médecin tourne une deuxième fois la molette et Vladimir Horowitz est pris de nouvelles convulsions, encore plus violentes.

À chaque séance, cinq décharges successives de quatre secondes chacune lui sont envoyées dans le cerveau et le laissent désarticulé.

À son réveil, l'infirmière place un masque à oxygène

sur son visage et lui fait reprendre ses esprits. Vladimir Horowitz a un visage paisible. Il se rappelle vaguement les électrodes et l'odeur du curare, mais les douleurs ont été effacées comme par magie, il ne garde aucun souvenir de la succession de chocs électriques.

— On ne se souvient de rien, docteur, vous savez. *Nichts !* Vous pouvez toujours me déconseiller les électrochocs, tant que vous ne trouverez pas mieux, je continuerai les électrochocs.

— Ils vous font du bien au moins, *maestro ?*

— *It does not hurt, anyway.*

33

Plus tard, l'idée de la thérapie par hypnose, moins traumatisante que les électrochocs, fut soufflée à Vladimir Horowitz par un de ses anciens professeurs de piano, Alexis Miakovsky. Professeur au conservatoire de Kiev, il avait repéré très tôt le don du jeune Vladimir Horowitz. Rien ne l'avait donc surpris dans la vitesse stupéfiante avec laquelle son élève avait gravi les barreaux de l'échelle de la célébrité.

— Vladimir Horowitz, disait-il, avait quelque chose de plus. Il avait quelque chose que les autres n'avaient pas, il n'écoutait personne, il suivait son instinct et il se moquait bien de ce qu'on pouvait lui dire, moi ou les autres professeurs ! Le seul qu'il écoutait, c'était Blumenfeld, parce que Blumenfeld avait connu Anton Rubinstein et qu'il était le neveu de son grand ami Neuhaus. Blumenfeld, oui, il l'écoutait. Mais les autres, non ! Jamais !

Lui, Alexis Miakovsky, avait suivi le chemin inverse de Vladimir Horowitz.

Au fil des ans, il avait négligé les exercices de la main. Ses doigts s'étaient peu à peu rouillés. Son sens musical limité ne lui permettant pas de masquer ses déficiences techniques, il joua de moins en moins, délaissa ses élèves, oublia les horaires des cours du conservatoire de Kiev. Le pouvoir soviétique lui imposa des affectations dans des territoires de plus en plus reculés, dont il affronta la rigueur avec le soutien précieux pour son esprit, mais ravageur pour son foie, de la vodka. Il passa trois années en Sibérie, où la pratique du piano restait peu répandue parmi les populations, trop occupées à lutter contre le froid, l'isolement, les ravages mentaux de la nuit précoce.

Sa consommation de vodka connut un pic.

Le peu de musicalité qui lui restait s'évanouit.

Parfois, il parvenait à obtenir des nouvelles de Vladimir Horowitz, dont il imaginait la brillante carrière sous les lustres chauds des plus belles salles de concert de la planète, loin, si loin du gris glacial de la Sibérie.

Là où il se trouvait, personne ne connaissait le pianiste, pourtant déjà si renommé, mais il en parlait avec une émotion décuplée par l'alcool : « C'était un géant, Vladimir Horowitz ! Dès son enfance, j'ai vu que c'était un géant. Il y a des gens qui naissent comme des nains, lui était né comme un géant. »

Avec un appui haut placé, il put quitter la Sibérie.

Il fut affecté à Moscou.

Ce retour dans la capitale n'améliora pas son jeu, mais lui permit de cultiver les faveurs du pouvoir soviétique, qui n'entendait pas grand-chose aux qualités techniques des pianistes du cru mais appréciait la manière dont le camarade Miakovsky faisait toujours bloc avec l'idéologie du Parti, en toutes circonstances.

Petit de naissance, il s'était encore davantage recroquevillé au fil des années et il ne devait pas peser plus lourd, au moment de sa mort en 1950, qu'un sac de pommes de terre. Ses mains tremblaient quand il jouait. Son visage couperosé trahissait une angoisse permanente.

À la fin de sa vie, Alexis Miakovsky perdit de plus en plus souvent pied au clavier. Il devint incapable de maîtriser le tremblement de ses mains provoqué par sa consommation immodérée de vodka.

À force de servilité, il fut invité à donner un concert de gala dans la grande salle du conservatoire de Moscou, en présence du premier secrétaire du Parti.

Son jour de gloire tourna au désastre.

Il perdit totalement ses moyens, plus aucune musique ne venait sous ses doigts, il se retrouvait impuissant face à la rangée de touches noires et blanches, immobiles, hostiles et indifférentes. Comment manier ces touches ? il ne savait plus. Le public toussait ; le premier secrétaire fit une moue réprobatrice, qui alluma un incendie de terreur dans les regards de ses voisins en uniforme.

Alors, il poussa un petit cri aigu.

Il leva les yeux au plafond. À peine eut-il le temps de constater le délabrement du plafond, où une longue lézarde semblait infliger un cinglant démenti à la toute-puissance de la musique soviétique, qu'il tomba à terre, du haut de son tabouret.

Il quitta la scène en larmes.

Jamais plus il ne rejoua en public.

Il donnait des conseils dans son appartement de Moscou surchauffé, qui sentait le chou. Il passait son temps à commenter la carrière de son ancien élève, Vladimir Horowitz : « Lui, il a un don exceptionnel ! Un don ! C'est le roi des rois. »

Il avait aussi connu le compositeur Rachmaninov, il ne se privait pas de le rappeler à ses rares visiteurs. Ils étaient nés à peu près à la même époque, ils avaient beaucoup en commun, on pouvait les appeler, sans exagération, des amis.

Comme Vladimir Horowitz, Rachmaninov avait traversé un long épisode de dépression, de 1897 à 1901. L'échec de son premier concerto avait provoqué une première secousse dans son cerveau. L'interdiction catégorique que l'Église orthodoxe avait opposée à son mariage avec sa cousine germaine, « qui ne produira que du malheur et, pire que du malheur, du désordre », une seconde secousse.

Suivit une période de neurasthénie profonde.

Nicolas Dahl, son neurologue, le soumit à d'interminables séances d'hypnose dont miraculeusement, contre les préceptes les plus élémentaires de la médecine traditionnelle, Rachmaninov sortit guéri.

De passage à Moscou, il fit part de sa guérison à son ami Alexis Miakovsky.

Le professeur grattait les croûtes de son psoriasis avec ses petits ongles jaunis. Il écouta religieusement le récit du compositeur : « L'hypnose ? Vraiment ? Jamais je n'aurais cru. » Il se servit un nouveau verre de vodka et fit bouillir de l'eau dans une casserole pour le thé de Rachmaninov.

Rachmaninov était un sentimental. Jamais il n'avait pu se défaire d'une certaine affection pour son ancien ami, qui désormais vivait reclus entre les cloisons de plâtre de son appartement. Il resta une bonne heure à discuter avec lui. Quand il lui dit au revoir, il sut qu'il ne le reverrait jamais. Il lui dit : « À bientôt, Alexis. » Quelle étrange tête il avait. Toute recouverte de croûtes, comme du salpêtre. Son petit ventre ballonné rebondissait sous sa chemise marron foncé. « À bientôt, Alexis. » Il ne répondit pas. Ses mains de pianiste tremblaient le long de son pantalon en tergal, assorti à sa chemise.

Quand il apprit le premier accès de dépression de Vladimir Horowitz, à la fin des années trente, Alexis Miakovsky trouva néanmoins la force de le joindre par téléphone en Europe, au prix de longues recherches et avec la complicité de fonctionnaires des postes et télécommunications.

Il prenait un risque considérable.

Tout contact avec un artiste expatrié était strictement prohibé, enfreindre cette règle vous conduisait tout droit dans les sous-sols de la Loubianka, dont on sortait au mieux dans un train à destination du goulag, au pire avec une balle dans la nuque.

Pourtant, poussé par son instinct, Alexis Miakovsky fit des pieds et des mains pour obtenir les coordonnées de Vladimir Horowitz : il soudoya des fonctionnaires, il traîna dans les couloirs du conservatoire de Moscou pour glaner des renseignements, il partagea son plat de chou avec une secrétaire qui avait accès au fichier des expatriés, dans une annexe du Kremlin.

Est-ce que ces démarches ne rachetaient pas une vie de compromission ?

Étrange âme humaine, pétrifiée par les conséquences de ses actes, couarde, veule, mais qui parfois se réveille pour tenter quelque chose qui lui redonnera vie. Pourvu que la conscience ne se réveille pas ! La conscience et notre âme luttent sans merci tout au long de notre existence et, le plus souvent, la première défait la seconde. Voilà ce que moi, Oskar Wertheimer, libéré de toute religion, je crois.

« *Thus conscience does make cowards of us all.* »

Notons : une fois dans sa vie de débris humain, coincé dans la gorge du pouvoir soviétique comme une arête irritante, Alexis Miakovsky fit preuve de courage.

— L'hypnose ! souffla-t-il à Vladimir Horowitz, dont il

ne revenait pas d'entendre la voix dans le combiné, même assourdie par la distance. Pour soigner votre dépression, tentez l'hypnose ! Il n'y a que cela qui marche ! Rachmaninov a été guéri par l'hypnose, vous saviez ? Rachmaninov !

Vladimir Horowitz, qui avait rencontré Rachmaninov pour la première fois dans les caves du Steinway Hall à New York, le 8 janvier 1928, savait comment le compositeur avait retrouvé sa vitalité. Il en avait longuement discuté avec celui qui allait devenir un de ses amis les plus proches, pour ainsi dire un père de substitution.

L'appel de son ancien professeur, reclus à Moscou, n'eut donc aucune influence sur Vladimir Horowitz. Néanmoins, il fut touché qu'il ait pris le risque inouï de le contacter.

Puisque Nicolas Dahl venait de décéder, il eut recours à Lawrence S. Kubie, neurologue de réputation mondiale, spécialiste de l'hypnose.

En 1939, il avait publié dans la revue *The Psychoanalytic Quarterly* un article passé inaperçu alors, mais dont, des décennies plus tard, nombre de ses collègues, en particulier européens, se réclameraient : « *The Permanent Relief of an Obsessional Phobia by Means of Communications with an Unsuspected Dual Personality* ». Quoique souvent préoccupés d'eux-mêmes davantage que des affaires du monde, en 1939, les psychiatres européens devaient avoir mieux à faire que de se pencher sur les publications du *Psychoanalytic Quarterly*. À Berlin, à Vienne, à Prague, à Budapest ou à Varsovie ils essayaient surtout de sauver leur peau.

S'il est peu vraisemblable que Vladimir Horowitz ait lu cet article, il n'est pas impossible en revanche qu'il en ait eu vent et que la mention d'une « *unsuspected dual perso-*

nality » ait frappé son esprit. « Vei ! vei ! C'est un péché
que de toujours fouiller la personnalité des autres », me
reprochait Rosa Wertheimer quand je lui parlais de mon
activité thérapeutique.

Mais Rosa, tout est péché, alors ?

Les séances se déroulaient suivant une liturgie grotesque,
voire révoltante, sans atteindre les replis du cortex de Vladimir Horowitz, où des centaines de partitions mûrissaient
en silence, en attente de leur exécution.

Lawrence S. Kubie était formel : pour le bien du patient,
il était exclu lors du traitement de toucher aux « circuits
fermés réverbérants », dont il estimait depuis une fameuse
publication de 1931 qu'ils étaient le « possible soubasse-
ment neurophysiologique des névroses » (thèse qui fut
ensuite testée par John Z. Young sur le poulpe, dont la
complexion nerveuse, écrasée par des milliards de mètres
cubes d'eau comme nous par nos névroses, se rapproche
de celle des humains).

Au cours de ces séances, Lawrence S. Kubie montrait une
image susceptible d'éveiller chez son patient un désir qu'il
aurait dû refouler.

Le traitement hypnotique, par la réduction de la varia-
tion de fréquence des influx nerveux, devait détourner le
patient de ce désir puis lui en faire comprendre le caractère inapproprié. Le traitement était considéré comme
réussi lorsque le patient n'éprouvait plus de désir pour
cette image, mais de l'indifférence ou mieux, du dégoût.
Au bout de plusieurs semaines, il fallait donc que Vladimir
Horowitz ou n'importe quel autre patient moins célèbre,
un adolescent amené chez le thérapeute par des parents
inquiets, un célibataire, un prêtre affolé par ses propres

pratiques, puisse contempler longuement l'image d'un homme nu en érection, sans un battement de cil.

Dans son cabinet sombre, installé au rez-de-chaussée d'un immeuble en briques de Manhattan, Lawrence S. Kubie avait installé une machine à diapositives sur un trépied. Quand Vladimir Horowitz arrivait, il lui demandait de s'asseoir dans un fauteuil à bascule, il tirait les rideaux, allumait la machine, qui dégageait une odeur de plastique brûlé. Sur le mur blanc défilaient des images de jeunes bergers torse nu sur des ruines siciliennes, de sportifs en plein effort, de sexes au repos, de sexes tendus : « *So, Mr Horowitz ?* » demandait le praticien. « *What are you feeling ?* »

Cette thérapie tenait du supplice, elle retirait au patient l'objet de son désir.

De mes cours de psychiatrie à l'université de Princeton, dans une de ces salles baignées de soleil qui donnent sur la cour arborée, construites par McKim, Mead & White, le cabinet d'architectes de mon père, j'avais au moins retenu cette évidence : le désir était le moteur de la vie. Sans désir, la vie continuait de s'écouler mais elle n'avait plus de sens.

Il entrait donc une sorte de folie destructrice dans cette pratique du docteur Lawrence S. Kubie, qui visait à assécher les marais considérés comme putrides du désir homosexuel pour priver le patient de toute pulsion et le laisser comme suspendu, coupé de ses racines vitales.

34

Qu'un pianiste comme Vladimir Horowitz se soit livré à ce genre de thérapie, ait exigé de suivre cette thérapie, et d'autres encore, infiniment plus brutales, avec la volonté farouche d'extirper son désir homosexuel est tout simplement incompréhensible aujourd'hui, même pour moi, Oskar Wertheimer, qui suis né dans la première moitié du siècle précédent.

Les époques passent.

Aucune des images peintes, gravées, photographiées ou numérisées qui en restent ne reproduit quoi que ce soit de leur férocité, des conflits pratiques et intellectuels qui les ont traversés et qui se sont résolus dans des armistices ou par des victoires dont nous sommes les héritiers inconscients.

À intervalles irréguliers, les humains se reposent de leurs excès.

Ils imaginent les *Roaring Twenties*, les Années folles, les Trente Glorieuses, les seventies.

Avec une bouleversante naïveté, ils pensent avoir surmonté la violence pathologique qui travaille leurs entrailles, ils pensent, les innocents, que le monde est en paix et avance comme un paquebot majestueux sur une mer d'huile.

En route vers la sérénité universelle !

E la nave va.

Puis la peur revient, avec la violence, son jumeau.

Maintenant que son cerveau se tait ad vitam aeternam, la peur de Vladimir Horowitz se tient muette avec lui. Observez bien la flasque cervelle d'agneau qui flageole au fond d'une barquette en plastique, baignant dans un jus de sang rose : voici votre destin, vous dit Oskar Wertheimer.

Car Oskar Wertheimer, du haut vertigineux de ses quatre-vingt-neuf ans, vous le répète : il ne croit plus dans aucune paix universelle. Il ne croit plus dans la discipline de fer que Rudolf et Rosa Wertheimer lui ont enseignée. Il ne se résigne plus à la patience : « *Geduld ist der Seelen Schild.* » Avais-tu besoin de ce proverbe verbeux pour supporter de passer tes matinées à éplucher les oignons dans les pleurs, Rosa Wertheimer ?

Oskar Wertheimer ne croit plus à la consolation de la religion non plus.

Moi, Oskar Wertheimer, fils de Rosa et de Rudolf Wertheimer, je me suis mis à écrire ce livre que vous tenez entre les mains comme une consolation nouvelle. Par pitié ! Mon livre est une supplication.

Je ne crois plus dans le Dieu auquel j'adressais mes prières soixante-dix ans plus tôt, dans une chapelle de La Havane. Je considère la terre comme mon seul refuge ; je crois que l'heure de mon passage sera ma dernière heure parce que de passage, il ne sera pas question ; je crois dans l'univers tout-puissant, seul mystère ; je crois dans les mots, qui nous distinguent encore des bêtes.

Oskar Wertheimer ne passera nulle part ailleurs, il disparaîtra. Sous un aspect sans doute différent de celui de son père Rudolf Wertheimer et de ses ancêtres, qui pourrissent dans leur cercueil de chêne au fond du caveau familial, il disparaîtra néanmoins, bon gré, mal gré. Il sera réduit en cendres, que ses enfants iront disperser dans le grisâtre de la mer du Nord. *Teste David cum Sibilla. Solvet saeclum in favilla.*

Réduction des corps, au cimetière il faut gagner de la place. Voilà la conclusion à laquelle était parvenue Rosa Wertheimer quelques années après le décès de sa mère, Alexandra Schwartzbrod : réduire le corps de sa mère, qui dans son long cercueil de bois verni prenait trop de place. « *Wir brauchen mehr Platz, Rudolf !* » avait-elle asséné à son architecte de mari, spécialiste en la matière. Même pour les morts, nous avons besoin d'espace vital sur terre. Au moins par souci d'économie. Pain noir de la vie, nous te mangerons jusqu'à la dernière miette.

Ici, maintenant, Oskar Wertheimer se souvient de ce que lui disait son père Rudolf : que ses enfants Franz et Oskar avaient été, à un moment qu'il pouvait approximativement situer entre ses vingt-neuf et ses cinquante-cinq ans, sa plus grande et sa seule joie.

La joie est le moment où l'on vit sans se soucier de vivre et à quel autre moment, sinon avec ses enfants, sinon quand son dernier fils de six mois reposait sur sa poitrine, peau contre peau, Rudolf Wertheimer se sera-t-il soucié d'autre chose que de vivre ? Changer ses enfants, les nourrir, les laver, les protéger, écouter la respiration de leur sommeil, sécher la sueur sur leur front la nuit, sécher leurs larmes, c'était vivre. Qu'y avait-il de plus précieux ? Pourquoi as-tu fui la responsabilité des enfants, Oskar Wertheimer ? Tu n'es le père de personne, sinon de ce livre.

Pourquoi Vladimir Horowitz ?

Oskar Wertheimer écrit sur Vladimir Horowitz, j'écris sur lui pour que le souvenir de Vladimir Horowitz, le célèbre pianiste, le plus célèbre des pianistes en 1949, ne disparaisse pas tout à fait. Maintenant que la voûte céleste résonne dans le vide, seuls les hommes, sans le secours d'aucune divinité, sont comptables des hommes et de la persistance de leur mémoire.

Toujours selon Oskar Wertheimer, les époques passent mais leur férocité, elle, ne passe jamais, elle prend seulement des visages différents et se nourrit de névroses différentes.

La névrose idéologique a dominé le XXᵉ siècle et elle a conduit à des massacres dont nous pensons à tort que nous ne les reverrons jamais, alors que ces massacres restent une possibilité – non pas une certitude, mais une possibilité.

Ce sont les nouvelles névroses du XXIᵉ siècle qui donneront naissance à de nouveaux conflits, prédit Oskar Wertheimer, prédisait déjà son père Rudolf Wertheimer : la névrose légitime des dominés contre les puissants, la névrose climatique des prophètes de la fin du monde contre les scientifiques et leurs réponses raisonnables, la névrose culturelle des peuples occidentaux contre la disparition de leur domination séculaire.

Il faudrait une autorité pour remettre de l'ordre dans ce chaos, mais d'autorité incontestable, il n'en existe plus.

Maintenant que plus aucun dieu ne veille sur nous, chaque homme est dépositaire de sa propre autorité et responsable de son exercice.

Voilà la promesse de notre fameuse démocratie occidentale : la liberté.

Mais que vaut la liberté avec rien dedans ? Elle est plus

vide qu'une vieille boîte de conserve, la liberté occidentale, puisque nous n'avons plus rien à défendre.

Ainsi en juge Oskar Wertheimer, après neuf décennies de vie libre, ainsi en jugeait déjà son père Rudolf Wertheimer, qui avait fui le nazisme et qui depuis, avec son souffle court, n'admirait plus rien : « L'admiration est la passion des faibles, Oskar ; il n'y a rien à admirer, *nichts* ; respecter, au mieux. *Am besten.* »

Que cesse le chaos ! Toute cette liberté est assommante. *Genug mit Freiheit.*

Alors l'homme abdique pour un régime autoritaire qui sera le prix de son renoncement et la marque de sa défaite.

Oui, se dit Oskar Wertheimer, il y a quelque chose de vertigineux dans le passage des siècles mais aussi de dérisoire, quand on imagine que Vladimir Horowitz, malgré sa célébrité, ou à cause de cette célébrité, pouvait considérer son homosexualité comme un obstacle si redoutable que son époque avait le droit de le juger, sans doute aussi de le condamner pour cela.

Alors que sa célébrité aurait dû protéger Vladimir Horowitz du puritanisme américain des années cinquante et soixante, au contraire elle en faisait un saint Sébastien musical, exposé aux flèches les plus fielleuses.

La société américaine avait apporté à Vladimir Horowitz la gloire et l'argent, elle lui passait ses caprices, elle supportait ses annulations de concert à répétition, mais en retour elle exigeait sans le dire que Vladimir Horowitz se conforme à ses règles et n'ajoute pas le scandale sexuel à ses accès d'humeur. Et lui se conformait d'autant mieux à cette règle tacite qu'elle lui semblait ancrée dans une vérité plus profonde, qui était la véritable raison de ses consultations à répétition chez les plus éminents spécialistes, parmi lesquels Lawrence S. Kubie : le désir homosexuel était condamnable.

Il était une déviance et il apportait avec lui son lot de malheurs, comme la dépression.

« *Eine Schande ! So schmutzig, so schmutzig !* » s'était écriée Rosa Wertheimer quand Rudolf lui avait appris que son collègue architecte, qui sortait de dîner à la maison et que ma mère avait trouvé délicieux, charmant, attentionné, « délicat, vous voyez, délicat », sans doute parce qu'il lui avait offert un bouquet de pétunias éclatant de santé, vivait avec un autre homme : « *Eine Schande ! Nie wieder, verstehst du, Rudolf ? Nie wieder !* » Elle avait claqué la porte de la cuisine, une bonne partie de la nuit elle lava la saleté de cette rencontre dans la montagne de mousse de l'évier. Elle la prenait à pleines poignées dans la mécanique rouillée de ses mains, elle la soulevait comme de la pâte à pain, brassait les assiettes, malaxait les verres. Elle cassa deux tasses à thé. Plusieurs fois on l'entendit jurer : « *Schmutziges Ding !* »

Le lendemain matin, les pétunias agonisaient dans le vide-ordures.

Vladimir Horowitz combattit donc ses désirs pour soigner sa dépression, avant de comprendre peu à peu que leur réalisation était la meilleure thérapie.

Il mit des décennies avant de parvenir à cette conclusion, mais je ne suis toujours pas certain, des années après la mort de Vladimir Horowitz, que cette conclusion ait été autre chose pour lui qu'une vérité provisoire, à laquelle il ne donnait que peu de crédit.

35

Vladimir Horowitz prit une nouvelle cigarette, jeta un regard indifférent par la fenêtre sur le brasillement de lumières de La Havane, sur le noir de la mer.

La cigarette aux lèvres, les yeux plissés, il écarta les partitions sur le couvercle du piano et se mit à examiner les photographies au bord dentelé.

— *Look how young I was, doctor !*

Vladimir Horowitz était appuyé à la rambarde d'un paquebot, sur fond de plaques de métal fixées par des rivets. Il portait un costume croisé gris anthracite à rayures tennis, un mouchoir blanc à trois plis pointait hors de sa poche de poitrine comme un pic montagneux. Une de ses jambes était suspendue à la rambarde, l'autre appuyée sur le pont en bois brut et il souriait ; le coin de ses lèvres relevait le bas de ses narines, son regard semblait amorti par la fatigue. Le revers de son pantalon avait cinq centimètres de large, sa cravate bouffait par-dessus son gilet, il ne portait donc pas encore ses fameux nœuds papillon. Sa main gauche était enfoncée dans sa poche, tandis que la droite, fermée, reposait sur sa cuisse. De son index, il semblait triturer l'ongle de son pouce, comme s'il en avait assez de poser devant l'objectif du photographe, qui ne pouvait être que sa femme Wanda.

— *I was young and elegant.* Je démarrais, vous comprenez ? Je ne voulais surtout pas qu'on me prenne pour un petit Russe de rien, un émigré, un saltimbanque qui venait chercher fortune en Amérique.

Au bas de la photographie, quelqu'un (Vladimir ? Wanda ?) avait écrit avec application, au crayon : « *On the Mauretania, 1929* ».

— C'était la crise, la grande crise économique de 1929. À ce moment, je ne savais vraiment pas ce que j'allais devenir. Est-ce que j'aurais dû rester en Russie ? Est-ce que j'avais bien fait de quitter mon pays ? Je ne savais pas. Je ne savais rien, docteur. *Nichts, nichts ! Keine Ahnung !*

Il reposa la photographie et d'une partition de Bach il en tira une autre, qui lui arracha un sourire.

Quelques gouttes de pluie vinrent s'écraser en silence sur le rebord de la fenêtre, il y eut un coup de vent, on entendit le froissement des palmes dans la nuit. Une odeur de poussière mouillée entra dans la suite.

L'averse dura à peine quelques instants mais elle fut brutale.

Au loin, l'océan avait disparu derrière un rideau gris perle.

— Wilfrid, dit-il en me tendant la photographie.

Un jeune homme d'une trentaine d'années me regardait avec indifférence, comme il aurait regardé n'importe quelle autre personne qui aurait pris la photographie entre ses doigts. Il avait une allure allemande, le teint très pâle, on aurait dit un soldat de la Wehrmacht. Une mèche blonde barrait son front, une fossette coupait son menton carré en deux, son nez était comme découpé au ciseau et ses pupilles bleu délavé faisaient deux disques de glace dans lesquels il était impossible de deviner la moindre expression, sinon du désarroi. Malgré ses cheveux blonds coupés court au-dessus des oreilles, des poils noirs sortaient par touffes de son maillot de corps, sous le col de sa chemise. Ses lèvres étaient fermées. Vladimir Horowitz reprit la photographie en haussant les épaules :

— *Wilfrid was one of my students. A great pianist, indeed ! Why did he fail ? I don't know.* Il avait vraiment tout pour devenir un grand pianiste, mais il lui a manqué quelque chose. *Something different. Maybe musicality.* Ou la confiance en soi, ou une identité. Il faut une identité à un pianiste, docteur, vous savez ? En tout cas ce n'était pas un problème de technique. La technique, Wilfrid, il l'avait, une technique merveilleuse, une des techniques les plus solides que j'ai connues, allemande. Il a arrêté le piano. En ce moment, je crois qu'il est serveur dans un restaurant de Manhattan.

Il écrasa la cigarette sur le rebord de la fenêtre.

Il me tendit une dernière photographie, où on le voyait debout en manteau dans un paysage enneigé, le col relevé, la tête couverte d'un élégant chapeau en feutre avec, à côté de lui, dans la même attitude de défi, toute raide dans sa pelisse fourrée, les mains gantées accrochées à l'anse de son sac, un petit bonnet enfoncé sur le crâne pour se protéger du froid, sa femme Wanda, Wanda Toscanini Horowitz, la fille du grand chef d'orchestre Arturo Toscanini, le plus grand chef à cette époque.

— Il faisait très froid ce jour-là, un froid terrible ! me dit-il en éclatant de rire. Aussi froid qu'il fait chaud ici.

Dans la nuit de Cuba, il se mit au piano.

Il avait retiré sa robe de chambre, il portait une chemise d'un blanc immaculé. Il leva la tête, prit une longue inspiration et se pencha sur le clavier. Il avait la même position que lors de son concert improvisé devant le négociant en rhum et Pablo.

Ses coudes étaient plus bas que le clavier, les doigts à plat, le cinquième relevé.

Il enfonça la première touche.

Son doigt s'attardait encore sur la touche et semblait ne jamais devoir se relever quand un autre doigt vint en frapper une autre, par surprise.

Ce léger décalage donnait au son de Vladimir Horowitz une profondeur et un miroitement particuliers, qui emplissaient la suite présidentielle de l'Hotel Nacional. La musique semblait sourdre du plancher de bois. Alors que le son du piano aurait dû trancher comme une pluie glacée sur la nuit moite de La Havane, au contraire il se saisissait de la nuit, il se mêlait à son épaisseur humide comme la sueur aux pores de la peau.

Vladimir Horowitz jouait lentement, les doigts parfaitement à plat sur les touches d'ivoire, il effleurait à peine la pédale de droite, qui aurait pu effacer les fausses notes.

Il jouait comme un funambule, suspendu à un fil.

Ses narines frémissaient.

Son immobilité au piano était stupéfiante, seul le menton faisait des mouvements d'avant en arrière, comme si sa mâchoire ruminait la lenteur de la musique.

Le morceau que jouait Vladimir Horowitz était étrange, on aurait dit une succession de mélodies avortées, d'à peine deux ou trois mesures chacune.

Dès que le compositeur semblait avoir trouvé une ligne reconnaissable, comme un chenal dans la mer, il la quittait pour une autre voie, suggérée par un nouveau courant marin. À chacune de ces bifurcations, Vladimir Horowitz insistait un peu sur la dernière note et il redressait la tête en me demandant :

— *Did you hear, doctor ? Here !*

Il laissait la dernière note suspendue dans l'obscurité de la suite présidentielle.

— *Here !* Il aurait pu continuer mais il ne continue pas, il part sur autre chose, sur quelque chose de différent. *Etwas anderes. Etwas neues.*

Il passait à la mesure suivante, interrompait à nouveau son jeu en laissant son doigt sur la touche :

— *Here ! Once again ! He's looking for something. He does not know what, but he is really looking for something new.* Il cherche. Il cherche et il ne trouve pas alors il continue. Il va où personne ne va jamais. Voilà pourquoi sa musique est grande et pourquoi sa musique vit encore. Elle est inachevée et toujours au bord de son effondrement. Elle ne tient à rien ! *Nothing, doctor !* Elle cherche toujours. Elle n'apporte aucune réponse, elle ne fait que poser des questions.

Il laissa un long silence entre la première et la seconde partie du morceau, qui démarrait sur une mélodie plus entraînante, éclaboussée de trilles. Un sourire apparut sur le visage de Vladimir Horowitz, la nacre de ses boutons brillait, ses narines frémissaient :

— Et là il est sauvé ! Il a retrouvé la joie et il est sauvé.

Il plaqua un dernier accord, hocha la tête de satisfaction :

— Pas mal ! Pas mal comme interprétation ! *And I am fifty years old. I'm not lost. I'm not finished.* Tous ceux qui disent que je suis fini se trompent ! Ils se trompent lourdement. Vladimir Horowitz sait encore jouer. *Horowitz is old but he can play piano quite well.*

Il se leva du tabouret et alluma une nouvelle cigarette, la dixième au moins de la soirée. Il était un fumeur invétéré. Le tabac colorait sa voix nasillarde d'un ton un peu rauque, comme de la rouille sur un acier trop lisse.

— Je vous sers un verre, docteur ?

Il devait être une ou deux heures du matin et Vladimir Horowitz avait retrouvé son entrain. Il prit deux petits verres pas plus hauts que des dés à coudre dans une armoire en acajou et nous servit du rhum.

— Il manque de la glace, docteur. Impossible de trouver de la glace à cette heure. Il faudrait demander aux pompes funèbres.

— Aux pompes funèbres, *maestro* ?

— Oui, aux pompes funèbres. Il fait tellement chaud à Cuba que les morts, ils les étendent sur des lits de glace. Si vous voulez de la glace à Cuba, il faut demander aux pompes funèbres, ils en ont toujours en stock.

Il rit.

Il éclata de son rire bref et sarcastique, après lequel en général il se mouchait.

Cela ne manqua pas : il sortit de la poche de son pantalon un bout de tissu à carreaux tout froissé, qui n'avait rien de commun avec les mouchoirs en batiste brodés dont il se servait d'ordinaire.

Il se moucha fort, deux fois, replia le bout de tissu et le renfourna dans sa poche, où il fit une bosse.

Lui qui était au bord de l'effondrement au moment où j'étais entré dans sa chambre se montrait maintenant guilleret au point de se servir un rhum, de vouloir sortir ou de réveiller mon frère pour une partie de canasta :

— Si vous alliez chercher votre frère ? Pour une partie de canasta ? Pablo ne va pas revenir, je le connais, il a

disparu et il ne reviendra pas cette nuit, mais votre frère ?
Allez le chercher ! Allez chercher votre frère !

J'eus beau lui expliquer que mon frère Franz dormait, il insista sur un ton suppliant, comme un enfant, en relevant ses paupières d'étonnement.

— *And why not ?*

— Parce que mon frère dort, *maestro*, il est épuisé, je ne vais pas le réveiller en pleine nuit.

— *Well.*

Vladimir Horowitz avait une étrange capacité à se rendre absent. Alors son regard vide exprimait une indicible douleur, comme un animal qui souffre. Cette absence ne durait pas longtemps. Une minute ou deux. Puis quelque chose redémarrait sur son visage, un de ses sourcils se relevait, ses yeux s'éclairaient.

— *Do you know the piece of music I was playing, doctor ?*

— Non, *maestro.*

— *You don't know that piece ? At least the composer ? You're such a fool, doctor. You know a lot of stupid things, you have been learning quite a lot of useless stuff, but you don't even know the name of that composer.*

Il prit son visage entre ses mains, comme accablé par mon ignorance. Il en rajoutait. Vladimir Horowitz adorait faire son cirque, il avait quelque chose du chimpanzé pelé qui fait le tour du rond de piste en ricanant, les bras ballants. Un suintement autour des yeux secs et rouges signalait une maladie. Le chimpanzé grattait furieusement ses croûtes, le pianiste se mouchait.

— Beethoven.

— Ah ? Beethoven ? Et quoi, de Beethoven ?

Sans cesse il jouait avec les noms, les langues, les mots, les tons, les sonorités, en dissimulant son désespoir d'exilé.

— Mais la sonate Waldstein ! La sonate Waldstein est une des seules sonates de Beethoven que je joue. Je ne joue pas beaucoup les sonates de Beethoven parce que, pour moi, on ne peut pas les jouer, à une ou deux exceptions près, mais la Waldstein, je la joue souvent.

Quand je lui demandai pourquoi spécialement cette sonate, il éluda, il dit que dans le fond il n'en savait rien, puis il tira longuement sur sa cigarette, souffla une fumée légère et avala une gorgée de rhum.

Il posa le dé à coudre sur le couvercle du piano et se lissa les cheveux :

— Parce que c'est une des plus étranges. La plus étrange des sonates de Beethoven est la dernière, mais la dernière, je me suis interdit de la jouer. Il est impossible de jouer la dernière sonate de Beethoven correctement. Il est allé trop loin et aucun interprète ne peut se mettre à sa place.

Il reprit une gorgée de rhum :

— Tandis que la Waldstein, on peut encore la jouer. Beethoven l'a écrite quelques mois après la découverte de sa surdité, en 1802 je crois. Il a adressé une lettre à ses deux frères, Karl et Nikolaus. Il se plaint de son isolement. Sourd ! Beethoven, sourd ! *Taub. Ich bin taub, genau wie du, und ich kann die Musik nicht mehr hören.* Vous imaginez, docteur ? *How did he feel ? How did he react ?*

Il finit son verre et le remplit à nouveau à ras bord du liquide brun arraché au sucre des cannes, distillé dans les plantations de Cuba par des hommes qui peinaient tout le jour, sous un soleil brûlant ou à l'ombre dans les vapeurs de l'alcool, tandis que lui, Vladimir Horowitz, le célèbre pianiste, courait les hôtels de luxe et les salles de concert les plus prestigieuses, en changeant régulièrement de tenue.

Sa voix avait pris une gravité soudaine :

— Lisez sa lettre, docteur, lisez le testament de Beethoven que ses frères Karl et Nikolaus n'ont jamais reçu et qui est resté dans un fond de tiroir.

Il cria presque en levant les bras :

— *Wie ein Verbannter muss ich leben !* Je dois vivre en exil ! En exil !

Il se rapprocha de moi et me souffla doucement :

— Ce ne sont pas les médecins qui ont sauvé Beethoven mais la musique. Les médecins ne peuvent rien pour des gens comme lui et moi. Les médecins ont donné des cornets acoustiques à Beethoven et moi ils me donnent des cachets, mais la vérité est que vous ne pouvez rien pour des gens comme nous. Nous sommes en exil et nous devons nous sauver seuls.

36

Plus tard encore dans la nuit, alors que je somnolais presque, Vladimir Horowitz me raconta un rêve qu'il avait fait la veille.

Je l'écoutai à moitié, la tête alourdie par la succession de petits verres de rhum :

— Je me trouvais dans une chambre, sur la côte Est, docteur, du côté de Mount Desert. Vous connaissez Mount Desert ? Dans le Maine ? Vous devriez y aller, il fait moins chaud qu'ici et la nature est très belle. Mais je n'étais pas dans la nature, j'étais dans une chambre au rez-de-chaussée d'une maison humide et une fenêtre ouvrait sur un jardin. Le haut de la fenêtre était au ras de l'herbe, le bas donnait sur la terre, le carreau de la fenêtre faisait barrage à la terre en quelque sorte, vous voyez ce que je veux dire ?

Il poursuivit en lissant à nouveau ses cheveux sur sa nuque et en toussant :

— Il y avait Wilfrid torse nu, allongé sur un couvre-lit à fleurs, et je voulais étaler de l'huile sur son dos et sur ses épaules, qui étaient piquées de petits points rouges, comme des piqûres de moustique. Au moment où je m'apprêtais à étaler de l'huile sur son dos, mon père Samuel entrait dans la pièce. On ne le voyait pas bien à cause du manque de lumière mais c'était mon père, j'en suis certain, il entrait et il ne disait rien mais il me regardait. Ensuite est entrée à son tour ma mère Sofia. Je voulais absolument étaler de l'huile sur le dos et sur les épaules de Wilfrid, je n'avais pas de plus grand désir, mais mon père Samuel et ma mère Sofia étaient dans la chambre et devant eux je ne pouvais pas, c'était impossible.

Il se racla la gorge :

— *After that entered my daughter Sonia.* En réalité elle était là depuis le début, dans un coin de la chambre, mais je ne la voyais pas.

Je faisais les meilleurs efforts pour écouter Vladimir Horowitz, malgré le poids de ma tête, lestée par la fatigue. Sa voix me parvenait à travers une brume épaisse et je devais me battre pied à pied pour ne pas sombrer totalement dans le sommeil. Malgré tout quelque chose me raccrochait à son rêve et me tenait éveillé, ce pincement dans la voix, une discordance ironique et triste comme une trompette qui déraille :

— Ma fille a toujours été étrange. Je n'ai jamais compris ma fille, docteur. Jamais. Depuis qu'elle est née, je ne la comprends pas. Nous avons tout fait pour elle, avec Wanda, mais nous ne nous sommes pas occupés d'elle. On peut tout faire pour un enfant et délaisser cet enfant, vous savez ? Rachmaninov dit qu'elle a les mains d'Anton Rubinstein. Elle joue très bien du piano mais elle veut arrêter le piano. Elle veut faire de la peinture. Pourquoi de la peinture quand on joue bien du piano ? Pourquoi, docteur ?

Il se leva, alluma une cigarette brune.

L'odeur âcre de la fumée me réveilla un peu.

— Elle est en Suisse pour le moment, mais dans mon rêve elle était dans la chambre et je ne la voyais pas. Je ne voyais que le dos de Wilfrid sur le couvre-lit à fleurs et le regard de mes parents qui ne se détachait pas de moi. Le regard de mes parents était immobile, immobile comme Sonia. Alors la fenêtre a cédé sous le poids de la terre et la terre a tout emporté. Nous étions enterrés vivants, vous comprenez, docteur ?

Il retourna au piano. Mes paupières retombaient lourdement.

Je me souviens juste des premières notes, je les avais reconnues et je me demandais si Vladimir Horowitz ne les avait pas jouées pour moi, comme une berceuse, les premières notes des *Consolations* de Liszt, qui murmurent dans les graves.

La main droite se mit à détacher la mélodie avec une clarté matinale, qui me ramena un instant à la conscience.

Oskar Wertheimer se dit qu'il fallait écouter : Vladimir Horowitz jouant les *Consolations* de Liszt, dans la nuit de La Havane, cela ne m'arriverait pas deux fois dans l'existence, et nous aimons tous, par vanité, par illusion, ce qui ne se reproduit pas. Comme si nous ignorions que nul ne se baigne deux fois dans le même fleuve. Aveugles que nous sommes !

Le poids dans la main gauche me tirait vers le sommeil tandis que sa main droite en apesanteur accrochait au ciel un fil en acier dont je tombai sans bouger.

Je vis une fillette qui me souriait et sa robe gonfler comme une voile au-dessus de l'océan. Une vieille femme édentée était assise dans sa cuisine. Elle contemplait une casserole où stagnait une eau grasse. Dans le regard bleu délavé de Wilfrid je vis la digue, la chapelle peinte à la chaux, la pluie. Wilfrid était désemparé, son regard se voilait de larmes.

Je l'aimais ! Mon Dieu comme je l'aimais !

Une odeur de ficus mouillé me fit trembler doucement. Du sable coulait entre mes cuisses, un sable blanc de coquillages concassés, de grains lavés infiniment dans les failles des Caraïbes et usés par le soleil, roulés dans l'écume, mâchés par la mer. Je me retrouvai étendu sur ce sable blanc avec Julia, sa poitrine collée à la mienne, ses cuisses enlacées dans les miennes. Elle ouvrait sa bouche pour lécher le sable dans mon oreille, quand la mélodie de Liszt me traversa le cerveau.

La main impitoyable de Vladimir Horowitz continuait de jouer.

Il jouait avec cette clarté souveraine, ce détachement, cette obstination qui agissaient comme un rempart contre son effondrement. Il jouait dans sa suite présidentielle de l'Hotel Nacional de La Havane, à une heure avancée de la nuit, en présence d'un adolescent abruti de sommeil qu'il appelait docteur et qu'il ne connaissait pas quelques jours auparavant.

Une brise traversa la pièce.

Je sombrai définitivement.

Le lendemain, je me réveillai la bouche pâteuse, avec un goût de sucre caramélisé dans la bouche, parfumé de vanille.

Vladimir Horowitz était allongé sur son lit, sa chemise immaculée à moitié ouverte. Je quittai sans un bruit la suite présidentielle, longeai le couloir obscur, descendis dans le hall vide.

Egmont avait disparu. Sur le comptoir en marbre, la lampe avait dû rester allumée toute la nuit, elle continuait de répandre sa lumière de miel sur des papiers épars.

Je poussai la poignée en cuivre de la porte tambour : un soleil éclatant faisait scintiller la mer.

Au fond, une mince barrière de nuages découpés en petites bulles de gouache rose et jaune, avec une pointe de blanc de communion, tirait un trait entre la mer sombre et le ciel clair.

Lavés par la pluie, les trottoirs dégageaient un parfum cinglant de fraîcheur.

Nous étions à La Havane avec mon frère Franz ; je venais de faire la connaissance de Vladimir Horowitz, le célèbre pianiste, le plus célèbre des pianistes en 1949.

Si Oskar Wertheimer sait encore compter, notre rencontre aura duré près de quarante ans.

II

CONTRA PUNCTUM

New York-Lenox
1960-1963

1

Le 1ᵉʳ mai 1960, un avion américain qui venait de décoller de la base de Badaber au Pakistan fut abattu au-dessus de l'Union soviétique par une salve de quatorze missiles, tirés de la base de Degtiarsk, dans l'Oural.

L'alerte avait été donnée par le lieutenant général de l'armée de l'air soviétique Ievgueni Savitiski.

Le ministre de la Défense, sur instruction directe du premier secrétaire du Parti communiste, Nikita Khrouchtchev, commanda « d'attaquer l'auteur de la violation de l'espace aérien soviétique à partir de toutes les bases sur le trajet de l'avion et de l'abattre ou de l'éperonner sans délai ».

La réaction aurait été plus mesurée si trois semaines plus tôt un appareil identique n'avait pas déjà survolé quatre sites militaires soviétiques secrets situés en République socialiste kazakhe : les deux centres d'essais balistiques de Semipalatinsk et de Sarychagan, la base aérienne de Tchadan où étaient stationnés les Tupolev Tu-95 et le cosmodrome de Baïkonour.

Le 9 avril 1960, le Lockheed U-2 de la CIA avait échappé de justesse aux tentatives d'interception des chasseurs

267

MiG-19 et avait pu rentrer à bon port au Pakistan, avec des kilomètres de pellicules classées secret-défense.

Le 1er mai, un autre Lockheed U-2 survola donc à son tour un certain nombre de bases militaires soviétiques particulièrement sensibles, dont les sites de lancement de missiles balistiques intercontinentaux, Sverdlovsk et Plesetsk, et surtout le complexe nucléaire Maïak.

Les MiG-19 avaient montré leurs limites dans le combat à haute altitude.

Les officiers soviétiques eurent donc recours aux missiles air-sol longue portée à détection de chaleur S-75 Dvina, plus puissants et plus précis.

Le Lockheed U-2 fut abattu.

En une fraction de seconde, la détente entre les deux puissances de la guerre froide, qui durait depuis 1956, prit fin. Le gouvernement américain essaya bien de prétendre que l'avion ne faisait que la navette entre la base de Badaber au Pakistan et la base de Bodø en Norvège mais, outre que l'explication était peu convaincante, elle ne justifiait pas le survol de l'espace aérien soviétique sans une autorisation préalable, qui aurait été sèchement refusée.

Dans cette affaire, les autorités de Washington jouèrent de malchance.

Après avoir été abattu, le Lockheed U-2 ne se désintégra pas et les services soviétiques purent récupérer les photographies prises par une caméra fixe, collée sous le ventre de l'avion. Le jugement des tirages en noir et blanc, quoique flous et approximatifs, était sans appel : pris à plus de vingt kilomètres d'altitude, ils montraient des bâtiments militaires de la taille de boîtes à pilules et des missiles alignés comme des allumettes.

Ces clichés caractérisaient l'acte d'espionnage.

Par ailleurs, le pilote du Lockheed U-2, Francis Gary Powers, au mépris des consignes, s'éjecta de son appareil, fut constitué prisonnier et n'utilisa pas la capsule de poison, un dérivé de la saxitoxine, que tous les pilotes américains conservaient dans la poche de leur combinaison anti-g, en cas d'arrestation.

Il avoua tout.

Dans le pack de survie de Francis Gary Powers, les autorités soviétiques trouvèrent sept mille cinq cents roubles et des bijoux féminins. Il fut reconnu coupable d'espionnage le 19 août 1960, condamné à trois ans de prison et sept ans de travaux forcés. Au bout de vingt et un mois de peine, le 10 février 1962, il fut échangé contre l'un des espions soviétiques les plus redoutables de la guerre froide, Rudolf Abel.

L'échange eut lieu sur le fameux pont de Glienicke, entre Potsdam et Berlin-Ouest.

Powers, qui avait réchappé aux missiles soviétiques, mourut le 1er août 1977 dans un accident d'hélicoptère à Los Angeles.

Il avait quarante-sept ans.

En guise de représailles, Nikita Khrouchtchev annula le sommet de Paris prévu avec le président américain Dwight Eisenhower, qui niait farouchement l'évidence et persistait à prétendre que le bombardier abattu était en réalité un appareil d'observation météo.

Ainsi va la politique : la vérité ne fait pas bon ménage avec le pouvoir. L'obstination dans le mensonge est une qualité ; l'aveu, une faiblesse. L'Amérique savait en remonter à l'Union soviétique sur ce sujet. Elle finirait par la tuer à force de mensonges débités avec la meilleure conscience du monde, tels les pasteurs méthodistes. La course aux étoiles ne serait jamais qu'un bluff, entouré de quelques prouesses technologiques.

Eisenhower convoqua également une réunion du Conseil de sécurité des Nations unies, qui se solda par un échec.

Tandis que chacune des deux grandes puissances poursuivait avec une énergie redoublée le déploiement d'armements toujours plus sophistiqués et la conquête de l'espace, dont John F. Kennedy ne tarderait pas à faire sa nouvelle frontière, les autorités soviétiques, soucieuses de rallier à leur cause le camp de la paix, voulurent donner le change : elles firent le pari de la culture, expédiant leurs meilleurs artistes en tournée aux États-Unis.

Cette politique de propagande n'avait rien de bien nouveau.

Elle remontait à 1955 et de nombreux pianistes, violonistes, violoncellistes ou danseurs avaient pu en profiter, sous une surveillance étroite.

Seuls quelques intrépides comme le danseur étoile Rudolf Noureïev parvinrent à déjouer cette surveillance, au péril de leur vie et en mettant en danger leur famille. Car pendant que ces inconscients sillonnaient l'Occident pour faire montre de leur talent, leur famille restait sur le sol soviétique, sans autre espoir que de survivre, année après année, dans la monotonie d'un quotidien sans gloire, encadré par des règles, limité par des frontières et vicié par l'anxiété.

Une fois le brillant rejeton parti, comme l'oiseau envolé de la cage, du jour au lendemain sa famille tombait à la merci des décisions arbitraires des fonctionnaires du NKVD.

Par qui étaient prises ces décisions ? Comment ? Suivant quelle procédure ? Nul ne savait.

Les fonctionnaires du NKVD pouvaient vous laisser tranquille de longs mois durant. On savait que cela ne durerait pas ; on épiait le bruit des pas dans l'escalier ; on sursautait en pleine nuit au moindre éclat de voix. À tout moment, on s'attendait à ce que frappent à la porte deux agents en imperméable de cuir noir. Le sommeil devenait impossible à trouver, on buvait, on fumait, on était prisonnier de la politique.

Une fois la décision prise, en revanche, le protocole était appliqué comme une loi d'airain : les officiers du NKVD vous arrêtaient en pleine nuit, leurs sbires vous soumettaient à un interrogatoire dans les sous-sols de la Loubianka, vous torturaient, vous exécutaient. Dans le meilleur des cas de figure, ils vous déportaient.

Ainsi avait disparu, comme Oskar Wertheimer a déjà eu l'occasion de le raconter, Samuel Horowitz, le père de Vladimir Horowitz, le plus grand des pianistes.

Ainsi avait vécu le compositeur Dmitri Chostakovitch, qui depuis l'échec de son *Lady Macbeth de Mzensk* redoutait d'être arrêté en pleine nuit par le NKVD au point de se coucher tout habillé, une petite valise sous son lit, ses lunettes épaisses sur le nez. Qu'aurait-il fait sans ses lunettes ? Il était myope comme une taupe.

Au Bolchoï, le camarade Staline avait pris place dans la loge gouvernementale, à droite au-dessus de la fosse d'orchestre, en surplomb des cuivres et des percussions dont la puissance aurait permis de couvrir le bruit d'un attentat. Devant Staline, accoudés à la rambarde de velours rouge, se trouvaient les camarades Jdanov et Mikoïan, qui pendant la représentation se retournèrent une bonne dizaine de fois en ricanant. Comment réagissait Staline à sa musique ? Assis en retrait derrière Jdanov, dissimulé du public par un rideau, personne ne pouvait voir son visage grêlé.

Au premier entracte, Staline se montra ; mais il resta dans sa loge à rire et à discuter.

Au second entracte, il fit de même.

Il partit du Bolchoï avant la fin de la représentation.

Dmitri Chostakovitch eut alors le sentiment que ses jours étaient comptés. Il en eut la confirmation le lendemain soir, quand dans un kiosque ambulant de la gare de Moscou il tomba sur la dernière édition de la *Pravda* du 28 janvier 1936, avec pour titre : « Le chaos remplace la musique – À propos de l'opéra de Dmitri Chostakovitch *Lady Macbeth de Mzensk* ».

L'auteur de l'article s'en était donné à cœur joie.

Il avait dû recueillir les appréciations personnelles du camarade Staline pour lâcher ses coups avec autant de férocité sur un compositeur pourtant reconnu en Union soviétique, dont en trois colonnes serrées il signait l'exécution.

Cela commençait fort : « L'auditeur de cet opéra se trouve d'emblée étourdi par un flot de sons intentionnellement discordants et confus. Un lambeau de mélodie, une ébauche de phrase musicale se noient dans la masse, s'échappent, se perdent à nouveau dans le tintamarre, les grincements, les glapissements. »

La critique glissait ensuite sur le plan social : « Le compositeur ne s'est visiblement pas fixé pour tâche de donner ce que le public soviétique attend et cherche. Il a produit une œuvre à clés, en mélangeant toutes les sonorités, pour que sa musique ne puisse atteindre que les bourgeois au goût malsain. Il est passé à côté de ce qu'exige notre culture :

chasser la grossièreté et la barbarie partout dans la vie soviétique. »

On n'était pas loin de l'accusation de social-traître qui aurait valu à Dmitri Chostakovitch une déportation immédiate vers des contrées lointaines et hostiles, où sa musique n'aurait pu être écoutée que par des ivrognes, des militaires apathiques, des vieilles femmes ratatinées comme des pommes sous des couches de fichus, ou des loups.

En Union soviétique, la politique ne faisait pas de cadeau ; elle décidait du beau et du laid ; elle tirait un trait divin entre le mal et le bien. Ainsi les consciences pouvaient-elles vivre en repos : elles n'avaient aucune question à se poser, contrairement aux consciences occidentales, qui finissaient bourrelées de doutes et de remords, comme des champs de maïs fouillés par le groin des sangliers.

Cependant la conscience de Dmitri Chostakovitch ne connut plus une seconde de répit après cet article paru dans la *Pravda* du 28 janvier 1936. La fin sonnait comme une menace à peine voilée : « La musique est sacrifiée sur l'autel des vains labeurs du formalisme petit-bourgeois – un jeu qui peut fort mal finir. » Désormais Dmitri Chostakovitch était un homme en sursis. Nulle part il ne trouverait d'abri contre cette sentence, « un jeu qui peut fort mal finir ». À tout prendre, il aurait préféré une décision. Cette possibilité était une torture mentale ; elle le détruirait.

Il n'avait que deux échappatoires : la folie, ou la mort.

Il mit un peu des deux dans sa musique.

Dans l'Union soviétique, la liberté n'avait pas de prix ; ou si elle en avait un, il était exorbitant.

Comme dans tous les régimes communistes dont ne sont nostalgiques que les faibles d'esprit, ou les pervers à tendance paranoïde, la liberté n'était pas un de ces tambours creux que les peuples occidentaux portent en bandoulière ; non ! La liberté avait quelque chose de l'enclume : elle était pesante, dessus on pouvait forger le destin des peuples pour les millénaires à venir. Voilà pourquoi on ne laissait pas n'importe qui y accéder. La liberté n'était pas un bien de l'individu, comme en Occident, elle était un bien collectif.

Tous les régimes autoritaires partagent une intuition : c'est de sécurité que les peuples ont réellement besoin, pas de liberté.

Du pain, de la soupe, de la vodka frelatée et des rues vides. *So ist das Leben*, comme on disait en RDA, quand certains se plaignaient trop ; de quoi ? L'union des peuples n'était-elle pas infiniment plus désirable que cet avilissement des individus de l'Ouest, vautrés dans le stupre, la luxure, la haine de soi, la débauche matérielle ? Le vieux monde avait du ressort. Pendant que les Américains se roulaient dans leurs excréments, l'Union soviétique tendait ses bras vers un ciel pur. Ici, le labeur ; de l'autre côté de l'Atlantique, une paresse grossière de cochons repus.

En Yougoslavie, à la fin des moissons, on faisait la fête à l'ombre des tracteurs. Les femmes portaient des fichus rouges. Les hommes des chemises de coton épais. Les enfants avaient les cheveux en bataille et couraient sous les étoiles. L'alcool coulait à flots. On tirait sur sa cigarette. On riait. Un homme allait culbuter une femme à l'arrière d'une grange, on les entendait pousser des râles de jouissance, on clignait de l'œil, on souriait. Un certain Janos avait critiqué le Parti. Son voisin l'avait dénoncé. Son voisin était son frère. Janos allait être exécuté, sans doute. Au mieux, il serait déporté, on ne le reverrait pas de sitôt.

Mais est-ce que ce n'était pas le prix à payer, la peur, pour que la fête des moissons se déroule en paix ? Les coquelicots vivent en groupe dans les champs. Ils meurent à peine coupés. Ainsi disait le dicton.

En 1960, Sviatoslav Richter fut un des heureux élus de ce nouveau programme soviétique, destiné à promouvoir partout dans le monde, surtout à l'Ouest, la supériorité culturelle russe.

On l'envoya en tournée à Chicago, New York et Philadelphie.

Avant d'être déporté en 1940 dans une bourgade d'Ukraine, pour intelligence avec l'ennemi allemand, et de sombrer dans l'alcool, Heinrich Neuhaus, son professeur au conservatoire de Moscou, avait repéré le talent de Sviatoslav Richter et l'avait fait connaître à travers toute la Russie. À sa première audition, après l'avoir entendu jouer la quatrième ballade de Chopin, le petit homme à moustache qui parlait couramment le russe, le polonais, l'allemand, le français et l'italien s'était contenté de dire : « Cet homme est un génie. Je n'ai plus rien à lui apprendre. »

Avec Emil Guilels, décédé prématurément après une injection létale dans un hôpital de Moscou, il était le pianiste le plus célèbre d'Union soviétique. Son jeu tout en puissance impressionnait les foules. Il avait tout pour séduire le public américain.

Il fut sélectionné.

À l'automne 1960, Sviatoslav Richter embarqua donc pour une tournée de plusieurs semaines aux États-Unis. Il regretta ses pérégrinations solitaires à travers l'URSS, qui l'avaient déjà emmené à Odessa, Kiev, Mourmansk, Bakou, Arkhangelsk et bien sûr Moscou, mais on ne lui laissa pas le choix. Il était un héros du travail socialiste, un artiste du peuple de l'URSS, il devait se soumettre sans rechigner aux décisions du ministère de la Culture soviétique. Le camarade Nikita Khrouchtchev avait la ferme intention de marquer la supériorité des artistes populaires sur ceux, frelatés, du grand capital.

Tous les artistes frelatés du grand capital qui avaient eu l'occasion de diriger Sviatoslav Richter, comme Eugene Ormandy, le chef du Philadelphia Orchestra, en 1958 à Leningrad, le réclamaient à cor et à cri ; ils ne réclamaient personne d'autre ; ils voulaient Sviatoslav Richter, sa puissance, sa liberté. La décision remonta jusqu'à Nikita Khrouchtchev, qui décréta : « Allez me chercher Richter et envoyez-le aux Américains. S'il refuse, tâchez de le convaincre. S'il refuse encore, forcez-le. »

La tournée triomphale de Sviatoslav Richter en Amérique fut donc la riposte culturelle du pouvoir soviétique à la violation de son espace aérien, le 1er mai 1960, par un Lockheed U-2 équipé de caméras thermiques et d'appareils photographiques capables de percer d'épaisses couches de nuages, à plus de vingt kilomètres d'altitude.

2

Au début des années soixante, mon frère Franz avait définitivement abdiqué toute ambition artistique.

Il se consacrait avec l'énergie du désespoir à sa nouvelle carrière d'agent immobilier à New York. Il habitait avec sa femme Muriel Lebaudy un appartement spacieux de Manhattan, au vingt-deuxième étage d'un immeuble des années trente, dans l'Upper East Side. Sa vaste terrasse arborée qui donnait sur Central Park lui servait de refuge pour fumer. Muriel Lebaudy ne supportait pas l'odeur de la cigarette, qui s'incrustait dans les tissus de Frey.

Leurs deux fils, Maxime et Dimitri, avaient respectivement onze et dix ans. Ils les avaient inscrits dans un collège catholique, Sainte Marie des Victoires, dans le but de les mêler aux enfants du gratin de New York, qui sinon les aurait considérés leur vie durant comme de vulgaires descendants d'immigrés.

Dans les couloirs de Sainte Marie des Victoires, il se murmurait que le grand-père des enfants Wertheimer, Rudolf Wertheimer, avait dû travailler dans un abattoir de Leipzig pendant la grande dépression de 1929. À son arrivée à Long Island, il ne s'était sorti d'affaire, disait-on,

277

qu'avec le soutien d'un cabinet d'architectes renommé, McKim, Mead & White. Par charité, ou plus probablement par solidarité confessionnelle, ses créateurs avaient donné une place à Rudolf Wertheimer, une bonne place. « Ils ne pouvaient pas rester chez eux, ces Wertheimer ? — Ils sont juifs, vous voyez bien. — Et alors ? J'ai un oncle juif qui est resté en Allemagne, il s'en porte très bien. » Ainsi discutaient les parents d'élèves du très catholique et très charitable collège Sainte Marie des Victoires.

Il n'en fallait pas plus pour déprécier le talent d'architecte de mon père Rudolf Wertheimer, le grand-père de Maxime et Dimitri. Il se trouvait sur le sol américain en raison de sa double origine allemande et juive, pas pour son talent. En avait-il ?

Dans la cour de récréation, les élèves confondirent rapidement Maxime et Dimitri dans un « Maxedim » plein de sarcasmes. « Maxedim » les Allemands, « Maxedim » les petits juifs, « Maxedim » les immigrés, les profiteurs, les arnaqueurs, les voleurs. Par un étrange hasard biologique, Maxime était tout en os et en hauteur, Dimitri rond comme un petit pain.

Leurs pantalons de flanelle grise, leurs pulls en V tricotés par leur grand-mère, leurs chaussettes montantes, qui retombaient sur les jambes en allumettes de Maxime et serraient les mollets gras de Dimitri, leur valaient des railleries incessantes, qui les poursuivaient comme des piaillements d'oiseaux. Ce couple incertain n'avait tout simplement pas sa place au collège Sainte Marie des Victoires.

Les parents déployaient des trésors d'ingéniosité pour ne pas recevoir « Maxedim » chez eux, malgré l'insistance de leur mère Muriel Lebaudy :

— Mes enfants seraient enchantés de passer leur

dimanche après-midi avec les vôtres, disait-elle en allant chercher Maxime et Dimitri à la sortie de onze heures le samedi, tout à fait enchantés ! Ils pourraient aller au cinéma et passer ensuite chez vous, qu'en dites-vous ?

Muriel roulait des yeux, pinçait les lèvres pour mieux faire ressortir son rouge carmin qu'elle venait d'acheter en stick chez Barnes & Noble. Ses joues avaient le poli de statuettes en bois :

— Hein ? Qu'en dites-vous ?

Les parents écourtaient la discussion avec un sourire forcé :

— Mais certainement ! Pourquoi pas ?

Une fois Muriel disparue avec un de ses enfants à chaque main, ils lâchaient comme un gaz : « Celle-là ! Elle a vraiment toutes les audaces ! »

Dans les escaliers qui menaient aux salles de cours, les élèves bousculaient « Maxedim », qui soufflaient en montant les marches.

Mais le plus grand plaisir des élèves était la piscine, quand les deux enfants grelottaient pieds nus au bord du bassin sur les petits carreaux de faïence bleue, Maxime les bras croisés sur son torse de moineau, le ventre de Dimitri flageolant au-dessus de son maillot. Toujours (*immer*), ils les poussaient dans le grand bain en hurlant : « Au bain, Maxedim ! Au bain ! » Et quand « Maxedim » pataugeaient pour rejoindre le bord, ils les repoussaient du bout du pied en se pliant de rire : « Encore une minute au bain, Maxedim ! Encore une minute ! » Maxime n'avait pas grand mal à rejoindre le bord. Il aidait son frère Dimitri, qui paniquait.

Le prêtre qui assurait la surveillance ne disait rien.

Assis sur un gradin, en longue soutane noire, des sandales en caoutchouc aux pieds, le père Culp feuilletait distraitement les pages de son missel. Quand les cris devenaient trop forts, il baissait son missel sur ses cuisses, il se levait, pataugeait un peu dans une flaque et sa voix résonnait sous la voûte de béton : « Les enfants ! Un peu de calme ! Laissez vos amis tranquilles ! » Souvent il ajoutait : « Et vous, Maxime et Dimitri, arrêtez de faire les idiots ! Il faut toujours que vous vous fassiez remarquer ! » Il retournait sur son gradin et pestait quand une éclaboussure du bassin venait gondoler le papier bible.

Il ne fut pas inquiété quand des élèves de Sainte Marie des Victoires, vingt ans plus tard, dénoncèrent au diocèse de New York ses agissements à la piscine.

À chaque sortie, le père Culp rassemblait la petite troupe placée sous sa responsabilité dans un vestiaire collectif, comme un berger fait entrer son troupeau dans un enclos : « Allez les enfants ! Au vestiaire ! Tout le monde en rang au vestiaire ! On se dépêche ! On se dépêche ! » Il claquait dans ses mains. Parfois, il lançait deux petits sons stridents avec le sifflet en métal qui pendait en permanence autour de son cou.

Il avait la pastorale sonore.

Les enfants entraient dans une pièce carrelée qui empestait le chlore et se déshabillaient, le visage tourné vers le mur. Ils accrochaient leur chemise et leur pantalon à une patère en plastique blanc, glissaient leur sac sous le banc en lattes de bois. Au moment précis où ils faisaient glisser leur slip sur leurs jambes, comme mû par une force irrépressible, le père Culp entamait avec une régularité de métronome sa tournée des enfants.

Il leur réclamait leur montre : « Tu me donnes ta montre, John ? Ce serait dommage de l'abîmer dans l'eau. »

Il dégrafait lui-même la montre du petit poignet et il laissait traîner le dos doucement velu de sa main sur la raie des fesses. Il passait à l'enfant suivant : « Tu me donnes ta montre, Walter ? ce serait dommage de l'abîmer dans l'eau. » Il prenait la montre, il caressait les fesses ou le sexe, dans un geste furtif et mécanique.

Il ne se donnait pas la peine d'imaginer une phrase différente.

Il priait seulement, la bouche sèche, le regard fixe, tout dans son attitude dégageant l'autorité de la prêtrise, la bienveillance du pasteur et la fébrilité du malade.

« Tu me donnes ta montre ? Ce serait dommage de l'abîmer dans l'eau. » De plus en plus hagard, les joues brûlantes, le père Culp répétait : « Tu me donnes ta montre ? Ce serait dommage de l'abîmer dans l'eau. »

Certains enfants avaient déjà enfilé leur maillot. Ils couraient en direction des douches, à petits pas pour ne pas glisser sur le sol humide.

À chaque séance de piscine, le père Culp pouvait avoir caressé les fesses nues d'une petite dizaine d'enfants. Parfois, il prenait aussi un sexe dans le creux de sa main. Cela ne durait pas longtemps, une seconde ou deux. C'était une éternité ; la douce éternité du Seigneur Jésus-Christ pour le père Culp, l'enfer pour l'enfant.

Quand il n'accompagnait pas les enfants à la piscine, le père Culp s'enfermait des heures entières au sous-sol de Sainte Marie des Victoires, dans une cave en briques éclairée par deux tubes au néon. Un soupirail donnait sur la cour de récréation. Là, avec l'autorisation de la direction du collège, il avait posé sur des tréteaux une planche de contreplaqué rectangulaire, de la taille d'un billard, agrafé un feutre vert sur la planche et fixé dessus un train électrique.

Il lui avait fallu des années pour parachever son grand ouvrage.

Les pièces de la marque allemande Märklin, fabriquées à Göppingen, ne se trouvaient pas facilement, il fallait attendre des mois pour se procurer des rails droits, les wagons porte-conteneurs type Sgnss étaient en rupture d'approvisionnement et l'impossibilité de se fournir en aiguillages courbes à droite donnait des sueurs froides au père Culp. Bizarrement, les aiguillages courbes à gauche se trouvaient plus facilement. « Le Seigneur m'envoie ses flèches pour me mettre à l'épreuve », disait le père Culp en retroussant les lèvres, tandis qu'il vissait les fils d'un adaptateur réseau sur le feutre vert. Il transpirait abondamment sous sa soutane noire. Son cou, piqué de verrues de la taille de raisins secs, dégageait une odeur écœurante. Quand une commande arrivait, il s'exclamait : « Le Seigneur pourvoit à tout ! »

Malgré les ruptures de stock, le train électrique était réputé dans le collège entier pour ses méandres compliqués, ses passages à niveau dont les barrières rouge et blanc se levaient automatiquement, son pont suspendu au-dessus d'une rivière cobalt, remplie de poissons magnétiques. Les locomotives s'engouffraient en sifflant dans des tunnels légers, recouverts de rochers et de lichen en plastique. Au fronton de chaque gare, peinte avec une minutie maniaque, une horloge de la taille d'un bouton donnait l'heure exacte. Dispersés au hasard sur les quais, des personnages au visage cireux, fixés par un adhésif, restaient figés dans une attitude pleine de simplicité ordinaire : un homme tenait une valise en cuir, une femme embrassait une autre femme plus âgée, sa joue collée à la joue de sa mère pour l'éternité, un cheminot brandissait un fanal rouge.

Les professeurs de Sainte Marie des Victoires avaient compris le bénéfice qu'ils pouvaient tirer de cette attraction. Aux élèves dissipés, ils faisaient miroiter la chance de descendre voir le petit train électrique ; qui sait, peut-être le père Culp les laisserait-il manipuler le levier d'aiguillage ? Les enfants se calmaient, le cours touchait à sa fin et, à la sonnerie, ils se précipitaient bruyamment dans l'escalier qui menait à la cave en briques.

Le père Culp les accueillait avec un sourire doux ; il poussait sa petite troupe devant la planche en contreplaqué, où le train allongé sur les rails patientait comme un serpent d'aluminium ; il éteignait les deux barres de néon, qui grésillaient un peu avant de sombrer dans une inertie froide ; l'obscurité rendait les enfants attentifs au moindre grincement, à l'odeur de métal de la graisse, au frottement du feutre vert, qui peluchait sur les bords.

Un peu en retrait, le père Culp tournait le bouton du transformateur, dont le boîtier en bakélite beige se mettait à chauffer. Alors, comme par magie, le train immobile se mettait en branle, il sortait de la gare en laissant derrière lui les petits personnages colorés, il sinuait le long des montagnes et pénétrait sous les tunnels en sifflant, dans un clignotement de signaux qui émerveillait les enfants.

Le père Culp s'approchait.

Il pressait son ventre contre le dos des enfants tournés vers le spectacle. Il prenait une main au hasard, il la posait sur la molette du commutateur : « Tu veux accélérer ? Tourne la molette. Tourne la molette pour que le train aille plus vite. » L'enfant tournait la molette, qui résistait.

Le train accélérait. Il passait devant le quai des gares sans s'arrêter. Le père Culp ne lâchait pas la main de l'enfant, la sienne devenait moite. Quelque chose durcissait en lui. Il perdait ses esprits. L'enfant sentait l'haleine fade du prêtre quand il parlait, l'odeur de fromage fondu dans son cou : « Tourne encore la molette ! Tourne ! Tourne plus fort ! » Sa voix prenait un ton de clarinette, elle chantait. L'enfant tournait la molette à fond. Le train accélérait encore. Il traversait les paysages alpestres à une vitesse folle, au risque de dérailler, sous le regard fixe des petits personnages et des enfants, fascinés par le spectacle. Emportés par la vitesse, les wagons se décrochaient, ils restaient en rade sur les rails, la locomotive poursuivait sa course seule et les bielles et les roues, pas plus grosses que des rouages de montre, moulinaient dans le vide.

Avec un spasme, le père Culp s'abandonnait au délice de la peau douce.

Les cheveux des enfants sentaient la lessive.

Quelle propreté dans toute cette misère humaine ! Laissez venir à moi. Il avait dans le regard un léger strabisme. « Tout est consommé », murmurait intérieurement le père Culp.

Il rallumait les néons.

« Alors ! Qu'est-ce qui t'a pris de pousser la molette comme ça ? Tu as perdu la raison ou quoi ? Regarde ! Regarde ce que tu as fait ! » Il prenait l'enfant par le poignet, il lui collait le visage contre le train démantibulé. Souvent l'enfant pleurait ; il fallait toujours que les séances de train électrique dans la cave finissent comme cela, en drame.

Les autres enfants se taisaient.

C'était le moment que choisissait le père Culp pour

consoler le responsable de ce désastre ferroviaire. Il ouvrait grand les bras et il plaquait contre son ventre la joue du coupable, qui pouvait sentir en été le matelas de poils du père Culp sous sa chemisette à manches courtes, en hiver la laine rêche de son pull.

Le père Culp soupirait : « Allons mon garçon, allons ! » Il caressait ses cheveux du plat de la main, il avait des sanglots dans la voix : « Allons mon garçon, allons, allons ! »

Le privilège de la confession était réservé aux élèves les plus dociles. La pudeur de leur expression le bouleversait. Alfred Himmelstein était son favori. Ses longues boucles blondes retombaient en bataille sur ses épaules, ses lèvres rouge cerise tranchaient sur la pâleur virginale de sa peau. « Tu es si pur, toi, lui avait glissé un jour le père Culp. La pureté est un don de Dieu, le sais-tu ? »

Le mercredi, jour de confession, Alfred Himmelstein toquait doucement à la porte du père Culp, avec un air résigné. Il entrait. Le père Culp n'avait pas besoin de lui indiquer le prie-Dieu, il venait s'agenouiller spontanément, avec un geste d'innocence dans les jambes qui chaque fois envoyait une décharge électrique dans le bas-ventre du confesseur. Sur le mur était fixé un crucifix à moitié calciné, récupéré dans les ruines d'un grand magasin du Bronx, qui avait pris feu quinze ans plus tôt ; on avait dénombré quinze victimes. Le père Culp ouvrait sa bible. Il lisait une prière en latin : « *Deus, Pater misericordiarum, qui per mortem et resurrectionem Filii sui mundum sibi reconciliavit et Spiritum Sanctum effudit in remissionem peccatorum.* » Alfred Himmelstein fixait le crucifix. Il entendait « *et Spiritum Sanctum* » et il se retenait d'uriner. C'était toujours à « *et Spiritum Sanctum* » que le père Culp commençait à déboutonner sa soutane. Bientôt son membre jaillirait, qu'Alfred Himmelstein devrait serrer dans sa main. L'homme du bien lui avait demandé de le faire. Il lui avait aussi ordonné de ne rien dire. La confession se terminait. Il n'avait rien dit. Le père Culp reboutonnait sa soutane. Il traçait un signe de croix sur son front : « *Et ego te absolvo a peccatis tuis in nomine Patris et Filii et Spiritus Sancti.* » Il disait avec lui : « Amen. » Il sortait.

Souvent Alfred Himmelstein revenait chez lui le fond de sa culotte souillé d'excréments. Sa mère Eliette Himmel-stein jurait ses grands dieux que son fils finirait en enfer, grillé sur un feu de braises. Elle partait étendre la lessive en jurant. Comment pouvait-il se salir à ce point ? « *Dreckig, Alfred ! So dreckig !* »

Le diocèse ne crut pas un mot des révélations des enfants, qui avaient tous fondé des familles prospères, parfaitement intégrées dans la bonne société de Manhattan ; que voulaient-ils de plus ? Risquer un scandale pour des faits qui seraient difficiles à établir et qui remontaient à plus de trente ans ? Le père Culp était un homme d'une grande qualité morale, qui après avoir consacré sa vie au service des autres avait pris sa retraite dans un monastère du sud de la France.

Il n'était pas question de venir lui chercher des ennuis pour des histoires douteuses.

Comme la pression ne faiblissait pas, le diocèse organisa une rencontre entre les plaignants et l'archevêque de New York.

L'archevêque les reçut dans son bureau de la Cinquième Avenue, derrière Saint Patrick. Il était de petite taille, le muscle sec, le teint de cendre, les cheveux coupés ras. Des lunettes en acier barraient son visage. Quand il s'exprimait, sa bouche se tordait dans une moue de reproche et de dégoût, tandis que sa voix éraillée alternait les conseils, les menaces, la compassion. Assis derrière un bureau massif qui le faisait paraître encore plus petit, il jouait avec son anneau d'archevêque, sur lequel était gravé « IHS ». L'icône d'un Christ sévère était accrochée au-dessus de sa tête.

« Messieurs, je comprends très bien votre démarche et croyez bien que je la respecte, que je la respecte profondément. Qui pourrait ne pas être sensible à ce que vous me dites ? Qui ? Il faudrait être une bête, n'est-ce pas ? Une bête ! » Il fit pivoter son anneau autour de son index et hocha la tête : « Oui, une bête. Je le dis, une bête féroce. » Il ajusta ses lunettes, s'éclaircit la voix : « Mais je vous le demande, messieurs : qu'avez-vous à gagner de pareilles révélations ? Qu'est-ce que cela va vous apporter ? Vous allez réveiller des souffrances inutiles, vous allez être confrontés à la calomnie. Réfléchissez ! Réfléchissez, je vous en conjure ! » Il enfonça son menton dans son col romain, amidonné avec soin. Il lissa la manche de sa soutane. Son regard se perdit dans le vague : « Pensez aux souffrances de notre Seigneur Jésus-Christ. Il a pardonné. Le Christ a pardonné. Pardonnez aussi, messieurs ! Ne devenez pas les victimes de vos souffrances, soyez-en les maîtres dans le pardon. » Satisfait de sa formule, il la répéta en levant l'index : « Ne devenez pas les victimes de vos souffrances ! Pardonnez ! » Comme les plaignants revenaient à la charge sur la gravité des faits, l'archevêque haussa le ton : « Les faits ! Les faits ! Des faits qui datent des années trente ! Mais qui va vous croire ? Qui ? Comment allez-vous établir ces faits ? Vous avez des témoins ? Des preuves ? »

Le Christ pantocrator observait la scène avec une sublime

indifférence, les bras grands ouverts dans un geste de réconciliation. D'affreux jappements de sirènes interrompirent le silence ; ils se prolongèrent dans un lamento strident.

L'archevêque posa ses deux mains à plat sur le bureau et se pencha vers ses interlocuteurs. « Non, croyez-moi, messieurs, le plus sage est d'oublier et de pardonner. » Il lissa à nouveau la manche de sa soutane, comme pour en retirer une poussière invisible. « Du reste, conclut-il avec un sourire contrit, même si nous voulions faire quelque chose, il y aurait prescription. »

Bizarrement, on ne compta pas Maxime et Dimitri au nombre des élèves qui portèrent plainte. Ils avaient réussi. Ils ne voulaient surtout pas revenir en arrière et réveiller les souvenirs douloureux de Sainte Marie des Victoires.

Ces faits, Oskar Wertheimer en certifie l'authenticité. Ils lui ont été rapportés par des témoins dignes de confiance.

Tout est toujours trop grand dans le monde, sauf pour la vérité.

3

Muriel Lebaudy se pliait en quatre pour faire réussir Maxime et Dimitri, ses anges.

Elle enchaînait les barbecues le dimanche, organisait des goûters d'anniversaire sur la terrasse d'où les invités lâchaient des ballons multicolores qui glissaient le long des vitres poussiéreuses des gratte-ciel ; elle planifiait des camps d'été en vérifiant que les meilleures familles y avaient bien inscrit leurs enfants et concluait ses journées, affalée dans un sofa en soie mauve, un verre de Martini Rosso à la main, en poussant un soupir : « Mon Dieu ! Qu'est-ce qu'on n'aura pas fait pour ces gosses ! » Elle invita une fois le père Culp à dîner et fut effarée par son appétit : « Qu'est-ce qu'il dévore, le curé ! Et il boit aussi ! Il m'a bien sifflé une bouteille de valpolicella à lui tout seul ! » Elle était assise dans le sofa en soie mauve et elle se curait les dents, en dissimulant le cure-dents de sa main tournée vers sa bouche : « Une bouteille de valpolicella à lui tout seul, Franz ! Tu imagines ? Je te le laisse, ton curé ! Il a une drôle d'odeur en plus, il ne doit pas se laver très souvent. »

Muriel était terriblement à cheval sur l'hygiène corporelle. Elle passait une heure chaque matin dans sa salle de bains.

Le rituel, m'avait raconté Franz, son mari, commençait par des frictions à l'eau glacée sur sa poitrine, pour préserver la fermeté de ses seins. « Elle en fait une fixation, tu sais ? La fermeté de ses seins. Comme si elle devait perdre sa féminité le jour où ils commenceraient à tomber, comme nous notre virilité quand nous perdons nos cheveux. » Elle s'aspergeait ensuite le visage de lotion tonifiante, plongeait deux bons doigts dans un pot de crème argileuse, qu'elle étalait généreusement sur ses joues et sur son front, en larges mouvements circulaires. Son visage prenait des reflets nacrés. Elle l'humidifiait avec un brumisateur. Venait alors la deuxième couche, en application plus légère : un fond de teint terre de Sienne, d'une marque italienne terriblement difficile à dégoter à Manhattan, cette île de sauvages dont Muriel avait pourtant décidé de faire la conquête. Un nuage de poudre fixait le tout. Elle se regardait dans le miroir à trois pans, tapotait ses joues pour les colorer davantage, rajoutait un trait noir au crayon sur ses sourcils pour forcer son expression, appelait Franz : « Franz, tu en penses quoi ? » Franz n'en pensait rien. Franz n'avait jamais rien pensé d'aucun maquillage.

Le cas de ma belle-sœur Muriel Lebaudy mérite d'être approfondi. Il est temps qu'Oskar Wertheimer entre dans le vif du sujet.

Muriel mesurait à peine un mètre soixante. Quand, par confort, elle portait des ballerines, elle paraissait cinq centimètres de moins, elle le savait, aussi ses placards débordaient-ils d'escarpins à talons. Ses cheveux blonds coupés au carré lui donnaient un air martial. Chaque matin, après sa toilette, d'un petit coup de ciseau bien franc, elle ajustait leur mouvement : « Et voilà ! Le fait est que c'est le détail qui change tout. Franz ? Tu en penses quoi, Franz ? » Son regard bleu était son principal atout ; elle le mettait en valeur avec un mascara pâteux, qui souvent débordait sur ses paupières. Elle s'essuyait avec des mouchoirs en papier qu'elle tirait de boîtes disposées un peu partout dans l'appartement. Pourtant, elle ne les trouvait jamais. « Franz, tu n'aurais pas vu les boîtes de mouchoirs par hasard ? Tu ne pourrais pas te remuer un peu pour m'en trouver une, mon mascara coule. »

Elle aimait dominer Franz.

Au début de leur relation, elle avait joué la jeune femme prude, pleine de bonne volonté. Elle n'avait pas eu de mal à donner son corps souple, charnu, au grand sac osseux de Franz, mais elle y avait trouvé peu de plaisir. Elle qui brûlait de désirs inassouvis, elle avait épousé un homme rentré, qui ne voyait dans les affaires de sexe qu'un intérêt très relatif, pour ne pas dire que cela le remplissait d'ennui. « C'est toujours la même chose, non, Oskar ? Au bout d'un certain temps. — Non, Franz, ce n'est jamais la même chose. Il y a toujours du nouveau à trouver dans le sexe. Tu n'as pas bien cherché. Le cul, à la fin, c'est ce qu'il y a de plus sain. Le seul vrai moment de liberté qu'on nous donne. »

Franz ne partageait pas cet avis.

Cela désespérait Muriel, qui se mit à faire des allusions de plus en plus transparentes à la paresse sexuelle de Franz dans les dîners de famille, en présence de Rosa et de Rudolf Wertheimer ; ils faisaient mine de ne pas comprendre, plongeaient le nez dans les assiettes de carpes farcies que Rosa avait mis la matinée à préparer. « Il est aussi mou que votre carpe en ce moment, votre fils Franz, vous ne trouvez pas ? En revanche, vous saviez que les carpes ont une sexualité très active ? *Das ist ein Unterschied.* » Elle avait appris quelques mots d'allemand. Ils sortaient de sa bouche avec un naturel confondant.

Elle avait aimé Franz, elle adorait maintenant le dominer, et avec lui sa famille si juive, si orthodoxe, si à cheval sur les questions de religion.

Il fallait reconnaître à Muriel Lebaudy une inépuisable détermination. Elle était une boule d'énergie, jamais fatiguée, toujours prête à sortir, à donner son avis sur la situation politique, sur les grandes affaires du monde : « Le fait est que je m'y connais un peu, dans toutes ces histoires, on ne peut pas dire le contraire. » Elle était péremptoire. Rien ne la faisait changer d'opinion. Depuis qu'une des maîtresses de John Kennedy avait dit du Président qu'il était une étoile qui ne chauffe pas, elle s'était retiré de la tête l'idée un peu folle d'avoir une aventure avec lui. « Ce type ne me mérite pas. » Elle le pensait sérieusement.

Elle trouvait du dernier chic de se changer au moins trois fois par jour.

Le matin, elle apparaissait en peignoir à motifs de hérons cendrés, une cigarette aux lèvres. À midi, elle avait enfilé un pantalon de velours côtelé, qui boudinait un peu ses fesses ; attablée à l'Oak Bar du Plaza, son blouson en mouton retourné accroché à une patère, elle sirotait un bloody mary. Le soir, elle sortait de l'ascenseur en acajou de son immeuble années trente perchée sur des talons aiguilles de douze centimètres, un petit sac en alligator à fermoir doré au bras. Elle se dandinait avec grâce ; elle dégageait quelque chose de furieusement sexuel. Comment mon frère Franz avait-il pu devenir aussi insensible à ses charmes vulgaires ?

Il se ruinait pour elle.

Il ne comptait pas la dépense et il me répétait inlassablement : « Tu penses ce que tu veux de Muriel, mais elle élève très bien les enfants. Elle est extraordinaire avec eux. Ce qu'elle fait pour ses gosses, c'est invraisemblable ! S'ils réussissent, ce sera grâce à elle. »

Ouvrir les yeux de mon frère Franz sur les motivations réelles de Muriel Lebaudy, simplement lui suggérer que sa femme s'acharnait à pousser ses enfants parce que Muriel Lebaudy, née à Roubaix en 1922, rêvait que le nom de Muriel Lebaudy brille au firmament de la haute société de Manhattan, ce qui supposait que celui de ses enfants brille aussi, puisque son mari Franz était décidément, disait-elle avec un sourire méchant et consterné, « un tocard, le dernier des tocards », aurait demandé des trésors de diplomatie que je n'étais pas en mesure de déployer ; j'en étais incapable. Faible, infiniment trop faible, Oskar Wertheimer, pour dessiller les yeux de son frère Franz !

Franz payait. Il alignait les billets sur la desserte de l'entrée pour les faux frais, garnissait le compte commun, versait un argent de poche exorbitant à Maxime et Dimitri, réglait les factures, le loyer, les impôts. De plus en plus souvent, il se grattait la tête en se demandant où il allait pouvoir trouver tout cet argent.

Mon frère Franz avait abandonné sa carrière artistique mais il continuait à fréquenter les salles de concert.

À défaut de Vladimir Horowitz, en proie au plus long de ses trois accès de dépression et qu'il méprisait de toute façon, auquel il vouait même une rancœur tenace, il s'était pris d'un engouement sans réserve pour Sviatoslav Richter. Il me proposa donc de l'accompagner à un de ses concerts à Carnegie Hall, en octobre 1960. « Viens, Oskar !

Accompagne-moi ! » me dit-il un soir au téléphone, tandis que Muriel derrière lui pestait contre une bouteille de Martini Rosso récalcitrante dont elle n'arrivait pas à dévisser le bouchon. « Tu verras, c'est quand même autre chose que ton cabotin de Horowitz ! »

Muriel triomphait ; le bouchon avait cédé, la bouteille était ouverte et on entendait dans les verres l'entrechoquement des cubes de glace.

Mon frère Franz insistait, je m'inclinai.

4

Sviatoslav Richter entra sur la scène de Carnegie Hall avec une bonne dizaine de minutes de retard. Son menton de pianiste avait quelque chose de martial, en marchant il soulevait ses deux poings fermés devant lui comme des massues. Son profil granitique tranchait sur le profil anguleux de Vladimir Horowitz.

Il s'assit, se pencha pour régler la hauteur du tabouret, puis il se redressa, le dos plat, les deux mains posées en éventail sur ses genoux et il attendit. Son regard ne cillait pas. Ses mains étaient immobiles, à peine pouvait-on noter que de son index il grattait le tissu de son pantalon. Il attendit encore. Le public se mit à tousser. Il avait entamé un décompte, seconde par seconde, dans sa tête.

Il en était à dix.

Mon frère Franz se passait la main dans les cheveux, la retirait, soufflait nerveusement sur ses doigts et fixait avec intensité la scène, comme pour encourager le pianiste à commencer.

Mais le pianiste ne voulait pas commencer. Il en était à trente.

Il attendait.

Ma voisine, une jeune femme en petite robe noire, croisait et décroisait ses jambes en se rongeant les ongles. Perplexe, elle se tourna vers moi et me souffla doucement : « Vous croyez qu'il est malade ? » Elle avait un teint diaphane, des taches de son parsemaient ses joues et elle mordillait ses lèvres craquelées : « Il n'a pas l'air bien, non ? Il doit être malade, je vous assure. » Des quintes de toux de plus en plus nombreuses éclataient un peu partout dans la salle, nous étions en octobre, beaucoup de spectateurs avaient dû attraper froid dans les rues venteuses de New York. Puisque le pianiste ne jouait pas, mieux valait prendre ses précautions et se racler la gorge une bonne fois pour toutes.

Il en était à plus de soixante secondes dans sa tête.

Une lassitude tendue finit par établir le silence – un silence inquiet, profond, attentif : un silence de mort.

Soixante-dix secondes environ s'étaient écoulées depuis qu'il s'était assis sur son tabouret.

Quand plus personne ne s'y attendait, Sviatoslav Richter leva ses deux bras très haut et fit retomber les deux massues sur le clavier. Il plaqua un accord ; un deuxième. Il releva ses deux bras encore plus haut et lâcha une rafale d'arpèges. Il attaquait la sixième sonate de Prokofiev ; le martèlement des marteaux donna au public le sentiment que les notes étaient des balles, et la musique un déluge de feu. Ma voisine tremblait de tout son corps, un peu de sang perlait sur ses lèvres. Plus personne ne toussait. Sviatoslav Richter ne jouait pas, il attaquait le clavier, il le prenait d'assaut avec un visage impassible, en utilisant le poids de son corps pour donner plus de puissance à ses mains. À la fin de la sonate, il y eut à nouveau un silence, mais différent, habité par la musique de guerre qu'il venait de jouer.

Un applaudissement isolé tomba du troisième balcon, comme un drapeau blanc qu'on agite pour demander un cessez-le-feu.

Un autre éclata dans les premiers rangs d'orchestre.

D'autres encore jaillirent des cintres, plus nourris, comme un orage qui crève, accompagnés de cris enthousiastes.

Alors la salle entière croula sous un tonnerre d'applaudissements.

Mon frère Franz transpirait abondamment, il avait l'air égaré. Il hurla d'une voix cassée : « Bravo ! Bravo, *maestro* ! » Il pencha sa tête vers moi : « Tu as entendu, Oskar ? Tu as entendu ? Ce type est prodigieux ! Il est tout simplement prodigieux ! » Sviatoslav Richter se leva, il salua le public d'un mouvement raide du buste et disparut dans les coulisses. Il revint très vite, prit place sur le tabouret et, sans attendre cette fois, il avança les bras vers le clavier. On aurait dit qu'il tirait le piano de concert à lui, avec la force d'un ouvrier soviétique habitué à soulever l'acier brûlant sur un laminoir. Pourtant il arracha à l'instrument une mélodie très douce, dont il détachait chaque note en lui donnant l'épaisseur d'un métal en fusion. Je jetai un œil sur le programme qui indiquait : « Joseph Haydn. *Sonate pour piano n° 50*, Hob. XVI, en *ré* majeur. » Il la jouait avec un mélange de délicatesse et de détachement qui ajoutait à cette œuvre légère une tonalité grave. Sous ses doigts, elle prenait une intensité qui fit trembler ma voisine. Elle décroisa ses jambes et je vis une larme couler sur ses joues piquées de taches de son ; elle renifla.

Sviatoslav Richter poursuivait, imperturbable, laissant les notes flotter en apesanteur dans la grande salle du Carnegie Hall.

À la fin du concert, Franz m'entraîna par la main, il

voulait saluer le pianiste, lui dire son admiration. Il dévala l'allée centrale, pénétra dans le couloir qui menait aux loges des artistes. Devant une porte coupe-feu, il bouscula un gardien qui lui interdisait l'accès en lui assénant :

— Laissez-nous passer ! Nous sommes des amis de Sviatoslav Richter !

Le gardien eut un mouvement de recul, ses yeux globuleux semblaient pris dans la glace trouble de ses lunettes à triple foyer :

— Il est parti.

— Parti ? Comment ça, parti ?

— Il est parti, répéta le gardien en essuyant ses lunettes. Sviatoslav Richter est parti.

Il remit sa monture d'écaille sur son nez :

— Vous devriez le savoir, si vous êtes des amis de Sviatoslav Richter. Il ne reste jamais à la fin des concerts. Il déteste les compliments. À l'heure qu'il est, il doit être en train de marcher dans une rue de New York.

— Mais nous devons absolument le saluer ! dit mon frère Franz.

— Vous pouvez passer si vous voulez, mais vous tomberez sur d'autres gardiens plus féroces que moi, et pour quoi faire ? Puisque Sviatoslav Richter est parti, je vous dis.

Il nous fixa de son regard brouillé par les cercles concentriques de ses lunettes, qui devaient être si lourdes à porter. Il eut un geste las :

— Passez, vous verrez bien.

Les gardiens féroces étaient un pur produit de son imagination. Les couloirs étaient déserts. Seuls quelques employés s'activaient à ranger le matériel du concert. Mais le myope avait vu juste : la loge de Sviatoslav Richter était vide.

5

Sviatoslav Richter avait fui le public, les journalistes, les gens.

Il était rentré directement, sans saluer personne, à son hôtel, un établissement ordinaire du quartier de SoHo, que personne ne fréquentait en 1960. Il avait dû attraper un taxi à la sortie de Carnegie Hall. Ou peut-être avait-il marché jusqu'à SoHo, accompagné de sa femme Nina Dorliac et suivi par ses deux agents du NKVD, l'officier principal Boris Bielotserkovsky et son jeune adjoint, Anatoly.

Tous les quatre avaient fait ensemble le trajet en train de Moscou à Paris, puis de Paris au Havre où ils avaient embarqué sur le *Queen Mary*, à destination de New York. Sviatoslav et Nina occupaient une petite suite sur le pont supérieur, Boris Bielotserkovsky et Anatoly se partageaient une cabine sur le pont inférieur, ce qui compliquait une surveillance dont les responsables du NKVD avaient bien précisé qu'elle devait s'exercer sans relâche, vingt-quatre heures sur vingt-quatre.

Peu avant leur départ, un colonel du NKVD avait personnellement reçu Boris et Anatoly dans une pièce aux murs blancs, éclairée par une petite fenêtre rectangulaire et par une lampe en acier. Assis derrière son bureau en aggloméré, jouant avec le fil du téléphone, il avait été clair avec eux : « Aucun problème, vous entendez ? Nous ne voulons aucun problème avec Richter. Vous le suivez à la trace, partout, tout le temps. Compris ? » Avant que les deux agents aient le temps de lui répondre, il avait ajouté d'une voix grave : « Ordre personnel du premier secrétaire. » L'ampoule de la petite lampe avait lâché dans un minuscule bruit de verre pilé, plongeant la pièce dans la lumière mate de l'hiver moscovite. Le colonel avait un visage livide dans son uniforme vert sapin, ses pommettes étaient creusées par la fatigue ou par une angoisse qui suintait de tous ses pores, il semblait épuisé. Boris et Anatoly sortirent en prenant soin de refermer derrière eux la double porte, capitonnée de cuir.

La recommandation du colonel du NKVD avait conduit les deux agents à se répartir les tâches sur le *Queen Mary* suivant un protocole qu'ils respectèrent scrupuleusement durant la traversée. Ils ne relâchèrent leur surveillance que dans les dernières heures du séjour de Sviatoslav Richter et de sa femme Nina Dorliac aux États-Unis.

Boris Bielotserkovsky, qui accusait ses soixante ans avec ses rondeurs, son cuir épais et ses manières mal dégrossies, pouvait passer pour un ami du pianiste. Il géra les contacts avec les officiels, les journalistes, les critiques, les spectateurs, et participa à tous les dîners et à toutes les sorties publiques avec le couple Richter.

Anatoly se chargea de la filature.

Il était si fluet que personne ne le remarquait. Avec sa peau acnéique, son front luisant, ses longues jambes maigres, il ressemblait à un étudiant. Il était perdu dans son imperméable trop large, une écharpe de laine épaisse lui serrait le cou. Par déformation professionnelle, malgré ses vingt ans tout juste, il gardait la visière de sa casquette de velours côtelé toujours rabaissée sur son visage. Il humait les odeurs, il scrutait les alentours, son long nez frémissait comme le museau d'un rongeur.

Anatoly parcourut de long en large les ponts et les coursives du *Queen Mary*, il dîna seul à proximité de la table où Sviatoslav Richter, Nina Dorliac et Boris Bielotserkovsky descendaient du spumante à longueur de journée en chantant des chansons russes.

À New York, il remonta stoïquement des kilomètres de rues verticales.

Il fit le pied de grue sur les trottoirs de Chicago, comme une ombre, le temps que le *maestro* finisse son concert. Partout il maudit son imperméable trop léger, qui ne le protégeait pas des courants d'air glacés des villes américaines.

Le rapport des deux agents au colonel du NKVD, en date de janvier 1961, établit que les quatre semaines pleines du grand pianiste russe en Amérique se déroulèrent sans encombre : « Pendant tout le séjour, les éléments Richter et Dorliac ont respecté les consignes fixées avant leur départ par le NKVD. Leur comportement ne mérite aucun signalement particulier. »

Le seul incident notable eut lieu lors d'une répétition du premier concerto de Beethoven à Boston, dirigée par le chef Charles Münch. La répétition avait été si convaincante, l'orchestre dirigé avec tant de fougue, qu'à la dernière note Sviatoslav Richter se jeta sur Charles Münch et lui baisa la main. Tiré de sa somnolence par cette vision atroce, Boris Bielotserkovsky jaillit de son fauteuil au premier rang, monta sur scène et mit fin brutalement à ces effusions. Le soir de cet incident, il semblait terriblement sincère quand, transpirant à grosses gouttes dans la salle d'un restaurant surchauffé de Boston, ses joues épaisses mal rasées, il prit le bras de Sviatoslav Richter pour lui reprocher son comportement : « Comment vous, un grand artiste soviétique, pouvez-vous vous abaisser à baiser la main d'un chef étranger ? Comment ? » Il hocha la tête. Son costume en drap épais semblait sur le point de céder aux emmanchures. Il ruisselait. Il avait l'air navré : « Comment ? Vous, Sviatoslav Richter ? Vous ! Le plus grand pianiste soviétique ! Vous baisez la main d'un chef étranger ? »

Les deux agents n'avaient pas grand mérite.

Sviatoslav Richter était parti pour les États-Unis sans enthousiasme. À tout prendre, il aurait préféré rester en Russie à sillonner les routes encombrées de neige. Il aurait joué sur un mauvais piano droit où le hasard l'aurait conduit, il aurait donné des concerts dans les villages isolés par des congères. Quoi de plus gratifiant que de jouer pour des ignorants ? Il détestait l'Amérique, sa langue, son bruit, son commerce et sa publicité.

« L'Amérique, disait-il, c'est le plaisir. La Russie, c'est la misère. Je préfère la misère au plaisir. Il y a infiniment plus à trouver dans la misère. »

Jamais Sviatoslav Richter n'aurait porté un manteau sur mesure en vigogne, à col de castor roux, comme celui que Vladimir Horowitz s'était fait confectionner sur Madison Avenue, pour se consoler d'un concert raté. Il avait un unique costume défraîchi. Les poignets de ses chemises étaient élimés. Il pouvait enfiler des sandales en plein hiver. Il remisa le manteau en astrakan que le Parti lui offrit le jour de son anniversaire, parce qu'il était de la même étoffe que les toques des dignitaires soviétiques, alignés le jour de la victoire, comme à la parade (la parade du crime !), sur le marbre rouge du mausolée de Lénine : « On est complice par les habits, comme on est complice par la pensée », décréta-t-il. L'astrakan résista des années aux mites de son placard. C'était un tissu solide.

Il fuyait la foule. Jamais il n'était aussi heureux que dans sa datcha de Taroussa, sur la rivière Oka, où il pouvait peindre et travailler le piano deux ou trois heures par jour, pas davantage, avant de partir se promener dans la forêt de bouleaux avoisinante, à écouter le froissement des feuilles argentées. Il marchait ; il marchait torse nu le printemps et il se couchait dans l'herbe soulevée par le vent, respirant à pleins poumons l'odeur de la terre humide, qui se remettait à vivre après les mois de gel.

Il écoutait le crissement de ses pas dans la neige.

Il écoutait le silence de la plaine.

Il ne cherchait aucune reconnaissance, il refusait les distinctions.

En 1945, au lendemain de la guerre qui avait coûté la vie à des millions de ses compatriotes, il avait fallu que Staline en personne intervienne pour qu'il accepte de se présenter, à l'âge de trente ans, au concours Tchaïkovski. L'ordre était tombé sous forme de télégramme, à une adresse que seul le NKVD pouvait connaître, car Richter changeait de domicile tous les mois, en fonction de ses pérégrinations : « Concours Tchaïkovsky – STOP – Session de 1945 – STOP – Présentation obligatoire – STOP. » Signé : « Camarade Staline. »

En 1945, Sviatoslav Richter était le meilleur pianiste d'Union soviétique, meilleur que Guilels, meilleur que Neuhaus. Le meilleur pianiste d'Union soviétique ne pouvait pas refuser de se présenter au concours de piano le plus prestigieux. Il le remporta haut la main, à l'unanimité d'un jury présidé par le compositeur Dmitri Chostakovitch. Avant d'attribuer le prix, Chostakovitch s'assura auprès des autorités soviétiques que la victoire d'un ressortissant d'origine allemande ne lui créerait pas de difficulté. Un appel laconique de Molotov suffit : « Vous pouvez. »

Dmitri Chostakovitch avait des raisons de plus en plus sérieuses de prendre ses précautions. Il sentait l'étau du pouvoir se refermer sur lui. Trois ans plus tard, en février 1948, une résolution au vitriol de l'Union des compositeurs russes l'accusa de « décadence musicale ». Traduit devant ses procureurs, il avoua ses fautes, d'une voix si faible que le public, convié à assister en masse à l'exécution morale du compositeur, eut du mal à en saisir le moindre mot. À défaut de témoignage direct, Oskar Wertheimer a retrouvé les minutes du procès : « Même s'il m'est pénible d'entendre condamner ma musique, et surtout de l'entendre critiquer par le Comité central, je sais que le Parti a raison, que le Parti ne me veut que du bien et qu'il est de mon devoir de chercher et de trouver les voies qui me conduiront vers une création socialiste, réaliste et proche du peuple. » Il pleurait ; ses épaules étaient prises de tremblements nerveux, si les médecins avaient eu un peu de discernement ils auraient redouté une crise d'épilepsie.

Deux ans plus tard, Chostakovitch fut réhabilité. Staline prétendit ne jamais avoir été informé de ce procès. Était-il vraisemblable que quoi que ce soit échappe à Staline sur le territoire soviétique ?

Sviatoslav Richter s'était donc vu remettre sans aucun plaisir le premier prix du concours et, avec le prix, des titres qui lui serviraient sa vie durant de sauf-conduit, pour ne pas dire d'assurance-vie, à une époque où on liquidait les artistes pour une dissonance de trop : « Héros du travail socialiste, artiste du peuple de l'URSS. »

Il avait reçu son prix et ses distinctions et il était parti s'enfermer dans sa datcha pendant trois mois.

Le 5 mars 1953, un nouveau télégramme lui commanda de venir jouer aux funérailles du camarade Staline. Sviatoslav Richter était en tournée à Tbilissi. Il dut quitter la ville sur-le-champ dans un Tupolev rempli de couronnes mortuaires. Son avion fit un arrêt technique à Soukhoumi, où il apprit la mort le même jour, à quelques heures d'intervalle, de son ami Sergueï Prokofiev. Une neige épaisse recouvrait la promenade du bord de la mer Noire. Il marcha longuement. Un banc isolé faisait face à la baie.

Il pleura toutes les larmes qu'il ne verserait pas le lendemain, aux funérailles.

À Moscou, installé au piano dans une fosse aménagée sous le catafalque de Joseph Staline, il dut jouer deux jours d'affilée et en boucle le deuxième mouvement de la *Grande Sonate pathétique* de Beethoven et le mouvement lent du concerto en *ré* mineur de Bach. Une foule immense avait fait le déplacement de toute la Russie pour venir saluer une dernière fois le petit père des peuples, son maître, son sauveur et son tortionnaire. Des courants d'air glacés passaient entre ses jambes. De vieilles femmes en fichu versaient des larmes intarissables, traînant leurs enfants derrière elles. Des hommes s'inclinaient respectueusement devant la dépouille allongée sur un lit profond de roses rouges. Tous tremblaient de froid. Les dignitaires rongeaient leur frein, échafaudant des plans pour la succession.

La dernière fois que le plus grand des pianistes russes eut à traiter avec le pouvoir central fut donc en 1960, au lendemain de l'incident du Lockheed U-2, quand le successeur de Staline exigea qu'il se rende aux États-Unis pour apporter au monde occidental la démonstration du talent socialiste.

Le restant de son existence, Sviatoslav se tint à bonne distance de la politique. Il méprisait la politique. Il la tenait pour la plus nocive des activités, la plus dommageable à son âme. La politique conduisait au pouvoir, le pouvoir était toujours exercé par des personnalités dangereuses. Lui faisait partie de ces innocents qui se savent trop faibles pour affronter ces personnalités dangereuses, préférant ruminer leur déception. Il ne lisait jamais de journaux ; il ne voulait rien savoir de ce qui se passait dans le monde. À un ami qui lui reprochait son indifférence, il avait répondu sur un ton détaché, où pointait un peu de désespoir : « Je ne suis pas concerné par l'Histoire. Ce n'est pas là que se joue ma vie. »

6

C'est en Russie et au piano que se jouait la vie de Sviatoslav Richter, nulle part ailleurs.

Comme Vladimir Horowitz, il était né en Ukraine, la Petite-Russie, dans la ville industrielle de Jitomir. Son père Theophil Richter lui avait enseigné le piano à force d'exercices et de gammes que Sviatoslav cessa rapidement de pratiquer : « Les exercices et les gammes, je n'en ai jamais fait et je n'en ferai jamais, avait-il dit à Boris Bielotserkovsky, alors que son ange gardien remuait ciel et terre à Chicago pour dénicher un piano où le maître pourrait s'exercer. Jamais ! Vous vous détruisez les mains pour rien. Il faut jouer et c'est tout. »

Quoique originaire d'une bourgade polonaise passée sous le contrôle de la Russie, la famille Richter avait des racines allemandes. Sans en tirer de fierté particulière, Theophil Richter assumait ce destin, que partageaient des millions de compatriotes russes, dispersés principalement à l'ouest et au nord du pays. Sa femme avait beau être russe et porter le nom d'Anna Pavlovna, née Moskaleva, lui restait allemand dans les fichiers du NKVD. Il appartenait à cette colonie dormante qui avait migré de la Pologne voisine ou d'Allemagne vers la Russie mais gardait dans ses gènes, dans sa langue, dans son comportement et dans sa rigueur la trace indélébile de ses origines germaniques. Le NKVD pouvait ignorer cette colonie en temps de paix, en temps de guerre elle ne mettrait pas une semaine à la considérer dans son intégralité, quels que soient les états de service de ses membres, comme un nid de vipères.

Tout ce qui était anodin en temps de paix, à Jitomir comme à Odessa, où Theophil Richter enseignait au conservatoire, devint suspect en temps de guerre.

En temps de paix, le 2 août 1934, le fils de Theophil Richter, Sviatoslav, au même âge que celui où Oskar Wertheimer rencontra le célèbre pianiste Vladimir Horowitz à La Havane – dix-neuf ans –, joua pour le décès du maréchal Hindenburg au consulat d'Allemagne à Odessa. Ce fut une fête et un honneur. Sviatoslav Richter avait emprunté un costume à son père. Il portait pour la première fois des chaussures noires à lacet. Sa mère lui noua une cravate autour du cou. Après son interprétation d'une transcription pour piano du *Crépuscule des dieux,* le consul le félicita chaleureusement. Emporté par son enthousiasme, il l'invita à donner des leçons à ses enfants : « Vous pouvez venir quand vous voulez au consulat. Vous avez portes ouvertes ! Vous êtes un peu allemand après tout, *nicht wahr*? » Et il lui tapota l'épaule, au milieu des meubles Biedermeier sur lesquels le soleil d'été ruisselait comme du miel.

Sept ans plus tard, en juin 1941, les troupes allemandes envahissaient la Russie.

Des groupes d'intervention nazis entrèrent en Ukraine, semant la terreur sur leur passage ; ils décimèrent froidement femmes et enfants dans le ravin de Babi Yar ; ailleurs, dans les plaines, dans les cours de ferme, dans les forêts, ils firent régner une terreur sauvage, allumant des incendies dans des granges closes où s'étaient réfugiés des enfants ; ils assistaient au spectacle affalés dans les banquettes de leur side-car, une bouteille de bière à la main ; quand un enfant sautait d'une ouverture pour échapper au feu, ils l'abattaient comme un lapin ; l'enfant tombait avec la lenteur atroce d'un chiffon mou ; du sang coulait de son crâne.

Je pourrais passer sous silence ces détails rapportés par des historiens dignes de foi, au motif que jamais Oskar Wertheimer n'a participé de près ou de loin à un massacre ; jamais il n'a été témoin d'une exécution capitale ; Oskar Wertheimer n'a pas davantage fait la guerre, il n'a pas mis les pieds en Ukraine de sa vie, Babi Yar n'évoque pour lui qu'un cliché en noir et blanc, au grain incertain, avec une rangée d'hommes et de femmes nus au bord d'un ravin sableux, que des militaires s'apprêtent à mitrailler, le buste légèrement penché, dans cette posture de concentration qui rassemble les muscles du corps et favorise l'oubli.

Pourtant je me sens personnellement responsable de ces crimes. Tant qu'une goutte de sang allemand coulera dans mes veines, tout mon amour de l'Allemagne me fera porter la culpabilité du siècle. Ainsi le veut l'Ancien Testament, le plus puissant code génétique du monde occidental : « Tu porteras ta douleur. »

Theophil Richter fut arrêté pour complicité avec l'ennemi et exécuté par le NKVD d'une balle dans la nuque.

En temps de guerre, la proximité avec la nation allemande était un crime, et les origines de Theophil représentaient un danger pour la patrie des soviets.

Il fut dénoncé par un autre professeur de piano, amant de sa femme – Sergueï Kondratiev.

Sergueï Kondratiev se fit pardonner ses propres origines allemandes par la dénonciation de son compatriote. Dans le dossier de Theophil Richter, des années plus tard, on retrouva ce document que son fils Sviatoslav conserva toute sa vie sur lui, plié en quatre dans une poche de sa veste ou de son pantalon : « Theophil Richter, né à Jitomir, origine allemande. Suspect de nationalisme allemand. A fait jouer son fils Sviatoslav Richter au consulat d'Allemagne à Odessa. A salué le consul général avec le salut nazi. Son fils Sviatoslav Richter enseigne le piano aux enfants du consul général d'Allemagne à Odessa. Parle la langue allemande. Entretient des liens avec la communauté allemande en Russie, en Allemagne, en Pologne et en Autriche. »

La plupart de ces renseignements étaient inexacts, mais aucun pouvoir ne s'arrête à ces détails en temps de guerre.

Comme Vladimir Horowitz, Sviatoslav Richter aurait eu toutes les raisons de fuir le pays qui avait exécuté son père, mais il resta en Russie, sa vie était au piano et en Russie, nulle part ailleurs. Contrairement à Vladimir Horowitz, qui tenait la nation russe pour directement responsable de la déportation de son père Samuel, aux yeux de Sviatoslav Richter ce n'était pas la Russie qui avait exécuté son père Theophil, mais le pouvoir soviétique, avec son lot d'arbitraire. Ce pouvoir passerait et laisserait la place à un autre, tandis que la Russie demeurerait. Quand Vladimir Horowitz partit pour l'Europe puis pour l'Amérique, Sviatoslav Richter resta donc en Russie. Dans la poche de sa veste ou de son pantalon, en plus du document du NKVD plié en quatre, il conservait une copie dactylographiée du *Requiem* d'Anna Akhmatova, d'un bleu délavé.

Il avait souligné une strophe au crayon :

Non, pas sous des cieux étrangers
Ni sous des ailes étrangères –
J'étais alors avec mon peuple,
Là où mon peuple était, pour son malheur.

Sviatoslav Richter était resté. La Russie soviétique ne lui en saurait jamais gré. Elle ignorait ces attentions, elle les considérait comme quantité négligeable.

Vladimir Horowitz était parti. Il vivait aux États-Unis. Sa fugue américaine était devenue un exil.

Chacun avait eu à choisir son camp : ce serait une partie du monde ou une autre, un côté du rideau de fer ou un autre, un mode de vie ou un autre.

Que ce choix les ait satisfaits ou non, il leur était imposé, à Sviatoslav Richter comme à Vladimir Horowitz, par la force des idéologies qui organisaient alors le monde. L'individu n'avait pour liberté que celle que les idéologies lui laissaient – manger un yaourt, boire une certaine bière, fumer des cigarettes, écrire au bic, lire un journal : tout était politique, tout leur était donc hostile. Rester ou partir, c'était choisir l'hostilité la moins douloureuse.

Pour gagner sa nationalité américaine, Vladimir Horowitz avait dû écumer les salles de spectacle devant des GI. Le 8 août 1942, en Californie, il joua le troisième concerto de Rachmaninov dans un Hollywood Bowl en ébullition, où vingt-trois mille spectateurs se pressaient pour assister à un match de base-ball des Angels contre les Guardians de Cleveland.

Un an plus tard, en gage de soutien aux troupes soviétiques, Sviatoslav Richter entrait dans la salle Octobre de la Maison des syndicats pour donner la première interprétation de la septième sonate de Prokofiev. Une des pédales du piano céda sous son pied de plomb. Il dut se glisser sous l'instrument pour la réparer. Ce 18 janvier 1943, il triompha devant une armée de dignitaires en uniformes, stupéfaits de ce déchaînement de forces meurtrières.

Tous ceux qui à cette époque avaient une voix, ou un talent, étaient sommés de prendre parti ; que ce parti les déchire nécessairement, en les condamnant à tirer un trait sur un pan de leur mémoire, souvent aussi sur leur famille, importait peu. Ils étaient condamnés à vivre un fusil dans le dos, la lumière crue d'une lampe braquée en permanence sur leur visage.

Et ceux parmi les artistes qui avaient pensé dominer le pouvoir politique en plongeant dans les racines de la culture russe, comme Sergueï Prokofiev, ceux qui étaient partis et revenus avec cet espoir fou de se concilier les bonnes grâces du Kremlin, furent au contraire les victimes maudites du pouvoir, qui les persécuta à petit feu. Un jour, il accordait une distinction à Chostakovitch, il lui décernait un premier prix Staline, le lendemain il condamnait dans un entrefilet de la *Pravda* sa musique décadente, et Chostakovitch savait qu'à nouveau il devait s'attendre, à tout moment, à ce qu'un agent du NKVD vienne de nuit forcer la porte de son appartement. La compromission était une issue hasardeuse. Vous aviez beau adhérer à l'Union des artistes socialistes, ou même devenir le président de l'Union des artistes socialistes, ou introduire dans votre musique, au lieu de dissonances insupportables, la tonalité simple et victorieuse des masses populaires, au mieux vous pouviez espérer un répit.

Le pouvoir soviétique plongeait les artistes dans une insécurité matérielle et mentale permanente.

Avec le premier prix Staline, Chostakovitch avait gagné cent mille roubles, mais il lui en aurait fallu le triple pour se mettre à l'abri du besoin. Jamais l'argent ne suffirait à acheter sa sécurité ; c'était le vrai mur qui séparait le monde occidental de l'Union soviétique. La sécurité matérielle des artistes aurait été un danger pour le pouvoir. « Je sais maintenant que je n'ai pas les moyens de guérir », écrivit Dmitri Chostakovitch à l'automne 1973. Cet aveu dut rassurer l'académie musicale soviétique, qui se méfiait de lui. En revanche, la dépression de Chostakovitch et son regard perdu derrière ses lunettes, ses tremblements, ses hésitations, ses petites mains grêles qui peinaient à tenir une baguette rassuraient le Kremlin. Quand il mourut en août 1975, la bête politique poussa un soupir de soulagement. Elle lui organisa des funérailles grandioses et pompeuses, où l'orchestre national de Moscou joua en boucle les œuvres que le camarade Staline, désormais confit dans le marbre de l'Histoire, avait fait condamner.

Cette volonté de ressusciter la culture russe, que Prokofiev portait à son retour en Russie, procédait de cette illusion que les dirigeants se souciaient de la culture. Mais le pouvoir, avec le NKVD son exécutant, était trop averti des germes contenus dans ces boîtes de Petri que sont les cerveaux des créateurs pour les laisser proliférer sans aucun contrôle. Autant faire sauter les portes blindées des laboratoires chimiques de l'Oural. La seule culture acceptable était celle qui faisait résonner les cœurs à l'unisson du rêve socialiste, rassemblant des millions de personnes égarées sur le plus grand territoire national de la planète, de Vladivostok à Moscou. La culture devait sonner juste et droit, on se moquait bien des états d'âme des compositeurs, de leur détresse, de leur obsession maladive à investir de nouveaux champs musicaux. Ils étaient au service du peuple, on leur demandait de retranscrire la « Danse du sabre » d'Aram Khatchaturian, rien de plus.

Contrairement à ce qu'avait cru Sergueï Prokofiev sur le pont du transatlantique qui le ramenait de New York en Europe, le pouvoir rouge n'était pas adepte de la page blanche.

7

Des décennies plus tard, dans le Berlin du mois de novembre 2019 où des dizaines de milliers de personnes fêtent les trente ans de l'effondrement du bloc soviétique, il ne reste presque plus aucune trace de ce déchirement qui ne vous laissait pas le choix de votre vie.

Du mur, seuls subsistent des cicatrices intimes et du ressentiment. En Occident, on ne se souvient de rien. L'oubli vaut absolution.

En Europe, nous avons perdu tout esprit de vengeance ; la paix a effacé les pas de Némésis, nous marchons sur la route de l'Histoire à pas feutrés, avec la mauvaise conscience des peuples qui ont fait feu de tout bois ; que surtout les autres peuples nous pardonnent ! Les Européens doivent bien accepter qu'après avoir pris pour quelques siècles la place de l'Orient mystérieux, avec ses parfums d'encens, son soleil implacable, ses étendues de sable infinies, ses pierres où des lézards gobent des œufs en silence, le monde anglo-saxon les a repoussés aux marges de la civilisation.

Et maintenant ?

Dans le grand manège du monde, l'Asie a pris son tour, c'est elle désormais l'astre central, celui autour duquel les autres nations gravitent. Nous ne sommes plus que des astres morts. Avons-nous définitivement perdu notre rayonnement ? Ou sommes-nous seulement l'objet d'une longue éclipse ?

Nous faisons face à la liberté et nous ne savons pas quoi en faire. Nous étions déchirés, nous sommes indifférents. Nous ne portons plus aucun idéal.

Qui croire ? Que croire ?

Ici, dans ce Berlin d'opérette où les touristes déambulent sans passeport sous les arches de la Brandenburger Tor, entre Unter den Linden et le Tiergarten, occupés à prendre des photos sur leur smartphone et à lécher les vitrines des boutiques, je suis libre, je noircis des pages dans une ancienne banque transformée en hôtel de luxe, avec pour seul obstacle mes quatre-vingt-neuf ans. Mais quel obstacle, que seule une volonté de fer me permet de surmonter ! Est-ce cela la vieillesse, une litanie de souffrances ?

Vladimir Horowitz aura vécu déchiré, comme tous ceux qui étaient passés à l'Ouest en conservant leurs racines à l'Est, tous ceux qui étaient condamnés à rester à l'Est et qui rêvaient d'Ouest. Il est mort quatre jours avant la chute du mur de Berlin, le 5 novembre 1989, comme, dans une dernière pirouette, pour refuser toute réconciliation. Il était né divisé dans un monde divisé, il disparaîtrait, toujours aussi divisé, de ce monde qui pensait naïvement avoir retrouvé son unité ; il laisserait à son ami Mstislav Rostropovitch, déchu de la nationalité soviétique, le soin de jouer du Bach au pied du mur en proclamant que pour la première fois de son existence, il était enfin lui-même : « Je suis un. »

Vladimir Horowitz en revanche disparaîtrait avant le 9 novembre, il se tairait par la force des circonstances. Sviatoslav Richter non plus ne dirait pas un mot sur ce jour historique. Il se contenterait de noter dans son carnet : « 9 novembre 1989. Britten dirige magnifiquement. »

En tout état de cause, jamais Vladimir Horowitz n'aurait retrouvé son unité, parce que son déchirement allait au-delà de la politique, il dépassait les contingences de la politique. Aucune réconciliation n'était possible.

Quatre jours après la chute du mur de Berlin, quand un journaliste demanda à Wanda Horowitz de quel compositeur elle pensait que son mari avait été le plus proche, elle répondit sans aucune hésitation, avec un petit sourire cruel au bord des lèvres et en tirant longuement sur son fume-cigarette : « Schumann ! »

Le journaliste lui demanda pourquoi, elle poussa un soupir rauque : « Mais parce qu'ils étaient tous les deux fous ! »

Vladimir Horowitz mourut le 5 novembre 1989 et Sviatoslav Richter le 1er août 1997, à l'hôpital de Moscou.

Il rentrait de sa datcha où il avait passé la semaine pour trouver du repos. Moscou étouffait ; une poussière grise voilait le ciel en permanence. Dans les larges artères dessinées pour des chars, seuls les cortèges officiels de Zil noires troublaient le silence de la ville ; leurs suspensions raides tremblaient sur les pavés bombés de la place Rouge, elles s'engouffraient à grande vitesse dans le Kremlin, dont les remparts de briques et les tours coniques surmontées d'une étoile rouge renfermaient un siècle de secrets communistes. Aucun pouvoir véritable ne s'expose en pleine lumière. Comme le serpent, il aime l'ombre.

Sviatoslav Richter avait donc fui la ville, arrivé dans sa datcha il avait eu une douleur au cœur, il s'était effondré ; le temps que l'ambulance le conduise à l'hôpital, il était décédé. L'avis de décès fut signé par un médecin du nom de Rubinstein, sans lien avec le pianiste.

Une des dernières annotations dans son journal aura été pour son ami le violoniste David Oïstrakh, ou plus exactement pour le film consacré à son ami David Oïstrakh par un réalisateur français, Bruno Monsaingeon : « Il y a bien entendu des allusions aux difficultés rencontrées par les artistes sous le régime soviétique, aux dangers encourus, aux contraintes auxquelles ils étaient confrontés (l'appartenance au Parti). La vérité est la vérité, mais c'est quelque chose d'accessoire, me semble-t-il, quand on se trouve face à un pareil géant de la musique. »

Il aurait pu écrire : la vérité est accessoire face à la musique.

Dans le film, face caméra, assis à une table en bois, Sviatoslav Richter lit des pages de ce journal rédigé de 1970 à 1995. Il fait ensuite cette confidence définitive au réalisateur, d'une voix amaigrie par la vieillesse : « Je ne m'aime pas. » Faut-il toute une vie pour parvenir à cette conclusion ? Toi, Oskar Wertheimer, quand tu auras achevé ton récit dicté par la main implacable de la vérité, tu pourras écrire les dernières paroles de ton frère Franz : « Tu ne m'aimes pas, Oskar. » Tu feras ce dernier aveu qui contient tout ton livre. En vérité, en vérité je te le dis, le sang de ton frère crie vers toi des entrailles de la terre. Tu peux faire défiler les mots comme des images, ils n'ont pas la force de ce cri. Tu as été jugé trop léger, Oskar.

Comme Vladimir Horowitz, Sviatoslav Richter se sera arrêté au seuil du XXIe siècle.

Tous les deux auront traversé le siècle précédent en passants souverains, indifférents aux idéologies, horrifiés par ces conflits de matière brute qui condamnaient les artistes à se dédoubler, à vivre leur carrière tout en refoulant leurs convictions politiques, à étouffer ces convictions, ou à les détruire.

Vladimir Horowitz comme Sviatoslav Richter, à l'évidence, n'avaient aucune conviction à étouffer, car la réalité politique était accessoire, la seule vérité était dans la musique. La musique était leur vie, elle libérait leur sensibilité tout en les empêchant de la traduire autrement, elle leur donnait une expression infiniment plus juste que les mots mais qui les rendait muets aussi, muets et démunis face à leur propre désarroi.

Lorsque ce désarroi prenait le dessus, quand par exemple des souvenirs familiaux les assaillaient et que revenait la figure de leur père assassiné par le NKVD, quand le désir homosexuel les saisissait, il ne leur restait pour exprimer ce désarroi que les touches noires et blanches, qui ne leur disaient rien.

Ils passèrent leur vie à faire parler leur clavier mais le clavier ne leur apportait aucune réponse. La musique restait silencieuse.

Vladimir Horowitz sombra dans la dépression. Sviatoslav Richter aussi, qui un temps ne supporta plus de donner de concert sans un homard en plastique, qu'il tenait en laisse jusque dans les coulisses, avant de le déposer sur la table d'harmonie du piano. Au régisseur allemand de la Philharmonie de Berlin qui lui proposait de garder son homard dans sa loge, il répondit : « Le homard vient avec moi ! Sinon, pas de Beethoven ! » Il entra sur scène le homard en plastique sous la veste de son habit et avant de jouer il le déposa délicatement dans le coffre du piano.

Pour les deux plus grands pianistes de ce siècle de dictatures, que seul pouvait concurrencer en célébrité le pianiste

319

Glenn Gould, par son jeu comme par son excentricité, la musique était la liberté.

Elle était aussi leur prison.

Le public attirait Vladimir Horowitz, il irritait Sviatoslav Richter.

Vladimir Horowitz aimait sentir un frisson parcourir son audience. Quand la salle réagissait, il en rajoutait, il allongeait les tempos, il dégainait des morceaux de bravoure, il était le roi du bis, le champion des retours sur scène au milieu des jets de fleurs. Il aurait fait pleurer des pierres. Il aurait pu reprendre à son compte les mots de son idole Cassius Clay : « L'herbe pousse, les oiseaux volent, les vagues mouillent le sol. Moi, je tabasse des gens. » Horowitz tabassait son public.

Sviatoslav Richter faisait taire le public.

Le public se tenait devant Vladimir Horowitz comme un miroir, il se dressait devant Sviatoslav Richter comme un mur. Vladimir Horowitz jouait en pleine lumière, il demandait qu'on rajoute des éclairages dans les salles qu'il trouvait trop obscures, des lustres, des projecteurs au sodium, il fallait que le public reste bouche bée devant ses prouesses au clavier, Sviatoslav Richter exigeait qu'on éteigne tout. Il voulait le noir complet : « Je ne joue pas pour qu'on voie mes doigts ! Je joue pour qu'on entende la musique ! Il faut le noir pour entendre la musique », dit-il un jour en envoyant balader d'un coup de pied un projecteur coincé sous le piano à queue, dans la grande salle du Musikverein, à Vienne. « Pas de lumière ! Surtout, pas de lumière ! »

Il jouait penché sur le piano, la partition ouverte devant lui. Le public pouvait à peine distinguer son visage, qui ne trahissait aucune émotion. À la fin du morceau, il écoutait poliment les applaudissements, il saluait, il sortait en coulisses et revenait jouer le morceau suivant, sans jamais arborer ce sourire jusqu'aux oreilles d'un Vladimir Horowitz au sommet de sa gloire, dont le frémissement des narines trahissait le soulagement et l'orgueil.

Sviatoslav Richter était au service de la musique ; il aurait voulu disparaître dans la musique ; il était un exécutant, pas un interprète, il refusa obstinément ce rôle d'interprète qui tenait tant à cœur à Vladimir Horowitz. Sa responsabilité était de suivre la partition, rien de plus, rien de moins, certainement pas de la contrarier avec sa personnalité. Il était un immense pianiste et un pianiste honnête, honnête avec la musique, honnête avec les compositeurs, honnête avec les indications sur la partition. Si Schubert avait indiqué des reprises sur sa dernière sonate, il jouait toutes les reprises, au risque de lasser le public, quand Vladimir Horowitz assumait de tricher avec les indications du compositeur, pour mieux le servir, disait-il.

En 1960, Vladimir Horowitz pratiquait encore le piano dans son hôtel particulier de la 94ᵉ Rue, à l'abri des oreilles des critiques.

Il s'était enfermé. Scarlatti et Clementi occupaient une grande partie de ses journées. Les habitants de Manhattan pouvaient parfois l'apercevoir au premier rang de l'orchestre, à Carnegie Hall, engoncé dans un pardessus taupe, une écharpe à carreaux autour du cou. C'était sa seule sortie.

Quand je vins le voir quelques semaines après le concert de Sviatoslav Richter, il tenait à la main un exemplaire du *Sunday Star* daté du 4 décembre, avec quatre photographies

en noir et blanc du pianiste russe et le titre de l'article :
« *Richter : Best I Ever Heard.* »

Il le replia et haussa les épaules : « Vous voyez, docteur,
comme on vous oublie. »

8

Fin décembre 1960, mon frère Franz me proposa de passer le voir à son domicile : « Muriel a organisé un goûter de Noël pour les enfants mais nous nous mettrons dans le petit salon. Nous serons tranquilles », me dit-il au téléphone sur un ton un peu las. « Tu me laisses le temps de m'habiller et j'arrive », lui répondis-je en me glissant hors du lit tiède. Les cheveux noirs et bouclés de Sarah dépassaient de la couette blanche, elle dormait encore.

Oskar Wertheimer, pourquoi donc as-tu passé ton existence d'un individu à un autre, sans jamais accorder ta flamme à une seule et unique personne, comme le recommande l'amour courtois ? Ta vie aura été une perte de temps. L'attirance sexuelle ne construit rien, tu auras été un animal parmi les autres. Ne t'étonne pas si le monde ne retient pas ton nom. Tu n'as pas de descendance ; tu disparaîtras de cette galaxie ; tu seras définitivement une poussière parmi les milliards et les milliards de poussières. Convertissez-vous et croyez à la bonne nouvelle ! Tu ne t'es converti à rien. Pourquoi restons-nous ainsi enracinés en nous-mêmes ? Nous voulons changer le monde, mais pas une de nos racines ne change de place. Au contraire, elles plongent toujours plus profond dans notre *schreckliches Dasein*, où elles semblent trouver une vitalité inépuisable.

Si je devais résumer ma vie, je dirais que j'ai été obstinément moi-même.

Nous n'aimons pas ne pas être le centre ; c'est le noyau de la vie, la dynamo de la politique.

Assis sur le bord du lit, je me coulai dans un pantalon de jogging, pris un pull en laine, enfilai des boots et sortis en prenant garde de ne pas claquer la porte. Dois-je avouer que je ressentis une joie profonde à l'idée de quitter Sarah ? Elle avait livré des performances sexuelles de premier ordre, mais étais-je obligé de discuter avec elle le lendemain matin, autour d'une tasse de café ? La cafetière électrique ne fonctionnait plus, j'aurais dû utiliser le réchaud à gaz. Mon frère Franz avait fondé une famille, il avait deux enfants, toute sa réussite tenait à sa progéniture. À tout juste trente ans, je refusais de m'attacher à qui que ce soit, je tenais à ma liberté et ma liberté était de rencontrer Sarah, de me plonger dans les boucles noires qui moussaient au-dessus de son front, de suivre du bout des doigts la courbe de ses seins qui respiraient doucement sous son caraco brodé de dentelles. Ma liberté était de passer la nuit avec elle, une nuit, pas plus. Liberté de mendiant.

Dehors, il faisait un froid glacial, un vent canadien rasait les parois lisses des immeubles, sciant mon front en deux. Sur le trottoir, je sentis le bout de mes doigts qui avaient conservé un peu des effluves salés du sexe de Sarah. Je vis les immeubles en construction, les fondations de béton qui s'enfonçaient dans le sol humide, les chantiers éclatants où des travailleurs se relayaient, les poutres en acier qui défiaient les lois de l'apesanteur. Quelle vanité poussait les hommes à construire si haut ? Après une heure de marche, le visage en feu, les aisselles humides sous mon blouson, je franchissais la lourde porte en bronze de l'immeuble de mon frère Franz. Le portier se précipita pour m'aider en retirant sa casquette : « Monsieur Oskar ! Quelle bonne surprise ! Entrez, monsieur Oskar ! Entrez ! » Il s'était réfugié au fond du hall en marbre, éclairé par des appliques en forme de flambeaux. Dans cette caverne de luxe, il donnait l'image d'un cerbère désœuvré. Il appela l'ascenseur à la cabine en acajou qui me conduisit directement au vingt-deuxième étage.

La porte de l'appartement était décorée d'une couronne en branches de sapin, avec des feuilles de houx et un ruban de tissu rouge brodé de lettres gothiques : « *Frohe Weihnachten !* » Je poussai la porte. Une dizaine d'enfants tournaient dans tous les sens, ils se cognaient contre les meubles en poussant des cris, claquaient les mains, tapaient contre des ballons de baudruche qui rebondissaient sur les lithographies de Miró et le sofa de soie mauve. Ils avaient les joues rouges, les cheveux collés par la sueur. Un buffet avait été installé sur la table de la salle à manger. Régulièrement ils revenaient s'approvisionner en cookies, guimauve, meringues et berlingots, en buvant du jus d'orange à grands traits. Maxime et Dimitri restaient un peu en retrait au milieu de cette agitation, assis chacun sur une chaise avec un cône en carton sur la tête. Ils regardaient leurs amis jouer. Dimitri avait pris son lapin nain sur les genoux et il le caressait doucement en murmurant : « Tout va bien, Vladimir. Tout va bien. »

— Les enfants ! Les enfants ! Du calme ! Du calme je vous ai dit ! Je vous ai dit mille fois de vous calmer ! Oncle Oskar vient d'arriver ! hurla Muriel en m'ouvrant un passage parmi les invités.

Elle vit Maxime et Dimitri assis dans leur coin, s'approcha d'eux et les sermonna d'une voix sèche :

— Mais qu'est-ce que vous faites là ? Allez donc jouer
avec vos amis ! Vous croyez que c'est pour moi que je les
invite ? Allez ! Ouste ! Donnez-moi Vladimir et allez jouer
avec vos amis maintenant !

Elle prit le lapin nain entre ses bras.

— Allez, allez ! Avec vos amis je vous ai dit !

Elle déposa un baiser sur le front perlé de sueur de Dimitri ; elle avait pour lui une affection particulière.

— Il me rend folle ce gamin ! Je te le dis, Oskar ! Complètement folle. Je ne connais pas les tenants et aboutissants et je ne veux pas les connaître, mais le fait est qu'il
me rend folle.

Comme « le fait est », « les tenants et aboutissants » appartenait à la courte liste des expressions favorites de Muriel.
Avant le goûter, elle était allée chez Bumble & Bumble pour
une permanente. Bumble & Bumble, sur la Septième Avenue, était considéré comme un des meilleurs coiffeurs de
New York, ses clientes fortunées disaient qu'il pouvait rivaliser avec Alexandre de Paris, « *who is a little bit overrated* ». Elle
adorait aussi ce mot : « *overrated* », qui faisait d'elle l'arbitre
des élégances, une femme en surplomb qu'il ne faut pas
prendre pour une poire. Elle avait du goût. Elle savait faire
la différence entre un salon de coiffure de quartier et un
as des permanentes. « Le fait est que Bumble & Bumble est
absolument hors de prix. Cent dollars le coup de brosse ! À
ce prix-là, je défrise tous les caniches de Manhattan. Je ne
connais pas les tenants et les aboutissants de leur succès,
mais on ne peut pas dire qu'ils vous volent. Le spectacle est
dans la salle. Ce matin, dans le bac à côté de moi, il y avait
la femme de Kissinger, ou une de ses maîtresses, je ne sais

pas bien. Je l'ai vue dans le dernier *Vanity Fair*. Tu sais ? Une grande rousse brûlante. Elle a du chien. Comment Kissinger peut-il avoir autant de succès avec les femmes ? le fait est qu'il est laid comme un pou. »

Muriel pouvait partir dans des tirades sans fin, ce qui ajoutait à son charme. Cette énergie de petit volcan donnait envie de se pencher au-dessus de son cratère, pour en observer les éruptions ; spectacle fascinant de la nature en furie ! Mon frère Franz avait gravi les pentes raides de ce volcan, depuis il marchait dans un sable de cendres, sous la menace des gaz toxiques dégagés par les folles fumerolles lebaudiennes.

Oskar ! La vérité ! Rien que la vérité ! Ne te laisse pas emporter encore par la fureur du vieil âge. Toi aussi tu aimais Muriel, d'une certaine façon ?

Dimitri réclamait des sucreries, Muriel courait en chercher dans le placard de la cuisine, cachées dans une boîte en fer-blanc ; Dimitri voulait une peluche, elle prenait une après-midi entière pour choisir un éléphant gris qui trônait désormais dans sa chambre avec sa trompe rigide et ses deux pastilles colorées, ourlées de cils en plastique ; Dimitri avait envie d'une crêpe, ils abandonnaient Maxime à ses devoirs et sortaient tous les deux dans Central Park, où Muriel achetait au marchand ambulant trois crêpes fourrées à l'orange, que Dimitri enfournait une à une, assis sur un banc, le regard vide.

— Allez Maxime ! On se lève !

Maxime déplia son corps maigre et se leva. Vladimir roula à terre.

— Celui-là, alors ! Toujours aussi mollasson. On dirait son père. C'est son père tout craché ! Allez ! Vous jouez avec vos amis et vous me laissez tranquille.

Elle releva sa mèche blonde sur son front luisant, elle se mordit la lèvre, un peu de son mascara bavait au coin de ses paupières. Bumble & Bumble avait bien travaillé. La frange au carré ne bougeait pas. Les figaros de Manhattan à cent dollars le coup de peigne avaient dû abuser de la laque.

Muriel portait un chemisier fuchsia sur une jupe courte en cuir. Par-dessus, elle avait enfilé un boléro en vison dont elle caressait la manche de la paume de la main, machinalement.

Elle avait une passion pour les fourrures. Elle en avait de toutes sortes, en vison, en loup, elle portait des toques en castor argenté, glissait ses mains dans des manchons en chinchilla pour sortir dans les allées de Central Park, adorait se lover dans son manteau en panthère qu'elle avait choisi une taille trop grand, et qui balayait la neige pleine de sciure sur les trottoirs quand elle marchait sans talons. Mon frère Franz courait les fourreurs mais elle n'en avait jamais assez, son dressing débordait de peaux : « Le fait est que j'adore les fourrures, disait-elle en ouvrant les deux battants pour contempler sa collection. J'adore ! Les fourrures me donnent un côté animal ! » Elle conservait précieusement un trois-quarts en renard défraîchi, qui pelait. Il perdait ses poils roux un peu partout quand elle le sortait. Par endroits, il ne restait que des plaques de peau racornie, qui sentaient le bazar. « Celui-là, je le garde ! Il est usé jusqu'à la corde, mais jamais je ne le jetterai. Le fait est que c'est mon manteau fétiche. Franz ne comprend rien. Il veut que je m'en sépare. Mais j'en tirerais quoi ? Vingt dollars chez le fripier. »

Elle soupira en serrant contre sa poitrine le lapin, qui agita ses pattes :

— Les gosses ! Ils me tueront, les gosses ! Avec tout ce

que je fais pour eux ! Tu te rends compte, Oskar ? Ils restent plantés sur leur chaise ! Tu crois que c'est comme ça qu'ils se feront des amis ? À rester plantés sur leur chaise ?

— Certainement pas, Muriel, certainement pas.

Depuis des années, j'évitais tout conflit avec Muriel.

Elle poussa une porte du pied et m'entraîna dans un long couloir qui conduisait à un petit salon d'angle. Les murs étroits étaient tapissés d'une toile de Jouy rose que Muriel avait fait venir de France, où la toile de Jouy était revenue à la mode, d'ordinaire plutôt pour décorer les chambres, mais Muriel avait estimé que cela irait mieux dans le couloir. « Tu vas voir, Franz, cela va illuminer le passage. » On en était quand même loin. Dans l'obscurité, on distinguait à peine les bergers avec leurs houppelandes et les robes des jeunes femmes étalées sur l'herbe.

— C'est surtout Maxime ! Il tient de son père ! me dit-elle en braquant sur moi le minois apathique du lapin. Il est tout à fait comme lui ! Aussi demeuré que lui ! Il ne bouge pas, il ne fait rien, il attend ! Il attend quoi ? Je ne sais pas ! Il attend ! Comme si on pouvait réussir sa vie en attendant ! Il faut se bouger les fesses, je te dis !

Et joignant le geste à la parole, elle fit pivoter ses épaules pour se projeter en avant dans le petit salon d'angle. Mon frère Franz se tenait debout, le visage collé à la fenêtre, en col roulé et en pantalon de velours, une cigarette aux lèvres.

— Allez, je vous laisse ensemble ! Vous faites bien la paire tous les deux. Je vais retrouver les gosses.

Elle se pencha pour déposer le lapin et sa petite jupe de cuir se releva haut sur ses cuisses. Ô ! Muriel ! Ces cuisses inaccessibles et rebondies m'auront rendu fou, par quelle malice avais-tu décidé de les exposer ainsi à la concupiscence de ton beau-frère ? Serait-il possible que tu n'aies rien vu ?

— Je vous laisse Vladimir.

Franz se retourna.

Depuis quelques mois, une calvitie naissante dégageait ses tempes mais il continuait à se passer la main sur le crâne, arrachant des poignées de cheveux qu'il contemplait avec tristesse, avant de souffler dessus.

— Oskar ! Merci d'être passé, Oskar !

Il m'embrassa, je sentis sa carcasse osseuse contre moi. Muriel le regarda avec exaspération :

— Je vous laisse discuter tous les deux, je vais m'occuper des gosses. Faites attention à Vladimir.

Elle tira sur sa jupe et sortit en claquant derrière elle la porte du couloir tapissé de toile de Jouy. Le lapin détala sous une commode et on entendit le bruit de ses griffes sur le parquet. Il resta immobile, roulé en boule, avec ses lèvres roses qui se retroussaient sur ses deux incisives. Le petit salon donnait sur le réservoir de Central Park, dont la plaque liquide, encadrée par d'épaisses grilles noires passées au goudron, avait gelé et creusait un vide au milieu des arbres. Le ciel était gris. Par un accord tacite, cette pièce de l'appartement était réservée à mon frère Franz ; malgré ses talents de décoratrice chevronnée, Muriel Lebaudy avait eu interdiction de toucher aux murs blancs et de peindre quoi que ce soit sur les moulures.

— Tu sais, Oskar, que Sviatoslav Richter a écrasé tout le monde ? me dit-il en se grattant le sommet du crâne. Tout le monde.

Il s'assit dans un des fauteuils Chesterfield en poussant un soupir de fatigue.

— Ton Vladimir Horowitz, il peut aller se rhabiller.

— Mon Vladimir Horowitz ?

— Oui, ton ami, ton patient si tu préfères. Plus personne ne parle de lui. Il est éclipsé. Il a disparu. Il a disparu et crois-moi, il ne reviendra pas. À côté de Sviatoslav Richter son jeu a quelque chose de daté, de daté et de faux.

Il insista sur le « faux » en tirant sur sa cigarette et il se tut.

Le débit de ses mots avait une lenteur inhabituelle et il y avait dans sa voix, que j'avais connue si sonore, si péremptoire quand il était encore un jeune pianiste prometteur, quelque chose de brisé. À tout juste quarante ans, il en paraissait cinquante, des cernes creusaient des poches sous ses yeux, ses mains tremblaient, il avait maigri. Il me regarda :

— Le goûter des enfants, ça se passe bien ? Je ne suis pas allé voir. Je devrais peut-être, non ?

Il n'attendait pas de réponse, il écrasa sa cigarette sur le parquet et poussa le mégot sous la commode. Il continua avec un débit encore plus lent, on aurait dit que ses mots étaient englués dans la pâte molle que les dentistes utilisent pour prendre l'empreinte de votre mâchoire.

— En fait, Oskar, je ne voulais pas te parler de musique, je me moque de la musique. La musique n'est plus du tout ma vie et Richter et Horowitz non plus.

Derrière la fenêtre, le ciel d'hiver s'abîmait dans l'obscurité, les lumières s'allumaient une à une dans les appartements voisins et bientôt il n'y eut plus qu'un ciel noir et des façades percées de jaune. Franz alluma une nouvelle cigarette.

— J'ai fait de mauvaises affaires, Oskar. J'ai tout investi dans un programme immobilier à Brooklyn, mais ça ne marche pas, nous ne vendons pas un seul lot. Il y a eu un défaut de conception, un problème d'acier dans les structures, je ne rentre pas dans les détails, mais je ne vois pas comment je peux m'en sortir.

Il me jeta un regard désespéré.

— Je suis ruiné, Oskar. Totalement ruiné. Il va falloir que nous quittions cet appartement. Je ne sais pas comment annoncer ça à Muriel, tu comprends ? Je ne sais pas, Oskar ! Je ne sais pas !

Il se prit la tête entre les mains et il fondit en larmes.

9

Mon frère Franz n'avait pas vu venir la flambée immobilière à la pointe de Manhattan, dans un quartier qui avait été longtemps délaissé par les promoteurs mais que David Rockefeller avait décidé de transformer en quartier d'affaires prospère.

David Rockefeller avait été le premier à bâtir un immeuble de rapport dans ce que les New-Yorkais considéraient alors comme une zone marécageuse sans intérêt, où seules les activités portuaires semblaient avoir de l'avenir. Le One Chase Manhattan Plaza leur apporta la preuve du contraire, et encore davantage le programme immobilier que le milliardaire commanda en 1958 au cabinet d'architectes Skidmore, Owings & Merrill, concurrent du cabinet McKim, Mead & White, pour la revitalisation du Lower Manhattan.

En décembre 1960, Skidmore, Owings & Merrill présenta les premiers plans d'un ensemble comprenant, sur plus de cinq hectares de superficie, un gratte-ciel de cinquante à soixante-dix étages, un théâtre, des magasins et des restaurants, qui devait, selon les architectes, « affirmer le caractère international du port de New York » et « mon-

333

trer la supériorité du commerce américain sur le reste du monde ».

Le directeur de la Port Authority, Austin J. Tobin, donna son accord définitif au projet le 11 mars 1961, trois mois après notre discussion avec mon frère Franz dans son appartement de l'Upper East Side. Franz pensait à tort que l'Upper East Side resterait le quartier central de New York, le seul, et le poumon de la ville, en raison de sa proximité avec Central Park : « Lower Manhattan, Oskar ! Tu imagines les gens aller habiter à Lower Manhattan ? C'est loin de tout ! Leur programme immobilier, il ne marchera jamais ! Ils vont se planter, je te dis ; le David Rockefeller va couler ! À pic ! » me dit-il dans un mince filet de voix, qui vrilla dans les aigus.

À supposer que le programme coule, il en aurait fallu davantage pour que David Rockefeller coule avec : sa fortune était estimée à plusieurs milliards de dollars, il était actionnaire d'ExxonMobil, propriétaire d'un nombre incalculable de résidences dans Manhattan, banquier ; il continuait à commander dix costumes sur mesure par an au tailleur de New York que mon frère Franz fréquentait en 1949, mais dont il n'avait plus poussé la porte depuis des années. Franz engloutissait toutes ses réserves financières dans son programme immobilier de maisons individuelles à Brooklyn, qui ne trouvait pas preneurs. Exposées à l'air marin, les maisons se délabraient rapidement. Il fallait les retaper, avant même qu'elles ne soient vendues. Les frais de gardiennage et d'entretien étaient considérables. Le reste de ses revenus passait dans le loyer de l'appartement avec terrasse, dans l'éducation de Maxime et Dimitri, dans les vacances à Key West et dans les fourrures de Muriel Lebaudy, sa femme.

Mon frère Franz tremblait dans son fauteuil Chesterfield. Son visage émacié ruisselait de larmes et il continuait d'une voix éteinte à maudire le projet de David Rockefeller et du directeur de la Port Authority Austin J. Tobin, dont les ambitions pour le Lower Manhattan étaient telles qu'ils en étaient à se demander s'il ne valait pas mieux appeler le projet « *The* World Trade Center » plutôt que « *A* World Trade Center ». « *A* World Trade Center » ne rendait pas justice au caractère démesuré du plan architectural, « *The* World Trade Center » en revanche ne laisserait aucun doute sur la nature du complexe commercial qui allait émerger de ce marécage à la pointe de Manhattan : il serait un succès sans rival et sa tour centrale en acier, béton et marbre, avec ses quatre cent dix-sept mètres de haut, la plus haute du monde.

David Rockefeller et Austin J. Tobin n'étaient pas du genre à se laisser ébranler par le doute. Ils étaient d'un seul bloc.

Pour trancher la question du nom, les deux hommes s'enfermèrent en tête à tête dans un bureau vitré de la Chase Manhattan et discutèrent plus d'une heure au milieu des volutes de cigares cubains, dont l'importation était pourtant désormais rigoureusement interdite aux États-Unis ; un Rockefeller respectait les lois, mais il pouvait parfois, pour celles qui touchaient à son mode de vie, se placer au-dessus d'elles. À la sortie de leur conciliabule, ils annoncèrent à la presse que leur projet de revitalisation du Lower Manhattan serait bien baptisé « *The* World Trade Center », peu de temps après que mon frère Franz eut terminé sa péroraison par ce jugement définitif et, hélas pour lui, inexact :

— De toute façon, Oskar, les gratte-ciel, c'est terminé ! Les gens n'en veulent plus. Les gens veulent des habitations à taille humaine. Ils veulent voir le ciel, ils ne veulent pas des immeubles toujours plus grands. Les immeubles toujours plus grands cachent le ciel, Oskar. Ils abîment le ciel.

— Tu en es certain, Franz ? Les gratte-ciel, c'est dans la culture américaine. Ils ne vont pas disparaître du jour au lendemain.

— Mais la culture change, Oskar. Les gens ont compris que construire toujours plus haut, cela n'avait aucun sens. La hauteur, c'est une pure provocation occidentale, c'est fini ! Fini !

— Tu ne crois pas que d'autres pays vont se mettre à construire des gratte-ciel ?

— Jamais, Oskar, jamais de la vie ! Ils ne sont pas assez fous pour ça ! Tu imagines la Chine avec des gratte-ciel ? La Chine !

Ses yeux brillaient et il se recroquevilla dans le fond de son Chesterfield, serrant ses mains à se broyer les os, le dos voûté, sa grande carcasse repliée sur elle-même et son esprit comme en prière.

The World Trade Center serait pourtant bien inauguré une dizaine d'années plus tard. La tour nord de quatre cent dix-sept mètres de haut, la plus haute du monde au moment de son inauguration, serait même rejointe par une tour jumelle de quatre cent quinze mètres de haut, dont mon frère Franz ne vit jamais les silhouettes altières se dresser dans le ciel de Manhattan, ni les reflets trembler dans les flaques des quais, les matins de pluie.

D'autres bâtiments immenses, de conception plus sommaire, finiraient quelques années plus tard par escalader la voûte céleste de l'Empire du milieu : il faudrait bien désormais imaginer la Chine avec des gratte-ciel. La plupart ressemblaient à une superposition de boîtes à chaussures, dans lesquelles on entassait la population par millions. Mais certains, sur le Bund de Shanghai, avaient une élégance comparable aux réalisations des années trente, à Manhattan. Franz avait eu tort. Il était battu par infiniment plus fort que lui. Pas de pitié pour les faibles, ni hier, ni pour les siècles à venir.

— Tu verras, Oskar ! poursuivit-il en redressant son dos, sur un ton de prophète, mais un prophète épuisé, incapable de mettre dans ses prophéties le souffle nécessaire pour emporter la conviction des hommes et ébranler les tièdes.

Il était las.

— Tout ce qui est grand tombe ! Tout ce qui est excessif disparaît ! La vanité des hommes n'a pas de limites, mais un jour elle se heurte à la réalité, et la réalité brise la vanité des hommes, elle la réduit en poussière. Les gratte-ciel sont une hérésie, Oskar ! Une hérésie qui finira en cendres !

Il écrasait ses tempes entre ses mains et les dernières phalanges de ses doigts fouillaient le sommet de son crâne. Des cheveux tombaient sur le parquet.

Je regardai dehors la masse noire de Central Park, les branches dénudées des arbres, les rochers de pierre avec leurs taches de mica qui scintillaient doucement sous les réverbères. Avais-je déjà entendu de tels accents dans la bouche de mon frère Franz ?

— Tout finira en cendres, Oskar ! Les gratte-ciel aussi ! Ils finiront en cendres !

Il avait la voix brisée.

Sur ce seul point précis, par je ne sais quelle inspiration soudaine, il avait vu affreusement juste.

Depuis le 11 septembre 2001, pas un instant il ne m'est

venu à l'idée que mon frère Franz ait pu prévoir le destin des tours jumelles du World Trade Center.

Pourtant, à quarante et une années de distance, mon frère Franz en avait bel et bien envisagé la destruction. Il ne me parlait pas de folie meurtrière, encore moins imaginait-il deux avions s'encastrer comme des maquettes sombres à mi-hauteur des tours, mais il voyait les cendres, il les décrivait avec des mots qui auraient pu figurer dans un article de journal le lendemain des attentats.

Austin J. Tobin Plaza aussi, la dalle centrale du World Trade Center, baptisée du nom du directeur de la Port Authority, ne serait plus qu'un amas de poutrelles fondues déchiquetant le ciel, de papiers voltigeant dans l'air acide, de poussière et de cendres. Des hommes et des femmes perdraient la vie dans leur bureau de verre, asphyxiés par les gaz toxiques. Certains se jetteraient dans le vide pour échapper à l'incendie. Deux mille neuf cent soixante-dix-sept victimes périraient. La colonne de fumée noire qui s'élèverait des deux tours jumelles se verrait à des kilomètres de distance ; dans le matin radieux de l'automne new-yorkais, elle serait comme le panache acide d'une bougie qu'on mouche et d'un monde qui s'éteint.

Nous, les Occidentaux, qui venions de défaire le communisme, au bord du triomphe, nous subissions une défaite humiliante : des avions de ligne détournés par des cutters. L'ambition de J. Tobin Plaza, la vanité de J. Tobin Plaza, aurait dit mon frère Franz, serait réduite le 11 septembre 2001 à un spectacle de désolation.

Longtemps ce spectacle resterait gravé dans nos mémoires occidentales comme l'image de la haine brute que nous vouent certains peuples et de leur détermination à se venger. Puis l'image se brouillerait ; elle s'effacerait un jour ; elle disparaîtrait dans la grande rumination planétaire.

Déjà la roue de l'histoire se remettait en branle.

Elle était aveugle, injuste, cruelle comme toujours et personne ne pouvait savoir quel sentier elle suivrait.

Tout ce en quoi toi, Oskar Wertheimer, tu as cru, s'effondre : Dieu et la paix ! Toi qui as trouvé refuge sur le sol européen, épargné depuis soixante-dix ans par les guerres, voici que les armes grondent à nouveau. À quelques centaines de kilomètres de Berlin, le Kremlin masse des troupes aux frontières, prépare ses blindés, arme ses canons. « *O, that way madness lies* (…) *no more of that.* »

Nous avons adoré la paix, au point de ne plus imaginer la guerre.

Tous, nous avons bu l'eau désaltérante de la tromperie. *Täuschung : als Durstlöscher immer genau richtig, wo auch immer du bist, was du auch machst.*

Nous tous, qui ?

Moi, Oskar Wertheimer qui vous le dis et vous le redis, pour que vous compreniez ; vous, qui me lisez ; toi, Franz, mon dissemblable, mon frère, mon remords et mon pardon ; nous, les Occidentaux désarmés, dont je ne suis ici que le pâle porte-voix.

Comment ne pas tomber en pâmoison devant un chef du Kremlin qui vantait les vertus de Kant ? « Je rappelle que Kant défendait des concepts qui sont à la base du monde contemporain comme la liberté, l'égalité de tous devant la loi. Il protestait contre toute limitation des droits pour des raisons nationales ou religieuses. Je rappellerai encore que Kant était opposé à la résolution de désaccords entre les gouvernements par la guerre. Je pense que la prévision qu'a élaborée Kant doit et peut être réalisée par notre génération. Nous pouvons et devons réaliser son enseignement sur la résolution des problèmes par des moyens pacifiques. » Qui parle ainsi ? Vladimir Poutine, chantre de la paix perpétuelle !

Alors, précipitons-nous en procession à Moscou, pour célébrer les vertus de ce chef autoritaire et doux, qui tient la Russie d'une poigne de fer, tout en philosophant sur la paix (la Russie n'a jamais connu que des régimes autoritaires, comment pourrait-il en aller autrement sur un continent aussi vaste ? Catherine II n'était pas une grande démocrate. Comment Pierre le Grand aurait-il réussi sans le fouet ? L'âme russe aime la domination. Le servage n'a été aboli que tardivement en Russie – entre autres billevesées).

Nous l'avons cru ! Nous voulions désespérément le croire. Nous étions comme des enfants qui écoutent un conte ; mais l'Histoire ignore les contes d'enfants. Vladimir Poutine ne lisait pas Kant, il se pénétrait de ce fou de Constantin Leontiev.

Oskar Wertheimer vous le garantit sur facture : Constantin Leontiev a été le véritable inspirateur de Vladimir Poutine, ses livres obscurs sont les livres de chevet du petit homme au visage tatar, qui se repaît de considérations apocalyptiques sur l'effondrement de l'Europe. Vladimir Poutine a toujours haï le continent européen, autant que Constantin Leontiev. Il n'a jamais cru à la paix. Il a toujours préparé la guerre.

« Nous pouvons et devons réaliser son enseignement sur la résolution des problèmes par des moyens pacifiques », chantait le philosophe Vladimir Poutine en 2004, tout pénétré de Kant. « La Crimée appartient de droit à la Russie », affirmait le chef de guerre Vladimir Poutine en 2014, après avoir annexé militairement la péninsule.

Les politiques se bercent d'illusions, leur métier consiste à voler d'une illusion à l'autre. Oskar Wertheimer est comme les banquiers et les historiens : il croit à la vérité des chiffres et des dates. Fin 2014, la banque Morgan Stanley avait retiré tous ses avoirs de Russie. Son président n'aurait aucun mal à justifier sa décision : « Les Russes ont ouvert les hostilités avec la Crimée, ils ne s'arrêteront pas en si bon chemin. » Les chefs d'État occidentaux se montreraient plus circonspects ; la circonspection est une vertu de gens ordinaires, qui sert les visées d'un homme tel que Vladimir Poutine. Mais qui aurait lâché aussi vite la proie de la paix pour l'ombre menaçante de la guerre ?

« O, that way madness lies (…) no more of that. »

10

Les accents bibliques de mon frère Franz restent en écho dans le fond de mon crâne depuis ce soir de décembre 1960, quarante et un ans avant les attentats, cinquante-neuf ans avant que je ne raconte son histoire dans ma chambre berlinoise.

Ils résonnent chaque fois que je pense à lui, sans que je puisse réconcilier sa voix brisée de prophète avec ses éclats de rire enfant, quand il reprenait une sonate de Mozart à son piano en me lançant par-dessus son épaule : « Écoute, Oskar ! Écoute le grand pianiste ! »

Il avait encore une tignasse épaisse. Rosa Wertheimer se mettait derrière lui, elle lui passait la main dans la nuque en tapotant du bout des doigts sur le couvercle du piano pour marquer la mesure. Rudolf Wertheimer rentrait plus tard. Il accrochait son imperméable au portemanteau en bois verni, il retirait ses chaussures et partait s'enfermer une bonne heure dans les toilettes. *De profundis clamavi.*

Ensuite il s'isolait dans son bureau où il continuait à travailler jusque tard dans la nuit, penché sur ses plans. McKim, Mead & White ne laissait passer aucun détail. Rudolf était si reconnaissant au cabinet de l'avoir sauvé au moment le plus difficile de son existence qu'il ne comptait pas ses heures. Sa capacité à rester incliné sur sa table de travail pendant une nuit entière me stupéfiait. Il devait souffrir d'une scoliose encore plus violente que celle de Franz. Les heures qu'il consacrait au cabinet d'architectes McKim, Mead & White lui semblaient des heures justes, les autres heures, celles qu'il consacrait à sa femme ou à ses enfants, ou à ses loisirs, ou à des tâches administratives, des heures perdues.

Il avait une dette à payer, il la payait.

Par moments, quand mon frère Franz accrochait un passage au piano, sa voix sortait de son bureau, une voix grave de fumeur qu'on imaginait les yeux plissés au-dessus de son plan incliné, tirant des lignes à l'encre noire sur une feuille d'un blanc de sucre glace : « La première mesure, Franz ! Tu reprends à la première mesure ! » Mon frère Franz reprenait à la première mesure, le visage grave, ses doigts fins comme des rameaux enfonçant avec on ne sait quelle force les touches immaculées, que notre mère frottait chaque soir avec un chiffon en peau de chamois, imbibé parfois d'alcool : « C'est pour les microbes, Franz *ist so dreckig* ! » Un pianiste avait attrapé la gale en jouant sur un clavier souillé. Depuis, elle passait son chiffon imbibé d'alcool dans tous les recoins de l'appartement, avec une prédilection particulière pour les touches du piano, qu'elle considérait comme un nid propice au développement des germes.

Rosa Wertheimer développait une névrose obsessionnelle contre la *Schmutzigkeit*. La *Schmutzigkeit* était susceptible de germer partout, sous les lits, dans les plinthes, à l'intérieur des draps, où les corps macéraient dans des rêves étranges, chargés de *Schmutzigkeit* eux aussi. Un jour la *Reinheit* triompherait et le monde serait sauvé. En attendant, il fallait livrer le combat. Ce n'était pas simple, avec cette arthrite dans les doigts.

Nous dormions dans la même chambre, dans des lits juxtaposés. Après ses exercices, Franz restait allongé sur le dos dans son lit ; ses pieds déjà immenses dépassaient de la couverture à carreaux, sa tête reposait sur le double coussin de ses cheveux épais et de l'oreiller en coton. Il gardait les yeux ouverts. En le regardant de profil, j'essayais de comprendre ce qui pouvait passer par la tête de mon frère aîné, qui jouait du piano en virtuose et qui certainement serait un jour un grand pianiste, en tout cas un pianiste célèbre, dont les salles de spectacle européennes s'arracheraient les concerts, après la guerre. Lui murmurait : « Il va falloir que je travaille encore le Mozart. Je n'ai pas été bon sur le Mozart, tu ne trouves pas Oskar ? » Il lisait de longues biographies, dans des livres épais qu'il posait sur ses genoux.

À la fin des années trente, il se prit de passion pour Haydn, qu'il considérait comme très supérieur à Mozart : « Mozart a tué Haydn, Oskar ! Voilà la vérité. Mais Haydn est bien supérieur à Mozart, en fait. Il est plus subtil. Presque toutes les sonates pour piano de Haydn, surtout les dernières, sont supérieures à celles de Mozart, qui a injustement écrasé Haydn. »

Cette injustice le révoltait.

Presque chaque soir, de la fin des années trente au milieu de la guerre qui avait éclaté à des milliers de kilomètres de New York, je le vis se coucher dans son lit avec son pantalon de pyjama trop court qui laissait voir ses chevilles osseuses. Il se plongeait avec avidité dans la correspondance de Mozart, né sur un continent qui était désormais la proie des flammes et dont la culture avait engendré des monstres.

Il prenait le gros volume, il l'ouvrait au hasard, il lisait une lettre ou deux et il s'endormait, le livre ouvert sur sa poitrine. Parfois, il m'en lisait une à voix haute, en s'extasiant devant le sens du détail de Mozart, sa simplicité, son esprit.

— Écoute cette lettre, Oskar ! Écoute ! 1er mai 1778 : Mozart a vingt-deux ans. Comme moi !

Nous étions en 1942 et la veille notre mère avait invité pour son anniversaire des amis de Franz.

Mon frère lut : « Je dus attendre une demi-heure dans une grande pièce glaciale, non chauffée et sans cheminée. Finalement, la Chabot arriva et me pria avec la plus grande amabilité de me satisfaire du piano qui était là, du fait qu'aucun des siens n'était en état ; elle me pria d'essayer. Je dis : j'aimerais de tout cœur jouer quelque chose mais c'est impossible dans l'immédiat car je ne sens plus mes doigts tant j'ai froid ; et je la priai de bien vouloir me conduire au moins dans une pièce où il y aurait une cheminée avec du feu. Oh oui monsieur vous avez raison ! Ce fut toute sa réponse. Puis elle s'assit et commença à dessiner, pendant toute une heure, en compagnie d'autres messieurs, assis en cercle autour d'une table. »

Mon frère Franz fit une pause, il prit le verre d'eau sur la table de nuit et avala une gorgée :

— Tu entends, Oskar ? Cet esprit ? Cet esprit européen ? Et maintenant, la guerre. Comment cet esprit européen a pu basculer dans la guerre ?

— Je ne sais pas, Franz. Qui peut savoir ?

Avant que notre père, Rudolf Wertheimer, quitte Berlin, il avait suivi la montée au pouvoir d'Adolf Hitler en Allemagne ; il avait vu dans les journaux allemands se répandre la haine contre les juifs, dans les journaux étrangers se développer une fascination malsaine pour la nouvelle puissance germanique. Les faibles s'extasient toujours de la vitalité des forts, ainsi va le monde, Oskar Wertheimer. Les plus lâches sont toujours les premiers à crier leur admiration pour la puissance retrouvée des nations, surtout la puissance la plus vulgaire. Uniformes, cris, ordres, armées en marche, oriflammes et trompettes. Tout passe, rien ne change. « La mort est un maître d'Allemagne. »

De Cologne à Francfort-sur-l'Oder grandissait une culture salubre, avec ses retraites aux flambeaux, ses rassemblements populaires où les hommes se tapaient sur la cuisse dans une fraternité un peu ivre, desserrant leurs ceinturons à la fin des banquets pour mieux roter.

Il se cala dans ses oreillers et il reprit la lecture à voix haute : « Ainsi, j'ai eu l'honneur d'attendre une heure entière. Fenêtres et portes étaient ouvertes, j'avais froid non seulement aux mains mais également à tout le corps et aux pieds ; et je commençais tout de suite à avoir mal à la tête. Et je ne savais que faire, si longtemps, de froid, de mal de tête et d'ennui. Finalement, pour être bref, je jouai sur ce misérable affreux Pianoforte. Mais le pire est que Madame Chabot et tous ces messieurs n'abandonnèrent pas un instant leur dessin, le continuèrent tout le temps et que je dus donc jouer pour les fauteuils, les tables et les murs. »

Franz éclata de rire.

— Tu te rends compte, Oskar ? Mozart qui joue pour les murs ? Mozart !

11

Quand je quittai l'appartement de l'Upper East Side, la nuit était tombée.

Les rues de Manhattan étaient vides.

La circulation se résumait à quelques taxis isolés, qui slalomaient entre les congères. Des jets de vapeur sortaient de manchons de plastique orange, reliés au métro, que je sentais trembler dix pieds sous terre. Tout me sembla si fragile. Le goudron de la chaussée se dérobait sous mes pas. La ville baignait dans une lumière phosphorescente, produite par les filaments de tungstène des ampoules encore allumées, qui brûlaient pour rien, rassemblaient leurs forces comme par écho et la dispersaient dans le vide de cet hiver américain, sous un ciel dont on ne distinguait pas les étoiles gelées.

Je longeai le muret en pierres de Central Park.

Une file de calèches stationnait à côté des baraques fermées. Elles attendaient les touristes audacieux qui auraient osé se faire trimballer une heure durant, protégés du froid par des plaids écossais à carreaux rouges et verts, sur les pavés incertains de la place, puis sur le bitume lisse qui serpentait en dénivelé dans le parc encore ouvert.

Si romantique, le dénivelé des routes de Central Park ! Tous les promeneurs, autochtones ou étrangers, se laissaient prendre à ses charmes artificiels.

Je reconnus la silhouette d'un arbre lointain, en contrebas du lac, surplombant le chalet de pierres, où un serveur au nez piqué de points noirs vendait depuis des lustres les mêmes pancakes étouffants, avec un jus de café brûlant.

Un matin de pluie, Julia et moi nous étions réfugiés sous cet arbre. Je la serrai entre mes bras ; elle m'embrassa, mordant mes lèvres entre ses petites dents aussi blanches que des dents de lait ; brusquement, elle se retourna ; elle avait baissé son jean, fait glisser une culotte en dentelle noire, dégagé ses fesses nues, la peau hérissée par la chair de poule ; les deux mains posées à plat contre l'écorce du tronc, elle se retourna, la moitié du visage fouetté par ses cheveux humides : « Viens, Oskar ! » Je déboutonnai mon pantalon, entrai en elle – nous jouîmes ensemble si fort que nous dûmes nous asseoir dans la boue.

Le départ des calèches se trouvait sous la statue en bronze dorée du général Sherman.

Coincés entre les barres d'attelage en bois verni, la tête inclinée comme des pénitents, leur regard gélatineux protégé par des œillères en cuir vermillon, les chevaux ruminaient leurs pensées animales, pleines de prairies grasses. Ils mâchouillaient leur avoine dans des sacs en toile suspendus à leur harnais ; de la vapeur leur sortait des naseaux. Un des chevaux s'ébroua ; son harnachement fit un cliquetis du diable, réveillant le cocher qui abattit son fouet sur les flancs osseux : « Ho là ! Calme ! Calme ! » Il se rencogna sous la capote, flanquée de lanternes en laiton. Un morceau de caoutchouc noir battait entre les jambes de la bête. À quel âge avait-elle été coupée ? Plus de désir, la vie qui se résume à des tours de parc, en trottant ; le cheval se soulagea dans un jet puissant ; du macadam montèrent des effluves de pisse froide et de crottin. Le cocher toussa sous la capote, remonta l'épaisse couverture de cuir qui lui recouvrait les jambes et se rendormit.

Durant notre discussion, je ne fis aucun reproche à Franz.

En revanche, ma situation financière ne me permettait de lui apporter qu'une aide modeste, qui serait une goutte d'eau dans le puits sans fond de dépenses que nous avions listées une à une sur une feuille de papier. Comment mon frère avait-il pu se laisser entraîner dans une telle folie dépensière ?

La location de l'appartement, les études au collège Sainte Marie des Victoires, les vacances à Key West, la cotisation annuelle au country club, les mensualités des impôts représentaient plus du double de mes honoraires annuels, sur lesquels pourtant je ne lésinais pas. Les innombrables réceptions, goûters d'anniversaire, lunchs, dîners professionnels organisés à grands frais par les meilleurs traiteurs de Manhattan salaient un peu plus la note.

Au total, ses dépenses mensuelles se montaient à plus de soixante-quinze mille dollars par mois.

Il fallait y ajouter le règlement à parts égales de la maison de retraite Primavera, au cœur des Berkshires, où nous avions décidé d'installer nos parents Rudolf et Rosa Wertheimer, dont la santé allait déclinant. Primavera jouissait des meilleures recommandations. Les pensionnaires y finissaient leur vie dans des conditions de confort optimales. Il n'empêche, si Rudolf et Rosa avaient eu vent de la situation désespérée de leur fils Franz, leur tranquillité mentale en aurait été profondément affectée ; ils auraient levé les bras au ciel en signe d'accablement, ensemble ils auraient poussé un long soupir, avant de se livrer à un concert de reproches acrimonieux, inquiets, irrationnels – car l'argent est inaccessible à l'entendement, autant que le pouvoir : « *Ach ! Mein Sohn ! Du wirfst Geld aus dem Fenster !* »

Notre père perdait la mémoire, il avait du mal à reconnaître ses enfants, il partait dans des colères violentes contre notre mère, qui trouvait refuge chez les voisins. Les voisins avaient le numéro de téléphone de Franz et le mien, ils appelaient à la minute, ravis de faire étalage de nos difficultés familiales avant de conclure par un rituel « Mais c'est bien normal entre voisins », avec un ton de lassitude de plus en plus marqué.

Nous trouvions Rudolf Wertheimer non plus couché sur sa planche à dessin, en pleine concentration, murmurant pour la millionième fois son kaddish catholique « *sino la que en el corazón ardía* », mais debout derrière les rideaux tirés, épiant la rue dans un pyjama à raies bleu lavande.

Il hurlait dans le salon où le ménage n'avait pas été fait depuis plusieurs jours.

Il restait avachi dans un fauteuil, jouant du bout du pied avec ses pantoufles en coton.

Il se faisait un café au lait, il trempait un bout de pain rassis dans sa tasse, pour le ramollir. Le café coulait sur son menton. Il s'essuyait avec le revers de sa manche, maculé de taches. Quand la nuit tombait, il devenait inquiet. Il parlait de tous ces porcs qu'il avait tués à l'abattoir, il se souvenait de leurs cris stridents quand il leur passait le couteau sous la gorge. Il ne se souvenait plus des prénoms de ses fils, qui lui devenaient aussi inconnus que les voisins dont il espionnait les moindres faits et gestes, sans en tirer aucune conclusion, car il oubliait dans l'instant ce qu'il venait de voir. Il appelait Rosa :

— Rosa ! Tu es où, Rosa ? Rosa ! Reviens tout de suite, Rosa !

Ma mère accourait de la cuisine, répondait de sa voix douce :

— Je suis là, Rudolf.

Il la dévisageait froidement :

— Non.

Elle lui prenait la main, la posait sur son ventre qui nous avait portés et qui, maintenant qu'il ne portait plus rien, retombait sous sa robe plissée :

— Rudolf, je suis là.

Il la scrutait attentivement, comme un produit de super-marché dont il aurait vérifié la date de péremption.

Il lâchait :

— Non. Tu mens. Tu n'es pas Rosa.

Il écartait son bras, retournait se poster contre les rideaux tirés et il hurlait ; il hurlait comme un chien hurle à la mort.

— Rosa ! Je veux Rosa ! Tu es où, Rosa ? Tu es partie où ? Où ?

Nous lui rendions visite, Franz et moi, tous les dimanches après-midi.

Il nous regardait d'un air hagard, il nous demandait qui nous étions, ce que nous faisions là, chez un honnête citoyen qui avait bien droit à un peu de paix :

— Vous êtes qui, vous ? Vous ne pouvez pas me laisser tranquille ? Vous ne croyez pas que j'ai autre chose à faire que m'occuper de vous ?

351

Nous ne répondions plus rien. Nous le laissions divaguer. Devant notre silence, il poursuivait :

— Deux petits morveux qui viennent me déranger dans ma sieste ! De quel droit vous venez me voir ? *Nach welchem Recht ? Nach welchen Regeln ?*

L'urine coulait le long des barreaux en aluminium du fauteuil. Il souriait béatement. Une flaque se formait sous la table à dessin, en forme de haricot.

Un dimanche où nous étions venus déjeuner, il nous envoya ses pantoufles en pleine face et se remit à hurler :

— Rosa ! Je veux Rosa ! Rosa ! Tu es partie où, Rosa ? Ne crois pas que tu vas m'échapper, Rosa ! Ne crois pas cela une seconde !

Il courait dans l'appartement un couteau de cuisine à la main. Il aurait pu se blesser ; ou blesser notre mère, qui accusait la fatigue.

Nous prîmes la décision de les placer tous les deux dans la maison de retraite Primavera.

Elle se trouvait à moins de deux cents miles du centre de Manhattan. Elle disposait de tout le confort. Une équipe médicale assurait un suivi régulier des pensionnaires, mais il fallait débourser cinq mille dollars par mois, qui dépassaient de loin la pension de retraite de notre père, même en y ajoutant les assurances complémentaires qu'il avait prises à son arrivée aux États-Unis.

Je proposai à Franz d'en finir avec le règlement à parts égales et de prendre l'intégralité de la dépense à ma charge.

À cette époque, je commençais à avoir une clientèle régulière composée pour l'essentiel d'avocats, de banquiers, de professions libérales, notamment de dentistes et d'orthodontistes qui garantissaient à la progéniture de la bonne société new-yorkaise une dentition impeccable. Avec leurs épouses, ils ne comptaient pas à la dépense. Il se murmurait que Vladimir Horowitz faisait partie de mes patients, ce qui contribuait à ma notoriété et me permettait d'exiger des honoraires scandaleusement élevés – au regard des standards en vigueur chez la plupart de mes homologues –, que je justifiais comme étant partie intégrante de mes soins psychiatriques.

Franz hésita : « Tu es sûr, Oskar ? Tu es sûr de pouvoir régler l'intégralité de la maison de retraite ? C'est une somme, tu sais ? » Il avait du mal à concevoir que son frère cadet puisse mieux gagner sa vie que lui, encore plus à imaginer qu'un psychiatre puisse gagner davantage qu'un agent immobilier.

Pourtant l'argent rentrait, il rentrait à flots.

Manhattan alimentait les névroses des riches autant que mon compte en banque.

Mon frère Franz en revanche avait des revenus irréguliers, qui dépendaient du succès de ses opérations immobilières.

Au mieux, il pouvait tabler sur des rentrées d'argent de quarante à cinquante mille dollars mensuels. Il fallait retrancher de cette somme les achats impulsifs de Muriel, qui trottait jusque chez son fourreur favori Schultz & Blaustein, sur Milburn Avenue, craquait pour un nouveau modèle en vison rasé, le faisait empaqueter dans un état d'excitation qui faisait rosir les boutons d'acné du vendeur, sortait de la boutique et rapportait la dépouille chez elle en la jetant sur son lit avec un sourire de triomphe carnassier. Franz rentrait. Il regardait la peau de vison rasé sur le lit. Son air consterné mettait Muriel dans un état de rage qui la faisait lever ses bras très haut et se lancer dans des imprécations que rien ne pouvait arrêter. Elle maudissait mon frère Franz, qu'elle regrettait amèrement d'avoir épousé : « Un tocard ! Le fait est que j'ai épousé un tocard ! Il ne peut même pas m'offrir un vison ! Un petit vison de rien du tout que toutes les femmes de New York ont dans leur garde-robe, il ne peut même pas me l'offrir ! Tu es un tocard, Franz ! Le plus minable des tocards ! »

Elle claquait les portes ; elle faisait mine de partir puis rebroussait chemin, le menton tremblant de colère ; elle n'en avait pas fini avec lui.

Elle n'en pouvait plus.

Elle était exaspérée par Franz, mon frère, son mari, qui était incapable de ramener les dollars en quantité suffisante pour ne pas avoir besoin de compter à la dépense. Avait-elle tout sacrifié pour en arriver là ?

Des mèches raides tombaient en bataille sur son front, elles collaient aux reflets luisants de beurre fondu.

Elle tirait sur sa jupe. Elle se relevait. Elle parcourait le salon de long en large, un verre de Martini Rosso à la main. Ses talons aiguilles piquaient le parquet avec un petit bruit sec.

« Mais vraiment ? Je vais le mettre au pas, ton frère, crois-moi ! je vais le mettre au pas, on verra bien ce qu'il a dans le froc. »

Elle savait que Franz ne lui résistait pas. Elle adorait faire étalage de son invincibilité devant lui, si faible, qui ne savait jamais quoi répondre. Lui accusait les coups. Il ne disait rien. Il somatisait en perdant ses cheveux, en se rongeant les ongles, en développant un tic étrange dans la mâchoire inférieure, qu'il décalait en avant comme un singe prognathe. Parfois il s'extasiait : « Quelle force de la nature, quand même ! » Mais il la haïssait aussi.

Il manquait donc entre vingt-cinq et trente mille dollars par mois à mon frère Franz pour boucler ses fins de mois et subvenir aux besoins de sa famille.

Réduire son train de vie aurait été l'option la plus sage mais, hélas, elle était inenvisageable. Il avait déjà renoncé à s'habiller chez le meilleur tailleur de Manhattan, il usait ses costumes jusqu'à la corde, il coupait ses lotions capillaires à la quinine avec de l'eau, pour que le produit dure plus longtemps. Les lotions perdaient leur rouge épais de sirop contre la toux, elles viraient au rose grenadine. La décoloration réduisait leur efficacité, ses cheveux tombaient encore plus vite. Que pouvait-il faire de plus ? « De toute façon, disait-il en regardant les mèches noires de plus en plus fines entre ses doigts, elles ne marchent pas, ces lotions. Dans quelques mois, je n'ai plus rien sur la tête. »

Il avait bien essayé de convaincre Muriel de modérer ses dépenses, mais il s'était heurté à un mur. Muriel ne les réduirait pas, au contraire, il lui manquait de quoi « tenir son rang », lui dit-elle un jour en exigeant un versement mensuel complémentaire de dix mille dollars. Mon frère Franz obtempéra et appela sa banque pour mettre en place un virement permanent à sa femme Muriel Wertheimer, née Lebaudy. Elle ne le remercia pas. Elle courut chez Schultz & Blaustein acheter un boléro en hermine, avec un col d'alligator vert turquoise.

Muriel se rendit ensuite dans un chenil du Queens, où elle fit l'emplette de deux bichons maltais. Elle les promenait en laisse dans Central Park, en prenant soin qu'ils ne se salissent pas les pattes dans les abords marécageux des lacs artificiels. Les bichons portaient des manteaux en tweed écossais, qui les protégeaient du froid ; leur queue sortait du tweed, comme une boule de coton frémissant au bout de sa tige.

À plusieurs reprises, je recommandai à mon frère Franz de prendre ses distances avec Muriel, mais il fit la sourde oreille. Il était tombé amoureux de Muriel à un moment de son existence où ses rêves de pianiste avaient commencé à s'évanouir, cet amour avait pris la place de son ambition, redonnant du sens à une existence qui sinon, m'avoua-t-il en contemplant l'East River que l'étrave d'un remorqueur fendait comme un tissu, n'en avait plus aucun : « Je ne vais quand même pas me séparer de Muriel pour vingt-cinq ou trente mille dollars de plus ou de moins, Oskar ! Nous allons lancer un nouveau programme immobilier avec mes associés et nous nous referons. Ce n'est qu'une question de temps. L'argent, on le trouve toujours. »

Mais New York ne lui en laissa pas le temps.

L'argent ne se trouvait pas si facilement. Tous ceux qui sortaient des circuits ordinaires de l'argent, comme mon frère Franz, étaient à proprement parler démonétisés. Plus personne ne leur faisait crédit. Dans les grandes banques de Wall Street, avec leurs bureaux en verre et en béton dont les larges baies vitrées offraient une vue imprenable sur la baie de New York, Franz n'avait plus ses entrées. Il trouvait porte close. J. P. Morgan, la Bank of America, Merrill Lynch, la Chase Manhattan étaient désormais pour Franz ce qu'elles avaient toujours été pour le pékin moyen : des lettres sur un mur.

New York exigeait de ses habitants qu'ils gagnent de l'argent, beaucoup d'argent, le plus vite possible ; la frénésie de la ville brisait les énergies ; seuls survivaient ceux qui pouvaient amasser en un temps record des sommes considérables, qui fondaient comme neige au soleil. Sans cesse il fallait trouver de nouveaux projets, de nouveaux moyens pour alimenter la machine. Mon frère Franz, avec sa voix éteinte, ses forces qui diminuaient à l'approche de la cinquantaine, n'avait plus les ressources financières ni morales pour vivre à New York, il était épuisé, en bout de course.

New York n'est pas une ville pour les gens en bout de course, mais mon frère Franz refusait d'accepter ce verdict, et il passait désormais ses journées à démarcher les agences commerciales, pour obtenir des prêts relais.

Une à une, elles lui fermèrent à leur tour leurs guichets.

Sur la recommandation du seul ami avec qui il avait gardé contact, un joueur de contrebasse qui se produisait tous les dimanches dans des concerts de quartier, il se rendit à l'automne suivant chez un prêteur sur gages, dont le commerce venait d'ouvrir dans le Village : « Il te recevra chez lui », lui assura le contrebassiste, dont les joues semblaient gonflées à bloc quand il parlait, et proches d'exploser. « Il te proposera quelque chose de bien, crois-moi. » Et il lui tapota la cuisse du bout de ses doigts, si épais qu'on se demandait comment il pouvait pincer avec autant de dextérité les cordes de son instrument.

12

Il pleuvait.

Franz enfila son vieil imperméable et se rendit à la banque de quartier où il avait désormais ses habitudes. Il avait placé dans un coffre les bijoux que notre mère Rosa nous avait légués avant de partir pour les Berkshires, sur la recommandation de son notaire, qui lui avait fait valoir tous les avantages fiscaux de la cession de son vivant : « Des avantages pour eux, *nicht für mich* ! », avait-elle fait remarquer, en s'agrippant aux reliques de son passé social, qui allait disparaître dans l'établissement Primavera, où les occasions de porter des bijoux se feraient rares.

Le contenu du coffre était étalé dans un tiroir rectangulaire en aluminium : Franz retrouva la bague à trois anneaux sertis de rubis, que Rosa portait le jour de Pâques, le solitaire maladroit des vingt ans de mariage, un collier de perles, dont il manquait un rang. La pièce la plus spectaculaire était un bracelet de pierres fantaisie ; elles étaient juxtaposées en une jungle multicolore, dont Oskar Wertheimer a gardé le somptueux kaléidoscope dans un coin de sa mémoire : vieux rose, vert amande, jaune paille et bleu azur. Entre les pierres se lovait un serpent en or, dont la langue vipérine faisait office de fermoir.

Franz mit le tout dans un attaché-case que lui avaient offert ses collègues agents immobiliers pour ses quarante ans et partit pour Greenwich Village, avec la ferme intention de placer ces bijoux pour une durée limitée, avant de les récupérer et de les offrir à Muriel.

La maison en briques blanches du prêteur sur gages rappelait les corps de ferme des bords de la mer Baltique ; des jardinières de géranium étaient disposées sur le rebord des fenêtres à petits carreaux hollandais, bleus et blancs. Dans ce coin de Manhattan régnait un calme précaire. On entendait peu de bruit, sinon des jappements de chien, la musique d'un saxophone, le roulement continu mais étouffé des voitures qui circulaient à faible vitesse le long de l'Hudson, une centaine de mètres plus bas, à la frontière du New Jersey.

Le propriétaire avait une trentaine d'années tout au plus ; il accueillit mon frère Franz en salopette et pull marin, un sourire timide aux lèvres : « *Hi my friend ! Please come in !* »

Il posa sa main dans le creux du dos de son invité pour le pousser à entrer, mais Franz fut plutôt rassuré par cette familiarité, la main était molle, douce, engageante, on ne pouvait pas décemment lui résister.

Franz prit ses aises dans le divan recouvert d'un plaid en cachemire, tandis que son hôte préparait du thé dans la cuisine. Des magazines étaient étalés sur une table basse en bois flotté. Le tout était d'une élégance très Nantucket. Il ne manquait plus que la famille Kennedy.

Les couvertures des magazines représentaient des hommes, en noir et blanc, les uns moulés dans des slips étroits et montants, les autres à peine vêtus de chemises amples, ouvertes, qui mettaient en valeur des torses de statue grecque, grossièrement retouchés. Qui donc pouvait avoir un torse aussi pur ?

Le prêteur sur gages revint dans le salon, un plateau entre les mains, la démarche chaloupée dans sa salopette. Il lui servit le thé debout, en retenant le couvercle brûlant de la théière du bout des doigts :

— Attention, *my dear*, c'est très chaud !

Puis il croisa ses deux mains sur ses cuisses et il demanda :

— Alors, qu'est-ce qui vous amène ici ? Un petit souci financier ?

Derrière la timidité de son sourire, on sentait poindre la voracité. Avant de prononcer un mot, il faisait de drôles de mimiques avec ses lèvres. Il les plissait. Il les faisait coulisser en avant, comme un muscle de gastéropode.

Le prêteur but une gorgée de thé :

— Vous savez, nous avons tous nos petits soucis passagers. Vous êtes tombé à la bonne adresse. Nous allons vous régler cela en un tournemain.

Il se leva, il alla prendre dans un secrétaire des documents, se rassit et demanda à son visiteur de lui présenter ses biens :

— Montrez-moi donc vos babioles, cher monsieur ! Allez ! Ne faites pas votre timide ! Montrez-moi vos babioles !

Franz posa l'attaché-case sur la table basse, l'ouvrit, sortit les bijoux et les étala sur les revues. Le collier de perles de Rosa Wertheimer s'enroula autour d'une paire de fesses masculines blanc ivoire.

Le prêteur sur gages prit les bijoux dans la main, les soupesa, fit la moue.

Ses joues étaient si délicates, se dit Franz, veloutées comme des pêches. Ses yeux vert d'eau, qui ressortaient

360

de leurs orbites, ainsi que ses mèches de cheveux rabattues sur le devant de son front lui donnaient de faux airs de Néron. Il avait un peu de cire dans le pavillon de son oreille ; Franz aurait aimé la nettoyer.

Le prêteur sortit une loupe de diamantaire de la poche kangourou de sa salopette, il la vissa sur son œil globuleux et la pointa sur le solitaire.

Il reposa le tout en poussant un soupir :

— Ah ! *My dear !* J'ai bien peur hélas que tout cela ne nous mène pas très loin ! Je vais faire un effort, bien entendu, mais… Il y a bien le bracelet qui vaut quelque chose. Le bracelet, je reconnais ! Le bracelet est une belle pièce ! Mais le reste, cher monsieur, ce sont des colifichets, rien de plus, des colifichets.

Mon frère Franz sentit une brûlure descendre de sa gorge dans son estomac, une brûlure intense, qui consumait son orgueil et actait sa déchéance.

— Vous êtes certain ?

Le prêteur prit un air sincèrement désolé :

— Certain, cher monsieur ! Il n'y a aucun doute à avoir. Vous pouvez évidemment aller voir un confrère pour une contre-expertise, mais il vous dira la même chose. Le bracelet, je ne dis pas ! Mais le reste ne vaut pas un clou.

— Et le collier ?

— Le collier de perles ?

— Oui, le collier de perles.

Franz ajouta, comme pour lui donner un peu de valeur supplémentaire :

— Nous y tenons beaucoup dans la famille. Ma mère l'avait acheté quand elle avait vu que Jackie Kennedy en portait toujours un sur ses tailleurs. Elle trouvait ça très chic, le collier de perles. Très français. Vous comprenez ?

— Certainement, je comprends. Seulement il est faux, votre collier. Les perles sont fausses, vous voyez ? C'est bien joli, les colliers à la Jackie Kennedy, mais les colliers de Jackie Kennedy sont authentiques, eux. De vraies perles ! Pas des perles artificielles.

Il appuya l'ongle de son pouce contre la pulpe de son index, choisit ses mots.

— Ce ne sont même pas des perles de culture. À la rigueur, des perles de culture, j'aurais fait un effort. Mais là, non. *My dear*, vous pouvez me croire sur parole, je suis un spécialiste des perles.

Franz sortit de chez le prêteur sur gages délesté de ses bijoux, avec dix mille dollars en liquide dans son attaché-case, de quoi répondre un mois aux nouvelles exigences de sa femme Muriel, dont il pressentait qu'elle ne porterait jamais ces bijoux ni à son cou, ni à ses mains qui tenaient la famille d'une poigne de fer.

Quand il rentra chez lui, le portier se précipita pour l'aider à porter son attaché-case, mais Franz le repoussa d'un mouvement d'épaule.

— Laissez ! Laissez ! Je n'ai pas besoin de votre aide. J'ai encore assez de force pour porter mon attaché-case.

— Comme vous voudrez, monsieur Wertheimer.

Et, pour se faire pardonner son geste déplacé, le concierge ajouta :

— Madame est en haut avec un ami.

— Un ami ?

— Oui, un homme très élégant qui vient souvent rendre visite à Madame. Un Italien je crois.

« Très généreux, ajouta-t-il avec un sourire de reconnaissance pour l'Italien, de reproche pour Franz.

Franz en déduisit que l'ami de Muriel graissait la patte du portier. Il eut un mauvais pressentiment, qu'il chassa en contemplant la figure allongée de l'employé, un homme sans âge, les joues mal rasées, ses cheveux laineux formant une petite pelouse sombre sur le sommet de son crâne, les mains allongées le long de ses cuisses et qui marchait un peu voûté. Il était de taille modeste. La couleur foncée de sa peau trahissait une origine cubaine, ou haïtienne. Que pouvait-il faire de ses soirées ? Avait-il une femme qui lui tenait la bride courte lui aussi, qui dépensait des fortunes en manucure, en coiffeur, en escarpins et en fourrures ? Souffrait-il ?

Il se posait la question quand l'ascenseur arriva ; l'homme ouvrit la porte en verre dépoli en abaissant sa casquette, mon frère Franz entra, la porte se referma sur lui. Dans le reflet vague du verre dépoli, il vit une silhouette cassée retourner dans sa grotte, avec une lenteur préhistorique.

13

— Entre, mon chéri ! Entre ! Ne fais pas ton timide !
Luigi est là ! Tu reconnais Luigi bien sûr ?

Toute l'attention de mon frère Franz était braquée sur
un homme qui se tenait debout au milieu du salon, sa
chemise blanc immaculé ouverte jusqu'au deuxième bouton, les pointes de son col pelle à tarte fièrement dres-
sées, un pantalon de laine vierge gris perle sans ceinture
cassant miraculeusement sur ses mocassins à semelles très
fines. Il était de grande taille. Sa musculature développée
donnait corps à l'hypothèse d'un athlète de haut niveau,
ou d'un homme qui s'entretient régulièrement. *Mens sana
in corpore sano.* Son nez épaté, son menton carré lui donnaient des allures de boxeur. Il modérait sa virilité par
une chevelure abondante, qui retombait en cascade sur
ses épaules.

— Luigi ! Tu reconnais Luigi Battistoni ? répéta Muriel
en pivotant sur ses quinze centimètres.

Elle dessina un arc de cercle de son bras droit pour présenter son invité, sa cape en cuir de vachette suivit le mouvement avec une fluidité qui la ravit et fit sourire de toutes
ses dents éclatantes Luigi Battistoni :

— Luigi Battistoni, le promoteur ! Vous vous connaissez certainement, je n'ai aucun doute, allons !

Franz avait reconnu le promoteur.

Tout le monde à New York connaissait Luigi Battistoni, qui venait de réaliser un complexe immobilier de plus de cinq cents appartements haut de gamme derrière le Plaza, dont les penthouses de plus de cent mètres carrés, chacun équipé d'arbustes nains, de tables en bois de teck, de barbecue en inox sur roulettes et de jacuzzi, offraient des vues imprenables sur Central Park. Le célèbre promoteur, le plus célèbre des promoteurs de Manhattan en 1961, venait de faire la une de *Harper's Bazaar*, il était impossible de ne pas le reconnaître, en revanche que faisait-il dans son appartement, en mocassins à bride, seul avec sa femme ?

Muriel prit Franz par le bras.

Il eut honte de son vieil imperméable, dont le col élimé était noirci de crasse.

— Pas de chichis entre nous ! s'écria Muriel en faisant mine de s'évanouir de fatigue dans le sofa de soie mauve. Pas de chichis, surtout pas de chichis !

Franz salua Luigi Battistoni.

Sa poignée de main moite et molle le surprit. Il déposa son attaché-case contre le sofa, retira son imperméable et s'assit à côté de Muriel, dont le maquillage montrait des signes de défaillance avancés.

Luigi Battistoni prit place dans un petit fauteuil de style Louis XV. Le fauteuil grinça sous son poids. Il écrasait de sa stature les frêles montants de bois sculptés.

— Je te sers un petit Martini, mon chéri ? demanda Muriel sur un ton enjoué. À vous aussi, monsieur Battistoni ?

Elle se leva, prit deux verres dans le bar en bois de

citronnier, jeta une poignée de glace pilée au fond de chaque verre, fit couler deux traits de Martini Rosso et piqua dans des petits bâtonnets de bois des olives vertes en lâchant :

— La touche du chef !

— Mon chéri, M. Battistoni vient te proposer une affaire en or ! Une affaire qui va te permettre de te renflouer. Je vais laisser M. Battistoni te présenter sa proposition, mais réfléchis bien, le fait est que ce genre d'occasion ne se présentera pas deux fois dans ta vie.

Elle fusilla mon frère Franz du regard pour lui faire comprendre que cette proposition était sa dernière planche de salut, après quoi elle ne répondait plus de rien, elle pouvait couper les ponts, partir. Qui sait si elle n'était pas déjà partie en réalité, se dit Franz en la voyant se draper dans sa cape en cuir de vachette et offrir son meilleur profil à Luigi Battistoni ?

— Mon cher ami, votre femme exagère sans doute un peu, mais je reconnais que nous tenons avec ce nouveau programme immobilier une opportunité de premier plan, à laquelle je serai ravi de vous associer. Vous êtes du métier après tout, pas vrai ?

Franz crut que Luigi Battistoni allait lui donner une bourrade dans les côtes en signe de camaraderie, mais non, il poursuivit son laïus en dépliant sur la table du salon un plan :

— Voici le projet.

Franz se pencha sur le plan. Il ne vit pas grand-chose. Luigi Battistoni posa un index péremptoire sur une partie hachurée au feutre noir :

— Là ! dit-il.

Il se redressa, sa chemise échancrée s'ouvrit sur son torse lisse.

— Là, nous allons réaliser le programme immobilier le plus important de New York depuis dix ans !

Il appuya encore sur le quartier hachuré, sur lequel le sud de Manhattan semblait refermer sa mâchoire de crocodile, puissante, inexorable, capable de broyer entre ses dents des carcasses de buffles. Incontestablement, il s'agissait du Bronx. Pourquoi un homme comme Luigi Battistoni allait-il investir dans le Bronx ?

— Le Bronx ? demanda mon frère Franz. Vous pensez sérieusement au Bronx ?

Muriel prit une mine courroucée. Elle leva son verre de Martini, la glace pilée tangua dangereusement et un petit sifflement jaillit de ses lèvres :

— Quelle audace ! Mais quelle audace ! Ce n'est pas toi qui aurais une idée pareille, mon chéri ! Il faut un esprit ouvert pour avoir une idée pareille, il faut voir grand ! Ah ! Je n'en reviens pas, je suis stupéfaite, totalement stupéfaite.

Elle en faisait trop.

Elle était aussi décontenancée que Franz mais elle ne voulait rien en laisser paraître, elle faisait une confiance aveugle à Luigi Battistoni ; après tout personne ne l'obligerait à promener ses deux bichons maltais dans le Bronx ; jamais elle n'y mettrait les pieds, Muriel Lebaudy n'était pas venue du nord de la France aux États-Unis pour échouer dans le Bronx. Elle avait cette prescience aveugle des personnes dévorées par l'ambition sociale, que rien ne peut dévier de leur trajectoire programmée par les traumatismes de l'enfance. Elle considérait les obstacles sur son chemin comme de menus désagréments, des astéroïdes à éviter dans la course aux étoiles. Le Bronx était un de ces impedimenta.

— Après tout, on ne va pas mourir d'aller dans le Bronx, hein, Franz ?

Elle en serait morte, mais elle n'en montrait rien, l'habile Muriel Lebaudy, la si désirable Muriel, qui déjouait avec son intelligence rusée les pièges de l'existence.

— Sérieusement, le Bronx ? répéta Franz en toisant Luigi Battistoni, qui était à peine moins grand que lui.

Franz admira sa mèche noire, qui tombait en vague souple sur son front, le promoteur n'avait aucun problème capillaire, ses cheveux étaient épais, fournis, il les garderait intacts jusqu'au bout ; c'était une des injustices de la vie, les cheveux.

— Oui, sérieusement, très sérieusement, cher ami. Vous êtes déjà allé dans le Bronx ? Non ? Vous devriez. Je peux vous y emmener si vous le souhaitez.

— Sans façon, sans façon ! le coupa Muriel le nez plongé dans son verre de Martini.

— Le Bronx est le meilleur quartier pour investir, justement parce qu'il n'y a rien dans le Bronx. Absolument rien.

Il remit sa mèche en place, prit son inspiration, on devinait ses pectoraux sous sa chemise, en plus de la piscine il devait fréquenter régulièrement une salle de sport pour avoir des pectoraux aussi bien dessinés. Entretenir son corps était l'investissement le plus important pour un promoteur immobilier qui voulait réussir à New York, encore plus important que dénicher le bon filon où placer ses billes.

Luigi Battistoni poursuivit :

— Quand je dis rien, je veux dire que dans ce quartier vous avez des bicoques minables, des appartements déglingués, des squats et juste deux tours massives qui ont été construites très précisément en 1955.

Il sourit :

— Et au milieu, des métèques.

« Métèques » heurta les oreilles de Franz et Muriel. Après des années de vie conjugale, la seule chose qui leur restait en commun, c'était une sensibilité à certaines sonorités blessantes, dont ils avaient été les victimes, Franz comme juif, Muriel comme étrangère. « Métèques » appartenait au même champ lexical que le « petits youpins » qui continuait de poursuivre Maxime et Dimitri dans la cour du collège Notre Dame des Victoires.

Ce n'est que plus tard que Muriel assimila à son tour ces expressions blessantes. Elle les mit dans sa bouche acidifiée par le champagne, elle les trouva plutôt seyants. Elle les sortait à la moindre occasion. « Tous ces métèques commencent à nous courir sur le haricot ! » disait-elle les rares fois où elle empruntait le métro. Elle les transmit à Maxime et Dimitri. Elle leur expliqua que les injures dont ils avaient été les victimes dans leur enfance, ils les devaient à leur père Franz Wertheimer, à la famille juive de leur père, à ses ascendants du peuple de Sion. Le nom de Lebaudy leur épargnerait ce genre d'humiliation. De fait, à leur majorité, Maxime et Dimitri adoptèrent le nom de leur mère. Les trois se coulèrent dans un nouveau langage, plus brutal, qui « disait les choses ». « Le fait est, prétendait Muriel, qu'on ne peut plus rien dire ! Pour un oui ou pour un non, on se fait traiter de raciste ou d'antisémite. » Elle oublia totalement ce qu'elle avait ressenti quand Luigi Battistoni avait employé le mot « métèques ». Avec la pratique la gêne s'estompa, puis disparut tout à fait, il n'en resta même pas une cicatrice dans le coin de son cerveau, pas la moindre trace. En changeant de langage, elle avait changé d'identité.

Luigi Battistoni vérifia du coin de l'œil le pli de son pantalon et poursuivit :

— Vous connaissez Robert Moses ? Robert Moses est un génie ! Le plus grand des urbanistes américains ! Ah ! On peut dire qu'il ne fait pas dans le détail. Quand il a un projet en tête, il fonce ! Donc Robert Moses a décidé de construire un réseau d'autoroutes urbaines pour relier le nord du comté à Manhattan. Vous voyez où je veux en venir ? Il va devoir exproprier des milliers d'habitants du Bronx. Dehors ! Mais il va bien falloir les loger quand même, tous ces gens, vous me suivez ?

Franz écoutait bouche bée.

Il avait été naïf. Il n'avait aucune chance de réussir, ses idées de réussite dans l'immobilier avaient été des illusions, car jamais il ne serait allé aussi loin que Luigi Battistoni, avec sa mèche souple, son pantalon au revers impeccable, sa chemise d'un blanc immaculé sur son torse d'athlète. Jamais il ne serait allé aussi loin que Luigi Battistoni dans le cynisme immobilier, comme jamais il n'aurait pu aller aussi loin que Vladimir Horowitz dans la musicalité.

Mon frère Franz butait pour la seconde fois de son existence sur ses limites.

Luigi Battistoni lui donna une tape dans le dos.

— Vous me suivez bien ? Avec Robert Moses, nous allons exproprier manu militari toutes ces bonnes gens et nous allons leur proposer un gigantesque plan de relogement financé par la ville et qui sera construit par qui ? Par qui ? Je vous le demande ?

— Par toi, Luigi ! Par toi ! s'écria Muriel en battant des deux mains.

Elle se reprit aussitôt :

— Enfin, je veux dire, par vous, monsieur Battistoni.

Elle fila au bar se resservir un trait de Martini Rosso tandis que mon frère Franz sentait un feu monter en lui, qui le réduisait en cendres. Il ne put pas entendre la fin de la péroraison de Luigi Battistoni. Un bruit sifflait en permanence dans ses oreilles, il avait les joues fiévreuses, un voile troublait son regard. La cape en cuir de vachette de Muriel avait une légèreté de tulle, comme en portent les danseuses étoiles. Muriel était-elle devenue une danseuse étoile ? Qui pouvait lui reprocher d'avoir cédé aux pectoraux saillants de Luigi Battistoni, à sa mèche souple, à sa voix de crooner qui assénait des certitudes implacables que lui, Franz Wertheimer, aurait été incapable non seulement de formuler, mais de penser ?

On n'arrêtait plus Luigi Battistoni.

Il était parti :

— Les pauvres ! Ce sont les pauvres qui rapportent le plus ! Les riches, ils ne rapportent plus rien. On ne fait pas de marge avec les riches. Tandis qu'avec les pauvres, croyez-moi, on s'en met plein les poches !

14

Mon frère Franz reprochait à Luigi Battistoni d'avoir flatté les ambitions de Muriel. C'était la seule et unique faute qu'il considérait comme impardonnable, car elle avait précipité la métamorphose de Muriel en papillon de luxe, elle l'avait entraînée sur la pente fatale de l'avilissement moral, sans lequel aucune ambition sérieuse ne se réalise.

Voilà ce que pensait Franz Wertheimer, en digne descendant de Rudolf et Rosa Wertheimer, qui avaient toujours considéré le succès comme une déchéance.

La gloire était une marque d'infamie. Elle portait en elle le souvenir de compromissions, d'arrangements, de mensonges et de crimes sans lesquels elle ne pouvait éclater au grand jour. La gloire poussait sur le fumier : « *Ruhm ist eine Schande, mein Sohn ! Vergiss das nie !* » disait Rudolf en pointant son doigt vers le plafond, au-dessus de la table à dessin. Ni Rudolf, ni Rosa n'étaient sensibles à l'éclatante sonorité de gorge de cette chose si humaine, si désirable et céleste ; gloire, *glory, gloria, Ruhm !* Les épreuves les avaient rendus sourds aux illusions des hommes.

Après tout, que Muriel parte avec un homme éclatant de santé, dont le programme immobilier dans le Bronx allait être un grand succès, Franz pouvait le comprendre. En revanche, il aimait encore assez sa femme pour savoir que rien ne pouvait lui faire davantage de tort que de l'entretenir dans ses ambitions, qui se transformeraient en sacs toujours plus sophistiqués, en fourrures rares, en bijoux, en escarpins à brides de cuir, en pull de vigogne, dont ses placards dégorgeaient déjà. Ensuite viendrait la chirurgie esthétique. Puis le placement financier dans un programme de cryogénie, qui garantissait à ses clients fortunés la conservation de leur corps et, pourquoi pas, la résurrection ?

Depuis plusieurs mois, Muriel souffrait d'angoisses nocturnes qui la réveillaient en pleine nuit, entre trois heures quarante-cinq et quatre heures du matin. Elle me glissa une allusion à ses insomnies, qui la laissaient « sur le flanc ». Elle avait des poches mauves sous les yeux. Dans sa détresse, elle était plus touchante que jamais. Comment mon frère Franz ne pouvait-il pas entendre les appels à l'aide de sa femme, qui ne trouvait plus la consolation des bras de Morphée ? Lui aussi était sourd. Autant que Rosa et Rudolf Wertheimer. La douleur l'avait enfermé dans une camisole d'indifférence.

Je recommandai le Tranxène. Muriel en avala deux cachets chaque soir avec un verre de Martini, avant de se coucher. Par la suite, elle passa au Rohypnol, faisant fi de mes avertissements sur les effets secondaires de ce puissant hypnotique, de la famille des benzodiazépines.

Par superstition, Muriel fit le tour des magasins spécialisés de Manhattan pour choisir son dernier réceptacle. Dans un cauchemar à répétition, elle se voyait sans sépulture, errant pour l'éternité sur les chemins boueux du nord de la France. Son cauchemar s'interrompait au moment où son père se découvrait devant elle pour la saluer avec sa casquette à carreaux.

Elle marchait à petites enjambées dans Park Avenue. Elle essayait de chasser de son esprit la vision persistante de ses deux belles-filles venant piocher après sa mort dans les linéaires de son dressing ; elle les imaginait écarter les jupes du bout des doigts, caresser les doublures des manteaux, faire tinter les cintres sur les tringles en aluminium. Des hyènes ! Des hyènes puantes !

Muriel bredouillait comme une folle dans la rue, bousculant les passants, risquant sa vie sur les passages cloutés qu'elle traversait en ignorant la circulation. Le cheveu filasse, les bras levés au-dessus de sa tête en signe d'imprécation contre ses belles-filles, elle marchait au milieu du flot de voitures : « Rien ! Elles n'auront rien, ces garces ! Qu'est-ce qu'elles croient ? Je ne suis pas encore morte, mes petites ! »

Son choix s'arrêta sur une urne en albâtre, qu'on pouvait saisir à l'aide de deux anses dorées en cornes de mouflon :

— Celle-là me va très bien ! Le fait est que l'albâtre est très seyant au teint. C'est doux, non ? Vous ne trouvez pas ? demanda-t-elle au vendeur dont les joues flamboyantes, couperosées par endroits, sentaient le vétiver.

— Tout à fait, madame ! Tout à fait !

— Vous pouvez me la faire livrer dans l'Upper East Side ?

— Mais certainement, chère madame ! À quel nom ?

Muriel eut un instant d'hésitation. Battistoni ? Lebaudy ?

— Muriel Lebaudy.

— Ah ! Vous êtes française ! Je l'ai tout de suite vu. L'élégance ! Le chic !

L'urne en albâtre était la plus coûteuse de toutes, mais depuis qu'elle avait quitté mon frère Franz pour le promoteur immobilier Luigi Battistoni, Muriel ne regardait plus à la dépense.

Contrairement à la cryogénie, l'incinération était au point depuis des siècles.

Au début des années soixante, la tradition indienne de l'incinération avait commencé à grappiller des parts du marché funéraire aux États-Unis, dans une préfiguration du bouleversement géopolitique du XXIe siècle, qui verrait le continent asiatique supplanter le monde occidental. Avec une grande intelligence, la Chine et l'Inde, les deux géants rivaux de cette bascule millénaire, avaient commencé leur travail de sape par les rites mortuaires. La culture était à n'en pas douter le point faible d'un monde occidental déboussolé. Elles avaient ensuite investi méthodiquement dans l'industrie ferroviaire et aéronautique, dans les installations nucléaires, dans les logiciels, le numérique, les algorithmes d'intelligence artificielle.

La plus avancée des deux, la Chine, se paierait même le luxe de se poser sur la face cachée de la Lune.

Le 3 janvier 2019, six mois avant que je m'enferme pour plusieurs mois dans un hôtel de Berlin avec pour seule documentation de départ des lettres de mon frère Franz, la sonde *Chang'e 4* alunirait dans le cratère Von Kármán pour une mission de quatre-vingt-dix jours, faisant irruption dans la course spatiale engagée par les Soviétiques et les Américains au siècle précédent.

Dans un jeu de puissance à trois, la Chine voulait désormais être la première.

Elle le serait, tôt ou tard.

La Russie ne pesait plus bien lourd. Sous l'autorité d'un chef mafieux qui avait su galvaniser son peuple avec des contes à dormir debout sur la Russie éternelle, elle s'abîmait dans des conflits de second ordre, qui effaraient les Occidentaux par leur cruauté et les dirigeants de Pékin par leur stupidité. Bientôt elle deviendrait une province. Son territoire pouvait bien faire des millions de kilomètres carrés, il lui fallait une industrie, une agriculture, des richesses, des bras, des cerveaux, des capitaux. Pékin allait pourvoir à tout cela ; c'était une affaire d'années. Derrière ses murs bas, la Cité interdite en avait plus en réserve que le Kremlin et la Maison-Blanche réunis.

Maxime, le fils aîné de Muriel et de mon frère Franz, choisirait une institution catholique pour apprendre le chinois à sa troisième fille, Esther.

Qu'une de mes nièces puisse apprendre la langue d'un pays où la première visite d'un Président américain ne remontait qu'à 1972 me semblait le témoignage le plus implacable de l'accélération du temps et le signe de la suprématie inéluctable de la Chine sur les États-Unis. Esther adorait le chinois. Elle y consacrait des heures entières dans sa semaine de collégienne. Par un saut de chromosomes, elle avait hérité des cheveux broussailleux et noirs de son grand-père, mon frère Franz.

Un soir du début du siècle (2003, 2004 ? Avec la vie les années perdent leurs contours exacts, cette unité de temps qui semblait si nette se dissout, comme du sucre dans une eau claire, au-dessus de laquelle on peut se pencher indéfiniment sans retrouver trace d'une seule date), Maxime m'invita à dîner ; je faillis pleurer quand je vis Esther, la petite-fille de mon frère Franz, plonger sa main dans sa tignasse en dessinant des idéogrammes dans son cahier. Elle était penchée sur le cahier ouvert. Sa respiration soulevait doucement ses omoplates ; elle réfléchissait. Quand elle entendit le plancher craquer, elle releva la tête :

— Oncle Oskar !

Son regard aussi était celui de mon frère Franz. Il avait une douceur semblable, une tristesse comme en ont les regards qui voient le monde comme il devrait être et non comme il est.

— Oncle Oskar ! Regarde mon chinois !

Esther me tendit son cahier et elle me laissa lire des idéogrammes auxquels je ne comprenais rien. Elle posa sa main sur le linteau de la cheminée, où une urne en albâtre, posée sur un napperon en dentelle de Calais, prenait la poussière.

15

Les lubies vestimentaires de Muriel n'étaient plus l'affaire de Franz.

Après son divorce, il avait quitté New York et trouvé refuge dans les Berkshires, non loin de la maison de retraite Primavera. Il avait élu la ville de Lenox, parce que le parc de Tanglewood accueillait chaque été un festival musical de réputation internationale, qui drainait par vagues entières la haute société de New York.

La haute société se retrouvait sur des pelouses impeccablement taillées, dont le vert club prenait au coucher du soleil des teintes orangées. Ses membres circulaient entre les rangées de tilleuls, une flûte de champagne à la main ; des serveurs aux aguets se précipitaient hors des bosquets pour les remplir, dans un délicieux chuintement de mousse perlée. On parlait musique ; on se délectait de la brise tiède, qui changeait des vapeurs toxiques de New York ; on réglait des affaires. À l'exception du joueur de contrebasse qui lui avait recommandé le prêteur sur gages, mon frère Franz avait coupé tout lien avec ses collègues musiciens, en particulier les pianistes, dont il ne voulait plus entendre parler. En revanche, depuis son arrivée à Lenox au début de l'année 1961, il était devenu un membre assidu de la société de musique, réglant sans rechigner sa cotisation annuelle de mille cinq cents dollars, qui grevait pourtant une grande partie de son budget. Il était un spectateur anonyme, personne ne prêtait attention à lui, on s'était habitué à voir sa longue silhouette de plus en plus décharnée errer dans le parc. Aucun des autres membres de la société de musique de Lenox ne savait que cet homme à la quarantaine bien frappée avait été un grand pianiste en puissance, qui avait eu le privilège de jouer la sonate Waldstein, ou un passage de la sonate Waldstein, devant Vladimir Horowitz. Aucun ne cherchait à savoir pourquoi il pianotait les morceaux du bout des doigts sur sa cuisse en les écoutant, le plus souvent la partition ouverte sur ses genoux, griffonnée à chaque portée. On le prenait pour un de ces excentriques qui hantent les salles de concert. Quand il fredonnait trop fort en suivant la partition, notamment dans les symphonies de Haydn, son voisin lui donnait un coup de coude dans la manche de son smoking, dont le col châle élimé gardait encore dans sa courbe harmonieuse la marque de l'habileté du tailleur.

Il se rencognait dans son siège et marmonnait doucement en observant la mouche sur le dossier en bois verni, attirée par une trace poisseuse :

— Tu écoutes aussi, la mouche ? Tu écoutes Haydn ? La mouche, tu dois savoir que Haydn est un meilleur musicien que Mozart, Mozart a tué Haydn mais Haydn était un meilleur musicien, il faut que tu le saches.

Ses lèvres articulaient les mots mais les mots ne sortaient plus de sa bouche. Il articulait :

— Tu comprends ce que je te dis, la mouche ? Tu comprends ?

À son arrivée à Lenox, mon frère Franz avait cherché un appartement dans le centre, où les loyers étaient inabordables.

Il chercha un peu plus loin.

Il échoua finalement dans une maison à la périphérie de la ville, accrochée à une colline isolée. De la baie vitrée de son salon, il pouvait voir le cimetière.

Un jeune agent immobilier lui avait fait visiter la maison. Il était aussi grand que lui, mais encore plus maigre, de cette maigreur adolescente qui fait ressembler les membres à de fines ramures bourgeonnantes. Il portait un costume noir acheté dans un magasin de confection, des chaussures à lacet et une cravate orange vif, assortie à ses cheveux roux taillés en brosse. La visite avait été interminable, l'agent s'arrêtait sur le moindre détail, vantait le caractère pratique de la disposition des pièces, ouvrait et refermait les volets mécaniques, s'appuyait sur la table en formica de la cuisine en garantissant sa robustesse : « À savoir que le formica est très résistant, monsieur. Vous pouvez poser ce que vous voulez dessus, ça tiendra. »

Il avait enchaîné sur la chambre, qui sentait le moisi. La pièce était vide, l'endroit où se trouvait le lit était d'un beige un peu plus clair que le reste du sol en linoléum. Les semelles de l'agent immobilier collaient sur le sol et faisaient un bruit de succion en marchant : « Il faut aérer mais il y a tout le confort. »

Il avait écarté les rideaux en cretonne, dégageant la vue sur le cimetière : « C'est très calme. »

Franz l'avait suivi docilement dans sa déambulation à travers la maison, les yeux rivés sur la brosse rousse du jeune agent immobilier, qui frottait le plafond bas de la maison.

Sa peau piquée de taches de rousseur lui faisait penser à un cuir de vache hollandaise.

— La maison est reliée au tout-à-l'égout ou c'est une fosse septique ?

— Une fosse septique, monsieur Wertheimer.

— Ah ! Et il n'y a aucun moyen de se raccorder au tout-à-l'égout ?

— C'est que nous sommes loin du centre. À savoir que c'est une fosse septique de grande qualité. Vous n'aurez aucun problème. Rien à voir avec ce qui existait avant.

L'agent avait terminé par la salle de bains, qui ne disposait d'aucune ouverture, pas même un vasistas.

Un éclair avait traversé ses pupilles placides : « Il n'y a pas de fenêtre dans la salle de bains. Tout est fermé ! À savoir que ça conserve très bien la chaleur. »

Maintenant mon frère Franz ne quittait plus sa maison.

Il avait acheté un bureau en pin dans un grand magasin à la sortie de la ville et il s'était mis à écrire des lettres. Hormis les concerts dans le parc de Tanglewood, c'était désormais sa seule occupation. Certaines étaient destinées à des correspondants inconnus, la plupart à des célébrités qu'il ne connaissait pas mais à qui il souhaitait dire des choses qui lui tenaient à cœur.

Il m'en écrivit une dizaine au total.

L'une d'entre elles était datée du 1er octobre 1961. Elle se terminait par ces mots : « Je ne crois pas aller bien mais qui va bien dans ce monde ? Qui peut aller bien dans ce monde, mon cher Oskar ? Je ne crois pas qu'il soit juste d'aller bien dans ce monde. Qu'en penses-tu Oskar ? »

Il avait signé : « Ton frère qui t'aime. »

16

Mon frère Franz était en pleine dépression.

Il fallait être aveugle pour ne pas le voir, il en avait tous les signes cliniques, en particulier sa voix, qui au téléphone prenait un ton lugubre, on comprenait que parler lui demandait un effort surhumain, articuler des mots était plus éprouvant pour lui que soulever des haltères, il sortait épuisé de chaque appel. Il finit par ne plus répondre au téléphone, qui sonnait dans le vide, tandis que lui restait immobile derrière le rideau en cretonne, à regarder le cimetière de Lenox.

Il réfléchissait à une lettre, il la ruminait.

Il marchait ensuite lentement dans le salon, le cerveau lourd d'idées dont il transportait avec mille précautions le liquide instable, qui aurait pu exploser à tout moment. Il s'installait à son bureau en pin, qui lui laissait des échardes dans la paume des mains, il sortait du papier de son tiroir, il le noircissait au stylo bille, d'une écriture rageuse :

« Monsieur le Président, ne me dites pas que les impôts baissent, ils ne baissent pas, je viens de le constater ce matin en ouvrant un courrier de votre administration fiscale qui me réclame des sommes vertigineuses. Ces sommes, je tiens à vous le dire, je ne les paierai pas. *Mensch !* Vous croyez que je roule sur l'or ? Non, monsieur le Président, je ne roule pas sur l'or ! Non ! Absolument pas ! Au contraire ! J'habite une petite maison à Lenox, Massachusetts. J'ai habité à Manhattan mais avec vos impôts, qui ne baissent absolument pas, contrairement à ce que vous disent vos fonctionnaires du Trésor, qui vous mentent, j'ai dû partir. Je suis parti et j'ai laissé la place à ma femme Muriel et à son amant Luigi Battistoni, l'homme aux mocassins. Monsieur le Président ! Je ne paierai pas ces sommes vertigineuses ! C'est impossible ! Il me reste à payer mon loyer pour ma maison de Lenox, Massachusetts, je dois m'acheter de nouvelles chaussures pour l'hiver, il faut que je paie aussi l'électricité et que je remplisse la cuve de fioul. Vous savez ce que c'est, une cuve de fioul ? Jamais de votre vie de Président vous n'avez dû payer la note d'une cuve de fioul. *Mensch !* Elle est salée, la note ! À Nantucket, on ne paie pas sa note de fioul ! Chez les Kennedy, on ne paie pas ses notes ! L'argent coule dans vos veines, il vous donne le teint rose. Moi, j'ai le teint blafard, monsieur le Président. Sans compter les dérangements de la fosse septique. Occupez-vous donc de Cuba. Puisque vous ne voulez pas baisser les impôts, occupez-vous de Cuba. Cuba ! Île de malheur ! »

Il arrachait la feuille, la froissait en boule dans son poing, la jetait dans la corbeille à papier en osier ; il reprenait sa lettre :

« Occupez-vous de Cuba et finissez-en avec Castro, monsieur le Président. Imaginez-vous que je connais très bien cette île de malheur, il y fait chaud tout le temps, il y a des orages violents. Cuba est devenu un enfer, monsieur le Président, un enfer communiste à nos portes, il faut que vous y mettiez bon ordre. Faites le nécessaire, monsieur le Président ! »

Quand il avait fini une lettre, il la stockait avec un numéro dans un classeur à soufflets, dont les onglets en carton portaient les noms des destinataires. Il avait numéroté 9 864 lettres, datées du 15 avril 1961 au 22 novembre 1963. À supposer que beaucoup d'entre elles aient fini au panier, il devait en avoir écrit davantage, des milliers – des milliers de lettres que leurs destinataires ne liraient jamais. Certains par ailleurs étaient morts et enterrés depuis longtemps, des siècles parfois.

Sa première lettre remontait donc au 15 avril 1961. Elle était adressée à Vladimir Horowitz :

« Cher Vladimir, je n'approuve pas votre manière de faire, sachez-le ! Votre jeu est insipide. Votre musicalité déficiente vous condamne à disparaître rapidement de la mémoire des hommes, qui ne retiendront rien de vous. Dans Liszt, vous en faites des tonnes. Dans Mozart, votre prétention sans bornes vous rend tout simplement inaudible. Non, cher Vladimir, décidément je n'approuve pas votre manière de faire. »

La lettre faisait des pages. Tout le répertoire de Vladimir Horowitz y était passé à la sulfateuse.

« Votre Scarlatti, votre morceau de bravoure, ne vaut pas tripette. On dirait que vous jouez à la machine à coudre. Vous nous cassez les tympans, Vladimir ! Vos Rachmaninov plantureux me font vomir. Vous tartinez des rubatos infinis comme du beurre de cacahuète sur des cornichons russes. Ainsi parla Dieu et il vit que cela était juste et bon. Je ne vous salue pas. »

La fin était illisible. La pointe du stylo bille avait déchiré la feuille.

La dépression rongeait le cerveau de mon frère Franz, mais je ne trouvais pas le courage de le lui dire. J'attendais le moment propice pour lui recommander de consulter un spécialiste. Le moment ne se présenta jamais.

L'histoire finit en fratricide.

Au printemps de l'année 1961, quand les ravages de la dépression nerveuse furent si évidents que les nier aurait constitué une faute professionnelle, je demandai à un collègue de prendre contact avec Franz. Il le fit. Franz refusa toute consultation. Il allait très bien. Quel intérêt aurait-il eu à consulter un spécialiste ? Son frère était un spécialiste reconnu, si jamais il avait eu besoin de soins, il le lui aurait dit.

Une des toutes premières lettres était adressée à un certain docteur Ravelstein :

« Docteur, tout ne va pas de mal en pis. Mon âme se porte mieux que vous ne le pensez. Si elle devait céder sous le poids de la tristesse, comme un toit cède sous le poids de la pluie à la saison des moussons, ou si elle devait se laisser emporter par le blizzard, ou si elle était sur le point de se faire recouvrir par une nuée de criquets, ou avalée par le ventre d'une baleine, je comprendrais votre sollicitude. Nous n'en sommes pas là. Pas encore ! Le temps viendra. Pour le moment, votre sollicitude est inutile. Alors épargnez-moi vos appels incessants ! Laissez-moi en paix ! Je mène une existence paisible à Lenox, Massachusetts, plongé dans une réflexion qui me console davantage que ne pourraient le faire vos traitements de charlatan. Gardez chez vous au chaud vos oreilles où pousse une étoupe que vous coupez chaque matin au ciseau à ongles, ne sortez pas votre crâne lisse, vous pourriez prendre froid. Où je suis, il fait froid ! Il fait glacial, docteur ! Les âmes comme les miennes ne sont pas faites pour les gens comme vous, vos yeux barricadés derrière vos lunettes en acier ne voient plus rien, ils sont aveugles, aveugles à crever ! Docteur ! Si un jour je sentais le besoin de m'adresser à un de vos congénères, sachez que mon frère Oskar est un des psychiatres les plus renommés de New York. C'est à mon frère Oskar que je m'adresserais, certainement pas à vous, docteur Ravelstein. »

Mais précisément Oskar ne lui avait rien dit de son état. Il lui avait manqué le courage de lui parler en clinicien.

En vérité, Oskar avait eu peur.

Dans cette affaire, il avait eu peur de perdre son frère aîné pour lequel il nourrissait une admiration féroce, qui aurait dû devenir un pianiste célèbre, au lieu de finir agent immobilier à New York et de rester cloîtré dans sa maison sordide de Lenox, Massachusetts.

Oskar Wertheimer avait eu peur de la mort de son frère Franz et il l'avait désirée.

Au moment où j'aurais dû aller sonner à la porte de mon frère Franz pour lui dire de se soigner, de se soigner sans délai, et dans la meilleure clinique de Manhattan, j'avais repoussé le déplacement, et finalement je ne l'avais jamais fait. Je m'exagérais la difficulté de la route, le motel où j'aurais dû m'arrêter pour passer la nuit, la solitude du trajet, les parents que je serais obligé de voir une fois dans les Berkshires.

Maintenant, il était trop tard.

Sans vraiment le vouloir, comme à peu près tout ce que nous faisons de malheureux dans notre vie, je ne m'étais pas opposé à la dépression de mon frère Franz, je l'avais laissé seul dans sa maison de Lenox. Il écrivait sur sa table en bois de pin, à raison d'une dizaine par jour, des lettres toujours plus longues :

« Très distingué Herbert *von* Karajan (la particule ! depuis quand ?), *sehr geehrter* Herbert, avec tout le respect que je vous dois, vous ne devez pas être très fier de vous. »

Cette lettre portait le numéro 56, entouré au feutre rouge :

« Je garde sur mon bureau une photo de vous avec l'immense pianiste Sviatoslav Richter. Vous êtes au premier plan, comment pourrait-il en être autrement ? Pas de quoi être fier, *lieber* Herbert ! Je connais votre vie. Vous pouvez toujours enfiler des polos noirs impeccables, rabattre votre mèche d'un geste impérial, fermer les yeux en dirigeant Wagner d'une main de fer, vous ne serez toujours qu'un petit opportuniste qui a pris sa carte au parti nazi pour faire carrière ! Voilà la vérité ! La vérité aveuglante ! Quelle chance pour vous que les hommes oublient. Ils ne pardonnent pas, ils oublient. Vous êtes si rayonnant au volant de votre coupé Mercedes, vous êtes si triomphant aux commandes de votre avion, comment pourrait-on ne pas oublier le reste ! Le reste ne compte pas. Les hommes ont pesé et ils ont trouvé que cela ne pesait pas lourd, en comparaison du poids de votre génie. Mais moi, Franz Wertheimer, au nom de mes ancêtres, je ne vous pardonne pas. Tous vos enregistrements ne suffiront pas à me faire oublier votre carte nazie. Sont inscrits dessus les noms de mes ancêtres. Vos tempos sont implacables, mais implacable aussi est le jugement de l'Histoire : qui vous a attribué la direction de la musique d'Aix-la-Chapelle en 1935 ? Qui ? Avouez ! Hitler ! Hitler en personne. Douche. Gaz. Mort. Four. *Endlösung*. Rivalité de petits chefs à tous les étages du régime nazi pour en éliminer le plus grand nombre. Heydrich contre Himmler. Himmler contre Heydrich. Vous ne saviez pas ? Vous auriez dû savoir ! *Endlösung*. Et vous innocent ? *Sehr geehrter* Herbert von Karajan, pardonnez-moi le ton de cette lettre, auquel vous ne devez pas être habitué, cependant je ne comprends pas que des hommes comme vous finissent toujours par l'emporter. Et les faibles comme moi, par disparaître. Je ne comprends pas ! *Mensch !* Pourquoi ? Les hommes avec du sang sur la conscience restent. Et les autres disparaissent. Pourquoi ? Votre exigence légendaire vous a sauvé, ma paresse m'a condamné. *Faulheit !* Résignation des modestes. Pour vous, ce n'était jamais assez bien, *nicht wahr ?* Quand vous avez réalisé que vous ne seriez jamais le plus grand des pianistes, parce que votre bras droit avait une fâcheuse tendance à la tendinite, vous avez laissé tomber le piano et vous avez pris la baguette, la baguette de chef qui convient parfaitement à votre caractère. Rapace ! Moi, Franz Wertheimer, quand j'ai réalisé que je n'arriverais jamais à la cheville de ce clown de Vladimir Horowitz, qui pourtant ne vaut pas un clou, je n'ai pas eu le courage de continuer la musique et je suis devenu agent immobilier. Agent immobilier ! Vous réalisez, *maestro ?* Est-ce que vous vous imaginez agent immobilier ? Pourtant les choses auraient pu mal tourner pour vous : quelle idée d'interrompre votre orchestre pour un couac dans Wagner devant Adolf Hitler ? Vous pensez qu'Adolf Hitler avait relevé le couac ? Adolf Hitler ne connaissait rien à la musique. Il pleurait dans son fauteuil en écoutant *Lohengrin* et à la sortie il demandait qu'on exécute davantage de juifs dans des fosses communes. Discipline ! Efficacité ! *Endlösung*. Il avait mieux à faire, ce monstre, croyez-moi ! Est-ce que la conférence de Wannsee avait été productive ? Est-ce qu'enfin on allait sortir de l'amateurisme ? À ce rythme-là les juifs continueront de pulluler comme de la vermine dans les draps allemands. Nous ne pouvons quand même pas les envoyer en enfer. *Aktionen. Auswanderung.* À quoi pensait Hitler dans son fauteuil ? À Wagner ? À cet enfer où les juifs ne devaient pas aller, parce que c'était encore quelque part ? Éradication ! *Verstehen Sie mein Freund, mein lieber Freund ?* Éradication. *Sehr geehrter* Herbert von Karajan, vous êtes le complice de ce monstre, oui, le complice ! Quand j'écoute les enregistrements de vos concerts, je n'entends pas des musiciens, j'entends les culasses des fusils qu'on recharge. *Niemals.* Une si longue colonne de fumée. Des cendres comme s'il en pleuvait, l'aube, la nuit. Je ne vous félicite pas ! Vous ne devez pas être fier de vous. Au moins, dans ma salle de bains qui n'a pas de fenêtre, même pas un vasistas, je peux me regarder dans la glace le matin. Tandis que vous, Herr Karajan ! Vous ! Vous ! »

Il avait souligné ce passage de trois traits rageurs.

« Je reconnais que vous êtes insurpassable dans Beethoven, votre ouverture de *Coriolan* me donne des frissons chaque fois que je l'écoute. Quelle précision ! Quelle mécanique ! Il faut avoir une sacrée névrose en soi pour déchirer les cordes à ce point. *Servus,* Herr Karajan ! Tout notre siècle s'incline devant vous, parce que vous avez enfanté de la musique avec la violence des monstres. Tout le monde s'y retrouve. Vous êtes l'alchimiste des meurtriers ; vous les asseyez dans des fauteuils en velours et vous les transformez en enfants les joues ruisselantes de larmes chaudes, salées, douces. *Wunderbar, Herr Karajan ! Wunderbar !* »

Dans le classeur à soufflets se trouvaient des lettres à destination de Muriel Lebaudy.

Elles étaient écrites à l'encre bleue.

« Muriel, quoique notre mariage ne t'ait pas donné entière satisfaction, il me semble que son échec ne m'incombe pas totalement. Ta passion pour les fourrures t'a égarée, Muriel, admets-le. Il me revient que tu n'achètes plus que des articles en cuir d'autruche. Pourquoi l'autruche ? Ne trouves-tu pas cruel d'exposer au regard des autres des sacs où l'on voit encore les follicules de ces pauvres bêtes dont on a arraché les plumes ? La teinture ne cache rien de cette cruauté. Devant chaque article en cuir d'autruche je vois courir sur ses trois doigts un de ces oiseaux stupides, qui veut échapper à son tortionnaire et secoue ses lourdes plumes sur ses flancs. Tuer des animaux pour s'habiller est un crime de la pire espèce. Pouvait-il en aller autrement ? Aucun mariage ne réussit de nos jours, au mieux on peut y trouver une satisfaction sexuelle, quoique la satisfaction sexuelle se trouve le plus souvent hors des liens du mariage, dans le berceau souillé des corps. L'union parfaite est une chimère d'un autre temps. L'Occident a détruit l'amour courtois. *Minnesang.* Je suis le disciple muet de Walter von der Vogelweide, Wolfram von Eschenbach, Hartman von Aue, Ottokar aus der Gaal. Jamais tu n'en as entendu parler. La modernité nous a rendus si faibles, Muriel ! L'Occident a créé l'amour et l'Occident a détruit l'amour. L'Occident détruit tout ce qu'il crée. Incontestablement, il tire sa force de sa capacité destructrice. Je t'envoie par la présente le sonnet 116 de Shakespeare. Lis-le entre deux boutiques ou dans un salon d'essayage, si la vendeuse prend du temps pour aller chercher ta petite taille en stock. « *Let me not to the marriage of true minds / Admit impediments. Love is not love / Which alters when it alteration finds, / Or bends with the remover to remove.* » N'est-ce pas notre histoire ? Je te laisse méditer sur ce sujet. *Impediment* : ton ami Luigi Battistoni. Il aura été notre *impediment* et il aura tué notre amour. »

Certains mots étaient plus lapidaires :

« Muriel, s'il te reste un peu de cœur, envoie-moi mille dollars pour m'aider à boucler la fin du mois. Je croule sous les dettes. »

Un reçu agrafé à la lettre témoignait de la générosité de Muriel. Franz n'avait pas eu besoin de l'envoyer. Muriel Battistoni lui versait des sommes significatives le premier de chaque mois. Elle que j'avais soupçonnée de pingrerie, sauf pour ses fils et ses vêtements, n'avait jamais laissé tomber Franz, un reste d'éducation catholique lui dictait une conduite charitable.

17

Nous devons mourir, n'est-ce pas ? *Memento mori.* En vérité, nous ne pouvons pas nous passer de religion. Celles que nous ne pratiquons plus, nous leur en substituons d'autres, de notre cru.

La lettre numéro 44 datait de 1961. Elle était destinée à Ernst Hanfstaengl, le pianiste favori d'un Hitler pour lequel mon frère Franz nourrit à la fin de sa vie une obsession grandissante, sans jamais lui écrire néanmoins. Il lui préférait ses sbires, ou ses proches :

« Putzi, savez-vous que nous avons un point commun ? Vous êtes très grand, près de deux mètres il me semble. La grande taille est une incommodité que ne comprennent pas les petits, elle vous oblige le plus souvent à vous tenir voûté, autant parce que votre colonne vertébrale plie sous le poids de votre cage thoracique et de vos épaules, que par souci de discrétion. Les hommes de haute taille passent leur vie à s'excuser d'être grands, mon professeur d'allemand me l'a appris très tôt quand je prenais des leçons avec lui à New York. Lui-même mesurait un mètre quatre-vingt-dix. Au piano, la taille est une autre difficulté. Elle peut s'accorder avec des mains qui facilitent les octaves, mais elle conduit aussi tout droit à des scolioses épouvantables, qui compliquent la station assise sur un tabouret de concert. Pour le reste, nous ne nous ressemblons guère, Putzi. Avec votre menton en galoche, votre nez épaté, votre front bas, vous avez tout du tueur à gages. Pourtant vous avez étudié à Harvard, vous êtes un homme raffiné, vous faisiez partie de ces nazis cultivés qui ont cru pouvoir éduquer les monstres. Éduquer les monstres ! *Ein weites Feld*, comme vous dites. La plus stupide des idées, la plus vaniteuse et la moins courageuse en définitive, qui vous évitait de domestiquer la bête. Cher Ernst Franz Sedgwick Hanfstaengl, vos cravates sont aussi grotesques que votre surnom de Putzi. Toutes les dictatures ont leur bouffon, vous en étiez un du plus bel ordre, à jouer des transcriptions de Wagner sur les pianos désaccordés des brasseries munichoises, devant un Hitler extatique, dont les lèvres frémissaient de plaisir sous la moustache en *Umlaut*. Avez-vous remarqué cette manie de Hitler, de relever sa mèche avec un geste féminin ? Tous les dictateurs ont quelque chose de féminin. Les vrais monstres ne sont pas aussi virils qu'on le dit. Il faut avoir une psyché désaxée, ce n'est pas à la portée de tout le monde. Refoulement ? Besoin frénétique de séduire les foules ? Un point me taraude, Putzi. Est-il vrai que vous avez accueilli Adolf Hitler dans votre maison de campagne d'Uffing, du 9 au 11 novembre 1923, après le fiasco de son putsch ? Est-ce exact ? Pouvez-vous me confirmer aussi que vous auriez accueilli un homme en état de grande détresse morale, prêt à mettre fin à ses jours, et que vous l'auriez convaincu, avec votre femme Helene, de ne pas se suicider ? Putzi ! Avez-vous profité des montagnes radieuses de la Bavière et du grand air pour redonner de l'espoir à un homme qui portait en son sein les germes de la destruction de masse ? Oui ou non ? Le cas échéant, je vous voue aux gémonies, vous et votre descendance. *Mensch !* Vous coulez des jours tranquilles à Munich et votre fils Egon enseigne dans une université américaine. Atroce mémoire des hommes. On avance à pas de loup à travers les siècles. L'oubli est une neige épaisse, qui recouvre les traces. Pourtant j'ai relevé le nom du parrain de votre fils, qui enseigne dans une université américaine, à des étudiants américains, dans une Amérique dite libre et démocratique : Hitler. Que le monde entier le sache ! Hitler ! »

À partir de l'année 1963, la plupart des lettres étaient adressées à des destinataires d'origine allemande, philosophes, écrivains, musiciens, chefs d'orchestre, connus ou non. Je n'en reproduis que trois parmi les plus notables. Dans leur ordre chronologique, elles témoignent de la dégradation de la santé mentale de mon frère Franz.

Lettre du 25 octobre 1963, à Martin Heidegger :
« Maître, j'ai peur, pourquoi ? Je vous dérange dans les cimes où vous avez trouvé refuge pour saluer votre perspicacité. Vous avez percé une énigme contre laquelle je butais depuis des années, précisément depuis le jour où une dépression s'est abattue sur moi avec la violence d'une tempête de neige. Méditez cette comparaison, maître ! La dépression vous laisse aussi désemparé que le randonneur en pleine tempête, qui perd ses repères visuels et s'épuise à tourner en rond. Vous avez percé l'énigme de la peur, aux paragraphes 184 à 188 du chapitre 40 de *Sein und Zeit*, « La disponibilité fondamentale de l'angoisse : une insigne ouverture du Dasein ». Nous sommes au monde,

quoi de plus simple ? Tout notre malheur est là. Savez-vous, cher Martin Heidegger, que depuis mon enfance on me demande pourquoi j'ai peur ? Quand mon père me voyait buter sur une partition, il répétait : « Franz, arrête d'avoir peur ! » Ma mère aussi, quand je montais sur scène : « Franz, tu n'as aucune raison d'avoir peur ! » Mon frère Oskar, psychiatre de son état, pensait me consoler quand il me disait : « Franz, n'aie pas peur ! N'aie pas peur, Franz ! » Il pensait me consoler, tous ils pensaient m'aider, mais je ne comprenais pas leurs mots parce que en réalité, maître, je n'avais pas peur. Je n'ai jamais eu peur de quoi que ce soit ; le sentiment qui m'habitait n'était pas celui dont ils parlaient, la peur, mais celui que vous avez décelé dans votre chapitre 40 de *Sein und Zeit* : l'angoisse. Je vous en suis reconnaissant, maître, car un mot juste est une dou-leur en moins. Donc vous m'avez appris que je souffrais d'angoisse, pas de peur. Rien que pour avoir détruit cette illusion que nous habiterions le monde tranquillement, alors que nous ne pouvons habiter le monde que dans le désespoir – le désespoir de notre disparition – l'humanité vous sera infiniment reconnaissante, cher Martin Heidegger ! Vous avez déchiré la page chrétienne d'un monde accueillant pour écrire la page de l'angoisse occidentale, maître. Mesurez-vous ce que vous avez accompli ? Entre le monde et nous, il y a un abîme. Vous avez vu cet abîme. Mais saint Augustin aussi, n'est-ce pas ? Il a mis Dieu dans cet abîme pour le combler, mais il l'a vu. En chacun de nous il y a un abîme qui nous sépare du monde. Et vous, maître ? Que mettez-vous dans cet abîme ? Cher Martin Heidegger, c'est bien beau d'ouvrir des failles aussi béantes, mais il faut les combler. Quand on a fait des trous dans un jardin, on les rebouche, pardon de ma trivialité si peu philosophique, on ne pratique pas beaucoup la philosophie à Lenox, Massachusetts. Le monde occidental est orphelin de Dieu. Alors que me reste-t-il à faire ? En définitive, vous n'êtes qu'un pitre, car vous ne savez pas répondre à cette question. Toute votre philosophie ne vaut pas un clou. Elle est grotesque, comme votre bonnet de laine tricoté au crochet par votre femme, avec la laine de vos moutons, comme vos mi-bas, ajustés au mollet d'acier qui gravit la montagne. Ne descendez pas de vos alpages ! Nous n'avons plus besoin de vous. Le monde occidental se passe très bien de philosophie. On vit correctement ici, à Lenox, Massachusetts, sans individus de votre espèce. *Bis bald. Ein schöner Tag.* »

Lettre du 1er novembre 1963, à Sigmund Freud :
« *Sehr geehrter Herr Doktor,* Sigmund, je vous écris le jour de la fête des morts (*Allen heiliger*). Je vous ai démasqués, vous et votre horde de singes hurleurs. Sous couvert de science, vous avez exploité notre malheur, à nous, les patients. Je suis résolument du côté de Ferenczi, votre disciple. Au moins Ferenczi voulait guérir les pauvres hères que nous sommes. Vous, vous n'avez jamais eu la moindre intention (*Absicht*) de nous guérir : « *Das war nicht eure Absicht, das wissen Sie sicher.* » Vous avez osé l'écrire ! Tout cela n'était pas votre souci : « *Aber das ist nicht eure Sorge.* » *Verba volant, scripta manent.* Les écrits restent. *La Question de l'analyse profane* (1926) : « Depuis ma première année, je n'ai pas conscience du moindre besoin d'aider des hommes qui souffrent. » Plus terrible encore, ce que vous avez confié à votre ami Ferenczi, avant de le lâcher, lui aussi, comme vos patients. Vous avez voyagé en Italie avec lui et vous l'avez trahi, à l'aube le coq a dû chanter trois fois. Mais avant, vous lui aviez fait cet aveu : « Les patients

ne sont bons qu'à nous faire vivre, ils sont du matériel pour apprendre. Nous ne pouvons pas les aider de toute façon. » Relisez-vous, Sigmund ! que la honte vous étouffe, plus sûrement que votre cancer de la mâchoire. Non, les patients ne sont pas que de la chair à canon. Sachez-le, *Sehr geehrter Herr Doktor,* il n'y a pas de vie souffrante qui n'ait ses dignités particulières, ses hiérarchies intimes, ses motifs de gloire. Sachez-le une bonne fois pour toutes ! Car tel est mon credo. Je ne veux pas vous accabler davantage. Néanmoins, lisez encore : « Tous les névrosés sont de la racaille. » Et il existe encore sur terre une âme pour vous écouter ? Combien d'ordures verbales votre palais en acier a-t-il mâchonnées ? Maintenant, je me tourne vers votre disciple déchu : « Seule la sympathie guérit. La compré-hension est nécessaire pour pouvoir utiliser la sympathie au bon moment et de la bonne façon. » (Ferenczi, *Journal clinique.*) Il ne suffit pas de trouver la genèse de la souf-france, Sigmund, encore faut-il la guérir. Votre disciple a tant souffert de vous, comme j'ai souffert de Horowitz. Il est trop tard pour changer. La vie ne repasse pas les plats ; Ferenczi et moi, nous avons fait de mauvaises rencontres. Le temps que nous en nous apercevions, notre vie avait rapetissé. « Et, de même que je dois maintenant reconsti-tuer de nouveaux globules rouges, est-ce que je dois (si je peux) me créer une nouvelle base de personnalité et aban-donner comme fausse et peu fiable celle que j'avais jusqu'à présent ? Ai-je le choix entre mourir et me réaménager – et ce, à l'âge de cinquante-neuf ans ? » Se réaménager, le peut-on ? Nous ne sommes pas des maisons. Nos plans sont définitifs. *Herr Doktor Professor,* parmi tous les monstres que l'Occident a engendrés, vous êtes le plus pervers de tous, car vous avez pris les traits du Christ des consciences ; vous

n'êtes pas le sauveur de nos âmes, vous en êtes le démon !
Servus. »

Lettre du 15 novembre 1963, à Friedrich Hölderlin :
« Votre Majesté, Votre Sainteté, Seigneur Baron – Monsieur. Sublime dérision ! Est-ce bien ainsi que vous accueilliez vos visiteurs dans votre tour de Tübingen ? Comme ils devaient être décontenancés. Avez-vous trouvé le repos ? On me dit que vous ne sortez de votre tour que pour marcher dans les fossés du château. Dès l'aube, vous y cueillez des fleurs, la nuque exposée au vent. Vous n'êtes pas bien tenu, votre chemise sent la cire fondue, il manque des boutons à votre pantalon que votre logeur Herr Zimmer a encore oublié de rapiécer, vos ongles poussent de manière douteuse. Il est vrai qu'à Tübingen les salons de manucure ne doivent pas être légion ; ici, à Lenox, Massachusetts, ils poussent comme des champignons. Les ongles longs sont utiles pour échapper aux griffes des hommes. Griffez-les à votre tour, s'ils veulent vous priver de votre liberté ! Mordez-les jusqu'au sang ! Les hommes vous accusent de folie (*Wahnsinn*), de dérangement mental (*Irrsinn*), leurs cervelles en ordre estiment que vous avez complètement perdu l'esprit (*er ist in einer vollkommenen Geistesabwesenheit*), ils prétendent que votre comportement confine à la fureur (*Raserei*), que vous ne seriez plus qu'un pauvre vieil homme dérangé (*zerrüttet*), tout juste bon à arpenter les fossés du château de Tübingen, les mains croisées dans le dos. Les hommes de science vous ont condamné. Pardonnez-leur, Votre Sainteté, ils ne savent pas ce qu'ils font. Une fois qu'ils vous auront ausculté pour la centième fois en dix ans, pas pour votre bien, non !, mais pour évaluer le montant de la pension à laquelle vous avez droit, ils retourneront

vaquer à leurs occupations, mesurer des crânes, sonder des cerveaux, peser des foies pleins de bile, décortiquer au scalpel l'occlusion intestinale où se trouve le siège de la folie, selon eux. Qu'en savent-ils ? *Believe me,* ce qu'on appelle depuis trois siècles votre folie n'a rien à voir avec de la folie. Vous êtes simplement un esprit touché par la grâce céleste. « *Pallasch, pallasch, wari, wari* » : que vouliez-vous dire ? « *Dein Haus ist göttliche Wahnsinn* », je comprends mieux. Et votre « indicible nostalgie », n'est-ce pas le plus joli masque verbal de votre folie ? Maintenant, je n'écoute plus que vous, Monsieur :

> *Die Linien des Lebens sind verschieden*
> *Wie Wege sind, und wie der Berge Grenzen*

Oh oui ! Les lignes de la vie sont si différentes. Connaissez-vous mon frère Oskar Wertheimer ? Enfant, j'ai partagé sa chambre, mais il n'a pas fait le moindre geste pour me tirer de mon pétrin. *Als das Kind Kind war.* Il a réduit notre enfance en cendres. Il a trouvé son goût amer dans sa bouche. Il l'a recrachée sur le sol et il fait son chemin dans la montagne, seul. Vous, Friedrich, avez-vous réellement été amoureux de Susette Gontard ? Merveilleuse, votre dédicace dans *Hypérion* : « *Wem sonst als dir* » – à qui d'autre sinon toi. Nous sommes devenus trop méchants, le monde occidental a tourné à l'aigre. Votre romantisme ferait sourire ; vos emportements seraient taxés de folie, ils le sont ! Il n'y a plus de place pour l'idéal que dans les cerveaux dérangés, c'est pour cela que je m'en vais à mon tour. « *Es geschieht mir nichts* », dites-vous ? Il ne vous arrive rien ? À moi non plus, il ne m'arrive rien. J'admire l'obstination avec laquelle, durant trente ans, vous avez arpenté le même sentier pelé des fossés du château de Tübingen, vous avez joué du piano dans votre tour (moi aussi, je jouais du piano, si mal !), vous avez mangé une aile de poulet accompagné d'un verre de vin blanc, vous avez reposé votre plateau à l'entrée de votre chambre, car vous ne supportiez pas que les mouches viennent se poser sur les restes ; vous avez toujours eu en horreur les mouches, quand vous les attrapiez, vous leur arrachiez les ailes avec vos ongles trop longs – on ne tolérerait plus pareille cruauté enfantine de nos jours. « *Es geschieht mir nichts.* » Alors pourquoi rester ? Est-ce qu'il ne faut pas que quelque chose, n'importe quoi, arrive dans la vie ? « Car ce qui est tragique en nous, mon ami, c'est notre façon de quitter tout doucement le royaume des vivants dans un quelconque empaquetage, et non que les flammes nous dévorent en expiation de la flamme que nous n'avons pas su dompter. » (4 décembre 1801.) *Pallasch, pallasch, wari, wari !* Je suis aussi innocent que coupable, Friedrich. N'est-ce pas notre lot à tous ? *Tschüss. Bis bald.* Lenox, Massachusetts. »

18

À peu près à la même période, au début des années soixante, Vladimir Horowitz retomba dans la dépression.

Mais à la différence de mon frère Franz, Vladimir Horowitz était mon patient, le plus important de mes patients, je lui devais une attention particulière. En 1943, la mort de son ami Sergueï Rachmaninov avait constitué un premier ébranlement. Vladimir Horowitz avait perdu le seul ami de son existence, celui à qui il pouvait se confier, le substitut de son père et le musicien qui lui avait apporté la notoriété. Sergueï Rachmaninov était un excellent pianiste, pourtant il considérait Vladimir Horowitz comme un pianiste de plus grande envergure encore, parce que Vladimir Horowitz avait au piano quelque chose de diabolique, qui fascinait les foules.

La mort de son beau-père, le 16 janvier 1957, fut un ébranlement encore plus profond pour lui.

Il me dit alors avoir perdu Sergueï Rachmaninov pour la seconde fois.

Nous déjeunions au Cipriani de New York, qui savait préparer comme aucun autre restaurant de Manhattan la sole et les pommes de terre vapeur. Il avait remis son manteau en castor à un serveur en livrée blanche et, aussitôt assis sur la banquette, il s'était effondré. Il avait les yeux larmoyants, une conjonctivite rougissait le bord de sa paupière.

— Docteur, mon beau-père est mort hier soir.

— Quel âge avait-il, *maestro* ?

— Près de quatre-vingt-dix ans, je crois, mais est-ce que cela change quelque chose ?

Je laissai un silence, le temps qu'on lui apporte sa sole dans un plat en argent. Je ne savais comment relancer la conversation. Personne ne venait saluer Vladimir Horowitz, on ne le reconnaissait plus, il était passé de mode, seuls quelques clients un peu âgés lui jetaient un regard distrait.

— Vous étiez proche de votre beau-père ?

Il réfléchit un instant, haussa les sourcils :

— Proche ? Je ne dirais pas proche. Disons qu'il était une référence pour moi. *The ground has disappeared under my feet.*

Il plongea sa fourchette dans les filets de sole, avala une bouchée, reposa la fourchette sur le bord de son assiette et repoussa le plat loin de lui.

— C'était un chef, vous savez, un grand chef. Arturo Toscanini était un immense chef et moi je ne suis qu'un pianiste, même plus un pianiste, un charlatan. *A mute mountebank.*

Wanda s'était rendue dans le Bronx où était décédé son père et il était resté seul dans son hôtel particulier de la 94ᵉ Rue, à ruminer ses souvenirs.

Vladimir Horowitz souffrait de névroses narcissiques aiguës.

Son incapacité à établir des relations stables avec qui que ce soit, à l'exception de sa femme Wanda ou de ses médecins successifs, la projection fantasmée de sa personnalité, à laquelle il prêtait des capacités hors normes tout en la vouant aux gémonies, son aveuglement à l'égard du réel, la nécessité vitale de se détacher de tout lien affectif aussitôt ce lien établi étaient caractéristiques de la structure psychologique narcissique ; ses accès de dépression coïncidaient avec des éclairs de lucidité, qui lui faisaient voir le monde plus cruel qu'il n'est, et sa personnalité plus sombre, par contraste. Était-ce un narcissisme infantile, lié à des traumatismes dont je n'aurais pas eu connaissance ? Était-ce un narcissisme plus profond ? Oskar Wertheimer ne peut pas trancher ce point.

Deux personnes occupaient une place centrale dans le mécanisme de défense qu'il avait mis en place : sa femme Wanda et son beau-père Arturo Toscanini, qui venait de disparaître.

Je comprenais mieux que personne pourquoi sa mort le plongeait dans un état de détresse absolue.

Il me parla de ses débuts, quand il écumait les salles de concert européennes en quête de reconnaissance, avec son camarade, le violoniste Nathan Milstein.

Il avait vingt-trois ans et son impresario Alexander Merovitch avait beau croire en lui, lui ne pouvait que constater que les salles restaient désespérément vides et que le public clairsemé accueillait ses prestations avec une indifférence glaciale. Il s'était lancé dans une aventure qui se soldait par un échec. Il se retrouvait sans le sou, à des milliers de kilomètres de sa ville natale, en exil, pour quoi ? Pour rien. En janvier 1926, il avait donné un de ses premiers grands concerts à Berlin et inscrit au programme la *Toccata* de Bach dans la transcription de Busoni ainsi que la *Sonate en si mineur* de Liszt : deux morceaux qui pouvaient lui attirer les faveurs des critiques.

— La salle pouvait contenir mille personnes au moins, me dit Vladimir Horowitz. Au moins !

Il hocha la tête :

— En fin de compte, cinquante personnes dans la salle. Pas un critique ! Pas un pianiste réputé ! Jamais je n'ai aussi mal joué de ma vie. Je n'avais pas dormi de la nuit, j'avais des crampes d'estomac, mes crampes d'estomac que personne ne prenait au sérieux.

Il se servit un verre d'eau, reprit son souffle.

— Ce soir-là, je me suis dit que ma carrière était finie et que je ferais mieux de retourner en Russie.

Il salua un client qui lui avait fait un signe de la main.

— Et puis il y a eu Hambourg.

— Hambourg ?

— Ma carrière a commencé à Hambourg. Une dizaine de jours plus tard, le 19 janvier, j'ai joué à l'hôtel Atlantica, pas mal joué en définitive. *There was a child in Kiev. He was eight years old. With brown hair.* Tout le monde disait qu'il jouait merveilleusement du piano. *Except Merovitch.* Merovitch disait en allemand : « *So gut spielt er aber nicht.* » Après le concert de Hambourg, Merovitch m'a dit : « *So gut hast du gespielt !* » Le lendemain, nous sommes allés nous promener au zoo de Hambourg.

Il s'arrêta :

— *Do you believe in fate, doctor ?*

— Au destin ? Non, pas vraiment.

— Vous avez tort, docteur ! Le travail peut vous abrutir sans le destin. *I strongly believe in fate.*

Ce fut le seul sourire que m'adressa Vladimir Horowitz pendant le déjeuner, un sourire qui ne m'était pas adressé à moi, mais à tous ceux qui avaient douté de ses qualités de pianiste et à tous ceux, encore plus nombreux, qui n'avaient jamais eu de coup de pouce du destin, comme mon frère Franz.

Il s'essuya le coin de l'œil avec sa serviette, ajusta son nœud papillon :

— Quand nous sommes rentrés de la promenade avec Alexander Merovitch, nous sommes tombés sur le manager de l'orchestre de Hambourg, qui était dans un état de panique complet, il s'agitait dans tous les sens, répétait que c'était une catastrophe, la pianiste qui devait jouer le soir le concerto de Tchaïkovski avec Eugen Papst était tombée malade, elle était indisponible. Est-ce que je pouvais la remplacer au pied levé ?

Il ménagea son effet, caressa le velours de la banquette du plat de la paume :

— *I accepted.*

Vladimir Horowitz exagérait quand il prétendait que lors de son premier concert à Berlin, le 2 janvier 1926, il n'y avait que cinquante personnes dans une salle qui pouvait en contenir mille et que pas un critique n'avait fait le déplacement. *Die Vossische Zeitung, Die Deutsche Musik-Zeitung* ou *Die Musik* avaient unanimement salué la qualité du concert de Vladimir Horowitz. Tous évoquent « la naissance d'un pianiste », un « pianiste dont on entend la singularité dès la première note de la *Toccata* de Bach ».

Un des critiques les plus reconnus, Adolf Weissmann, écrivit un article qui laisse planer un doute sur la sincérité de Vladimir Horowitz : « Le jeune pianiste russe vient de nous livrer une performance qui laisse augurer d'une carrière de premier plan. Sa sonorité, sa maîtrise technique, sa virtuosité le placent d'emblée au rang des plus grands. Au cours des dernières années, concluait Adolf Weissmann, rarement j'ai entendu un récital aussi prenant que celui du jeune Vladimir Horowitz, qui a fait une impression puissante grâce à la douceur de son ton et à la musicalité de son piano. »

Le 20 janvier 1926, à Hambourg donc, quand Vladimir Horowitz se substitua à une Helene Zimmermann défaillante, il eut droit à un véritable triomphe, aussi éclatant que celui de Berlin avait été ambigu. Trente ans plus tard, au Cipriani de New York, il en parlait comme du concert le plus prodigieux de sa carrière : « *The day I understood I could become not only a good pianist, but Horowitz.* »

Il balbutiait presque en se rappelant cette cadence infernale dans le concerto de Tchaïkovski qu'Eugen Papst, le chef de l'orchestre symphonique de Hambourg, devait se rappeler comme « l'exercice de haute lutte le plus difficile que j'aie jamais eu à livrer avec un soliste ».

— Papst, dit Vladimir Horowitz en laissant passer entre ses lèvres un filet de salive, Papst n'arrêtait pas de se tourner vers moi pour me demander de ralentir la cadence. Je le voyais faire des gestes désespérés pour que je ralentisse la cadence ! Il levait la baguette, il essayait de freiner un train avec son bout de bois ! Mais moi, docteur, j'étais parti ! *I was gone ! I was in the music. Music ordered me to go faster and faster.* J'obéissais à la musique, pas à Papst ; plus il me demandait de ralentir, plus j'accélérais ; je ne voyais plus les touches, je ne sentais plus mes doigts, je ne faisais qu'accélérer. Finalement, Papst a cédé, il a fait un signe à son orchestre pour qu'il suive ma cadence ; alors j'ai embarqué tout l'orchestre avec moi, dans un seul mouvement, toujours plus rapide.

Vladimir Horowitz s'arrêta un instant, il tamponna ses

yeux avec sa serviette, il renifla, sa voix avait retrouvé son ironie mordante, il jubilait sur sa banquette :

— À la fin, c'est devenu sauvage, docteur ! Sauvage ! Au dernier accord, le public a explosé. Un triomphe ! Le premier triomphe de ma carrière de pianiste et le plus grand !

Il releva les paupières, hocha la tête. Il était satisfait de son effet mais il se demandait s'il n'en avait pas fait trop. Il sourit et découvrit ses incisives pointues :

— Le lendemain soir, je suis revenu jouer le même concerto. Une foule de plusieurs centaines de personnes se pressait dans le hall de l'hôtel Atlantic. Je me suis dit : « *Gott !* Tout ce monde pour moi ! Je sais bien que le concert de la veille était pas mal, mais quand même ! Tout ce monde ! »

Il renifla à nouveau, ses narines dilatées creusèrent deux trous noirs dans son visage amaigri :

— C'était Hitler.

— Hitler ?

— Oui, docteur, Hitler ! Il donnait une conférence le même soir dans l'hôtel et les gens étaient venus en masse pour l'écouter.

Il but son verre de chardonnay.

Il ne dit plus rien.

Le souvenir d'Arturo Toscanini mort le matin dans le Bronx remontait à la surface de sa conscience et il creva comme une bulle, amenant des larmes au bord de ses paupières.

Il était de nouveau abattu.

Il passa très lentement sa main sur le sommet de son crâne, il lissa ses cheveux ébouriffés sur sa nuque comme une collerette de moineau. Il inspira longuement, ravala un sanglot. Le chardonnay le rendait mélancolique :

— *Arturo was God, doctor. When I am on stage, I am a king. But Arturo Toscanini was God.*

Il poursuivit :

— Il était désagréable. Absolument odieux avec ses musiciens. Il était d'une exigence maladive. Avec ses musiciens et avec le public. Vous savez pourquoi la Scala a demandé son départ ? Vous savez la vraie raison, docteur ? Parce qu'il jouait Wagner en version intégrale, sans coupures, en interdisant aux femmes dans le public de porter des chapeaux, pour ne pas boucher la vue.

Il sourit dans le vide.

Il était en conversation intime avec son beau-père mort, Arturo Toscanini, le grand chef italien, le plus grand des chefs italiens, dont le corps allait bientôt quitter le Bronx pour rejoindre le caveau familial en marbre de Carrare, à Milan, où se décomposerait la dépouille de ce jeune homme qui, le 30 juin 1886, à Rio de Janeiro, avait remplacé au pied levé le chef souffrant pour diriger *Aida* au théâtre impérial Dom Pedro II, livrant une performance qui avait fini en triomphe.

Le 30 juin 1886, il faisait une chaleur étouffante dans les coulisses du théâtre impérial Dom Pedro II.

Dans la fosse, les musiciens ruisselaient de sueur, leurs instruments en bois verni devenaient des gouttières, leurs plastrons en piqué de coton des éponges. Toscanini avait enthousiasmé le public brésilien. En descendant de son estrade, il avait trébuché de fatigue. Mais il le savait maintenant : il était un chef. Il le lisait dans le regard médusé des musiciens devant lui, qui saluaient sa prestation en tapant mécaniquement avec leurs archets sur leurs pupitres. Il le comprenait en observant le public debout comme un seul homme, en entendant tambouriner dans sa tête le cri de cette femme au balcon : « Bravo, *maestro* ! Bravo ! » Il était son double et ce double était le véritable Toscanini, celui de ses rêves. Une métamorphose s'était accomplie, qui lui faisait respirer l'air vicié du théâtre à pleins poumons, tendre les bras vers cette foule indistincte. S'il n'avait pas été élevé à la dure, par un père qui lui donnait des coups de ceinture au moindre faux pas, il aurait pleuré de joie. Il sentait monter en lui une force dont il ne pouvait pas envisager à ce moment, enivré par la pluie d'applaudissements qui tombait du lustre du théâtre impérial, que bientôt elle se retirerait, laissant son âme seule et à nu. Tous ces spectateurs qui se tournaient vers lui en extase, fondus par la moiteur brésilienne en un seul visage adorateur, le ravissaient.

Le lendemain du concert de Rio de Janeiro, le plus grand quotidien brésilien lui donnerait sa une : « Naissance d'un titan. »

— Il était comme moi, il adorait le luxe, sourit Vladimir Horowitz, son nez plongé dans le verre de chardonnay.

Il serra le verre entre ses deux mains, comme pour le réchauffer.

— Quand il était chef titulaire du Met, il avait exigé une somme faramineuse, qui était déjà faramineuse il y a cinquante ans et qui est encore plus faramineuse aujourd'hui. Vous savez combien il était payé ?

— Par an ou par mois ?

— *Monthly, doctor, monthly.*

— Cinq mille dollars ? Six mille ?

— Vingt-cinq mille ! Vingt-cinq mille dollars par mois ! s'exclama Vladimir Horowitz.

Il y avait du respect dans sa voix.

On lui apporta un granité. Il fit une mine dégoûtée et repoussa l'assiette.

En dehors de la scène, Vladimir Horowitz était un enfant. Il n'était sérieux que dans la musique ; le reste du temps, il se comportait comme un petit garçon de dix ans. Il jetait l'argent par la fenêtre. Il achetait des tableaux comme des coloriages et il les revendait. Il changeait de tenue trois fois par jour.

Avec ses vingt-cinq mille dollars par mois, le double de ce que gagnait le second chef du Met, Gustav Mahler, Arturo Toscanini menait grand train, comme son gendre.

Tous les trois mois, il réservait une cabine de première sur un paquebot transatlantique et il faisait la traversée pour Le Havre, l'été en costume de lin blanc, l'hiver en pelisse noire, dont le col de vison rehaussait la majesté de ses traits.

— Il avait besoin de l'Italie. Vous comprenez, docteur, ce besoin de son pays, quand on vit en exil ? me demanda Vladimir Horowitz. Donc il retournait en Italie dès qu'il pouvait. Il détestait ce que lui avaient fait les Italiens, qui ne l'avaient pas reconnu à sa juste valeur, mais il aimait l'Italie. À la mort de Verdi, il a dirigé un concert à sa mémoire. Le 1er février 1901. Tout Milan était là. Il faisait un froid de canard. À Milan, en hiver, il fait un froid épouvantable, un froid humide, qui sent le marais. Tout Milan en prosternation devant Arturo Toscanini, dirigeant je ne sais quoi de Verdi, qui venait de mourir, vous imaginez ?

19

Après ce déjeuner au Cipriani de New York, Vladimir Horowitz s'effondra pour de bon. Il se retira du monde. Il refusa les invitations.

Il ne sortait jamais de sa chambre avant onze heures. À sept heures trente, il prenait son petit déjeuner, mettant un soin maniaque à étaler la marmelade d'orange de Fortnum & Mason sur ses biscottes. À seize heures, il descendait au salon jouer une ou deux heures. Ensuite, il écoutait des disques. Il s'enticha de Mattia Battistini (1856-1928), un baryton. Il pouvait écouter « A tanto amor », extrait de *La Favorita* de Donizetti, jusqu'à trente fois par jour. Wanda en devenait folle. Elle sortait dans Central Park avec ses chihuahuas, qui avaient remplacé ses caniches nains : « Je sors, Volodia ! N'oublie pas d'arroser les plantes. »

Ses seules sorties étaient à Carnegie Hall, pour écouter un pianiste nouveau ou faire plaisir à Arthur Rubinstein, que Wanda considérait comme un imposteur, mais à qui Vladimir Horowitz reconnaissait des qualités.

— Il a des qualités polonaises, je ne peux pas vous le dire autrement, docteur, une espèce de mélancolie, quelque chose qui rappelle Chopin, en moins profond.

Le reste du temps, il jouait à la canasta, il dormait, il allait se faire tailler des chemises sur mesure chez Hilditch & Key, y compris des chemises de concert immaculées à poignets mousquetaires qu'il ne portait pas, mais qu'il stockait dans son armoire, dans leur boîte en carton.

Vladimir Horowitz s'était effondré mais il refusait de voir cet effondrement, si bien qu'il consacrait le peu d'énergie qui lui restait à conjurer les causes d'un effondrement qui devait arriver, au lieu d'en combattre les conséquences.

Le destin, qui l'avait si bien servi jusque-là, lui rendait coup pour coup.

Juste après la mort de son beau-père Arturo Toscanini, sa fille Sonia eut un accident de moto à San Remo, en Italie. Nous étions toujours en 1957 ; alors qu'elle venait de fêter ses vingt-trois ans avec une amie, elle avait manqué un virage sur une petite route à la sortie de San Remo et sa moto était allée s'encastrer sous un camion. C'était un miracle qu'elle soit encore en vie, mais les médecins américains dépêchés avec Wanda en Italie ne cachèrent pas leur inquiétude. La colonne vertébrale avait été touchée et le choc avait entraîné des lésions cérébrales, dont ils refusaient de dire si elles seraient irréversibles. Vladimir Horowitz avait donc une fille. Depuis huit ans que nous nous connaissions, pas une fois il n'avait mentionné son existence.

— *Anyway,* me dit-il le lendemain de l'accident, *I am not a good father.*

— Vous avez une fille ?

— Oui, une seule. Je la vois très peu. Elle habite en Italie. Elle a passé toute son enfance avec sa mère et son grand-père, Arturo. Je n'étais pas fait pour être père. Pas du tout.

Il était lucide :

— Pour être père, il faut donner de l'attention, beaucoup d'attention, et moi je n'ai aucune attention à donner. *I only give attention to music. And to me.*

J'appris que Sonia Horowitz Toscanini avait été élevée par une gouvernante, puis placée en pension dans un établissement catholique à New York, où elle s'était exercée à la peinture et au piano. Elle avait un don inné pour la musique. Quand un orchestre symphonique jouait, elle pouvait repérer la moindre fausse note parmi le pupitre des violons. Sergueï Rachmaninov disait qu'elle avait les mêmes mains en spatule que Rubinstein – Anton Grigorievitch Rubinstein, le compositeur, sans aucun lien de parenté avec Arthur Rubinstein, le pianiste que Wanda tenait pour un imposteur. Perdue entre ses origines italienne, russe et américaine, elle passa sa vie à chercher qui elle était vraiment, sans trouver de réponse à ses questions.

Elle traversa des épisodes mystiques, dont témoigne son journal : « Car Dieu est la seule source, la vérité et la vie. Il faut s'abreuver à cette source ou mourir de soif. Je suis allée à la source. J'ai bu son eau. Je me suis désaltérée et je meurs de soif. » Avait-elle lu Jakob Böhme ? Ou sainte Thérèse d'Avila ?

La vie n'était que l'attente de quelque chose qui la comblerait. La disparition de la religion rendait l'attente plus pénible. Aucune activité sexuelle, même la plus frénétique, ne pourrait la combler, pas davantage les drogues de synthèse auxquelles Sonia, en désespoir de cause, finit par s'abandonner.

Après son accident, elle abjura la foi catholique.

Elle partit se réfugier dans un kibboutz en Israël ; là-bas,

413

elle se convertit à la religion juive, avant de réclamer la disparition de l'État hébreu. Elle prit fait et cause pour les Palestiniens. « Je n'ai qu'une demande à vous faire, écrivit-elle un jour à sa mère Wanda Toscanini Horowitz : rendez Israël aux Arabes ! » Elle pouvait passer en moins d'un mois de quatre-vingts kilos à quarante, elle buvait de l'alcool anisé plus que de raison, son sommeil était peuplé de cauchemars dans lesquels apparaissaient régulièrement trois figures masculines, qui représentaient sa sainte Trinité : son grand-père Arturo Toscanini, son professeur de piano Siegfried M. Lichstein et son père, Vladimir Horowitz.

À force de somnifères, Sonia retrouva le sommeil, un sommeil profond, puis éternel. Un de ses amis la trouva morte dans son appartement de Genève le 10 janvier 1975, les battements de son cœur interrompus par une dose massive de somnifères, dont on ne sut jamais si elle les avait ingurgités volontairement ou non. Wanda vint en Europe pour organiser les obsèques. Vladimir Horowitz resta à New York. Il ne se sentait pas la force, ou pas le droit, de participer à cette cérémonie pour sa fille, qui avait eu pour dernier projet d'écrire la biographie de son père.

Le jour de l'enterrement, il se terra dans sa chambre.

Il joua du piano trois heures d'affilée.

L'accident de sa fille Sonia, qui suivait donc de quelques mois le décès de son beau-père, ouvrit une longue période d'abattement pour Vladimir Horowitz, durant laquelle je passai auprès de lui tout le temps que je ne pouvais pas consacrer à mon frère Franz.

De temps à autre, je quittais mon appartement de New York pour rendre visite à Franz dans sa maison de Lenox, Massachusetts, mais sans aborder la question de son état de santé, qui devenait de plus en plus préoccupant. Mes journées étaient occupées au développement de mon cabinet de psychiatrie, que j'avais choisi d'installer dans une rue perpendiculaire à Madison Avenue, dans un des quartiers les plus chers de Manhattan. Mon pari était d'attirer une clientèle fortunée, et Vladimir Horowitz, de ce point de vue, était une attraction formidable.

20

Après notre séparation à La Havane, Julia et moi nous étions perdus de vue. Comment aurais-je pu lui pardonner son aventure avec Pablo ? Ma patience d'ange avait ses limites.

Un matin de 1953, dans mon club de tennis du Queens, je vis une jeune femme qui frappait dans la balle avec une telle intensité que je restais les deux mains accrochées au grillage, à regarder son dos. Sa queue-de-cheval fouettait son épaule à chaque coup droit. Ses déplacements latéraux soulevaient sa jupe à plis, qui dévoilait des jambes finement musclées. Elle armait lentement son geste en levant haut le bras droit, comme si elle invoquait le soleil, avant de lâcher son coup comme une gifle. Sa silhouette ressemblait à celle de Julia, mais il y avait une chance sur un million que Julia se trouve dans un club de tennis du Queens, pour participer à ce qui ressemblait fort à un tournoi officiel.

La jeune femme se retourna ; elle me fit un petit geste en se penchant pour ramasser une balle. Elle noua un peu plus fort sa queue-de-cheval et se rapprocha du grillage, la balle à la main :

— Alors, Oskar, on regarde les filles jouer, maintenant ?

À la fin de sa partie – elle avait écrasé son adversaire à force de pilonner son revers –, je lui offris un verre au bar du club. Elle avait les joues rougies, les paupières humides. Une mèche de cheveux restait collée sur son front. Elle se tenait les jambes croisées allongées sous la table, les lacets blancs de ses chaussures défaits.

Le soir, elle passa dans mon petit appartement récupérer une édition de poche de *Typhon* de Conrad, qu'elle m'avait prêtée à La Havane et qu'elle n'avait jamais pu récupérer. Je lui remis le livre couvert de poussière. Elle fit mine de partir. Je retins le livre, elle le tira, je tombai dans ses bras et rien que l'odeur un peu poivrée de ses aisselles sous son pull en angora suffit à me plonger dans un état de confusion totale. Des larmes coulèrent sur mes joues. Julia ! Elle laissa tomber *Typhon* sur le sol dans un claquement mat et m'entraîna doucement par la main. Au seuil de ma chambre, elle releva la tête. Elle me regarda, caressa du bout des doigts mes pommettes, posa ses lèvres sur les miennes et plongea sa langue dans ma bouche. Julia ! Mes reins brûlaient. Entre les jambes, je sentis durcir mon sexe et ma vie à ce moment précis se résumait à cela : mon sexe presque douloureux, mon cœur qui cognait contre ma poitrine.

Elle prit ses habitudes.

Elle venait au moins une fois par semaine, sans jamais rester dormir. « Dormir ? Mais dormir avec toi c'est le début de la vie commune. C'est hors de question. » Elle déposait son sac en cuir souple sur la table de la cuisine, dénouait ses cheveux, retirait son pull et se servait un verre de rhum, en souvenir de La Havane. Le plus souvent nous parlions de politique, elle était engagée au parti démocrate et son rêve était de trouver un poste de stagiaire à la Maison-Blanche, où elle espérait croiser le Président Eisenhower, dit « Ike ».

Elle me reprochait de ne pas m'intéresser à la politique.

Son verre à la main, elle débitait ses remontrances en longues rafales sèches. Quel talent elle avait pour frapper là où cela faisait mal ! Elle aurait forcé les défenses narcissiques de plus solide que moi. Son regard avait quelque chose de furieux quand elle m'exécutait ainsi. Si je ne l'avais pas désirée autant, aurais-je supporté avec autant de flegme ses talents de procureur ? La concupiscence rend innocent.

— Tu as tort de ne pas t'intéresser à la politique. De toute façon, la politique s'intéresse à toi, alors mieux vaut s'en mêler, crois-moi.

— Et pour faire quoi ?

— Mais pour améliorer la vie des gens ! Pour s'occuper des autres, et pas que de soi.

— Je m'occupe déjà des autres, Julia, je suis médecin. Je m'occupe de mes parents aussi.

— Tes parents sont tes parents. Et ton métier de médecin ne compte pas : tu as un cabinet de psychiatrie où défilent des malades imaginaires.

— Pas mon métier, ma vocation, Julia.

— Ta vocation ne t'interdit pas de t'occuper de politique. Personne n'échappe à la politique. Nous sommes des animaux politiques et ne pas s'intéresser à la politique, c'est être un animal tout court.

— Tu me compares à un animal, Julia ?

Elle défit ses cheveux. Elle les avait laissés pousser et ils touchaient le haut de ses fesses. Ils étaient soyeux, ondulés, une crinière de toute beauté qui mettait l'ovale de son visage en valeur.

— Les hommes sont des animaux comme les autres, à la différence près qu'ils créent et qu'ils font de la politique.

— Et pour ceux qui ne créent rien et qui ne font pas de politique, comme moi ?

— On fait toujours de la politique, Oskar. À tout moment, on fait de la politique. Ne tombe pas dans ce travers de la critique de la politique. Ne la laisse pas aux médiocres. Cela finit toujours mal. Tu aimes la musique ? La politique est aussi noble que la musique. Il faut bien espérer que quelque chose d'autre puisse arriver. C'est cela, la politique : espérer que quelque chose d'autre puisse arriver.

Elle pouvait continuer des heures sur le thème du « tout est politique ». Selon Julia, il valait toujours mieux se battre que renoncer, les loups dormaient en nous, la politique était un mal nécessaire. Un déluge de grands mots. Un déluge rafraîchissant, je dois reconnaître. Se pouvait-il qu'elle ait raison ? Elle ne pouvait pas avoir tort, avec la passion qu'elle y mettait. Ma dernière ligne de défense s'appuyait sur la faiblesse du personnel politique, qui franchement n'invitait pas à s'y intéresser.

— Les politiques, Julia, sont des gens infréquentables. Il n'y a rien d'honnête en eux. Je ne parle pas de leur prévarication. Aucun d'entre eux n'éprouve de sentiments authentiques. Tout est frelaté en eux.

— Il y a des idéalistes, aussi.

— Des idéalistes et des médiocres, Julia.

— Alors, sois un peu idéaliste, Oskar.

Elle me demandait trop. Pour moi, l'idéalisme était une névrose comme une autre. Elle présentait mieux, mais elle conduisait aux mêmes résultats : ivresse de soi, incapacité à discerner la réalité, mensonge permanent, refus de voir la mort en face.

419

Qui voyait la mort en face ? Elle se déployait loin de nos angoisses, qui en étaient affamées, comme la barrière encéphalique isole notre système nerveux de la circulation sanguine, car la nature est bien faite : elle protège notre cerveau des substances toxiques. La mort n'est qu'une substance toxique parmi les autres, dont il faut protéger notre imagination. Il y a longtemps que le traître d'oncle qui avait offert à Franz son Schimmel a cassé sa pipe. Contrairement aux autres morts dont j'ai oublié le visage de cire verdâtre, le sien m'est resté. Aujourd'hui encore, je vois ses joues creusées, les mèches folles, la bouche grande ouverte qui cherche une dernière aspiration ; le corps n'avait pas été préparé ; il était là, couché en chien de fusil sur les draps froissés de son lit. Le mort saisit le vif. « *Was machst du denn Oskar ?* » Rosa Wertheimer m'avait chassé de la chambre.

La fougue de Julia me subjuguait, comme ses cheveux qui battaient le haut de ses fesses, comme son visage de madone en ovale, le bout de ses pieds glacé, sa langue humide, son regard brun et or. Incapable de la même passion, je la puisais chez elle, chez Vladimir Horowitz.

Parfois elle se déshabillait totalement, avec une souplesse qui donnait à chacun de ses gestes une grâce digne de la Renaissance. Je me serais cru en Italie le soir, quand les pins parasols déposent délicatement leurs panaches horizontaux dans le ciel vide. Il restait donc des choses si belles dans le monde ?

Nous fîmes un voyage à Lisbonne.

Un soir où nous avions dîné sur les bords du Tage, elle me demanda de l'épouser : « Je ne te parle pas d'un mariage officiel, Oskar. Je te demande de me promettre un mariage tacite, juste entre nous, pour la vie, qui nous laisserait libres. » Elle savait à quel point toute forme d'attachement provoquait en moi une réaction instinctive de rejet. J'étais un homme en fuite ; il était trop tard pour changer. Je lui promis le mariage. Nous avions mangé une *bacalhau* trop salée, bu du vin glacé pour étancher notre soif. La nuit, je lui fis l'amour trois fois. Je n'arrêtai pas de me relever pour courir à la salle de bains boire au robinet une eau au goût de rouille. Sous mes pieds, les carreaux de faïence étaient froids. Par la fenêtre ouverte, le Tage dormait. Pourtant, il coulait avec la force d'un torrent, son énergie aurait suffi à alimenter la ville de Lisbonne en électricité pour un an.

Tout mon temps était absorbé comme du papier buvard par Julia, par Vladimir Horowitz et par mon cabinet de psychiatrie à l'angle de Madison Avenue.

Je quittai Julia une seconde fois à la fin du premier mandat d'Eisenhower, en janvier 1957. Cinq ans plus tard, je la retrouvai.

Notre mariage avait duré quatre ans, il reprenait, avec ses hauts et ses bas. Nous ne pouvions pas nous séparer. Notre relation serait à éclipses, désormais, mais nous étions tombés une fois pour toutes en fascination l'un de l'autre. « Y a pas beaucoup de fascinations qui sont pour la vie. »

Je ne pensais pas avoir abandonné mon frère Franz.

Dans ces années contenues par une convention calendaire entre les deux bornes du printemps 1957 et de l'automne 1963, je m'étais convaincu que je me devais moins à lui qu'à mes patients, en particulier au plus célèbre d'entre eux, qui était là, dans ma salle d'attente.

21

Nous étions le 1er octobre 1963.

Ma dernière visite à mon frère Franz remontait à six ou huit mois.

En ouvrant la porte de la maison, sa femme de ménage s'essuya les mains sur son tablier et me dit d'une voix laconique :

— Je préfère vous prévenir, vous n'allez pas reconnaître votre frère. Il a perdu beaucoup de poids. Je lui dis de manger, mais il refuse. Il ne veut rien avaler. Il passe son temps à la fenêtre ou à son bureau. Il ne sort presque plus.

Elle poussa un long soupir en levant les bras :

— Que voulez-vous ! Il n'en fait qu'à sa tête, votre frère ! Et sa tête est malade, très malade.

Elle me précéda dans le couloir, en fredonnant doucement un refrain. Il devait venir des bayous. Je ne comprenais pas un traître mot.

Elle appela mon frère : « Monsieur ! Monsieur ! Votre frère est arrivé ! »

Franz se tenait debout dans le salon, le visage collé à la fenêtre, écartant du revers de la main le rideau en cretonne. Des touffes de cheveux hirsutes partaient de ses tempes, le reste de son crâne était aussi lisse que du bois verni. Il se retourna. Il était méconnaissable. La dépression avait vidé ses joues. Son nez et ses oreilles avaient une taille démesurée. Ils semblaient sur le point de se détacher du reste de son visage, tomber à terre et se briser.

— Oskar ! C'est gentil de venir me voir.

Il se détourna de la fenêtre et vint me serrer dans ses bras. Je sentis ses côtes appuyer contre le gras de mon ventre, qui me fit honte. Il était si frêle et moi si resplendissant de santé, bien nourri, trop nourri même.

— Assieds-toi ! Assieds-toi !

Il se tourna vers sa femme de ménage et lui demanda sur un ton neutre :

— Tony, vous voulez être gentille et aller chercher un fauteuil dans la chambre ?

À part sa table de travail avec son siège en bois, la pièce était vide. Tony sortit du salon et revint en portant comme une bassine pleine de linge un lourd fauteuil, dont les accoudoirs et le haut du dossier étaient recouverts de napperons de dentelles.

— Merci, Tony. Vous pouvez nous laisser maintenant.

Un volume épais était ouvert sur la table, posé contre une lampe en acier. Sur la reliure en toile grise on pouvait lire : « Saint Augustin – *Œuvres philosophiques complètes* ». Je feuilletai les pages et pris place dans le fauteuil, que Tony avait installé contre la fenêtre.

— Tu lis de la philosophie maintenant ?

Franz s'empara du livre et le posa sur ses genoux.

— Oui, je rattrape le temps perdu.

Il ajusta sa chemise, suspendue à ses épaules comme à un cintre. Il avait laissé deux boutons ouverts, ses omoplates auraient pu déchirer le tissu.

— Tu connais saint Augustin ?

Il se pencha sur le livre, tout près, il avait perdu de son acuité visuelle. Lui qui pouvait déchiffrer une partition de loin quand il avait dix ans, il devait maintenant presque coller sa pupille au papier pour lire.

— Écoute ce passage : « C'est en nous refusant les joies de la chair que nous acquerrons celle de l'esprit. Si donc la chair devient un poids pour l'âme par cela même qu'elle tend vers la terre, si elle est un fardeau qui ralentit le vol de l'esprit vers les sphères supérieures, plus un homme trouve ses délices dans la vie supérieure, plus il travaille à se débarrasser du fardeau terrestre qui l'accable. Voilà ce que nous faisons quand nous nous livrons au jeûne. » Tu entends ?

Il tourna vers moi un regard vacillant. Le rideau de cretonne filtrait une lumière d'automne fragile et dorée. Nous étions comme dans une église sans autres fidèles que deux frères, qui ne s'étaient pas vus depuis des mois et dont l'un – l'évidence me traversa l'esprit – avait abandonné l'autre.

Abandonné ? Ou tué ?

Mon frère Franz m'avait protégé quand nous étions enfants. Dans la cour de l'école, il était le premier à prendre ma défense. Lors d'un camp d'été dans les collines du Vermont, il s'était interposé entre moi et la bande hostile qui avait le projet de me fouetter les jambes avec des orties : « Vous arrêtez ! Vous arrêtez tout de suite ! » Il avait brandi ses deux poings fragiles de pianiste comme une menace, la bande avait déguerpi. À ce moment de mon existence, il m'avait protégé de la violence des enfants, alors que moi, des années plus tard, malgré ma qualité de psychiatre qui m'en donnait le pouvoir, j'avais été incapable de le protéger de lui-même.

Quand je le quittai, la nuit était tombée. Il me serra à nouveau fort contre lui :

— Tu reviendras, Oskar ?

— Je reviendrai.

— Alors à bientôt ?

— Oui, à bientôt Franz.

En refermant la porte, Tony me donna une part de cake aux carottes emballée dans un torchon à carreaux rouges et blancs.

— Je vous la laisse pour la route, de toute façon votre frère ne le mangera pas. Il ne trouve plus rien à son goût.

22

Lettre du 8 octobre 1963, à Muriel Lebaudy :

« Muriel, Mozart a souffert mille morts, mais sa femme Constance est restée auprès de lui, après l'avoir copieusement trompé, ce dont il n'a rien su. Pourquoi pas toi ? Jusqu'à son dernier souffle il a gardé son appétit, car il a gardé sa femme auprès de lui. L'appétit ne vient pas en mangeant, l'appétit vient en aimant, Muriel, en aimant de toutes ses forces, en aimant à se déchirer l'estomac, tu entends, Muriel ? Pourquoi nous sommes-nous éloignés ? Il commence à faire froid à Lenox. L'automne arrive plus tôt qu'à New York. Bientôt je vais demander à Tony de mettre le chauffage. À New York, nous ne mettions jamais le chauffage avant le 15 octobre au plus tôt. Muriel, il m'apparaît maintenant avec une clarté absolue qu'aucune existence ne pouvait me convenir. Je n'avais pas assez d'égoïsme pour être un grand artiste, puisque je vois désormais que les grands artistes n'aiment personne d'autre qu'eux-mêmes. Les grands artistes parlent d'amour mais ils n'aiment pas. Non, décidément, il me manquait cet égoïsme radical. Mais il m'a aussi manqué le sens de la famille pour élever nos deux enfants correctement et te garder auprès de moi,

Muriel. Je n'ai trouvé que les fourrures pour te garder. Que pèsent les fourrures dans une vie ? Les fourrures ne faisaient pas le poids face aux mocassins à semelles fines de Luigi Battistoni. Muriel, ma douce, amère épouse, je vais te faire une confidence : j'aurais aimé vivre dans les alpages, loin de tout, dans un chalet à flanc de montagne qui aurait senti le foin. Nous aurions élevé nos enfants à l'air pur. Nous aurions bu du lait tiède. Nous nous serions couchés recrus de fatigue dans des draps brodés. Nous aurions été heureux. Le bonheur nous a échappé, Muriel ! Il a filé entre nos doigts ! Nous n'avons pas su nous aimer et je vais en crever, Muriel. Je préfère te le dire : je vais en crever. "J'écris ceci les larmes aux yeux – adieu – adieu." Salutations de Lenox, Massachusetts. »

Lettre du 3 novembre 1963, à Muriel Lebaudy :
« Muriel, je souhaiterais pouvoir passer à l'appartement d'ici quelques jours récupérer des affaires. Est-ce possible ? Tu n'auras qu'à laisser les clés au concierge, je ne te dérangerai pas. Lis ce que Léopold Mozart recommandait à son fils Wolfgang, le 12 février 1778 : "Pour faire son bonheur ou simplement survivre en ce monde et atteindre son but malgré tous les gens qui nous entourent, bons, méchants, heureux ou malheureux, on doit *cacher son bon cœur* sous une réserve extrême." J'aurais davantage dû *cacher mon bon cœur*, tu ne crois pas ? Le fait est, comme tu le dis toujours, que je n'ai pas atteint mon but. Laisse donc les clés au concierge et ne te préoccupe pas de moi, ma tendre petite tête de linotte aux dents pointues. »

Lettre du 12 novembre 1963, à John Fitzgerald Kennedy :
« Monsieur le Président, je vous confirme que mes impôts

ne cessent d'augmenter. Vous me placez dans une situation extrêmement difficile, du point de vue financier. Depuis ma séparation conjugale, je vis à Lenox, Massachusetts, où je dois payer le loyer de ma maison, les heures de la femme de ménage, l'électricité, sans compter la pension que je verse chaque mois rubis sur l'ongle à ma femme Muriel, pour l'éducation de nos enfants. Je ne compte pas la nourriture, pour laquelle j'ai réduit mes dépenses au strict minimum. Pourquoi manger, quand le jeûne vous élève l'esprit ? Pour financer ces dépenses, je peux compter sur des revenus de tout juste cent dollars par mois. Cent dollars ! Comment voulez-vous que je m'en sorte ? Est-ce que vous avez conscience, quand vous sucez avidement votre cigare sur votre rocking-chair, de ce que vivent vos compatriotes, qui n'ont pas la chance d'avoir eu un père multimillionnaire pour les lancer dans la vie ? Est-ce que seulement cette fortune a été bien acquise ? Bien mal acquis ne profite jamais, sachez-le, monsieur le Président – ne traitez pas par-dessus la jambe la sagesse populaire. Mes impôts ne cessent d'augmenter et vous lancez un programme spatial à plusieurs dizaines de milliards de dollars. Joli projet ! La Lune ! Qu'est-ce que nous en avons à faire de la Lune, quand des millions de nos compatriotes n'arrivent plus à joindre les deux bouts et crèvent de faim dans la rue. Quel orgueil ! Quel aveuglement ! Pas un de vos fichus conseillers n'a eu le front de vous dire que c'était une idée stupide, évidemment. Pas un ! Tous des couards ! Tous des lâches ! Vos conseillers avaient conscience que leur poste au chaud dans cette petite bicoque mal foutue de la Maison-Blanche leur filerait entre les doigts s'ils s'aventuraient à émettre la moindre critique contre votre projet lunaire, le plus petit doute. *"Thus conscience does make cowards of us all."* Oh oui !

Une fois encore le grand Shakespeare avait vu juste dans le jeu trouble des hommes de pouvoir, comme vous. Vos charmes n'y pourront rien ; Shakespeare vous a percé à jour. Vous aussi, vous serez entraîné par la grande roue de l'Histoire, qui broie tout sur son passage, avec la délicatesse d'un char d'assaut dans un champ de blé. Vos conseillers ne seront pas là pour vous pleurer, à une ou deux exceptions près ils changeront vite de crémerie, ils se mettront au chaud. Ainsi va le monde ! Une triste parabole d'évangile, l'ouvrier de la dernière heure, mais si terriblement juste : dernier arrivé, premier servi. Au banquet des places, il faut savoir jouer des coudes, tout le monde n'a pas les mêmes introductions que vous, monsieur le Président, tout le monde n'a pas un père milliardaire qui a fricoté avec les nazis ; cela aide, dans l'Amérique puritaine. Comment pouvez-vous croire que votre gouvernement changera quoi que ce soit aux affaires du monde ? J'admire votre idéalisme, je ne le partage pas. L'éducation des enfants comme le gouvernement des hommes sont voués à l'échec ; nobles occupations, piètres résultats ; il est regrettable que les plus brillants esprits, comme le vôtre, y consacrent leur énergie. Mais vous avez des compensations, je le sais ! L'idéaliste n'oublie pas de tremper son biscuit dans les meilleurs bols. Tous les jours, avec une avidité maladive, il faut que vous alliez tremper le vôtre dans un nouveau bol, dans le dos de votre si jolie femme. Méfiez-vous de votre femme bafouée, elle fera une veuve féroce. Ne niez pas ! Tout le monde le sait ! Vous vivez à ciel ouvert. Le public écoute. Il entend tout. Mais moi je vous le dis, monsieur le Président ! Ce projet n'a ni queue ni tête ! La Lune ! Revenez sur terre. Là est votre destin : sur terre. Pas dans les cieux. Laissez aux divinités ce qui appartient aux divinités et replongez parmi nous. On me dit que vos costumes viennent de chez Brooks Brothers. Je n'arrive pas à le croire. Pourriez-vous me confirmer cette information ? Ou alors ils auraient un département sur-mesure. Les épaules sont trop bien ajustées pour venir du prêt-à-porter, je ne peux pas le croire une seconde. Merci de m'affranchir sur ce point. Et les impôts ! Baissez mes impôts, monsieur le Président ! Votre frère Bob croit à la rédemption, au salut des âmes. Tous les soirs, il fait réciter leurs prières à sa tripotée d'enfants, à genoux au pied de leur lit, mains jointes : "Je vous salue Marie pleine de grâce…" Ce n'est pas sérieux ! Les hommes sont trop mauvais. Ils tuent la grâce, toujours. »

Lettre du 13 novembre 1963, à Muriel Lebaudy :
« Muriel, je te confirme que je passerai à l'appartement aux alentours du 20 novembre. Merci de laisser les clés au concierge. Je souhaite être seul. Nous avons été séparés si longtemps. Embrasse les enfants de ma part. Muriel ! Muriel ! Pourquoi as-tu été si venimeuse avec moi ? Avais-tu ce venin en toi depuis le premier jour ? As-tu été contaminée ? Par qui ? Peu importe. Donc, vers le 20 novembre. Je te passerai un coup de fil pour te donner le jour exact. »

Lettre du 14 novembre 1963, à Vladimir Horowitz :
« Maître, je vous tiens pour un piètre musicien. Vous ne vous souvenez certainement pas de moi. Pourtant j'ai été votre élève, il y a longtemps, pour une durée aussi brève que notre vie. *Vita brevis.* Décembre 1949, La Havane. Vous m'avez donné une leçon de piano qui m'a coupé le sifflet, je dois le reconnaître. Pourquoi n'avez-vous jamais été aussi sincère sur scène ? Vous auriez fait un meilleur pianiste. Vous n'auriez peut-être pas connu le même succès, mais

vous auriez été un pianiste infiniment plus intéressant. Pour vous rafraîchir la mémoire, je suis le frère de votre médecin Oskar Wertheimer ; *sono stanco ; sono* Franz Wertheimer, ancien prodige du piano, devenu plus tard agent immobilier. Par votre faute, cher Vladimir Horowitz ! Si je n'avais pas croisé votre route, peut-être que je serais allé au bout de ma vocation. Ou alors, non. Impossible de savoir. Il y avait quelque chose de fêlé en moi, un défaut de fabrication qui se serait révélé un jour ou l'autre, c'est le plus probable. Nous sommes inégaux devant le talent. Tout le monde ne tient pas le coup aussi longtemps que vous, question de résistance. *Vita brevis, ars longa.* Combien de temps vous a-t-il fallu pour apprendre à jouer la Waldstein ? Je n'ai jamais beaucoup aimé cette sonate. Elle est trop décousue pour moi. Surtout le mouvement lent. *Introduzione. Adagio molto.* Introduction à quoi ? Vingt-huit mesures. Si peu de notes. Des courants chauds ascendants, comme en montagne ; la chute brutale. Le mouvement rapide de la fin retrouve trop facilement son allégresse, *allegro, allegro ma non troppo*, et le mouvement lent est trop décousu. On dirait que Beethoven s'est égaré en chemin. Il ne sait plus trop où aller, il ouvre des portes, il les referme, il les claque sur nos doigts. Voilà mon avis, pour ce qu'il vaut. Cher Vladimir Horowitz, je confesse néanmoins que depuis ce jour de janvier 1949 jamais je n'ai entendu un pianiste jouer avec tant de justesse le mouvement lent de la Waldstein. Tous, ils essaient de reconstruire un chemin cohérent ; ils n'ont pas compris ! Le chemin cohérent n'existe pas. Nous tâtonnons. Toute notre vie nous tâtonnons et vous aussi vous tâtonniez au piano. Vous maîtrisiez superbement la pièce et vous tâtonniez ! J'en suis resté bouche bée. Quand vous m'avez demandé de m'asseoir au tabouret, je me suis demandé comment retrouver les mêmes hésitations mais c'était impossible, ce mélange d'hésitation et de fermeté incontestable, cette ambiguïté sonore, il n'y avait que vous, maître, pour la trouver ! Soit je tombais dans la maîtrise, soit je tombais dans l'hésitation, mais je ne pouvais pas tenir la balance égale entre les deux. Vous, si ! À New York, mon tailleur fabrique des manteaux réversibles. Une face en toile imperméable, une face en laine, qui se retournent chacune en un tournemain. Rappelez-moi que je dois absolument lui envoyer un mot pour lui commander des chemises. Mon tailleur est un magicien et vous aussi, cher Vladimir Horowitz. Vous avez une duplicité en vous qui fait votre force. Alors pourquoi diable vous gâcher à massacrer des Liszt au marteau sur scène ? Pourquoi ces Scriabine étincelants et creux, qui sonnent comme du fer-blanc ? Par moments on dirait que vous prenez du plaisir à taper comme un vaurien avec une cuillère sur une casserole, pour étourdir le public. Je me trompe ? Vous n'avez rien à redouter de moi, cher Vladimir Horowitz ! Rien ! Votre dévouée victime ne vous en veut pas. Elle vous a pardonné. Elle a pardonné à tout le monde. Je vous donne le point sur une sentence : notre musique est morte. Qui écoute encore Beethoven ? Le seul véritable bienfait que l'Occident ait apporté au monde, c'est la musique. Vous connaissez beaucoup de Bach chinois ? Il y a mille civilisations de la peinture, mille civilisations de la sculpture, il n'y a qu'une civilisation de la musique : la nôtre. Elle disparaît avec le reste. Les festivals de musique classique sont des zoos. On n'y croise plus que des spécimens. Cela sent le vieux. Savez-vous, Vladimir Horowitz, quand est-ce qu'on devient vieux ? Quand on *sent* le vieux ; une odeur de poussière qui ne se décolle plus de vous. En général, c'est votre maîtresse qui la remarque la première, elle vous quitte sous un faux prétexte, peut-être même qu'elle ne sait pas pourquoi elle vous quitte, simplement elle ne supporte plus le contact de votre odeur de vieux contre sa peau si fraîche. Très vite, Muriel m'a trouvé vieux. Aussi, je ne sentais pas le citron et la bergamote comme l'Italien. Quelle idée de me parfumer à l'hamamélis ? L'eau d'hamamélis a provoqué une mauvaise réaction chimique sur mon épiderme. Je vous ennuie avec mes histoires, Vladimir. Sans rancune ! »

Lettre du 17 novembre 1963, à Maurizio Carducci, tailleur :

« Maurizio, merci de me confectionner au plus vite trois chemises en coton d'Égypte blanc, à poignets mousquetaires, tour de cou 40, taille 42. Pour le 40, ne vous étonnez pas, j'ai beaucoup maigri ces derniers temps, quand je me regarde dans la glace je vois un cou de dindon. Le reste inchangé. Vous pouvez sans doute rétrécir les emmanchures. Je passerai prendre le tout à New York la semaine prochaine. Inutile de livrer ; Lenox est si loin. Salutations. »

23

Plusieurs semaines avant le 23 novembre 1963, de nombreuses personnes dans son entourage avaient tenté de dissuader le Président John F. Kennedy de se rendre à Dallas, Texas.

Dallas était réputé abriter une communauté de droite radicale raciste, viscéralement hostile à la politique des droits civiques portée par le nouveau Président. Son port altier, sa jeunesse, ses discours enflammés et sa morgue de caste le rendaient littéralement insupportable au *redneck* du Texas.

Un déplacement présidentiel provoquerait des troubles. On évoquait des menaces.

Comme l'avait dit un des conseillers du Président, dont par ailleurs la femme était sur le point d'accoucher, ce qui modérait son enthousiasme pour les déplacements loin de Washington, mieux valait « ne pas tenter le diable ».

Le 24 octobre, Adlai Stevenson, ambassadeur américain auprès des Nations unies, candidat malheureux à la présidentielle, se trouvait à Dallas. Son crâne dégarni était en permanence dissimulé par un panama, qu'il soulevait par courtoisie pour saluer les foules, il souriait souvent, son menton en galoche laissait tomber des phrases pleines de bon sens. C'était ce qu'on aurait appelé, dans l'Amérique des années soixante encore mal déniaisée, « un chic type » (*nice guy*).

À la sortie de son hôtel, il fut pris à partie par une jeune femme en robe à fleurs, qui lui cracha à la figure. Une foule de manifestants lui bloqua le chemin jusqu'à sa voiture. Adlai Stevenson ne se démonta pas ; il traversa la foule qui hurlait des slogans hostiles à Kennedy, le visage fermé, levant les bras pour se protéger des coups, et quand il arriva à la Lincoln Continental, il se retourna pour crier à son tour : « Bande de péquenots ! Vous ne comprenez rien ! » Un coup de pancarte en bois d'une extrême violence déchira son panama et lui ouvrit le crâne ; il se mit à saigner abondamment ; ses agents de sécurité le poussèrent sans ménagement à l'intérieur de la voiture, écartant in extremis un homme au visage en lame de couteau, qui vociférait des insultes toutes canines dehors en tapant du plat de la main sur sa vitre : « À mort Stevenson ! À mort ! » Sur la banquette arrière de la voiture, il eut la surprise de trouver un tract imprimé en deux colonnes, surmonté de deux portraits de John F. Kennedy en noir et blanc, à gauche de face, à droite de profil. Le titre était sans équivoque : « *WANTED FOR TREASON.* » Le reste du tract était de la même veine. Il énumérait en sept points des chefs d'accusation, qu'Adlai Stevenson parcourut rapidement, la vue brouillée par le sang qui coulait de sa tempe ouverte : « *THIS MAN is wanted for treasonous activities against the United States : 1. Betraying the Constitution (which he swore to uphold) : he is turning the sovereignty of the U.S. over to the communist controlled United Nations. He is betraying our friends (Cuba, Katanga, Portugal) and befriending our enemies (Russia,*

Yugoslavia, Poland). 2. He has been WRONG *on innumerable issues affecting the security of the U.S.* »

Adlai Stevenson ne lut pas plus loin.

Il fut surpris par le dernier point, qui ne pouvait être que le fruit d'un esprit délirant. Mais est-ce que le délire n'était pas la vérité pour les esprits échauffés du Texas ?

« *7. He has been caught in fantastic* LIES *to the American people (including personal ones like his previous marraige and divorce).* »

Le typographe semblait avoir trébuché sur ce mensonge : « *marriage* » était écrit « *marraige* ».

À l'hôpital de Dallas, où on lui fit deux points de suture, le diplomate demanda à parler de toute urgence au Président Kennedy. Le contenu de leur communication n'est pas connu. On sait simplement qu'il lui recommanda de renoncer à son déplacement à Dallas.

Le Président prit note et le remercia.

C'est avec le même détachement que John F. Kennedy écouta les avertissements de James William Fulbright, sénateur de l'Arkansas, pourtant réputé pour sa sagesse.

Kennedy feuilleta distraitement les extraits des rapports sans équivoque de la police du Texas, que les services de la Maison-Blanche avaient compilés pour lui. La CIA lui exposa point par point ses motifs d'inquiétude, sans parvenir à infléchir sa décision. Plus son entourage lui recommandait de ne pas se rendre à Dallas, plus il se sentait renforcé dans sa détermination : il irait à Dallas. Il avait pris un engagement et il le tiendrait. Pour cet être habitué à défier le destin, dont il avait déjoué les pièges au commandement de sa vedette PT-109 au large des îles Salomon comme sur son lit d'hôpital, où il aurait dû rester cloué à vie, une visite officielle au cœur du Texas devait paraître une promenade de santé. Son tempérament casse-cou le portait à mépriser le danger.

Personne ne l'empêcherait de continuer à assouvir ses pulsions sexuelles, dont sa femme Jackie trouvait les reliquats, soutien-gorge ou culottes à dentelles, jusque dans le lit conjugal. Aucun service de renseignement ne parviendrait à le convaincre que « ces agissements répétés exposent la sécurité, en plus de la réputation, du plus puissant des chefs d'État de la planète » (rapport de la CIA, 1962).

Il irait à Dallas.

Trompe-la-mort, il regardait cette adversaire avec la foi de charbonnier d'un catholique irlandais, une bravoure de chevalier médiéval et l'inconscience de ceux à qui tout a toujours réussi depuis l'enfance. Il éprouvait un mélange de pitié et de mépris, teinté de méfiance, pour ceux qui le conjuraient de renoncer. Ce déplacement à vocation électorale n'était-il pas décisif pour sa réélection l'année suivante ?

La seule personne qui aurait pu le faire changer d'avis était le pasteur Billy Graham. Il avait fait sa connaissance quelques mois plus tôt et il l'avait invité à partager avec lui une partie de golf en Floride. Ses sermons sur la justice avaient fait vibrer en lui une corde sensible. Billy Graham avait bien essayé de le joindre au téléphone pour le ramener à la raison, mais en vain. En désespoir de cause, il avait laissé un message à Ralph Yarborough, que son obstination à se faire élire sénateur du Texas qualifiait moins que quiconque pour convaincre le président de reporter son déplacement. Le sénateur Ralph Yarborough se contenta donc de signaler à John F. Kennedy que le pasteur Billy Graham avait cherché à le joindre, sans préciser le motif de son appel. Le secrétariat privé de la Maison-Blanche crut à un report de la partie de golf à Miami. La supplique de Billy Graham ne parvint jamais aux oreilles du président.

« Toute ma vie, avoua Billy Graham dans ses Mémoires, je me suis reproché cet appel raté. Je suis certain que je l'aurais fait changer d'avis. »

La balle du destin claqua à 12 h 29, au passage du cortège présidentiel, sur Dealey Plaza, à la hauteur du dépôt de livres étudiants.

Le temps sec, la marche lente du convoi sur le boulevard circulaire de la ville, à moins de quinze kilomètres-heure, stabilisèrent la trajectoire du projectile. Il traversa la gorge de John F. Kennedy, dont la tête partit en arrière, puis retomba lourdement sur sa poitrine, brisant ses vertèbres retenues par un corset.

Une seconde balle toucha-t-elle Kennedy ? Ou une seule balle aurait-elle causé trois blessures en ricochant à l'intérieur du corps présidentiel ? Les conclusions de la commission Warren (1964) sont formelles : un seul tireur, pas de complot. Les conclusions de la seconde commission d'enquête, le House Select Committee on Assassinations (1976), sont tout aussi formelles : deux tireurs, donc un complot. Oskar Wertheimer se gardera de trancher un dossier aussi épineux, qui restera pour les décennies à venir comme le point zéro des théories du complot, le méridien de Greenwich de la politique en Occident. L'heure des comptes a sonné pour les scientifiques, les professeurs, les docteurs, les savants, les ministres, les généraux, les médecins, les chirurgiens, les oncologues et les psychiatres, pour les maîtresses d'école et les Prix Nobel : leur parole ne vaut pas plus que la parole du voisin d'Oskar Wertheimer, menuisier de son état.

À la première détonation, Jackie Kennedy bondit hors de l'habitacle comme une tigresse pour récupérer un morceau de crâne de son mari, à la deuxième un officier de sécurité se rua sur la poignée en acier vissée sur la malle arrière pour empoigner Jackie Kennedy, allongée en tailleur rose sur la carrosserie noire, à la troisième le convoi, comme englué dans une scène de cauchemar au ralenti, avait enfin pris de la vitesse, emportant toutes sirènes hurlantes le cadavre du trente-cinquième président des États-Unis.

La balle du destin avait accompli sa trajectoire, tirée de beaucoup plus loin que tout ce que les enquêteurs du Sénat ou du FBI pourraient ou souhaiteraient découvrir, car ils ne tenaient pas plus que cela, comme l'avait dit un des membres de la commission Warren, à « remuer la merde » dans laquelle le père Kennedy avait plongé jusqu'aux coudes, pour faire élire son rejeton.

Maintenant il se retrouvait allongé sur la table d'autopsie du Parkland Memorial Hospital, le visage à moitié arraché, une foule d'officiels et de curieux se pressait dans les couloirs, les flashs au sodium éclataient dans un bruit étouffé. Jack Ruby achetait dans une armurerie le revolver qui allait lui servir à descendre l'assassin présumé, Lee Harvey Oswald, le 24 novembre à 11 h 21, à la sortie du garage de la police de Dallas. Bob Kennedy, ministre de la Justice, était en route pour Dallas, ravagé de chagrin, mûrissant déjà dans son esprit le projet de venger son frère. Inspiré par un évangélisme illuminé, il se lancerait bientôt dans une campagne messianique, qui attirerait des foules de plus en plus compactes, avec en marge, comme toujours, un ou deux cinglés. Sa campagne finirait par lui coûter la vie. Une nouvelle balle, tirée à bout portant dans la nuque, le laisserait nageant sur le dos dans une mare de sang, les yeux grands ouverts, les bras en croix, à la sortie de l'Ambassador Hotel (district de Mid-Wilshire, Los Angeles). La presse titrerait : « Le destin s'acharne sur la famille Kennedy ».

Le destin ne s'acharnait sur personne, il ne faisait que son boulot. Décidément la famille Kennedy ne pouvait pas vivre comme tout le monde. Sa mythologie domestique ne s'accommodait pas de l'ordinaire. L'ordinaire se vengeait.

Lyndon B. Johnson jubilait intérieurement de cette farce qui le propulsait au sommet, mais il avait assez de bouteille pour afficher autre chose qu'une mine de circonstance. Il jugea bon de ne pas se raser pour accuser la fatigue sur ses traits. Sa voix avait pris une gravité soudaine, dont il se félicitait. Elle allait lui permettre de prêter serment dans l'avion présidentiel, en route pour Washington, avec toute la dignité requise, sous le regard éploré de la veuve, Jackie Kennedy – cette peste de Jackie Kennedy, *« bitch Jackie »*, comme il sifflait parfois entre ses dents. Elle l'avait pris de haut depuis le début ; maintenant elle se retrouvait seule, sans la protection de son tout aussi insupportable mari, en tailleur rose maculé de sang, une ridicule toque d'hôtesse de l'air vissée sur la tête.

Devenu trente-sixième président des États-Unis, Lyndon B. Johnson ne perdit pas de temps à rendre grâce au destin et à la balle providentielle qui avait changé le cours de son existence. Il fut malin. Jamais son talent de dissimulateur ne trouva de meilleur rôle. Il s'assura que tous les honneurs dus au rang de John Kennedy lui soient rendus, il multiplia les signes d'affliction, mâtinés de rondeurs viriles, il se déchaîna contre les lâches qui avaient sauvagement assassiné « un grand président ». En même temps, il s'ingénia à faire paraître dans la presse locale de droite radicale, par des canaux détournés, des articles qui révélaient le fond de sa pensée : « John F. Kennedy l'a bien cherché. »

Lyndon B. Johnson était trop intelligent pour ne pas comprendre que cette arrivée au pouvoir entachée de sang pouvait tourner à son désavantage. Tout en rendant un hommage public appuyé à son prédécesseur, il déploya donc une énergie inépuisable à relativiser ses succès, à minimiser ses victoires, à critiquer ses choix, notamment sur la question des droits civiques, si chère à l'électorat démocrate.

En bref, à salir la mémoire de John F. Kennedy.

Il n'y arriva que partiellement, mais il y gagna une certaine stature. Dans son for intérieur, il ne pouvait s'empêcher de ressasser cette manchette : « John F. Kennedy l'a bien cherché. »

24

Personne en revanche n'avertit mon frère Franz des risques que lui faisait courir sa dépression.

Ni Muriel, ni sa femme de ménage Tony, murée dans sa dignité de vieille femme noire, pas davantage nos parents, repliés dans leur maison de retraite des Berkshires, où mon père avait perdu sa tête. De toute évidence, Rudolf Wertheimer était frappé de la maladie d'Alzheimer.

Je ne vins pas au secours de mon frère Franz.

Moi, son frère, médecin psychiatre de son état, qui aurait eu toutes les raisons du monde de le prévenir que la dépression n'était pas une simple affection psychologique mais bel et bien une maladie grave, aussi grave qu'un cancer et aussi létale, je n'avais pas bougé le petit doigt. J'en avais été incapable.

Maintenant encore, quand je m'interroge sur les blocages qui m'ont empêché de parler à mon frère Franz, je ne trouve que des réponses approximatives. Aucune n'est totalement satisfaisante. Il n'est pas impossible qu'une partie de moi-même ait estimé que la seule attitude respectable soit le silence. Et que ce silence, que certains (dont moi) pourraient considérer comme coupable, soit au contraire la marque de mon respect pour la liberté de mon frère. Fallait-il préférer la vie ? Ou la liberté ?

Quand je fis part de ces interrogations à Muriel Lebaudy, dont la frénésie d'achat était devenue de plus en plus compulsive, sa réponse cingla. Elle dénotait une profondeur de réflexion insoupçonnée, dont mon frère Franz avait dû tomber amoureux en son temps : « Libre ? Mais Franz n'était pas libre, Oskar. Le fait est qu'il était en pleine dépression. Tu connais des dépressifs libres, toi ? Allons ! Allons ! Tu te cherches des excuses. » Et elle retourna au choix du vison noir qu'elle comptait porter pour l'enterrement.

Ce fut Tony qui me prévint, en milieu d'après-midi. Elle avait trouvé le numéro de téléphone de mon cabinet dans un calepin rangé dans le tiroir du bureau en bois. Sa voix ne tremblait pas. Elle ne marquait aucune émotion particulière : « Monsieur Wertheimer ? Je suis désolée de vous déranger à votre cabinet. Votre frère Franz est mort. Il s'est suicidé. »

25

Franz avait pris le train de Lenox pour New York la veille du 23 novembre.

Il avait réservé une chambre dans un hôtel à proximité de Central Park, un établissement sans prétention, dont les chambres bruyantes donnaient toutes sur la rue. Il avait dû supporter le bruit de régurgitation métallique des canalisations, les sirènes incessantes, le claquement des portes en contreplaqué, peut-être les gémissements de la femme de trente ans qui avait accueilli son amant dans la chambre voisine et qui se trouvait bien embarrassée de devoir témoigner devant la police. Elle malaxait l'anse de son sac à main en ramassant ses souvenirs : « Mon voisin ? Mais comment voulez-vous que je l'aie vu, mon voisin ? Je n'ai croisé personne, je vous dis. Personne ! »

Le réceptionniste de l'hôtel, un jeune garçon au doux air de Franz Kafka, s'était montré plus disert. Il avait été effrayé, dit-il, par la maigreur de son client, qui portait un manteau élégant à son arrivée : « Qu'est-ce qu'il était maigre ! Il n'avait plus que la peau sur les os, je vous dis. Il marchait très lentement aussi. Il avait l'air épuisé. »

Le lendemain matin, il était allé chercher ses chemises blanches sur mesure chez son tailleur. Il était retourné se changer à l'hôtel. À peu près à l'heure où le Président John F. Kennedy prenait place à l'arrière de la Lincoln Continental noire, il était ressorti, en chemise malgré le froid. Il avait laissé son manteau accroché à la patère de sa chambre, par-dessus le panneau en contreplaqué qui indiquait la sortie de secours et les mesures à prendre en cas d'incendie, fréquent dans ce genre d'établissement aux installations électriques vétustes. En sortant, il avait répondu au réceptionniste qui s'inquiétait de le voir sortir découvert : « Ne vous inquiétez pas ! J'en ai pour un instant. »

Il avait traversé Central Park ; en arrivant au pied de l'immeuble de l'Upper East Side, il avait levé la tête. Jamais l'immeuble années trente ne lui avait semblé aussi haut. Il en avait le vertige. Des nuages passaient dans le ciel, chassés par le vent de mer. Il avait salué le concierge, qui avait retiré sa casquette et découvert son crâne brun, tapissé de poils rêches.

— Monsieur Franz ! Cela fait plaisir de vous revoir ! Depuis le temps !

Malgré son amabilité, le concierge fit quelques difficultés pour lui remettre les clés de l'appartement. Personne ne l'avait prévenu :

— Vous comprenez, monsieur Franz, ce n'est pas contre vous, mais je ne sais pas ce que va dire Mme Lebaudy si je vous donne le double des clés. C'est chez elle, maintenant. Et M. Battistoni, s'il l'apprend, il n'est pas du genre commode, si vous voyez ce que je veux dire.

Il se mordit les lèvres en signe de perplexité, gratta son occiput du bout de son index :

— Pas commode du tout ! Un vrai Italien !

C'était incroyable comme les gens vous mettaient des bâtons dans les roues, à tout moment, y compris dans des circonstances où les choses auraient dû aller vite, facilement même. Le concierge soupira en remettant sa casquette :

— Allez, je vais vous chercher les clés, mais faites vite !

Le concierge se tenait le dos courbé devant Franz Wertheimer. Il lui tendait le trousseau de clés et il hésitait à engager la conversation avec lui. Sous la lumière étouffée du hall, Franz Wertheimer avait une figure de revenant. Est-ce que quelques mots ne seraient pas appropriés ? Le concierge hésita entre sa compassion et la peur de se faire prendre. Il souleva sa casquette du bout des doigts et il inclina la tête, il cherchait des mots, juste quelques mots, mais il ne les trouva pas. Donc il se ravisa et fourra le trousseau dans la paume ouverte de Franz :

— Voilà. Vous faites vite ?

— Je ferai vite. Aussi vite que possible.

Comme convenu, l'appartement était désert. Muriel avait tenu parole. Elle avait beaucoup de défauts, mais on pouvait lui faire confiance. Franz entra dans le petit salon d'angle. Il ouvrit la fenêtre ; il se pencha. Il faisait plus frais à cette hauteur. Les nuages passaient en accéléré dans le ciel. Il se pencha encore, il se sentait léger.

Enfin, il ne pesait plus rien.

Son estomac se souleva quand il enjamba la rambarde en fer forgé, le vent lui fouetta le visage. Il passa sa langue sur les ondulations de son palais et le trouva étrangement sec.

Il bascula dans le vide.

La police de New York me dit que son cœur avait arrêté de battre avant qu'il ne s'écrase sur le macadam : « C'est courant dans ce genre de suicides. Le cœur ne supporte pas la chute, vous savez. » Je savais surtout que la vie tombe comme une pierre, plus vite qu'on ne croit.

Mon frère Franz était mort.

Par une étrange coïncidence, le même jour que le Président Kennedy, le 22 novembre 1963, à peu près à la même heure, il avait trouvé plus fort que lui.

Se peut-il que nous ne comprenions rien à la vie ? Se peut-il que nous n'apercevions que la surface des choses, dont l'enveloppe épaisse comme une cornée dissimule à notre observation si peu sagace ce qui se passe dessous ? Se peut-il que l'espace, le temps, nos unités de mesure, ne soient que des approximations terriblement fausses de la réalité ?

La police avait dessiné le corps de Franz à la craie sur le macadam : « C'est la procédure en cas de suicide. Pour votre frère, il n'y a aucun doute. Mais c'est la procédure. On fait une enquête. Dans une semaine, il n'y paraîtra plus. »

Effectivement, une semaine après, la silhouette à la craie du corps fracassé de mon frère Franz avait disparu, effacée par la pluie de décembre et par les services de nettoyage de la ville. Contrairement au film de l'assassinat du Président Kennedy, personne n'en garderait la trace, ni maintenant, ni dans les siècles à venir. Sauf moi, qui jouais et joue encore dans ma tête avec cette silhouette à la craie comme avec le fil démantibulé d'un trombone.

26

Je passai la journée du lendemain en procédures administratives.

Le soir, Julia vint me retrouver dans mon petit deux-pièces de Manhattan. Elle avait couru toute la journée, elle était épuisée, elle avait besoin d'une douche avant de m'écouter. Elle jeta son sac dans l'entrée, elle se déshabilla dans le couloir et s'enferma dans la salle de bains. Elle y resta près d'une heure. De la vapeur sortait sous la porte. Elle cria :

— Tu m'apportes une serviette, Oskar ?

Je pris un jeu de serviettes dans le placard, une petite et un drap de bain, je tournai doucement le bouton humide de la porte et les lui tendis. Elle vint s'allonger à côté de moi sur le lit et me retira mon livre des mains. Un parfum de shampoing à l'amande flottait autour de ses cheveux :

— Alors, tu me racontes ?

Je lui racontai tout ce que je pouvais lui raconter : pas grand-chose. Mais raconter était un soulagement. Elle me demanda si je comptais avertir mes parents.

— Je ne pense pas. Je crois que cela ne sert à rien. Ils ne reconnaissent plus personne. Ils sont isolés dans leur maison de retraite des Berkshires, je n'ai pas envie de les déranger.

— Tu crois qu'ils ne comprendraient pas ?

— Je ne sais pas. Je crois au contraire que j'ai peur qu'ils ne comprennent.

Je regardai Julia, la courbe de ses hanches prise dans le coton éponge, la mèche de cheveux qui gouttait sur l'oreiller.

— Tu sais, je n'ai aucune envie de leur infliger une douleur pareille.

Je dénouai la serviette, effleurai du bout des doigts les poils du pubis, encore humides, de Julia. Elle frémit de tout son corps.

Le mardi de la semaine suivante, je pris le train pour Lenox.

Tony m'accueillit sur le seuil de la maison, les deux mains croisées sur son tablier. Son visage avait un air sévère, mais elle ne semblait pas avoir versé une larme à la mort de son employeur. Elle n'éprouvait pas de chagrin particulier. Elle estimait que tout ce qui s'était passé était dans l'ordre des choses ; contrarier l'ordre des choses aurait été non seulement vain, mais criminel. Elle me laissa entrer. Elle avait préparé un ragoût : « Vous, au moins, vous le mangerez. » Puis elle disparut dans la cuisine, me laissant face au salon vide, au bureau où s'empilaient les dernières lettres de mon frère Franz.

Je m'assis et commençai à trier les lettres.

Il avait rangé les anciennes dans des classeurs numérotés, calés dans la bibliothèque. Mais je les gardais pour plus tard, je comptais les rapporter à New York et les lire une à une, tranquillement, quand l'émotion serait moins vive.

L'urgent était de mettre à l'abri les ultimes courriers de mon frère, qu'un coup de vent ou le zèle de Tony auraient pu emporter. Les dernières lettres n'étaient pas encore numérotées.

Deux étaient adressées au Président John F. Kennedy, qui avait eu les faveurs de mon frère dans la dernière partie de son existence ; une, très brève, à Muriel Lebaudy ; une, plus longue, à Vladimir Horowitz.

Il avait aussi griffonné un mot d'une écriture saccadée à ses deux enfants, Maxime et Dimitri.

Pour je ne sais quelle raison, la lettre qui m'était destinée était écrite à l'encre verte.

Toutes étaient datées du 20 novembre 1963.

Je retranscris ici la lettre à Vladimir Horowitz, ainsi que celle qui m'est destinée. Le déchiffrage du mot pour Maxime et Dimitri m'a demandé beaucoup de peine ; je n'en garantis pas l'exactitude. Certains mots sont raturés, je les ai conservés.

Lettre du 20 novembre 1963, à Vladimir Horowitz :

« Tout est pardonné, maître. Vous ne porterez pas le fardeau de la mauvaise conscience sur vos épaules. Est-ce qu'un soupçon de mauvaise conscience vous aurait effleuré ? Je pars sans rancune. Ce soir de janvier 1949, à La Havane, que certainement vous avez oublié, vous auriez pu vous arrêter à la sonate Waldstein. *Enough is enough.* Pourquoi vous êtes-vous lancé dans une autre sonate ? Je n'avais rien demandé. Pour vous rafraîchir la mémoire, maître, vous avez commencé à jouer l'adagio de la troisième sonate de Beethoven. Que du Beethoven ! Il ne vous suffisait pas de me démontrer votre supériorité, il fallait me détruire, pour cela vous avez choisi un compositeur accablant, celui qui a fracassé la mélodie occidentale contre des blocs de granit sonores, si vous me permettez cette comparaison, maître. Vous avez fait de moi un naufragé. La Waldstein venait à peine de s'éteindre, vous avez enchaîné immédiatement sur un autre mouvement lent : "*And this one. Do you know this one ?*" avez-vous demandé en reniflant. Vous n'avez même pas attendu ma réponse. Comme si je ne connaissais pas ce mouvement de la troisième sonate, un des plus poignants écrits par Ludwig van, sans l'aide de son cornet acoustique. Vous aviez déjà relevé les manches de votre chemise fermées par des boutons de manchette en argent, vos mains étaient plaquées sur le clavier, elles posaient délicatement les premiers accords, les deux croches qui hésitent, tâtonnent, le silence, la mélodie qui s'élève comme une brume sur un lac. Vos narines s'ouvraient ; vous souffliez ; je n'étais plus là, vous n'en aviez plus que pour la musique ; votre élève, quel élève ?, n'existait plus. La mélodie a disparu, elle s'est éteinte, vous avez laissé un blanc sonore auquel il était aussi difficile pour l'oreille de s'accoutumer que pour l'œil à l'obscurité d'une grotte après des heures de plein soleil ; et c'est à ce moment que la mélodie a repris, encore plus exaspérante, encore plus douloureuse après tout ce silence ; vous le saviez, vous connaissiez la partition, je le savais aussi, pourtant la surprise était totale. *Nicht wahr ?* Vous étiez totalement impassible, seul le frémissement de vos narines, un imperceptible tremblement dans le mouvement de votre poignet, trahissaient votre émotion. Vous avez fini par lever vos deux mains, comme si vous les retiriez d'une plaque brûlante : "*This is music.*" À ce moment, maître, j'aurais aimé vous demander où vous trouviez cette qualité sonore, comment vous arriviez à répéter la mélodie en donnant le sentiment à l'auditeur qu'elle avait changé dans le temps, car rien ne se répète, n'est-ce pas ? Même les reprises ne sont jamais des reprises en musique, car le temps les a modifiées ; mais vous avez encore enchaîné. Ici, à Lenox, Massachusetts, quatorze ans plus tard, Vladimir Horowitz, je me rappelle comme si j'y étais votre souveraine indifférence. Je vous pardonne ! Mais vous m'avez condamné. Vous avez joué le premier thème de l'*Apassionata* : cette interrogation musicale, voilà la réponse que vous avez donnée aux questions que j'aurais voulu vous poser, ce soir de 1949, à La Havane, durant cette leçon qui finalement a été tout sauf une leçon, mais une correction, une punition que vous m'avez infligée, maître, à votre corps défendant ; je vous pardonne, donc. Vous avez laissé en suspens cette interrogation musicale, vous avez enchaîné sur le fameux accord de *fa* mineur qui donne à l'auditeur le sentiment qu'il a retrouvé la terre ferme, puis accord de dominante, à nouveau l'incertitude, dans laquelle vous sembliez naviguer aussi à l'aise que dans le ventre de votre mère. Oppositions, contrastes, éclaircies brutales comme des coups de couteau, déluge de notes qui coulaient de vos mains épaisses (car vos mains sont épaisses, maître, comme des mains de boucher, j'ai eu le loisir de les observer attentivement), martèlement continu du *si* bémol, par-dessus lequel vous jetiez de temps en temps des éclats aussitôt évanouis, comme de la foudre ! Et moi, maître – moi qui vous écoutais, je comprenais que jamais je ne serais musicien. Pianiste peut-être, musicien, jamais. Vous n'avez eu aucune pitié pour moi. Vous ne vous êtes même pas retourné quand vous avez plaqué le dernier accord de l'*Apassionata*, vous avez juste dit en hochant la tête : "*Not bad.*" Vous m'avez dévoré sans un mot. "*He's mad that trusts in the tameness of a wolf.*" Vous vous êtes mouché et vous avez refermé le couvercle du piano. C'était fini.

Maître, les masques sont tombés : je n'avais pas la moindre chance de devenir un musicien de votre classe, il fallait que je répudie mon passé. J'avais le choix entre accomplir un demi-tour à cent pour cent, ou me tuer. Mais est-ce que cette bifurcation me laisserait encore la possibilité de vivre ? Est-ce que j'en aurais encore le goût ? Je suis bien obligé d'admettre, Vladimir Horowitz, que vous aviez devant la musique une liberté que je n'ai jamais eue ; Beethoven ne vous impressionnait pas le moins du monde, il vous exauçait, d'une certaine manière, comme une prière. Il m'aurait fallu plus de liberté pour vivre, mais je suis finalement comme les autres hommes, la liberté, je dis que je lui suis attaché, mais en réalité je ne l'aime pas : la liberté me terrifie. Pour juguler ma peur, la musique ne suffisait pas. Maître, vous m'avez sauvé d'une carrière médiocre. *Yet,* vous m'avez détruit aussi, en une soirée, en quelques notes, en trois mesures. Priez ! »

Lettre du 20 novembre 1963, à Oskar Wertheimer :
« Ne m'en veux pas de partir, Oskar. Je ne sais pas rester. Partir où ? Tout le malheur du monde vient de ce que nous n'avons nulle part où aller. Rester seul dans sa chambre est un exercice difficile, savoir où aller en est un plus difficile encore. Partir, rester, *nothing more*, comme dit le grand Shakespeare. Rester ? Et en restant, se dire qu'il faudra continuer à endurer les remarques acerbes de Muriel, la grossièreté de Luigi Battistoni. Ce matin donc, à Lenox, Massachusetts, il fait un temps doux et humide. Je ne supporte pas les caprices de la météo. J'aime le froid sec ou la chaleur écrasante, mais cette soupe tiède, non, elle est indigeste pour moi. Tout désormais est indigeste pour moi et je pars. Ne m'en veux pas. Ce sera ma dernière fugue.

Partir ? Ou sinon me venger ? Il y a tellement de gens dont je pourrais me venger. Je pourrais me venger de Muriel ; je pourrais me venger de Luigi Battistoni ; je pourrais aussi poursuivre de ma vengeance ton ami Vladimir Horowitz, que je tiens en piètre estime, sache-le. Toi aussi, Oskar, je pourrais te poursuivre de ma vengeance. Est-ce que tu ne m'as pas abandonné ? Tu aurais pu me sauver et tu m'as abandonné. Avant que le coq ait chanté, tu m'as trahi trois fois. Ta première trahison remonte à La Havane. Tu m'as jeté dans les bras de ton ami Vladimir Horowitz ! Tu m'as fait comprendre que je n'étais qu'un pianiste médiocre, dont la carrière échouerait lamentablement. Tu n'as pas eu le courage de me le dire, mais tu m'as jeté dans les bras du célèbre pianiste, pour qu'il me fasse comprendre que jamais je n'arriverais à sa cheville. Tu m'as trahi aussi avec Muriel. Tu m'as trahi en détestant Muriel dès le premier jour, en refusant de lui donner la moindre chance. Tu l'as vue et tu l'as jugée trop légère. Tu l'as condamnée au premier regard, comme une vulgaire bécasse. Sais-tu que tu me condamnais par la même occasion ? Je n'avais plus qu'à vivre déchiré entre mon amour pour Muriel, qui le méritait, crois-moi, malgré sa passion des fourrures qui m'a mis sur la paille elle le méritait, et mon amour pour mon petit frère Oskar. Relis : mon amour pour mon petit frère Oskar. Relis encore : mon amour pour mon petit frère Oskar. Oskar, que te manquait-il pour comprendre ? Ta troisième trahison, tu la connais. Le médecin que tu es sait très bien qu'il aurait dû porter secours à son frère Franz, mais il ne l'a pas fait. Il a pleuré amèrement. C'est une trahison et une faute de déontologie. Allez, le coq peut chanter. Il peut chanter à tue-tête. *Es ist vollbracht.* Je pourrais me venger mais je ne le ferai pas. Pas de Caïn et Abel entre nous. Je préfère partir. Les hommes qui passent leur vie à partir ne fuient rien : ils cherchent le commencement. Après tout, notre père qui n'est pas encore aux cieux est parti d'Allemagne. Je dois tenir cela de lui, le goût de la fugue. Note qu'il avait de sérieuses raisons de partir, lui, des raisons infiniment plus sérieuses que les miennes. Quand il se levait le matin et qu'il allumait la radio, il entendait un fou le menacer de sa voix suraiguë sous les vivats. Tous ceux qui restaient en Allemagne étaient soit condamnés, soit complices. Notre père qui ira aux cieux ne voulait pas être condamné, encore moins complice. Je suis trop aimable. En termes statistiques, seule une infime partie de la population allemande était condamnée : les juifs, comme nous, les descendants de la race maudite. Existe-t-il un autre exemple dans l'histoire de cet acharnement pathologique contre une race, Oskar ? Partir, il a eu raison de partir, notre père qui se morfond maintenant dans sa maison de retraite des Berkshires. Es-tu seulement allé le voir, Oskar ? As-tu rendu visite à tes vieux parents ? Ne m'en veux pas, Oskar. Je suis toujours parti. Parfois, je me suis demandé si je n'avais pas voulu devenir pianiste pour le seul plaisir de passer mon temps dans les trains et les avions, en tournée. Pourquoi ne pas habiter nulle part ? La musique n'a pas de lieu et la musique était ma seule et unique histoire, je le reconnais maintenant. Il ne faut pas chercher des lieux dans le monde, ils sont tous précaires ; la seule solidité est en nous, dans ce que nous créons, dans ce que nous aimons. Alors comment fait-on quand plus personne ne daigne vous regarder et que vous n'avez plus assez de force pour construire quoi que ce soit ? Comment fait-on, Oskar ? Tu vois bien que je n'ai pas d'autre choix que de partir, partir vite, le plus rapidement possible. Tu as passé ta vie à m'abandonner mais tu as eu tort. La médiocrité des jours est le passage obligé de la grandeur. Ma conclusion est sans appel. *Though it is madness, yet there is method in it.* Merci Shakespeare, merci pour tout. Crois-tu que l'immense Shakespeare aussi ait affronté la médiocrité des jours ? Seuls s'imposent ceux qui restent car il faut de la force pour rester. Conquérir la gloire n'est rien, la garder est tout. Je n'avais pas la force de rester pour être autre chose que ce que j'ai été. J'aurais pu être un pianiste. J'aurais pu être le divin Mozart, qui sait ? J'aurais pu faire fortune dans l'immobilier, comme cet usurpateur de Luigi Battistoni, qui avait cette manière si italienne de relever son col mou et de porter sa montre par-dessus le poignet de sa chemise. Usurpateur ! Non, riche, je ne l'aurais jamais été, j'avais d'autres maîtres à servir, des maîtres infiniment plus nobles que la richesse. "Nul ne peut servir deux maîtres : car ou il haïra l'un et aimera l'autre, ou il se soumettra à l'un et méprisera l'autre. Vous ne pouvez servir Dieu et les richesses." (Matthieu, VI, 24.) J'ai été ce que je pouvais être, donc je ne saurai jamais ce que j'aurais pu être de plus. J'ai essayé toutes les fuites et aucune ne m'a convenu, la vérité se résume à ça. Toutes les fuites, Oskar ! Même les plus lointaines ! Il y a cinq ou six étés – je compte en étés désormais –, je suis parti sur une île retrouver un ami. J'ai pris l'avion de New York à Osaka, d'Osaka à Nouméa, un territoire français. De Nouméa, j'ai pris un autre avion pour les îles Fidji, puis un plus petit pour l'île de Wallis, puis un plus petit encore pour Futuna. Un petit avion à hélice, dont le moteur avait des ratés. Nous avons atterri sur une piste qui faisait un pointillé gris sur l'océan bleu. Je m'éloignais et tout devenait de plus en plus minuscule : l'avion, la piste, la baraque en planches sur l'aérodrome, l'île. Sur ce confetti, il y avait une seule route et un seul hôtel, de poche aussi. Il était tenu par un nostalgique des guerres napoléoniennes. Ma chambre était décorée de plaques de grenadiers, de shakos à plume, de vareuses d'officiers de la Grande Armée ; une vierge en plastique emmaillotée dans des guirlandes clignotait dans son alcôve. Je n'arrivais pas à dormir. Je suis sorti sur la terrasse, attendre mon ami qui m'avait promis de passer prendre un verre et qui n'est jamais passé. Lui aussi m'avait abandonné, Oskar, comme toi ! Il m'avait abandonné à mon désespoir, dans cet ultime refuge de ma fugue qui était un piège. J'avais voulu prendre le large et je me retrouvais à l'étroit. Je suffoquais ; je suffoquais comme je suffoque en ce moment, au moment précis où je t'écris, Oskar. Je me suis endormi tard et réveillé en pleine nuit, trempé de sueur. Je venais de tomber du rocking-chair dans lequel notre grand-mère me balançait en soupirant : "Tu n'iras pas plus loin, Franz, tu n'iras pas plus loin." Notre grand-mère a raison : je n'irai pas plus loin. Tu te souviens de ses cheveux nuageux, Oskar ? Comme ils étaient doux ? Doux comme la laine d'un agneau, humide et tiède quand on plonge sa main dedans. Je ne plongerai plus ma main nulle part, je ne la poserai plus sur un clavier, je ne ferai plus de musique. Je n'avais aucun talent pour rester plus longtemps. Quarante-trois ans, cela suffit. Il est temps de faire mes bagages. Croix de bois, croix de fer, je le jure, c'est ma dernière fugue. Je suis incapable de te dire où elle va me mener. Tout est égal, tout se vaut. Embrasse Julia de ma part. Ton frère Franz, qui t'aime. »

Mot pour Maxime et Dimitri, 20 novembre 1963 :
« ~~Mes cœurs, mes amours~~, cher Maxime, cher Dimitri,

je vous quitte à regret, dans un déchirement de tout mon être. Il arrive que des parents disent que leurs enfants sont la seule chose qu'ils aient réussie sur cette ~~waste land~~ terre. Je dirais la même chose de vous, ~~si je ne pensais pas que vous êtes bien davantage que ma réussite~~, vous êtes ma vie, mon inquiétude, ~~ma tristesse perpétuelle, ma solitude~~, ma fierté, ma joie, le seul bien dont il me coûte de ~~m'arracher~~ me séparer. Les autres souvenirs se sont effacés ~~les autres ont disparu~~. Mais vous ! Vous avez grandi, je vous ai gardés ~~fragiles~~ vulnérables ~~dans ma poitrine, qui se soulève d'émotion quand je pense à vous~~ dans le creux de ma main. Rien de ce qui avait été ~~prédit~~ prévu ne s'est produit. Pourquoi ai-je écouté Rosa et Rudolf Wertheimer, vos grands-parents ? Ma vie aura été une défaite et une trahison. Vous êtes ma victoire. Les enfants sont la victoire ~~des perdants~~ de ceux qui n'ont rien. Il paraît que Vladimir Horowitz a eu une fille : tant mieux pour lui. Cela me le rend ~~sympathique~~ proche. Votre oncle Oskar n'a jamais eu d'enfants. Il aura cru tout avoir et il n'aura rien eu. ~~Veillez sur lui~~ Plaignez-le. Mon départ ne doit pas vous rendre malheureux, mon départ était écrit, tôt ou tard. Alors maintenant, demain, qu'importe ? Puisque jamais n'existe pas. Je voudrais vous dire que nous nous retrouverons ~~dans un autre monde quelque part~~, ailleurs mais je n'ai plus la force ~~de croire à une autre vie~~ d'y croire. Ne négligez pas votre mère, prenez soin d'elle, prenez soin de vous, ~~prenez soin de ce qui vous touche dans le monde~~. Maxime, je caresse tes cheveux ébouriffés, je vois le ~~ravage~~ rivage [?] de ton sourire. Dimitri, enfonce un peu plus loin ta tête dans mon épaule, comme quand tu avais peur. Il aurait fallu vous protéger davantage. ~~Contre la maladie, contre la cruauté, contre la faim, contre la pauvreté je pouvais vous protéger~~

mais contre la vie, rien ni personne ne protège jamais. Travaillez votre piano. ~~Mes amitiés~~ Mon souvenir à votre beau-père. Est-il possible de vous perdre ? *But I love you so.* Je n'étais pas fait pour cette ~~vie~~ terre. »

III

A MORTICULUM

New York
9 mai 1965,
15 h 30

1

Schuyler Chapin attendait depuis trente minutes à l'entrée de Carnegie Hall. Il avait, disait-il avec un visage consterné, une « horloge dans la tête », qui le faisait souffrir depuis son enfance. Contre son gré, elle décomptait les minutes et les secondes avec une précision de mécanique suisse. Son horloge intérieure obéissait au temps atomique, qui servait de référence pour les premiers satellites que les États-Unis venaient de lancer. Elle ne tenait pas compte des fuseaux horaires.

Ce 9 novembre 1965, Schuyler Chapin savait avec une certitude absolue que Vladimir Horowitz était en retard.

Il était quinze heures vingt, dans la meilleure des hypothèses quinze heures dix-huit. Vladimir Horowitz devait se produire à quinze heures trente. Il devenait de plus en plus probable que le pianiste ne viendrait pas et que lui, Schuyler Chapin, régisseur de Carnegie Hall, devrait monter sur scène pour expliquer aux trois mille spectateurs qui avaient patienté des heures dans le vent pour acheter un billet que non, Vladimir Horowitz ne jouerait pas ce dimanche, il était indisposé, le public devrait attendre encore un peu avant d'entendre à nouveau le célèbre pianiste donner un concert, après douze années d'absence. À quinze heures vingt-quatre, il imagina une variante humoristique : « Vous avez attendu douze ans pour entendre à nouveau Vladimir Horowitz, vous pouvez bien patienter encore quelques jours ! » Est-ce que le public apprécierait son humour de juif new-yorkais ? Pas certain. Il risquait de se prendre une volée de bois vert dans les journaux le lendemain.

Quinze heures vingt-cinq.

D'une rotation de son poignet, il vérifia : il était bien quinze heures vingt-cinq.

C'était étonnant comme la météo avait tourné en deux jours. La semaine précédente, quand il avait diffusé avec l'accord de Wanda Horowitz l'annonce du retour de Vladimir Horowitz et ouvert la billetterie pour le 9 mai, il faisait encore un froid polaire. En moins de deux heures, une queue de trois cents mètres s'était formée devant la billetterie. Elle touchait Central Park. Les gens battaient la semelle sur le macadam, relevaient le col de leur manteau, soufflaient dans leurs doigts et serraient leurs mains glacées contre les tasses de café que Wanda Horowitz, en manteau de vison noir, distribuait une à une en s'étonnant de l'affluence. Elle retenait son collier de perles de sa main libre : « Cette foule ! Cette foule ! Je n'en reviens pas ! »

Ce dimanche 9 mai 1965, en revanche, une douceur humide faisait remonter une odeur de vase des égouts de Manhattan.

À la cinquante-neuvième seconde de la vingt-cinquième minute après quinze heures, Schuyler Chapin se détendit. Vladimir Horowitz ne viendrait pas. La déception était immense, mais dans le fond moins difficile à supporter que l'attente. Il tourna les talons et s'apprêta à rentrer dans Carnegie Hall.

Il était quinze heures vingt-six.

Par conscience professionnelle, il jeta un dernier regard par-dessus son épaule. Il vit une limousine se garer le long du trottoir. Le chasseur de Carnegie Hall ouvrit la portière en retirant sa casquette.

Vladimir Horowitz portait une queue-de-pie noire sur un pantalon de flanelle à rayures. Il avait enfilé des gants en veau glacé. Après de multiples hésitations, il avait choisi un nœud papillon gris perle, un des plus sobres de sa collection. Il avait mis des heures à se préparer.

Même après douze ans d'absence, il aurait suffi qu'on le dérange au moment où il ajustait pour la dixième fois son nœud papillon, ou remettait en place un des boutons en nacre de sa chemise de popeline blanche, pour qu'il décide d'annuler. Il avait besoin de calme avant le concert.

En fin de matinée, il m'appela :

— Docteur, vous pensez que tout cela est raisonnable ?

— Quoi ?

— Ce concert. Après douze ans. Douze ans, docteur ! Plus personne ne me connaît. Vous croyez que quelqu'un veut encore m'écouter ?

— La seule façon de le savoir, *maestro*, c'est de remonter sur scène.

— *Do you really believe I am ready ?*

— Il n'y a que vous qui le sachiez. Je vais vous dire : nous ne sommes jamais prêts à rien. Il faut se cogner la réalité, toujours.

— Se cogner la réalité ?

— Oui, si vous préférez, sortir de soi, affronter le monde.

— *It's too late to teach lessons, doctor.*
Il se tut un instant :
— Pour le concert, je mets un habit ou non ?
— Qu'est-ce que vous mettriez d'autre ?
— Alors je mets un habit.

Schuyler Chapin ouvrit grand des bras chargés de reconnaissance ; Vladimir Horowitz tomba dedans. Il eut un mouvement de recul, vérifia que son nœud papillon était toujours bien ajusté, sourit et s'excusa de sa voix nasillarde :
— Désolé pour le retard, il y avait une circulation infernale.
Derrière lui, Wanda rayonnait. Malgré la pluie tiède, elle avait gardé son vison noir. Elle regardait les derniers spectateurs se précipiter dans l'entrée en égouttant leur parapluie, elle voyait grossir la foule des photographes qui allaient dans un instant se ruer sur Volodia comme un essaim de mouches, les flashs qui crépitaient, les cris de « *Maestro ! Maestro !* », les épaules qui se bousculaient, les visages rouges de sueur.

Malgré la chaleur tropicale dans les coulisses de Carnegie Hall, Vladimir Horowitz avait froid. Il tendit ses mains à Schuyler Chapin :
— Touchez ! Elles sont glacées ! Je ne peux pas jouer avec des mains glacées !
Schuyler Chapin prit les mains d'Horowitz dans les siennes et les frotta l'une contre l'autre. Lui aussi avait les mains froides, il ne parvenait pas à réchauffer les doigts qui dans quelques instants devraient obéir à Vladimir Horowitz, de retour sur scène après douze ans d'absence. Ces mains glacées étaient un sacré contretemps.

Schuyler vit passer un tourneur de pages qu'il avait autorisé à écouter le concert depuis les coulisses. Charles S. Wright avait vingt ans, il étudiait le piano à la Julliard School, une mèche blonde retombait en S sur son front et deux auréoles de sueur dessinaient des ailes de papillon sous les aisselles de sa chemise à carreaux.

— Charles ! Viens ici !

Charles S. Wright fit un pas timide. Il fixa Vladimir Horowitz, pas tout à fait certain que vraiment, Vladimir Horowitz, le plus célèbre des pianistes, était bien là dans cette obscurité poussiéreuse, en face de lui. Il le trouva plus massif que sur les pochettes de disque. Schuyler Chapin lui prit les mains : « C'est bien ! Elles sont brûlantes ! On dirait des calorifères. »

Et il déposa dans les mains chaudes de Charles S. Wright les mains noueuses de Vladimir Horowitz, qui s'apaisa.

À quinze heures trente-cinq, avec cinq minutes de retard sur le programme, Schuyler Chapin retira des mains de Charles S. Wright les mains de Vladimir Horowitz et il le poussa doucement dans le dos sur scène, comme un enfant.

2

Wanda pleurait dans les coulisses.

Au premier mouvement de la *Toccata* de Bach, Vladimir Horowitz avait lâché une fausse note qui avait écorché les oreilles du public ; elle avait senti comme une décharge électrique dans la nuque. La moindre fausse note lui était insupportable ; une fausse note dans le concert de retour sur scène de son mari Vladimir Horowitz encore plus. Lui que le moindre incident pouvait plonger dans des abîmes de perplexité, où trouverait-il la force de continuer, dans quelle région inexplorée de son cerveau ? Elle racla ses deux incisives du bout de ses ongles vernis. Horowitz continua. Il continua et il trouva dans le mouvement lent une sonorité qui la fit pleurer. Elle pleurait. Lui restait dans sa musique, il lui transfusait des années de souffrance, de questions restées sans autre réponse que cette mélodie lancinante, il lui donnait une saveur étrange, douteuse comme un vinaigre amer. Pourtant on entendait quelque chose de souverain dans son interprétation. Pas une seule personne dans le public ne pouvait avoir manqué la fausse note, pas une seule non plus ne pouvait contester que Vladimir Horowitz dominait Bach avec une humilité de pénitent.

Vladimir Horowitz était de retour.

Il faisait pleurer Wanda, dont le mascara creusait des rigoles noires sur ses joues poudrées. Il faisait pleurer le jeune Charles S. Wright, qui ne se lava pas les mains pendant deux jours. Tout le public pleurait. Ma voisine de devant aussi, qui se pencha pour prendre un mouchoir dans son sac à main, laissant voir son crâne nu sous ses cheveux décolorés.

Vladimir Horowitz était de retour et il était le roi dans son royaume.

Le lendemain, je me rendis chez Vladimir Horowitz.

Il avait plu la nuit ; le ciel de mai s'était dégagé ; il faisait frais, un soleil printanier éclaboussait les arbres de Central Park.

Une grue entamait la destruction d'un immeuble ; elle devait mesurer une centaine de mètres de haut, une chaîne pendait depuis son sommet. Au bout de la chaîne, un boulet de plomb qui devait peser plusieurs tonnes se balançait comme le battant d'une cloche. Il se balança d'abord dans le vide, puis il s'écrasa contre la façade d'un immeuble, qu'il éventra ; on vit une chambre à coucher suspendue en plein ciel, avec son papier peint défraîchi. La grue grinça, le boulet reprit de l'élan, percuta un mur de briques, qui vola en éclats. Une neige plâtreuse flottait dans le ciel de Manhattan. La grue accélérait ; elle tournoyait dans tous les sens ; le boulet de plomb ne savait plus où donner de la tête. Il fracassait tout ce qui lui tombait sous la main.

C'était l'immense poésie du commencement.

Partout : *Zerstörung, Vernichtung.*

Je trouvai dans son hôtel particulier de la 94ᵉ Rue un Horowitz détendu, allongé dans son canapé de soie jaune et or. Wanda se tenait debout derrière lui, un de ses caniches entre ses bras. Elle portait une tunique japonisante et tirait sur son fume-cigarette en corne :

— Il a joué correctement, non ?

— Correctement ? Il a joué comme un Dieu !

— Comme un démon, docteur, comme un démon.

Vladimir Horowitz se grattait le bout du nez. Je lui posai la question qui me brûlait les lèvres depuis la veille :

— Maître, comment avez-vous réussi à surmonter la fausse note du début ?

Il eut une moue de surprise :

— Quelle fausse note ?

— La fausse note dans la *Toccata* de Bach.

— Une fausse note ?

Sa voix monta dans les aigus, son regard se tourna vers le piano fermé installé dans un coin du salon :

— *I don't remember.*

Enfant, mon frère Franz pouvait maîtriser une sonate sur le bout des doigts puis buter sur les deux ou trois mêmes mesures, qui prenaient des proportions considérables dans son esprit, bloquaient ses doigts, le plongeaient dans un désarroi complet. Il perdait ses moyens. Pour moi, c'était un spectacle affreux de voir mon frère aîné, pourtant encore un enfant, si bien connaître une pièce et laisser un passage détruire des mois de travail. Deux ou trois mesures suffisaient à ravager sa confiance. Ma mère posait sa main sur son épaule : « Allons, Franz ! Allons ! On reprend ! » Il reprenait. Il butait sur le passage, ma mère serrait son épaule : « Allons ! » Mais il ne pouvait plus avancer. Il restait sur les deux ou trois mêmes mesures. Alors son dos était pris de tremblements, puis tout son corps de convulsions, il inclinait la tête comme un soldat vaincu et il fondait en larmes.

Vladimir Horowitz me répéta de sa voix qui semblait remonter du fond de ses cavités nasales :
— *I really don't remember.*
Et il fut pris de convulsions similaires, son corps partit dans une gigue étrange, il éclata de rire. Wanda posa sa main couverte de bagues sur son épaule et lui souffla :
— Allons, Volodia ! Allons !
Vladimir Horowitz renifla. Il se moucha en me regardant par-dessus le morceau de tissu bleu lavande :
— *A wrong note ? You're joking, Oskar !*

Thème 9

   I. *Punctus.* La Havane, décembre 1949 15

  II. *Contra Punctum,* New York - Lenox, 1960-1963 265

 III. *A morticulum,* New York, 9 mai 1965, 15 h 30 461